KB117639

그녀가 마지막에 본 것은

KANOJO GA SAIGO NI MITA MONO WA
by Toshika MASAKI

© 2021 Toshika MASAKI
All rights reserved.
Original Japanese edition published by SHOGAKUKAN.
Korean translation rights arranged with SHOGAKUKAN
through JM Contents Agency Co.

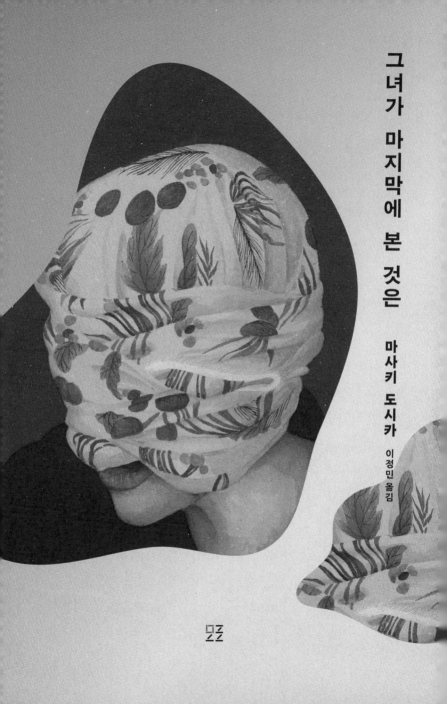

그녀가 마지막에 본 것은

마사키 도시카

이정민 옮김

그녀의 시신이 발견된 건 크리스마스이브날 밤이었다.

콘크리트 바닥에 누워 있는 그녀는 한겨울인데도 블라우스와 슬랙스만 입고 있었다. 블라우스는 앞이 벌어져 베이지색 브래지어가 드러났고 슬랙스 단추는 떨어져 있었다.

흐트러진 옷과는 대조적으로 팔다리를 편히 뻗고 있어서 마치 포근한 침대에 누워 있는 것 같았다.

그녀의 눈은 가늘게 뜨여 있었다. 이미 빛을 잃은 눈은 눈꺼풀을 덮는 도중에 움직임을 멈춘 것 같기도, 뭔가를 느끼고 눈을 크게 뜨려는 것 같기도 했다.

1

구름이 낀 밤하늘에 지상의 불빛이 반사되고 있다.

입김은 하얗게 서리지만, 눈이 내릴 기미가 없어 화이트 크리스마스가 될 가능성은 없어 보였다. 화려한 트리 장식과 조명이 도쿄의 거리를 수놓은 12월 24일 밤.

빈 건물 1층에 여자가 죽어 있다는 신고가 들어온 건 밤 9시 5분이었다. 장소는 도쿄 신주쿠구區 다카다노바바2가. 건물을 관리하는 부동산 관리회사 직원의 신고였다.

다카다노바바2가라는 주소에 경시청 도쓰카 경찰서의 분위기가 소란해졌다. 다카다노바바2가와 도로 하나를 사이에 두고 있기 때문이다. 도쓰카 경찰서는 메이지도리 쪽에 있고 시신 발견 현장인 빈 건물은 와세다도리 쪽에 있지만 도보 5~6분 거리에 불과하다. 엎어지면 코 닿을 곳에서 발견된 시신에 사건성이 없기를 바란 수사원들의 기대는 곧 산산이 부서졌다.

누군가 옷을 벗기다 만 것 같았고 두부에는 타박상이 있었다.

시신에는 신원을 알아낼 만한 게 아무것도 없었다. 그녀의 것으로 보이는 쇼핑 카트와 담요가 있는 것으로 보아 가출인 혹은 노숙인일 가능성이 제기됐다.

도쓰카 경찰서의 다도코로 가쿠토는 감식반에게 방해가 되지 않도록 멀찌감치 떨어진 곳에서 시신을 바라봤다. 합장은 아까

해됐다.

시신은 차갑고 딱딱한 콘크리트 바닥에 반듯하게 누워 있다. 모스그린 블라우스는 앞이 벌어져 있고 옆에는 슬랙스에서 떨어진 것으로 추정되는 단추가 하나 놓여 있다. 강한 조명을 받은 가슴과 배는 하얗고 납작했다. 베이지색 브래지어만이 가슴을 감싸며 제 역할을 다하고 있었다.

가늘게 뜬 눈, 검은 속눈썹, 얇고 짧은 눈썹. 작은 입술은 놀랐을 때처럼 약간 벌어져 있어 아랫니와 캄캄한 입속이 보인다.

성폭행 목적으로 습격당해 목숨을 잃은 걸까. 아니면 죽은 뒤에 성폭행을 당할 위험에 처한 걸까.

50세에서 60세, 가쿠토의 어머니와 비슷한 나이로 보였다.

그 나이 치곤 얼굴이 곱네. 문득 그런 생각이 떠올라 가쿠토는 심한 자괴감을 느꼈다.

인기척이 나서 뒤돌아보니 현장에 온 경시청 수사1과 형사들이 보였다. 그중 키가 크고 깡마른 남자를 발견한 가쿠토는 흠칫 놀랐다. 순간 떠오른 자신의 저열한 생각이 이 자리에 떠돌아 그가 그 악취를 맡기라도 하면 어떡하나 긴장했다.

시신 발견 현장에는 어울리지 않는 초연한 모습. 그의 주변만 공기가 희박해서 마치 중력의 영향을 받지 않는 것처럼 지면에서 2~3센티미터 떠 있는 듯하다. 곱슬기 있는 앞머리, 가늘고 긴 눈은 날카롭지만 입꼬리가 올라가 있어서인지 전체적인 표정으로 보자면 미소와 비탄 사이를 왔다 갔다 하는 것 같다.

다른 형사들과 함께 가쿠토 옆을 지나친 그는 시신의 약 1미터 앞에 멈춰 서서 두 손을 모으고 머리를 숙였다. 살벌한 분위기 속에 그 혼자만 다른 세계에 있는 듯 뒷모습이 고요하고 편안해 보인다. 그는 족히 1분은 지나고 나서야 손을 내렸다.

족적 채취 중인 베테랑 감식원이 합장을 마친 그에게 뭔가 말하고 있다. 아까 가쿠토에게는 "어휴, 걸리적거려! 내가 됐다고 할 때까지 물러나 있어!" 하고 으박질렀으면서 그에게는 고이 간직해온 비밀을 털어놓는 듯한 태도다.

그렇지만 화가 나지는 않는다. 그가 경시청 수사1과 살인범 수사 제5계 형사 미쓰야 슈헤이여서다. 미쓰야는 종잡을 수 없고 상식을 벗어난 것 같은 분위기 때문에 괴짜로 알려졌지만 워낙 실력이 출중해 누구나 인정하는 존재다.

미쓰야가 천천히 주위를 둘러본다. 가쿠토는 그가 자신을 알아봐주길 바랐다. 순간 눈이 마주친 듯했지만, 미쓰야의 시선은 가쿠토를 그냥 지나쳐버렸다.

* * *

가쿠토는 신호를 기다리는 동안 조수석의 미쓰야를 살며시 살펴봤다. 미쓰야는 차에 탄 뒤로 계속 팔짱을 긴 채 앞만 보고 있다. 가늘고 긴 그의 눈이 바라보는 건 앞 유리 너머 풍경이 아니라, 그 자신의 머릿속인 것처럼 느껴졌다.

미쓰야가 먼저 말하는 유형이 아닌 것도, 감정과 생각을 표현하지 않는 것도 알고 있다. 그렇다 해도 벌써 한 시간 가까이 제대로 된 대화가 없어서 차 안에는 침묵이 쌓이고 있었다.

이 무거운 분위기가 신경 쓰이지 않는 걸까. 그렇게 생각하던 가쿠토는 꼼짝도 하지 않는 미쓰야를 곁눈으로 보고, 이 사람이 분위기 같은 걸 신경 쓸 리 없지, 하며 체념과 동시에 답을 냈다.

사람들이 건너간 횡단보도 위로 메마른 낙엽이 굴러다니고 저물어가는 하늘 끝에 밤기운이 배어난다.

신호가 파란불로 바뀌어 가쿠토는 액셀을 밟았다. 이제 몇 분 뒤면 목적지에 도착한다.

시신이 발견된 지 이틀이 지났다.

도쓰카 경찰서에 수사본부가 설치됐지만 사법해부 결과가 나오지 않아 살인사건이 아닌 시체유기사건으로 다루고 있다. 실종자 리스트와 시신의 신원을 대조하고 있지만 일치하는 인물도 찾아내지 못했다. 그럼에도 불구하고 수사본부가 활기를 띤 것은 시신의 지문이 데이터베이스에 등록돼 있었기 때문이다.

목적지인 히가시야마 리사의 집은 지바현 지바시市 교외에 있었다. 북유럽풍의 아담한 단독주택이다. 크림색 벽과 목재 현관문, 현관문 주위는 벽돌 타일로 시공됐고 완만한 삼각 지붕도 벽돌 타일과 같은 색이다.

미쓰야가 인터폰을 누르자 잠시 후 현관문이 열렸다. 방문하겠다는 연락은 사전에 해두었다.

히가시야마 리사는 굳은 표정으로 미쓰야와 가쿠토를 거실로 안내했다.

벽에 설치된 대형 TV, 아이보리색 카우치 소파와 원목 테이블, 나뭇잎을 모티브로 한 밝은 녹색 커튼. 내닫이창에는 꽃꽂이 몇 개와 포인세티아 화분이 나란히 놓여 있다. 세련되고 포근한 느낌의 거실은 젊은 부부를 대상으로 한 모델하우스 같은 분위기다.

서랍장 위 액자 속에는 부부와 중학생 정도의 딸, 이렇게 세 식구가 화려한 꽃밭을 배경으로 웃고 있다.

아무것도 모르는 사람에게는 이 집에 사는 가족이 행복하게 보일 것이다. 작년 여름 이 집 남편이 살해됐을 거라고는 상상도 하지 못한 채.

히가시야마 리사가 차를 끓이려 하자, 미쓰야가 괜찮다며 사양했다. 미쓰야와 가쿠토는 소파 옆에 서서 그녀가 자리에 앉기를 기다렸다.

"남편분 목숨을 빼앗은 범인을 아직 체포하지 못해 죄송합니다."

미쓰야는 그렇게 말하고 머리를 깊이 숙였다. 가쿠토도 황급히 그를 따라 했다.

히가시야마 리사는 예상치 못한 사과에 당황했는지 "아, 아니에요" 하고 허둥댄 뒤, "앉으세요"라며 소파를 권했다.

"히가시야마 씨께서 봐주셨으면 하는 사진이 있어 왔습니다."

소파에 앉은 미쓰야가 사진 한 장을 내밀었다.

"이분을 아십니까?"

히가시야마 리사는 머뭇거리며 사진을 집어들었다. 가녀린 체격에 피부가 하얀 그녀는 눈, 코, 입 모두 자그맣다. 약간 처진 눈은 울면서도 웃는 느낌이라 마흔한 살이라는 나이에 비해 미덥지 못한 인상을 준다.

사진을 보는 그녀의 작은 눈에 긴장과 불안의 빛이 떠올랐다.

"……아뇨."

목소리를 쥐어짠 그녀는 미끄러뜨리듯 테이블 위에 사진을 올려놨다.

"모르는 분입니까?"

"네, 몰라요."

"틀림없습니까?"

"네."

그녀는 그렇게 대답한 뒤 "저기" 하면서 결심한 듯 눈을 들었다.

"이 사진 속 여자는 죽은 거죠? 남편이 이 사람과 무슨 관련이 있나요?"

"그걸 조사하는 중입니다."

"이 사람은 누구예요? 남편을 죽인 사람이 이 사람도 죽였나요?"

"지금은 이분이 누군지도, 남편분의 목숨을 빼앗은 범인이 이분의 목숨까지 빼앗았는지도 모릅니다. 애초에 이분 사인이 사고인지 타살인지도 아직 모릅니다. 그 모든 걸 명확히 밝혀야 한다고 생각할 뿐입니다. 물론 남편분 목숨을 빼앗은 범인도 포함해서요."

히가시야마 리사는 미쓰야의 설명을 잘 이해하지 못하겠다는 얼굴이다.

미쓰야는 몇 초 뒤 다시 입을 열었다.

"지금 분명한 건 남편분 살해 현장에서 채취한 지문 중 하나가 이분의 지문과 일치한다는 겁니다."

그녀는 말뜻을 바로 알아듣지 못했는지 당혹스러운 표정을 지었다.

"앗, 그럼."

이윽고 그녀가 놀라며 눈을 번쩍 떴다.

"이 사람이 남편을 죽였다는 말인가요?"

"그렇게 말씀드리지는 않았습니다." 미쓰야는 담담히 말했다. "이분의 지문이 남편분 살해 현장에서 채취한 지문 중 하나와 일치한다고 말씀드렸습니다. 지금 분명한 건 그것뿐입니다."

그녀는 "아니, 그래도"라고 했지만, 다음 말을 잇지 못하고 그대로 입을 다물었다. 그러더니 "다시 봐도 될까요?" 하고 테이블 위의 사진을 집어들었다. 몇 초간 들여다봤지만 역시 짐작가는 게 없는 모양이다.

히가시야마 리사의 남편인 요시하루는 작년 8월 20일 아침, 집에서 약 500미터 떨어진 공원에서 시신으로 발견됐다.

야트막한 언덕에 있는 공원은 원래 산책로와 정자, 벤치만 있어 자연림 같은 분위기였지만 지역 주민의 요청으로 수영장과 놀이기구를 갖춘 어린이 공원을 짓기 위해 지반을 조성 중이었다. 히가시야마 요시하루의 시신을 발견한 사람은 오봉(조상의 넋을 기리는 일본의 8월 15일 명절-옮긴이) 연휴가 끝나고 20일에 출근한 공사 인부였다. 시신이 토사를 굴착해놓은 구덩이에 떨어져 있었던 바람에 발견되기까지 시간이 꽤 걸린 모양이다. 부패가 시작된 시신은 까마귀가 쪼아 먹은 흔적도 있었다. 사법해부 결과 사망 추정 시각은 시신 발견 이틀 전인 8월 18일 오후 6시에서 12시 사이였다. 시신 옆에 그의 서류 가방이 떨어져 있고 지갑이 없어진 것으로 보아 돈을 노린 범죄일 가능성이 높았다. 히가시야마 요시하루는 가슴을 칼에 찔린 뒤 구덩이에 던져졌거나 굴러떨어진 것으로 추측되지만 흉기는 발견되지 않았다.

1년 4개월이 지난 지금도 범인을 잡지 못했다.

그런데 이틀 전 크리스마스이브날 밤에 시신으로 발견된 여성의 지문이 히가시야마 요시하루의 서류 가방에서 채취한 지문 중 하나와 일치한 것이다.

"왠지 이상한 느낌이 드네요."

히가시야마 리사가 사진을 보며 중얼거렸다.

"이렇게 가만히 보고 있으면 어디선가 본 듯한 기분이 든단 말이죠."

그렇게 말한 그녀는 숨을 살짝 내쉬었다.

"본 듯한 기분이 드십니까?"

미쓰야의 질문에 그녀가 "네?" 하며 눈을 들었다.

"사진 속 인물을 본 듯한 기분이 드십니까?"

미쓰야는 진지한 얼굴로 반복해서 물었다.

"아, 아뇨, 그게 아니라…… 그런 의미가 아니라요……."

"그럼 어떤 의미입니까?"

가쿠토는 그녀의 말이 무슨 뜻인지 알 것 같아 대신 설명하고 싶어졌다. 나와 관련된 사람이라는 말을 들으면 어디선가 본 듯한 기분이 드는 건 그리 드문 일이 아니다. 자신의 기억을 괜히 의심하게 되기도 한다.

하지만 미쓰야가 그런 설명을 받아들일 리가 없다. 가쿠토는 잠자코 두 사람을 지켜봤다.

"모르는 사람이에요."

딱 잘라 말해야겠다 싶었는지, 히가시야마 리사는 그렇게 대답하고 사진을 내려놓았다.

"자녀분은 어디에 있습니까?"

미쓰야가 물었다.

히가시야마 리사에게는 고등학교 1학년생 딸이 있다.

"도쿄에 있는 친정에서 지내요. 도쿄 고등학교에 진학했는데, 여기서 통학하기는 힘드니까요……."

그녀는 잠시 말을 끊더니, "아니, 그보다는" 하고 뭔가를 떨치듯 이어서 말했다.

"이 집에 아이를 두는 게 무서웠어요. 집 근처에서 남편이 살해된 데다 범인은 아직 잡지도 못했잖아요. 다음에는 아이가 당할지도 모른다는 생각을 떨칠 수가 없었어요. 아이 곁에 24시간 내내 붙어 있을 수도 없는 노릇이라 차라리 할머니, 할아버지 집에서 지내는 편이 더 안전하겠더라고요. 물론 저도 무서워요. 집을 팔 생각도 해봤어요. 파는 게 낫다는 건 알지만, 이 집에는 우리 가족의, 남편과의 추억이 담겨 있어요. 벽지며 바닥이며 현관문이며 전부 남편이 고심 끝에 고른 거예요. 그래서 도저히 놓지 못하겠더라고요……."

그녀의 말은 아직도 범인을 체포하지 못한 경찰을 탓하는 것처럼 들렸다.

미쓰야가 "죄송합니다" 하고 다시 머리를 숙이기에 가쿠토도 똑같이 따라 했다.

성실한 태도로 사과한 미쓰야는 고개를 들자마자 화제를 바꿨다.

"그나저나 24일 오후 8시부터 9시 사이에 히가시야마 씨는 어디에 계셨습니까?"

"네?" 하고 당황한 히가시야마 리사는 "저, 그 말은," 하면서 말을 더듬었다.

"여자가 살해됐을 때 말인가요?"

"누구에게나 하는 형식적인 질문입니다."

"저기, 아르바이트를 하고 있었어요. 베이커리 카페에서."

미쓰야는 가게 이름을 확인한 뒤, "남편분 사건은 계속해서 최선을 다해 수사하겠습니다" 하고 화제를 돌리며 물러났다.

1년 4개월 전 살인사건은 지바현에서 일어났기 때문에 도쓰카 경찰서 소속 형사에게는 관할 밖의 일이지만, 피해자 유족 입장에서는 상관없는 일이다. 수사자료를 읽은 가쿠토는 시간이 지날수록 범인 체포가 멀어지고 있다는 느낌을 받았다. 수사 인원도 크게 줄었을 것이다.

현관문을 나선 가쿠토의 머릿속에 내닫이창에 있던 포인세티아의 붉은색이 아른거린다. 그녀는 행복의 상징 같은 이 집에서 혼자 크리스마스를 보낸 걸까, 하고 생각했다. 집을 돌아보자 내닫이창에는 커튼이 쳐져 있고 커튼레일 틈새로 거실 불빛이 작게 새어나오고 있었다.

"이상하다는 생각 들지 않던가요?"

조수석에 올라탄 미쓰야가 입을 열었다. 오늘 그가 말을 걸어온 건 처음이었다.

그러나 가쿠토는 할 말이 떠오르지 않았다. 미쓰야는 뭘 가리켜 이상하다고 하는 걸까. 히가시야마 요시하루의 서류 가방에 묻은 지문일까, 히가시야마 리사의 언행일까, 아니면 1년 4개월 전 사건에 모순이라도 있는 걸까. 가쿠토는 초조해졌다. 빨리 말하지 않으면 멍청하다고 생각할 것이다. 하지만 아무리 머리를 굴려도 무엇 하나 떠오르지 않았다.

결국 "뭐가 이상하다는 말씀이신가요?" 하고 솔직하게 되물었다.

"꽃꽂이 말입니다."

미쓰야는 앞을 본 채 혼잣말하듯 말했다.

"꽃꽂이요?"

앞 유리 너머로 다시 내닫이창을 봤지만 커튼 때문에 잘 보이지 않는다. 가쿠토는 아까 거실에서 본 내닫이창을 떠올렸다. 포인세티아 화분과 함께 꽃꽂이 몇 개가 나란히 놓여 있었다. 아마 세 개, 아니 네 개였던가. 녹색과 붉은색을 중심으로 한 크리스마스 느낌의 꽃꽂이도 있었고, 분홍색이나 노란색, 오렌지색 꽃꽂이도 있었다.

미쓰야라면 틀림없이 정확하게 기억하고 있을 것이다. 제길, 하고 생각했다. 미쓰야가 아닌, 한심한 자신을 향해서다.

"내닫이창에 꽃꽂이가 세 개 놓여 있더군요."

"네, 그렇죠. 내닫이창에 세 개."

아, 세 개였구나, 하고 생각하면서 만회하기 위해 "포인세티아 화분과 함께요"라고 덧붙였지만, 미쓰야는 듣지 못한 듯했다.

"거기 계속 놓여 있는 걸까요."

의문형이기는 하나 대답을 바라는 것 같지는 않다. 그래서 가쿠토는 아무 말도 하지 않았다. 예상대로 미쓰야는 내닫이창에 시선을 던지며 계속했다.

"오늘은 날씨가 화창했습니다. 직사광선이 내리쬐는 내닫이창에 꽃꽂이를 두고 싶다는 생각은 안 들 것 같은데. 아니면 해가 지고 나서 옮겨놨던 걸까요."

마치 닭이 먼저냐 달걀이 먼저냐를 골똘히 생각하는 것 같다.

"저, 그게 뭐가 어떻다는 건가요?"

"뭐가 어떻다." 미쓰야는 의아한 표정으로 가쿠토를 쳐다봤다. "궁금하지 않습니까?"

아뇨, 딱히……. 가쿠토는 속으로 대답했다.

그보다 더 이상하고 더 궁금한 게 있다. 대답이 두려워 묻지 못했지만, 더는 참을 수가 없었다.

"미쓰야 경위님, 저 기억 안 나십니까?"

무심코 탓하는 말투로 말해버렸다.

미쓰야가 벙찐 얼굴로 가쿠토를 쳐다본다.

설마 정말 기억을 못하는 건가?

가쿠토 얼굴에서 핏기가 싹 가셨다. 아니, 경이로운 기억력을 가진 미쓰야가 기억하지 못할 리가 없다. 하지만 그는 상식을 벗어난 사람이기도 하다. 관심이 없는 가쿠토를 불필요한 기억으로 치부해 일부러 삭제했을 가능성도 있지 않을까.

석 달 전, 신주쿠구 나카이에서 발생한 살인사건을 수사하며 처음으로 미쓰야와 파트너가 됐다. 가쿠토는 옛날부터 '괴짜'로 통하는 사람이 불편했지만, 미쓰야는 지금까지 만난 괴짜 중에서도 유독 종잡을 수 없는 사람이었다. 미쓰야와 함께 있을 때는 자신이 얼마나 평범하고 둔감한 사람인지 뼈저리게 깨달아야 했다. 똑같은 풍경을 봐도 눈동자에는 다른 것이 비치는 기분이 들었고, 사고 회로의 개수와 정밀함의 차원이 다르다는 걸 알게 됐다. 주변 눈치를 살피는 일 없이 진실을 향해 거리낌 없이 나아가는 그가 부러웠다. 그래서 화도 났고 질리기도 했다. 하지만 시간이 지나며 가쿠토는 경계심과 자기혐오 탓에 마음을 닫았다는 걸 인정하게 됐고 사건이 해결됐을 무렵에는 서로 꽤 친해졌다고 생각했다.

그랬건만—. 어제 수사회의에서 미쓰야와 파트너가 됐다는 사실을 알았을 때였다. 가쿠토는 "도쓰카 경찰서의 다도코로 가쿠토, 지난주에 스물아홉 살이 됐습니다. 잘 부탁드립니다" 하고 군기가 바짝 든 태도로 머리를 숙였다. 일부러 장난을 친 거였다. 그런데 미쓰야가 "경시청 수사1과 미쓰야 슈헤이입니다. 서른아홉 살입니다. 저야말로 잘 부탁합니다" 하고 가쿠토를 따라 굳이 나이까지 밝히고 진지한 얼굴로 머리 숙여 인사를 했다. 미쓰야는 놀라서 입을 벌린 가쿠토는 아랑곳없이 수사의 확인 사항을 차분하게 말했다.

꼬박 하루가 지난 지금도 서먹한 건 변함이 없었다.

가쿠토는 숨을 멈추고 미쓰야의 대답을 기다렸다.

"기억합니다."

미쓰야가 선선히 대답했다.

진심으로 안도하는 동시에 불평이 튀어나왔다.

"그런데 왜 어제부터 모르는 사람 대하듯 데면데면하셨어요? 보통 오랜만이라거나 잘 지냈냐는 인사 정도는 하지 않나요? 마치 처음 보는 사람처럼 차갑게 구시는 것 같아서……."

거기까지 말하고 화들짝 놀랐다. 얼굴에 열이 오른다. 왜 미쓰야에게 불평을 하면 애인에게 투정하는 것처럼 되는 걸까. 애초에 두 사람 다 차에 탔는데 아직도 출발하지 않은 상황이 꼭 고집을 부리며 버티는 것 같지 않은가.

가쿠토는 창피해서 차마 미쓰야의 얼굴을 보지 못하고 말없이 시동을 걸었다. 이런 기분이 들게 하는 미쓰야가 야속해서 속이 타들어가는 것 같았다.

"다도코로 형사가 나를 기억하지 못하는 줄 알았습니다."

미쓰야의 나직하고 허스키한 목소리가 평소보다 부드럽게 들렸다.

"네?"

다도코로 가쿠토는 액셀을 밟으려다 멈추고 미쓰야를 쳐다봤다.

"어제 다도코로 형사가 처음 만난 사람처럼 인사를 하길래, 나를 기억하지 못할지도 모른다고 생각했습니다. 내가 알은체하면 다도코로 형사가 미안해할까 봐 일부러 처음 본 것처럼 행동한 겁니다."

"그럴 리가 없잖습니까!"

가쿠토는 뒤로 넘어가는 줄 알았다.

"그럼 어째서 그렇게 인사를 한 겁니까?"

그냥 장난친 거잖아요, 하고 말해도 미쓰야에게는 통하지 않을 것이다.

"아니, 좋아요, 다 좋습니다. 저 때문이에요. 예, 제 잘못입니다."

구시렁거리면서도 입꼬리가 올라갔다.

다음 날 사법해부 결과가 나왔다. 사인은 둔기로 두부를 맞아 생긴 뇌내출혈. 사망 추정 시각은 검시관의 당초 예상대로 시신이 발견되기 한 시간 전 이내라는 것이 판명됐다.

사건 당시의 일도 밝혀졌다.

여자는 시신 발견 현장인 4층짜리 건물 옥상에서 추락했다. 떨어진 곳은 건물 뒤편 골목에 면한 사방 2미터 크기의 화단이지만, 꽃이 심어졌던 건 1~2년쯤 전이라 최근에는 불법 투기된 쓰레기가 있었던 모양이다. 떨어지긴 했지만 쓰레기 더미가 쿠션 역할을 해서 골반과 늑골이 골절되고 뇌타박상과 신장손상을 입었지만 치명상은 아니었다. 하지만 그 후 머리에 둔기를 맞아 목숨을 잃고 건물 1층으로 옮겨진 것으로 보인다.

그리고 여자가 옥상에서 떨어진 게 사고인지 스스로 뛰어내린 것인지, 혹은 누군가가 밀어서인지는 분명치 않다. 흉기인 둔기 또한 아직 특정되지 않았고 발견하지도 못했다.

유일하게 안도한 건 옷이 흐트러지긴 했어도 성폭행 흔적은 없다는 것이다. 그 때문에 위험을 느낀 여자가 옥상에서 필사적으로 도망친 것 아닌가 추측하고 있다. 여자의 나이는 처음 받은 인상대로 50~60세라고 했다.

이때부터 시체유기가 아닌, '다카다노바바2가 살인사건'으로 불리게 됐다.

아침 수사회의가 끝나자 미쓰야는 오늘도 히가시야마 리사의 집에 가겠다고 했다.

"그쪽에 미리 연락해서 양해를 구해야 하는 거 아닌가요?"

가쿠토가 허둥지둥 말했다. '그쪽'이란 히가시야마 리사가 아닌, 지바현 경찰을 가리킨다.

어젯밤 지바현 경찰, 즉 지바현경에서 클레임이 들어왔다. 아무런 연락도 없이 히가시야마 리사를 만난 일 때문이었다. 가쿠토 일행이 나온 뒤 몇십분 후, 히가시야마 요시하루 살인사건의 수사원이 그 집에 찾아갔던 모양이다.

수사본부를 지휘하는 관리관은 미쓰야와 가쿠토에게 지바현경에 예의를 지켜가며 수사하라고 했지만, 가쿠토에게는 그 말이 '어쨌든 나는 당부했다' 하고 증거를 남기려는 것처럼 들렸다. 그 후 도쓰카 경찰서 형사과장은 부하인 가쿠토만 따로 불러 "지바현경과의 연락 및 조율은 자네가 맡도록 해. 파스칼이 예의 지켜가며 수사할 리가 없잖아" 하고 지시했다. '파스칼'은 미쓰야 몰래 붙여진 별명으로, 생각하는 갈대에서 유래했다. 확실히 미쓰야의 홀쭉한 체형은 미덥지 못한 갈대를 떠올리게 한다. 또 다른 별명으로 '밋치'도 있지만, 미쓰야 앞에서는 아무도 그를 별명으로 부르지 않는다.

"그쪽?"

미쓰야가 되물었다.

"그러니까, 히가시야마 요시하루 사건의 수사원 말이에요. 일단 연락해둬야 할 것 같은데요."

"씨."

"네?"

"히가시야마 요시하루 씨는 피해자입니다. 경칭을 붙이세요."

"앗, 네. 죄송합니다."

"궁금하지 않습니까?"

"네?"

"꽃꽂이 말입니다."

"네에?"

"일기예보에 의하면 지바현의 오늘 오전 날씨는 맑음이라고 하더군요. 내닫이창에 꽃꽂이가 놓여 있는지 확인하러 갑시다."

가쿠토는 미쓰야의 사고 회로를 전혀 이해할 수 없었다. 꽃꽂이가 내닫이창에 있는 게 피해자의 신원 특정이나 그녀를 살해한 범인과 무슨 연관이 있다는 걸까. 아무리 생각해도 연관이 없다는 대답밖에 나오지 않았다.

'다카다노바바2가 살인사건'은 현재 CCTV 분석과 탐문을 중심으로 행적 수사를 진행 중이지만 피해자 신원이 밝혀지지 않아 주변 인물을 통한 수사도 불가능하다. 유일하게 피해자와 지문으로 연관된 인물은 1년 4개월 전에 살해된 히가시야마 요시하루다.

미쓰야 말대로 지바현에 진입했을 때도 하늘에 해가 떠 있었다. 햇볕이 쨍쨍히 내리쬐어 겨울인데도 더울 정도였다.

가쿠토는 히가시야마의 집 앞에 차를 세웠다.

꽃꽂이 세 개는 오늘도 포인세티아 화분과 함께 내닫이창에 놓여 있다. 창에 커튼이 쳐져 있어 집 안의 모습은 알 수 없다.

미쓰야가 차에서 내리기에 가쿠토도 그 뒤를 따랐다.

히가시야마 리사는 베이커리 카페에서 아르바이트를 하고 있다. 어제는 쉬는 날이었지만 오늘은 출근했을 터다.

미쓰야는 내닫이창 앞에 팔짱을 끼고 서서는 물끄러미 꽃꽂이를 쳐다봤다. 모르는 사람이 보면 수상한 남자들로 보일지도 모른다.

옆 옆 옆집 마당에서 한 여자가 이쪽을 보고 있었다. 60대로 보이는 여자는 자신의 시선을 숨기려 하지도 않고 노골적으로 쳐다본다.

"안녕하십니까."

미쓰야가 인사를 건네자, 여자는 기다렸다는 듯이 "경찰이우?" 하고 물었다.

"왜 경찰이라고 생각하십니까?"

"어제도 왔으니까 그러지. 댁들 말고 다른 사람들이었는데 죽은 여자 사진을 보여주더라니까. 이 시간에 이런 데 오는 사람은 경찰 말고 없지 뭐."

"그렇군요."

"어제 온 경찰은 자세히 말을 안 했는데, 사진 속 여자, 며칠 전에 죽은 노숙인 아니우?"

여자는 호기심이 깃든 눈으로 몸을 내밀고 물었다. 빨래를 널고 있었는지, 길쭉한 빨랫대 중간까지 수건과 옷가지가 걸려 있고 그 밑에는 빨래 바구니가 놓여 있다.

"노숙인? 경찰이 그렇게 말했습니까?"

"경찰은 그렇게 말 안 했어도 TV에서 그러던데 뭐. 게다가 내 또래인데도 성폭행 때문에 살해됐을지도 모른다고 하고. 아니, 남자도 아니고 그 나이 먹은 여자가 노숙인이 되니까 끔찍하게 죽은 거 아냐. 딱하기도 하지. 경찰서가 엎어지면 코앞이라고 하던데."

"그렇지 않습니다."

미쓰야가 말했다. 여느 때처럼 조용한 목소리였지만 흔들림 없는 의지가 느껴졌다.

"에구머니. 경찰서 근처가 아니었다고?"

"여자든 남자든, 몇 살이든, 노숙인이든 아니든 간에 살해되어도 되는 사람은 없습니다."

여자는 목이 턱 막혔는지, "아, 그야 그렇긴 한데, 그게 아니라 내 얘기는 정말 딱하게 됐다 이거지. 빨리 신원이 밝혀져서 가족 품으로 돌아가면 좋으련만. 경찰이 빨리 범인을 잡아줬으면 좋겠구먼" 하고 말을 이었다.

"네. 전력을 다하겠습니다."

미쓰야가 깍듯하게 대답하자 만족스러운 표정을 지은 여자는 "살해된 노숙인이 히가시야마 씨하고 아는 사이일 수도 있다는 거지?"하며 오지랖 넓게 질문했다.

"지금 그걸 조사하고 있습니다."

"히가시야마 씨를 죽인 범인도 안 잡혔고 말이우."

여자는 한 손으로 볼을 감싸며 한숨 섞어 말했다.

미쓰야가 "죄송합니다" 하고 머리를 숙였다.

"벌써 1년 4개월이나 지났는데, 이제 와서 범인을 찾을 수 있으려나. 그날 이후 외출하기가 무서워서 특히 늦은 시간에는 나다니지 않고 있어. 나뿐만 아니라 이 동네 사는 사람은 다 그래. 히가시야마 씨는 범인이 돈을 노리고 죽인 거라면서? 그럼 누가 또 당할지 모르는 거잖아. 이런 소리 하면 안 되지만, 히가시야마 씨에게 원한을 품은 사람이 범인이면 그나마 나으련만. 아이고, 또 댁한테 혼나겠구먼. 아무튼 빨리 범인을 잡아줘야지, 불안해서 못 살겠어."

불안해서 못 살겠다는 대목에서 여자의 표정이 험악해졌다. 가쿠토는 당연한 말이라고 생각했다. 집에서 약 500미터 거리에서 살인사건이 발생한 데다 살해된 사람은 이웃사촌이다. 범인이 잡히지 않았는데 안심하고 살 수 있을 리가 없다. 평소에는 잊어버리기 쉽지만, 사람이 사람의 손에 죽는다는 것은 가해

자와 피해자뿐만 아니라 접점이 없어 보이는 사람들의 인생이
나 일상생활에도 어두운 그림자를 드리운다.

"설마, 살해된 노숙인이 히가시야마 씨를 죽인 범인일 리는
없겠지?"

미쓰야는 여자의 살피는 듯한 시선을 자르듯이 히가시야마의
집으로 눈길을 돌리더니 "꽃이 장식돼 있는 거 아십니까?" 하고
다시 여자를 쳐다본다.

"에?"

"히가시야마 씨 집 내닫이창에 꽃꽂이가 놓여 있습니다만."

여자는 그제야 알았다는 듯이, "아아, 히가시야마 씨네 집은
그렇지" 하고 목소리에 힘을 줬다.

"남편이 그렇게 되기 전까지는 행복한 가족이었어. 흔히 그
림 같다고들 하는데, 정말 그런 느낌이었다니까. 마당에서 바비
큐도 하고 가족끼리 캠핑도 가고 내닫이창은 항상 예쁜 장식물
로 꾸며져 있었는데 그게 계절에 따라 바뀌니까 꼭 쇼윈도 같아
서 지나갈 때마다 눈요기를 했지. 아, 그렇지, 12월에는 크리스
마스 장식을 하는데 어찌나 예쁘던지. 남편이 그렇게 되고 나서
는 크리스마스 장식은 없어졌구먼. 하긴, 그럴 정신이 어디 있
겠어."

"꽃꽂이는 어떻습니까? 예전부터 내닫이창에 있었습니까?"

"그거는 친구가 보내줬다던데. 얼마 전에 쓰레기 버리러 나왔

다가 마주쳤을 때 그러더구먼. 남편을 잃고 상심하고 있었더니 친구가 마음을 써줬다면서. 좋은 친구를 둬서 기쁘고 그 마음 씀씀이가 고맙다고."

"그럼 예전에는 내닫이창에 꽃꽂이가 있지 않았겠군요?"

"글쎄. 거기까지는 잘 기억이 안 나는데……." 여자는 미간을 찌푸리며 기억을 더듬었다. "그런데 내닫이창에 꽃이 있었던 건 남편이 죽고 나서 좀 지난 뒤였던 것 같은데. 직후에는 내닫이창에 소품이 없어져서 살풍경했지. 어느 날 보니까 장식물 대신 예쁜 꽃이 놓여 있어서 남편한테 바치는 헌화냐고 물었더니, 그렇다고 하더구먼. 혼자 쓸쓸할 거라면서. 금실이 참 좋은 부부였는데."

가쿠토는 미쓰야가 내닫이창에 신경 쓰는 이유를 여전히 모른다. 물어봐도 어차피 어제처럼, 궁금하지 않습니까? 하는 말만 돌아올 것이다. 실제로 그렇다. 미쓰야는 이상하다 싶은 게 있으면 궁금하고 알고 싶다는 단순한 이유로 행동에 나선다. 다만 미쓰야가 이상해하는 것을 다른 사람은 이상해하지 않고, 미쓰야가 궁금해하는 것을 다른 사람은 궁금해하지 않을 뿐이다.

히가시야마 요시하루가 살해된 곳은 집에서 약 500미터 떨어진, 도보로 6~7분 걸리는 공원이다.

미쓰야가 사건 현장에 가겠다고 했을 때 가쿠토는 지바현경 수사원이 나와 있으면 어떡하나 걱정했지만, 가지만 앙상한 겨울나무가 빽빽이 들어찬 공원은 '모꼬지 언덕 공원'이라는 이름에 어울리지 않게 한산했다. 공원은 구릉지에 있고 산책로는 전철역 쪽 평지와 주택가가 있는 고지대를 연결한다. 그 때문에 전철역과 집을 오가는 지름길로 이용하는 사람도 있는 모양이다.

어린이 공원 건설 예정지는 산책로에서 떨어진 곳이었다. 나무를 벌채하고 흙을 매립해놓기는 했지만 그 외에는 손대지 않은 상태로, 출입 금지 펜스에 둘러싸여 있었다. 히가시야마 요시하루의 시신이 발견된 구덩이는 메워져 있어 정확한 위치를 확인해볼 수는 없었다.

미쓰야는 펜스 앞에 서서 눈을 감고 두 손을 모았다. 가쿠토도 따라 했다. 1분이 지난 것 같아 눈을 살짝 떠보니 미쓰야가 계속 합장을 하고 있어 가쿠토는 얼른 눈을 감았다.

수사자료에 따르면 히가시야마 요시하루에게 별다른 문제는 없었다. 이웃 주민과 직장 동료는 그를 성실하고 온화한 사람이라고 평가했다. 부부 사이가 좋기로 유명한 그는 환영회와 송별회를 제외하면 술자리에도 거의 참석하지 않았다. 동료가 '공처가'라고 놀리자 그는 부정도 하지 않고 오히려 자신의 취미는 '가족'이라며 조용히 웃었다고 한다.

가쿠토는 서랍장 위에 있던 사진을 떠올렸다.

은테 안경을 끼고 눈을 부드럽게 뜬 그는 절제돼 있기는 하나 흡족한 미소를 띠고 있었다. 히가시야마 요시하루는 아내인 리사보다 열 살이 많아 사건 당시에는 쉰 살이었지만, 사진 속 두 사람은 실제보다 더 나이 차가 많아 보였다. 요시하루가 실제 나이보다 대여섯 살 많아 보이는 데 반해 리사는 대여섯 살 어려 보이는 탓이었다.

히가시야마 요시하루의 서류 가방에 신원을 알 수 없는 여자의 지문이 묻어 있었다. 그것만으로는 그녀가 히가시야마 요시하루를 살해했다고 단정할 수는 없다. 지문이 언제 어디서 묻었는지도 모른다. 아는 사이였을 가능성도 있고 전철 안에서 우연히 닿았을 가능성도 있다.

"야나기다 씨 얘기를 듣고 나니 더 아리송해졌습니다."

미쓰야가 돌연 입을 열었다.

"야나기다 씨요? 아, 아까 그 이웃 주민이요?"

"야나기다 씨는 내닫이창의 꽃이 요시하루 씨에게 바치는 헌화라고 했습니다. 아내인 리사 씨가 그렇게 말했다고 말이죠."

미쓰야가 기억합니까? 하고 묻듯이 가쿠토를 본다.

"네."

가쿠토의 등허리가 절로 펴졌다.

"야나기다 씨 말로는 리사 씨가 친구에게 꽃꽂이를 받았다고 했죠. 그걸 내닫이창에 장식했다면 요시하루 씨에 대한 애도의 표현이라고 봐도 되겠습니까?"

"그렇겠죠."

"그런데 왜 요시하루 씨의 사진은 없었던 걸까요."

"네?"

"내닫이창 꽃이 요시하루 씨에게 바치는 헌화였다면 그곳에는 사진이 놓여 있어야 마땅하다고 생각합니다."

서랍장 위에 있었잖아요, 하고 대답하려 했지만 미쓰야가 더 빨랐다.

"가족사진은 서랍장 위에 놓여 있었습니다. 하지만 요시하루 씨의 독사진은 없더군요. 내닫이창 꽃이 정말 헌화라면 사진이 없다는 게 도무지 납득이 가지 않습니다."

그런가. 그럴지도 모른다. 미쓰야의 말을 듣다 보니 그 말이 옳다는 생각이 들었다.

"그리고 서랍장 위 사진은 조금 부자연스러워 보이더군요."

미쓰야의 말에 가쿠토는 다시 사진을 떠올려봤다. 드넓은 파란 하늘과 꽃밭을 배경으로 딸을 가운데 두고 세 식구가 웃고 있었다. 좋게 말하면 행복해 보이고 나쁘게 말하면 흔하디흔한 가족사진으로 보였다. 어디가 부자연스럽다는 걸까.

미쓰야의 시선은 출입 금지 펜스 너머로 향해 있다. 이곳에서 목숨을 잃은 히가시야마 요시하루에게 말을 건네는 것처럼 보이기도, 그의 목소리를 들으려는 것처럼 보이기도 했다.

"사진 뒤에 토끼 오브제가 두 개 있었죠."

가쿠토 기억에 토끼 오브제는 없었다. 가족사진이 담긴 액자는 금색이고 우측 상단이 하트 모양이었다는 건 기억나는데.

"한 마리는 실크헤트를 쓰고 콘트라베이스를 켜고 있고, 또 한 마리는 귀에 리본을 달고 클라리넷을 불고 있더군요. 사진은 그 앞에 놓여 있었습니다."

"네, 그런데……."

그게 뭐가 어떻다는 걸까.

미쓰야는 이상하지 않습니까, 하고 동의를 구하는 눈길을 보내왔지만, 가쿠토는 미쓰야의 말을 이해할 수 없었다. 아아, 그랬지, 하는 생각이 났다. 미쓰야와 함께 있으면 자신이 얼마나 평범하고 무능한 사람인지 깨닫게 되면서 자기혐오가 일었고 이는 미쓰야에 대한 반발심으로 바뀌곤 했다.

"아아, 빙빙 돌리지 마시고 확실하게 말씀해주세요. 경위님은 무슨 말씀을 하고 싶으신 겁니까?"

짜증스러운 말투가 튀어나왔지만, 미쓰야는 개의치 않고, "뭔가를 말하고 싶은 게 아니라 납득이 가지 않는 일을 말로 하고 있을 뿐입니다"라며 여느 때처럼 담담하게 대답했다.

"사진은 토끼 오브제를 가리는 것처럼 놓여 있었습니다. 보통은 그런 식으로 장식하지 않는다고 생각합니다. 평소에 그 자리에 사진을 놔두지 않을지도 모르겠군요. 경찰이 오니까 놔둔 거 아닐까요? 그렇다면 그게 뭘 의미하는 거겠습니까."

"뭘 의미하는데요?"

가쿠토는 마른침을 삼키며 물었다.

"모릅니다." 미쓰야는 주저 없이 대답했다. "그래서 알고 싶은 겁니다."

2

전철에서 내린 히가시야마 리사는 고개를 숙이고 집을 향해 걸었다. 발걸음이 무겁고 보폭은 좁은 탓에 '터벅터벅'이라는 의태어에 딱 맞는 걸음걸이였다.

집까지 17~18분. 공원을 가로지르면 5분 정도 단축되지만 남편인 요시하루가 죽은 장소를 걷는 건 내키지 않는다.

전철역에서 멀어질수록 퇴근하는 사람이 하나둘 줄어든다. 밤이 깊어져 고요함이 다가온다. 콧속을 시큰하게 자극하는 겨울 공기 속에는 양파 볶는 냄새와 생선 굽는 냄새가 뒤섞여 있다. 리사는 다들 가족이 있구나, 하고 조용히 생각했다.

"저기, 여봐요, 히가시야마 씨."

그 소리에 뒤돌아보니 옆 옆 옆집에 사는 야나기다였다.

"아이고, 마침 잘됐다. 딸네 집 다녀오느라 이렇게 늦었지 뭐야. 우리 집 양반이 골프 여행 가서 혼자 집에 갈 생각을 하니 어찌나 무섭던지. 평소에는 늦어지지 않도록 조심하는데, 손주 얼굴 보면 다 소용없다니까. 고 귀여운 걸 보면 당최 엉덩이가 떨어져야 말이지. 밤길이 위험하니 같이 갑시다."

"아, 손녀가 있다고 하셨죠?"

리사는 미소를 지으며 말했다.

"그래, 우리 손녀딸이 세 살인데 요즘 애들은 참 빠르다니까.
오늘만 해도 머리를 파랗게 물들이고 싶다고 해서 아가씨랑 얘
기하는 줄 알았지 뭐야."

쉴 새 없이 떠들어대고 하하하하 웃음소리를 내던 야나기다
가 아차 싶었는지, "미안해요" 하고 민망해하며 말했다.

"아뇨, 그러실 것 없어요. 손녀가 참 귀엽네요."

리사는 더 활짝 미소 지었다.

"장을 많이도 봤네. 저녁거리?"

야나기다는 화제를 바꾸고 리사 손에 들린 비닐봉지에 눈길
을 보냈다.

"네. 백화점 식품관에 들렀더니 남편이 좋아했던 연어 카르파
초가 있더라고요. 그거 말고도 남편이 좋아했던 음식을 이것저
것 담고 스파클링 와인까지 샀더니 꽤 무겁네요."

그렇게 말하고 일부러 장난스러운 미소를 지었지만, 도리어
애처로운 표정이 됐다고 느꼈다. 예상대로 야나기다는 곤혹스
러운 얼굴을 하고 눈을 피했다.

"직접 만들면 좋은데 좀처럼 기운이 나질 않아서요. 1년 4개
월이나 지났는데, 저도 참 안 되겠네요."

차츰 목소리에 물기가 어렸다.

"무리할 것 없어. 말 나왔으니 말인데 안 그래도 히가시야마 씨 뒷모습이 축 늘어졌길래 괜찮은지 걱정이 됐다니까."

그래도, 저기, 하고 야나기다가 목소리 톤을 높였다.

"사건에 진전이 있나 보던데. 그 집에도 경찰이 다녀갔지?"

야나기다가 말을 걸어온 건 이 이야기가 듣고 싶어서였다는 걸 깨달았다. 경찰은 틀림없이 이웃 주민에게도 이것저것 물어봤을 것이다.

"얼마 전에 여자 노숙인이 살해됐잖아요. 남편 서류 가방에 그 사람 지문이 있었대요."

"에구머니나, 진짜?"

야나기다는 거기까지는 몰랐던 모양이다. 괜히 말했나 싶었지만, 말하면 안 된다는 주의를 받은 것도 아니었다.

"네, 그런가 봐요. 그 사람이 남편을 죽인 범인인지 아닌지는 모른다고 했지만요……. 야나기다 씨한테는 뭘 묻던가요?"

"그 노숙인 사진을 보여주면서 아는 사람이냐고 묻던데. 물론 모르니까 모른다고 했지. 오야마 씨랑 마치다 씨, 기요세 씨도 다 본 적 없다고 하더구먼."

야나기다는 이웃 주민들 이름을 대고 나서, "히가시야마 씨도 처음 보는 사람이었어?" 하고 물었다.

"네. 아마도."

"아마도?"

"사진을 계속 보여주면서 정말 모르는 사람이냐고 집요하게 물으니까 점점 어디선가 본 듯한 기분이 들더라고요……."

"아아, 그럴 수 있지. 왠지 알 것 같네. 그나저나 오늘도 이상한 형사가 왔었는데, 그 집에도 갔나?"

"이상한 형사요?"

리사의 머릿속에 떠오른 건 곱슬기 있는 앞머리에 가늘고 긴 눈을 한 미쓰야라는 형사였다. 키가 크지만 연약해 보여서 형사보다는 인기 없는 뮤지션 같은 모습이었다.

"비쩍 마르고 미덥지 못하게 생긴 게 형사답지 않다고 해야하나……. 그리고 보니 같이 온 젊은 형사는 한 마디도 안 했구먼. 얼굴도 기억 안 나네."

"그 두 사람이라면 어제 온 형사인 것 같아요."

"이상한 형사는 이상한 게 신경 쓰이는 모양이지. 히가시야마 씨네 내닫이창에 대해 묻던데."

"내닫이창이요?"

생각지도 못한 전개였다. 거실 내닫이창에는 포인세티아 화분과 꽃꽂이가 세 개 놓여 있을 뿐 의심받을 만한 건 없었다. 혹시 뭔가 부자연스러운 걸 눠두었던가.

"그래. 예전부터 내닫이창에 꽃이 있었냐고."

"꽃, 이요?"

왜 그런 것에 신경 쓰는지 전혀 이해할 수 없었다. 그 일은 리사에게 경계심을 불러일으켰다.

"그래서 내가 남편한테 바치는 헌화라면서 금실이 좋은 부부였다고 했는데, 쓸데없는 소리를 한 건 아닌지 몰라."

"쓸데없는 소리라뇨. 사실인데요, 뭐."

"설마 노숙인이 범인일 리는 없겠지?"

야나기다가 아무렇지 않은 척하면서 리사를 살폈다.

"글쎄요, 어떨까요."

"만약 그렇다 해도 이미 죽었으니 이대로 흐지부지되려나?"

"글쎄요."

"뭐 알게 되면 바로 알려줘."

"네."

집 앞 길에 들어서자 콧속으로 카레 냄새가 흘러들어왔다.

이 길에 들어선 집은 전부 단독주택으로, 주택 사이에 매물 간판이 세워진 공터가 띄엄띄엄 끼어 있다. 히가시야마 일가가 이 지역에 이사 온 건 딸인 루미나가 초등학교에 들어가기 1년 전이었다. 그전까지는 지바역에서 전철로 10분쯤 걸리는 곳에 있는 아파트에 월세로 살았는데, 남편이 딸을 위해 환경이 좋은 곳에 집을 짓자고 한 것이다. 예산에 맞는 토지는 리사가 예상했던 것보다 더 외곽으로 나가야 해서 낯선 곳으로 떠밀려가는 기분이었다. 그래도 그 무렵에는 이 부근이 주택지로 개발된 직후라 뉴타운 특유의 화려한 분위기가 있었다. 10년이 지난 지금은 적막한 베드타운이 된 것 같다.

대부분의 집에는 불이 켜져 있지만, 리사의 집은 밤 속에 잠겨 있다.

"빨리 기운 차려야지."

야나기다가 말했다. 아까는 무리할 것 없다고 했으면서 벌써 잊어버린 걸까.

"고맙습니다."

리사는 머리 숙여 인사한 뒤 집에 들어갔다.

양손에 든 비닐봉지를 현관에 털썩 내려놓자 가슴 깊은 곳에서 한숨이 터져나왔다.

"빨리 기운 차려야지?"

현관 불도 켜지 않고 야나기다의 말을 따라 읊었다.

"기운 차릴 수 있을 리가 없잖아."

입 밖에 나온 중얼거림이 혀 차는 소리처럼 울렸다.

거실에 들어서자 곧장 내닫이창으로 눈길이 갔다. 뒤에서 비치는 희미한 가로등 불빛 때문에 꽃꽂이와 포인세티아 화분에 그림자가 졌다.

장 봐온 걸 식탁 위로 옮겨놓고 불을 켠 뒤 다시 내닫이창을 봤지만 의심스러운 점은 보이지 않는다.

문득 피로감이 몰려와 만사가 귀찮아졌다.

야나기다는 빨리 기운을 차리라고 쉽게 말했지만, 막상 기운을 차리면 남편이 살해됐는데도 아무렇지 않은 여자라고 생각할 것이다. 아니면 1년 4개월이나 지났으니 평소처럼 지내도 괜찮은 걸까.

살인범에 의해 남편을 잃은 여자로서 어떻게 행동해야 할지 모르겠다. 아무도 가르쳐주지 않거니와 매뉴얼도 없다. 그래서 기약도 없이 슬픔에 잠긴 척을 할 수밖에 없다.

도대체 언제쯤이면 자유로워질까. 언제쯤이면 내가 먹고 싶어서 백화점 식품관에서 반찬을 샀고 내가 마시고 싶어서 스파클링 와인을 샀다고 당당히 말해도 누구의 비난도 받지 않을 수 있을까.

리사의 가슴에 답답함과 짜증이 치솟았다.

사온 반찬을 접시에 예쁘게 담아 식탁에 차렸다. 스파클링 와인과 잔도 꺼냈다. 식탁 사진을 찍으려는데 뭔가 부족한 느낌이 들어 내닫이창에서 꽃꽂이 하나를 가져왔다.

좋아, 하며 고개를 작게 끄덕이고 사진을 찍었다.

연어 카르파초, 단호박과 콩 샐러드, 이탈리아풍 곱창찜, 토마토와 모차렐라치즈가 알록달록하게 차려진 식탁에 꽃꽂이의 핑크와 그린이 화사함을 더해준다. 그런데도 뭔가 부족한 느낌이다. 리사는 잔을 하나 더 가져와 스파클링 와인을 따랐다. 거품이 사라지기 전에 계속 사진을 찍었다.

휴대폰 화면에는 부부 혹은 연인의 세련된 테이블이 찍혀 있었다.

오늘 저녁은 백화점 식품관에서 산 반찬과 드라이한 스파클링 와인♡ 가끔은 대충 차려 먹는 것도 좋죠♪

해시태그를 많이 달아서 인스타그램에 올렸다.

지인에게는 이 계정을 가르쳐주지 않았기 때문에 댓글을 달거나 좋아요를 눌러주는 건 얼굴도, 이름도 모르는 사람들이다.

문득 생각이 나서 다른 계정으로 전환하고 1년 4개월 전 게시물을 찾아봤다.

파스타 사진이 올라가 있다.

우리 서방님이 더위 먹은 나를 위해 토마토와 바질로 냉파스타를 만들어줬어요♡ 상큼하고 지인짜 맛있었어요. 서방님의 상냥함도 같이 먹었답니다♡ 아빠바라기인 딸도 맛있다며 무한 칭찬을! 엄마가 만든 파스타보다 더 맛있어! 라니 정말 그러기야?(웃음) 하긴, 확실히…… (웃음) 오늘도 행복한 하루였습니다. 서방님, 늘 고마워♡

같은 날 남편 인스타그램에는 촬영 각도만 다른 똑같은 파스타 사진이 올라가 있다. 이것이 남편의 마지막 게시물이 됐다.

더위 먹은 마눌님을 위해 오늘은 토마토와 바질로 냉파스타를 만들었다! 마눌님이 입맛이 없어서 밥을 통 못 먹으면 걱정되잖아요!! 마눌님과 딸내미에게 칭찬을 들었으니 애쓴 보람이 있어! 딸내미가 내일도 아빠가 만들어! 하고 요청을. 아, 뿌듯해!!

이날 저녁 일은 어렴풋이 기억날 뿐이다. 사진과 글이 없었다면 잊어버렸을 것이다.

3

피해자의 신원은 사건이 발생하고 닷새째 되는 날 밝혀졌다.

경찰 발표에 노숙인이라는 단어는 없었지만, 시사 정보 프로그램과 인터넷 뉴스에서는 크리스마스이브날 밤에 일어난 비극을 '여자 노숙인 살인사건'으로 명명하고 대대적으로 다뤘다. 크리스마스이브, 노숙인, 여자라는 요소에 더해 옷이 흐트러져 있어 성폭행 목적의 살인사건으로 보인다는 게 사람들의 동정심과 분노, 그리고 관심을 불러일으켰다.

피해자가 누구인지 알 것 같다는 연락을 한 사람은 미야타 무쓰미라는 여자였다. 경찰은 신원 특정을 위해 피해자의 옷과 현장에 남아 있던 소지품을 공개하고 시민들에게 제보를 요청했다. 미야타는 쇼핑 카트와 그 속에 들어 있던 손수건을 본 적이 있다고 했다.

그녀는 살해된 여자가 마쓰나미 이쿠코라고 주장했다. 나이
는 자신보다 두 살 적은 56세라고 한다.

"쇼핑 카트와 손수건은 제가 준 거예요."

미야타는 현재 도쿄도 하치오지시市에 살고 있는데, 2년 전까
지는 지바시에 살았다. 남편이 정년퇴직을 하면서 부부의 취미
인 등산을 즐기기 위해 하치오지시에 있는 다카오산 인근 아파
트로 이사했다고 설명했다.

미야타의 집 거실은 커다란 창문으로 겨울 햇살이 들어와 환
했다. 창문 앞 캣타워 꼭대기에는 하얀 고양이가 앞발을 가지런
히 모으고 앉아 밖을 내다보고 있었다. 벽에는 산을 찍은 사진
이 많이 걸려 있었지만 가쿠토가 아는 건 후지산뿐이었다.

미야타 부부는 침통한 표정으로 소파에 앉아 있다. 쇼핑 카트
와 손수건 사진을 보여주자 아내는 역시 둘 다 자신이 준 것이
라고 했다.

미쓰야가 피해자의 사진을 내밀자, 아내는 숨을 삼키며 손으
로 입을 막았다. 아내를 진정시키려는 듯 남편은 아내의 허벅지
에 손을 얹었다.

아내의 입에서 "……어쩌다" 하고 탄식과 비명이 섞인 소리가
흘러나왔다.

"마쓰나미 이쿠코 씨가 틀림없습니까?"

미쓰야가 확인했다.

아내는 몇 번인가 작게 고개를 끄덕이더니 "……어쩌다, 이런…… 어째서…… 가엾기도 하지"라며 중얼거리곤 소리내 울었다. 남편은 말없이 아내의 등을 쓰다듬었다.

아내가 울음을 그칠 때까지 미쓰야는 말을 하지 않고 있었다.

캣타워 위에서 고양이가 냐옹, 하고 조그맣게 울었다. 그게 신호라도 된 듯 아내는 죄송합니다, 하고 얼굴에 티슈를 댄 채 자리에서 일어났다. 이어서 남편도 죄송합니다, 하고 머리를 숙였다. 몇 분 뒤 돌아온 아내의 눈과 코는 빨갰지만 눈물은 멎어 있었다.

아내가 "마쓰나미 씨는 지바에 살 때 한동네 사는 이웃이었어요" 하고 말문을 열었다.

마쓰나미 부부는 4~5년 전 미야타 부부 집의 대각선 방향에 있는 집으로 이사 왔다. 처음에는 오다가다 인사하는 정도의 관계였지만, 우연히 병원 대기실에서 마주치면서 차츰 대화를 나누게 됐다.

미쓰야가 "병원이요?" 하고 끼어들었다. "마쓰나미 이쿠코 씨는 어디가 안 좋았던 겁니까?"

"갱년기장애가 겹쳤나 보더군요. 특히 피로감과 어지럼증이 심하다고 했어요. 걷다가도 자리에 주저앉는 일이 다반사였던 모양이에요. 집안일도 제대로 못한다고 했고요. 마쓰나미 씨는 자식이 없어서 적적했을지도 몰라요. 딸이라도 있었으면 달랐을 텐데……. 지금 생각해도 정말 힘들었던 것 같아요. 갑자기 얼굴이 붉게 달아오르거나 헉헉대며 숨을 몰아쉬곤 했으니까요. 아, 그렇지. 그래서 일도 계속할 수 없게 됐다고 했어요. 저와 마쓰나미 씨가 다닌 병원은 내과부인과로, 여자 선생님이 양약부터 한약까지 두루 처방해주는 곳이라 동네에서는 평판이 좋았죠. 제가 한때 불면증에 걸려서 수면 유도제를 처방받았거든요. 지금은 좋아졌지만요."

아내는 말을 끊으며 "죄송해요. 얘기가 다른 데로 새고 말았네요" 하고 말했다.

"아닙니다. 괜찮습니다. 생각나는 건 전부 말씀해주십시오."

"아, 네, 그럴게요. 그런데 그리 친한 사이는 아니었어서 개인적인 일까지는 잘 몰라요. 제가 차 한잔하자거나 점심을 먹자고 한 적도 있지만 늘 완곡히 거절하더라고요. 그래도 조신하고 느낌이 좋은 사람이었어요. 살해될 만한 사람은 아니었습니다."

"살해될 만한 사람은 어떤 사람이라고 생각하십니까?"

미쓰야가 물었다. 빈정대는 게 아니라 정말 몰라서 물어본다는 목소리였다.

"그러니까, 그건." 아내는 머뭇거리다가 "마쓰나미 씨가 원한을 살 만한 사람이 아니었다는 뜻이에요" 하고 계속했다.

"마쓰나미 씨 대인관계에 문제가 없었다는 뜻이군요."

"네. 그런 얘기는 못 들어봤어요. 그랬는데, 설마 이런 일을 당하다니……."

아내의 눈가에 다시 눈물이 솟았다.

"마쓰나미 씨를 마지막으로 만나신 건 언제입니까?"

"한 2년 전이요. 쇼핑 카트와 손수건을 준 날이 마지막이 됐어요. 그 후 저희는 바로 이곳으로 왔거든요."

"쇼핑 카트와 손수건은 선물이었습니까?"

미쓰야의 질문에 아내는 고개를 가로저었다.

"그 사람이, 넋이 나간 것처럼 우두커니 서 있었어요."

2년 전 가을이었다. 미야타 무쓰미는 장을 보기 위해 집을 나섰다. 그날 쇼핑 카트를 끌고 나간 건 특별 할인하는 채소 주스를 사기 위해서였다. 모퉁이를 돌았을 때 마쓰나미 이쿠코의 모습이 눈에 들어왔다. 그녀는 인도에 가만히 서 있었다. 발치에는 슈퍼마켓에서 산 듯한 달걀과 우유와 양파가 떨어져 있고, 손에는 감색 에코백이 들려 있었다. 에코백이 찢어졌다는 건 바로 알 수 있었다. 그녀는 미동도 하지 않고 떨어진 식재료들을 멍하니 내려다보고 있었다. 그 심상치 않은 모습에 미야타 무쓰미는 걸음을 멈추고 그녀의 상태를 살폈다. 그녀는 자신이 뭘 하고 있는지, 어디에 있는지도 모르는 건 물론 자신이 존재한다는 것조차 이해하지 못하는 것처럼 보였다. 공허함이 느껴지는 분위기에 불길한 예감이 들었다고 한다.

"아차, 그렇지. 기억났다. 그때 마쓰나미 씨가, 따라갈지도 모른다고 생각했었지."

아내는 혼잣말처럼 중얼거렸다.

"따라가다니, 무슨 뜻입니까?"

"그 1년쯤 전이었나, 마쓰나미 씨 남편이 교통사고로 돌아가셨어요. 자식도 없이 부부끼리 검소하게 살다가 마쓰나미 씨 혼자 남겨졌는데 괜찮을까 걱정이 됐죠……. 그래서 그날 제가 쇼핑 카트를 빌려줬어요. 말을 걸긴 했는데 아무것도 안 들리는 것 같아서 땅에 떨어진 걸 쇼핑 카트에 담고 얼굴을 봤더니 핏기 하나 없이 땀을 뻘뻘 흘리고 있더군요. 그래서 손수건을 건네고, 집까지 바래다줬어요. 쇼핑 카트와 손수건 다 돌려주지 않아도 된다고 했고요. 제가 준 걸 마지막까지 갖고 있었다니, 마쓰나미 씨다워요."

아내는 손가락으로 고인 눈물을 닦았다.

차 안에 엔진 소리가 낮게 울린다. 오른쪽에는 갈색 잎이 달린 나무들이 줄지어 있고 왼쪽에는 콘크리트 담이 풍경을 가리고 있다. 마쓰나미 이쿠코가 전에 살던 집에 가기 위해 가쿠토는 주오고속도로를 타고 지바 방면으로 차를 몰았다.

조수석의 미쓰야는 여느 때처럼 팔짱을 끼고, 초점을 어디에 둔 건지 알 수 없는 눈으로 앞을 보고 있다. 미쓰야가 만들어내는 침묵에 적응한 줄 알았지만, 차츰 가슴이 들썽들썽, 엉덩이는 근질근질해 적막을 날려버리고 싶은 충동에 휩싸였다.

왼쪽의 콘크리트 담이 가드레일로 바뀌고, 가쿠토 시야에 다마강의 반짝이는 윤슬과 낙엽색으로 물든 강가가 들어왔다.

"저기, 그나저나, 신원이 밝혀져서 다행이네요."

가쿠토는 목을 풀 듯이 소리내어 말했다.

"그러게 말입니다."

미쓰야의 대답은 짧았지만 귀찮아하는 기색은 없었다.

가쿠토는 미야타 무쓰미의 우는 얼굴과 남편의 침통한 표정을 떠올리고, 마쓰나미 이쿠코의 신원이 밝혀지지 않았다면 그녀의 죽음을 애도하는 사람은 없었으리라 생각했다.

"울어주는 사람이 있어서 다행이에요."

마음의 소리가 고스란히 입 밖으로 나왔다.

그러게 말입니다, 하는 대답이 돌아올 거라 예상했지만 미쓰야는 아무 말도 없었다.

차 안이 다시 낮은 엔진 소리와 침묵으로 채워질 무렵, 미쓰야가 "그렇습니까" 하고 말했다. 무슨 말인지 몰라, "네?" 하고 되물었다.

"나라면 아무도 울지 않기를 바랄 겁니다."

울어주는 사람이 있어 다행이라고 한 말에 대한 대답이었다.

"아, 정말요?"

"네. 정말입니다."

가쿠토는 정말 그럴까, 하고 자신을 대입해 생각해봤다. 아니, 역시 울어주는 사람이 없으면 쓸쓸하다. 누구에게도 사랑받지 못하고 누구와도 연결되지 않은 인간으로 느껴진다. 죽음에 슬퍼하지 않는다는 건 존재 자체를 무시하는 것 아닐까.

"그래도 울어주는 사람이 없으면 쓸쓸하지 않겠어요? 아무도 상대해주지 않는 사람 같잖아요."

가쿠토는 생각한 대로 말했다.

"나는 웃어줬으면 좋겠군요."

"네? 죽었을 때 웃어줬으면 좋겠다고요?"

만담가나 재담가가 하는 말이라면 그나마 이해가 가지만, 미쓰야는 그들과 가장 거리가 먼 유형이다.

"미안합니다. 설명이 좀 부족했군요."

미쓰야의 목소리에는 잔잔한 웃음기가 어려 있었다. 곁눈으로 슬쩍 보니 곱슬기 있는 앞머리가 눈가에 그림자를 드리우고 햇살을 받은 코끝은 희뿌연 빛을 띠고 있다. 입꼬리가 올라간 얇은 입술은 느슨하게 풀렸다.

"죽었을 때는 울어도 좋고 웃어도 좋습니다. 어떻게 하든 그 사람 마음이죠."

그렇게 말한 미쓰야에게 가쿠토는 "네에" 하고 대답했다.

"다만 시간이 흐른 뒤 만약 나를 떠올리는 사람이 있다면 그

때는 웃어줬으면 좋겠습니다."

어쩐지 미쓰야의 말을 이해할 수 있었다. 울어주는 사람이 없으면 쓸쓸하긴 하지만, 그렇다고 언제까지고 울어주길 바라진 않는다. 그렇게 생각하니 미야기현 센다이에 있는 부모님 얼굴이 떠올랐다. 여전히 본가에 사는 형과 여동생도 떠오른다.

"미국 원주민의 가르침 중, 당신이 태어났을 때 주변 사람은 웃었고 당신은 울었다, 그러므로 당신이 죽을 때는 당신은 웃고 주변 사람은 울 수 있는 인생을 살아라, 라는 말이 있다는 거 압니까?"

"아뇨. 처음 들었어요."

"만약 그런 인생을 살았다면 주변 사람들도 언젠가 웃을 수 있을 겁니다. 그런데 그런 인생을 살고 싶었지만 그러지 못한 사람도 있습니다. 요컨대 웃으며 죽지 못한 사람들 말입니다."

미쓰야는 마쓰나미 이쿠코와 그녀의 지문이 묻은 서류 가방의 주인인 히가시야마 요시하루를 비롯해 폭력에 의해 목숨을 빼앗긴 사람들을 말하는 것이리라. 그리고 미쓰야가 의식하는지 어떤지 모르지만, 아마 그의 어머니도 포함해서일 것이다.

미쓰야가 중학교 2학년 때 그의 어머니가 살해됐다―. 그 사실을 가쿠토에게 알려준 사람은 경찰학교 시절에 신세를 졌고 지금은 같은 도쓰카 경찰서 지역과에 있는 대선배 가가야마다. 가가야마에 의하면 범인은 어머니의 교제 상대로, 미쓰야도 잘 따랐던 남자인 것으로 보였지만 범행 후 자살한 탓에 진상은 여전히 밝혀지지 않았다고 한다.

미쓰야는 어렸을 때 아버지를 여의고 어머니와 단둘이 살았다. 중학교 2학년짜리 아들을 홀로 남기고 죽어야 했던 어머니의 심정을, 게다가 그 이별이 전혀 예상치 못한, 결코 받아들일 수 없는 불합리한 것이었을 때의 심정을 헤아려보려 해도 생각과 감정 모두 이내 멈추고 만다. 가쿠토는 자신이 헤아리기에는 어림없는 일이라고 생각했다.

미쓰야가 "내 생각에는" 하고 다시 입을 열었다.

"죽은 사람을 떠올리며 언제까지고 울기만 한다는 건 그 사람의 삶이 아닌 죽음을 보는 거라 생각합니다. 만약 내가 죽는다면, 죽었다는 사실보다 살아 있었을 때 일을 봐줬으면 좋겠군요. 그런데 그럴 수 없는 경우도 있습니다. 죽었다는 사실에 눈이 가버리는 경우죠. 그 사람이 왜 죽어야만 했는지, 그걸 모르면 남은 사람들은 죽음에서 결코 눈을 떼지 못할 겁니다."

담담한 미쓰야의 어조는 마치 자기 자신에게 말하는 것처럼 들렸다. 그는 계속 어머니의 죽음을 보고 있을 것이다.

"어떻게 생각합니까?"

갑작스러운 질문에 머릿속을 들킨 것 같아 "에?" 하고 당황한 목소리가 나왔다. 어떻게 생각하냐고 물어도 곤란하다. "어, 그러니까" 하고 중얼거리며 시간을 벌어보지만 역시 마땅한 대답이 생각나지 않는다.

지금 마음속에 크게 자리한 걸 솔직하게 말하기로 했다.

"저는 다 안다는 듯이 굴지 않으려고 합니다."

맞장구는 치지 않았지만 미쓰야가 다음 말을 재촉하는 것 같았다.

"저희는 어렸을 때부터 마땅히 상대 입장에서 생각해야 한다고 배웠잖아요. 경찰이 되고 나서는 피해자와 피의자, 양쪽 마음을 생각해야 한다고, 그래야 시민과 나 자신을 지키는 일로 이어진다고 배웠고……. 그래서 배운 대로 하고 있냐고 물으면, 솔직히 그렇게 하지 못하고 있다고 생각합니다. 업무와 시간에 쫓겨서기도 하지만 피해자와 피의자의 마음을 온전히 내 마음처럼 이해하는 건 불가능하지 않나 싶어요. 아무리 생각해도 도달할 수 없다고 해야 하나. 그래서 최소한 상대의 마음을 다 안다는 듯이 굴지는 않으려고 합니다."

말하다 보니 스스로도 무슨 소리를 하는지 알 수 없게 됐지만, 입에서 쏟아지는 대로 끝까지 말했다. 말을 마쳤을 무렵 아, 이게 아닌 것 같은데, 하는 생각이 들었다. 미쓰야의 질문과 전혀 상관없는 말을 주절주절 늘어놓은 건 아닐까? 그리고 변명처럼 들리지 않았을까?

"중요한 거라고 생각합니다."

이윽고 미쓰야가 말했다.

예상외의 긍정적인 말에 가쿠토는 도리어 당황했다.

"모른다고 자각하는 건 의외로 어려운 일입니다. 사람은 방심하면 자기 경험을 기준 삼아 상대의 마음을 이해했다고 생각하기 십상이니까요."

혹시 칭찬하는 건가? 그렇게 생각했더니 갑자기 귀가 뜨거워지며 얼굴에 열이 올랐다. 설마 쑥스러워하는 거야? 당황하며 스스로에게 물었다.

미쓰야가 후, 하고 부드럽게 숨을 뱉었다.

"그런데도 나는 알고 싶습니다. 나 자신이 납득할 만한 형태로 알고 싶군요."

나직하고 허스키한 목소리가 가쿠토의 귀에서 가슴속으로 서서히 스며들었다.

미쓰야의 휴대폰이 울린 건 에도강을 건넜을 때였다.

"……네……네…… 그렇습니까, ……알겠습니다."

변함없이 최소한의 대답뿐이라 무슨 이야기를 하는지 알 수 없었다. 통화를 마친 미쓰야가 가쿠토를 향해 고개를 돌렸다.

"마쓰나미 이쿠코 씨는 역시 노숙인이었다고 합니다. 주민표(주민등록등본에 해당한다 - 옮긴이)에 기재된 주소에 지금은 아무도 살고 있지 않다고 하는군요."

다카다노바바역 주변 CCTV에는 쇼핑 카트를 끄는 마쓰나미 이쿠코의 모습이 찍혀 있었다. 또 많지는 않지만 목격 제보도 몇 건 들어왔다.

당초 CCTV 분석이 진행되면 범인을 특정할 수 있다는 낙관적인 의견도 있었다. 그러나 수사는 난항을 겪고 있다.

다만 유력한 단서인 족적이 남아 있었다. 시신이 발견된 건물에서 채취한 여러 개의 족적 중 마쓰나미 이쿠코가 추락한 장소에서 시신 발견 현장으로 이어지는 족적을 범인의 것으로 추정하고 있다. 신발 사이즈는 270으로, 대량 생산된 브랜드 제품이다.

"그리고 미야타 씨 말대로 마쓰나미 이쿠코 씨의 남편인 히로시 씨는 3년 전에 사망했습니다. 9월 22일 출근 도중에 말입니다. 미야타 씨는 교통사고라고 했지만 직접 사인은 지주막하출혈이라고 하는군요."

찢어진 에코백을 들고 땅바닥에 떨어진 식재료를 멍하니 내려다보는 마쓰나미 이쿠코가 머릿속에 그려졌다. 살아 있는 그녀의 모습은 CCTV 영상으로밖에 보지 못했지만, 왠지 머릿속에 선명하게 그릴 수 있었다.

가쿠토는 남편의 죽음으로 생계가 어려워져 집을 잃은 걸까, 하고 생각했다. 자신이 어떤 형태로 생을 마감할지 그때 그녀는 상상이나 했을까.

마쓰나미 이쿠코가 살았던 집은 전철역에서 도보 15분 거리에 있는 작은 단독주택이었다.

지은 지 30~40년은 돼 보이는 거뭇거뭇한 크림색 벽과 고동색 함석지붕, 2층 창문의 검은 난간대는 거의 뜯어진 채 기울어져 있다. 우편함 입구는 테이프로 막혀 있고 현관문 윗부분에는 문패를 떼어낸 흔적이 있다. 창문에는 집 안에서 붙인 입주자 모집 포스터가 있다.

"뉘시오?"

걸걸한 목소리가 들렸다. 70세쯤 되어 보이는 여자가 옆집 창문으로 얼굴을 내밀고 있었다.

"산코에서 왔나?"

여자는 가는 눈으로 미쓰야와 가쿠토를 살펴보더니, "……아니구먼" 하고 혼자 결론을 냈다.

"산코가 뭡니까?"

"당신들이야말로 뉘시오? 경찰 부를 거요."

그 말을 남기고 창문을 닫으려는 여자에게 미쓰야가 "경찰입니다" 하고 경찰수첩을 내보였다. 여자는 가는 눈을 부릅떴다. 그러나 바로 "가짜 아니오?" 하고 의심했다.

"진짜입니다."

미쓰야가 진지한 얼굴로 대답한 뒤 "예전에 이 집에 살았던 마쓰나미 이쿠코 씨에 대해 말씀해주십시오" 하고 덧붙이자, 여자는 그제야 진짜 경찰이라고 인정했는지 호기심 어린 표정으로 들어오라고 했다.

옆집은 마쓰나미 이쿠코가 살던 집과 구조가 똑같았다. 두 집 모두 30~40년 전에 신축 단독주택으로 분양되었으리라. 문패에는 '스도'라고 적혀 있다.

예상했던 대로 실내는 좁았다. 부엌과 통으로 연결된 다다미 열 장 정도(다다미 두 장은 약 한 평에 해당한다 - 옮긴이) 거실에 식탁과 소파와 좌탁이 놓여 있고, 크기도 색깔도 다른 수납장이 벽을 따라 여러 개 늘어서 있다.

스도는 볼륨이 크게 틀어진 TV를 끈 뒤, "비좁아서 미안하구먼. 여기 앉게나" 하고 식탁 위의 신문과 광고지, 볼펜 등을 옆으로 치웠다.

"산코가 뭡니까?"

미쓰야가 아까 했던 질문을 던졌다.

"아아, 부동산에서 온 줄 알았지."

"산코가 뭔지 묻고 있는 겁니다."

"아, 글쎄, 부동산이라니까, 산코 부동산. 옆집 임대 맡겨놓은."

스도는 마쓰나미 이쿠코가 살던 집이 원래 자기 여동생 부부의 집이라고 했다. 여동생 부부는 5년 전 업무 관계로 대만에 갔다. 원래 1년 있다 돌아올 예정이었지만 대만 생활이 잘 맞았는지 돌아오기는커녕 그곳에 정착할 생각까지 하고 있다고 한다.

"제부가 열세 살이나 연하라 아직 한창때야. 쉰대여섯 살밖에 안 됐다니까. 우리 집 양반은 예순다섯에 갔는데."

미쓰야는 하하핫, 하며 웃는 스도에게 동조하지 않고 담담히 다음 질문을 했다.

"마쓰나미 씨가 옆집에 세 들어 살았다는 말씀이군요?"

"그래. 처음에는 기간 한정으로 딱 1년만 계약해서 보증금으로 한 달 치 월세만 더 받고 사례금은 안 받았지. 심지어 월세도 55,000엔으로 아주 싸게 빌려줬어."

"그게 5년 전이군요."

"그래. 7월 7일. 칠석이라 내 똑똑히 기억해. 마쓰나미 씨 아내가 고마워하더구먼. 초기 비용이 많이 들지 않아 큰 도움이 됐다면서. 내 형사 양반한테만 하는 말인데, 생활이 궁핍한 것 같더라고. 아내는 몸도 안 좋은데 슈퍼에서 아르바이트를 했다니까. 매장 말고 작업실이라고 하나? 흰색 유니폼 입고 반찬을 랩으로 포장하거나 선반에 진열하는 걸 몇 번 봤거든. 그런데 그만뒀어. 왜 있잖아, 갱년기장애라는 거."

왠지 스도는 목소리를 낮추고 입가에 손을 댔다. "지독하게 왔나 보더라니까. 남자는 모를지 몰라도 아주 성가신 병이야. 그래서 내가 치료 잘하기로 소문난 병원을 가르쳐줬지."

미쓰야가 병원 이름을 확인하자 예상대로 미야타 무쓰미가 말한 병원이었다.

"앗, 생각났네. 그러고 보니 이사 왔을 때 남편이 무직이었어.

다니던 회사가 망했다고 했지. 그런데 직장을 새로 잡았다고 해서 계약해준 거야. 그것도 고마워하더구먼."

스도가 임대차 계약서 사본을 보여줬다. 원본은 부동산 회사에서 보관한다고 한다.

마쓰나미 히로시는 이쿠코보다 세 살 많았으니 살아 있으면 59세다. 직장은 사무기기 제조사로, 회사 이름 뒤에는 정성스러운 손글씨로 '(7월 14일부터 근무)'라고 쓰여 있었다.

"아까 마쓰나미 씨 생활이 궁금한 것 같다고 하셨죠."

"응. 그랬지."

"왜 그렇게 생각하셨습니까?"

"아, 글쎄, 아까 말하지 않았나. 그리고 그런 건 딱 보면 알지."

"저는 보지 않았기 때문에 모릅니다."

스도는 입을 반쯤 벌리고 미쓰야를 쳐다보더니 한숨 한 번 내쉴 만한 침묵을 사이에 둔 뒤, "……자네, 사람 귀찮게 하는 재주가 있구먼" 하고 중얼거렸다.

가쿠토는 속으로 그렇다니까요, 하고 동의했다.

"잘 듣게나. 우선 돈이 없으니 초기 비용이 많이 들지 않는 월세가 싼 집으로 이사 온 거 아니겠어? 애초에 돈 있는 사람이면 이렇게 낡고 좁은 집에 살 리가 없지. 게다가 아내가 직접 큰 도움이 됐다고 말했지 않나. 남편은 이제 막 새 직장을 잡았고 아내는 몸이 안 좋은데도 아르바이트를 해야만 하는 형편이고. 검소하다고 해야 할지 옷도 맨날 똑같은 것만 입었는데 남편이 탄 차도 낡아 보였어. 아무튼 생활에 여유가 없는 사람은 분위기로 알 수 있는 법이야. 그렇지?"

스도가 동의를 구하기에 가쿠토는 긍정으로도 부정으로도 보일 수 있도록 고개를 어중간하게 기울였다.

"월세를 밀린 적이 있습니까?"

"한 번도 없었지."

스도는 얼른 대답한 뒤 뭔가 생각났다는 듯한 표정을 지었다. "그러게. 남편이 죽고 나서도 밀린 적은 한 번도 없네" 하고 가는 눈을 깜박였다.

그렇다면 마쓰나미 이쿠코는 남편이 떠난 뒤 생계가 어려워져 노숙인이 됐다는 걸까.

"마쓰나미 히로시 씨가 돌아가신 건 3년 전이죠."

"아이고, 벌써 그렇게 됐나. 그때는 참, 그렇게 불쌍할 수가 없었지."

거기서 스도는 퍼뜩 놀란 듯 고개를 들더니 식탁 양 끝을 붙잡고 몸을 앞으로 내밀었다.

"잠깐! 깜빡하고 중요한 걸 안 물었구먼. 자네들, 왜 마쓰나미 씨에 대해 꼬치꼬치 캐묻는 건가?"

미쓰야는 양복 안주머니에서 마쓰나미 이쿠코의 사진을 꺼내 스도 앞에 내려놓았다. 스도는 앗, 하고 소리를 질렀다.

"마쓰나미 이쿠코 씨 맞죠?"

스도는 반사적으로 사진을 집어들더니 "자네, 뭐 하는 건가!" 하고 소리쳤다.

미쓰야는 피해자의 사진을 플라스틱 케이스에 넣어서 가지고 다닌다. 태블릿PC에도 들어 있지만, 관계자에게 보여줄 때는 반드시 인쇄된 사진을 택한다.

지금 그 이유를 알게 된 것 같다. 미쓰야는 피해자의 사진을 손에 들었으면 하고 바란 건 아닐까. 피해자를 아는 사람의 손길이 닿기를 원한 건 아닐까.

"마쓰나미 씨가, 죽었다는 뜻이구먼."

스도는 떨리는 목소리를 쥐어짜내며 말했다. "혹시 그건가? 크리스마스이브날 밤에 여자 노숙인이 살해된 사건? 살해된 사람이 정말 마쓰나미 씨인가?"

미쓰야는 말없이 고개를 끄덕였다.

"말도 안 돼……. 거짓말이야. 마쓰나미 씨가 노숙인이 됐다고? 왜? 설마 동생네 집에서 나가고부터는 아니겠지?"

"마쓰나미 씨의 주민표 주소는 옆집에 살던 때 그대로입니다. 따라서 옆집에서 나간 뒤 살 곳을 잃은 것으로 추정됩니다."

스도는 눈을 감고 얼굴을 일그러뜨린 뒤, "그렇게 어려웠으면 말해줬으면 좋았을 것을. 월세를 기다려줬을 텐데" 하고 괴로워하며 말했다.

"마쓰나미 씨가 월세를 밀린 적이 없다고 하셨죠."

"그래. 그래서 그렇게 힘든 줄 몰랐지. 그리고 마쓰나미 씨도 새로 일을 시작한 것 같았다니까."

"남편분이 돌아가신 뒤에 일을 시작했다는 거군요?"

"아마도."

"아마도, 라 하면?"

"매일 외출하길래 아침저녁으로 일하는 줄로만 알았어. 밤이 늦어서야 불이 켜지는 날도 있었고. 집을 비우는 시간이 많아서 빈집털이나 안 당하면 좋겠다 싶었지. 이 근처도 한때 뒤숭숭했거든. 또 이 집이 요즘 세상에 드물게 부엌문이 있어서 밖으로 드나들 수 있어. 우리 집은 막았는데, 동생네는 그냥 뒀지."

"마쓰나미 씨가 어디서 일했는지 아십니까?"

"넌지시 물어봤는데 안 가르쳐주더구먼."

"마쓰나미 씨 몸이 안 좋았죠?"

"그래도 일을 해야 먹고살지."

미쓰야는 "과연" 하고 중얼거렸지만 납득한 얼굴은 아니었다.

남편이 죽은 뒤 마쓰나미 이쿠코는 아침저녁으로 일했다. 그런데도 월세를 내지 못하게 됐던 걸까.

"옆집에서 나갈 때 마쓰나미 씨가 뭐라고 하던가요?"

"그게 좀 이상했단 말이지."

스도는 눈을 내리깔고 골똘히 생각하는 표정을 짓더니, "갑작스러웠다니까" 하면서 눈을 들었다.

"친척집 신세를 지게 됐다고, 사정이 있어서 바로 가야 한다고 했어. 이것저것 물었는데 자세한 얘기는 안 해주더라고. 갑자기 해약하면 한 달 치 월세를 더 내야 한다고 했더니, 그래도 괜찮다고 하더라니까. 가구랑 가전제품은 재활용 센터에 얘기해서 한꺼번에 가져갔는데, 꼭 도망치는 것 같았어."

마쓰나미 이쿠코는 다음 날 집을 비웠다고 한다.

"마쓰나미 씨에게 무슨 문제는 없었습니까?"

"아니. 그렇게 보이지는 않았어."

"마쓰나미 씨는 언제 나갔습니까?"

"작년 여름. 오봉 지나고 바로."

스도는 해약 신청서를 가져와서는 "여기 봐, 8월 19일이 나가겠다고 한 날이고, 20일이 나간 날"이라고 하며 날짜를 가리켰다.

1년 전 8월 19일—.

가쿠토는 자연스레 미쓰야를 쳐다봤다. 그러나 미쓰야의 표정은 변화가 없다.

"이분 보신 적 있습니까?"

미쓰야가 식탁에 놓은 건 히가시야마 요시하루의 사진이었다.

"아니. 본 적 없는데. 이 사람이 누군데? 설마 이 남자가 마쓰나미 씨를 죽였나?"

가쿠토는 그 반대, 하고 속으로 생각했다.

마쓰나미 이쿠코가 히가시야마 요시하루를 죽인 것이다.

히가시야마 요시하루가 살해된 건 1년 전 8월 18일 밤. 마쓰나미 이쿠코가 집에서 나가겠다고 말한 건 그다음 날인 8월 19일로 실제로 나간 건 20일이다.

히가시야마 요시하루의 서류 가방에 묻은 그녀의 지문. 급하게 집을 빼겠다고 말한 날짜. 그 두 가지 사실로 미루어 보면 마쓰나미 이쿠코가 히가시야마 요시하루를 죽이고 모습을 감추려 한 것으로 추측된다. 그러나 가쿠토는 뭔가 걸리는 게 있었다.

스도는 마쓰나미 이쿠코가 살던 집을 보여줬다.

"자, 열쇠. 실컷 보게나."

스도가 미쓰야에게 열쇠를 건넸다. 은색 열쇠고리에 현관문과 부엌문 열쇠가 달려 있다.

마쓰나미 이쿠코가 나간 뒤, 어떤 가족이 원래 집의 인테리어 공사 때문에 이 집에서 반년 동안 살았다고 한다. 그러나 사람이 살았던 흔적은 완전히 사라져 있었다.

스도가 "마쓰나미 씨는 깨끗하게 청소해줬는데, 그 가족은 지저분한 거 고대로 두고 나갔어" 하고 불평했을 때 미쓰야의 입술이 움직였다. "2년……" 하고 중얼거리는 소리로 들렸다.

미쓰야 경위님. 마쓰나미 이쿠코가 나가겠다고 한 날은…….

그 말이 몇 번이나 목구멍까지 올라왔지만 가쿠토는 그때마다 말을 삼켰다.

마쓰나미 이쿠코가 살던 집을 본 뒤로 미쓰야는 머릿속에서 뭔가를 신중히 쌓아올리는 표정을 지었다. 가쿠토가 말을 걸면 애써 쌓아올린 게 와르르 무너져 내릴 것 같았다.

마쓰나미 이쿠코가 일했던 슈퍼의 점장과 아르바이트 직원에게 그녀의 이야기를 들을 수 있었다. 그녀는 이사 온 직후 아르바이트를 시작했고 약 2년간 일한 뒤 건강이 좋지 않아 그만뒀다. 아르바이트 직원에 의하면 그만두기 몇 달 전부터 휘청거리거나 주저앉는 일이 많았다고 한다. 스도의 말대로 갱년기장애 증상이었던 모양으로, 아르바이트 직원이 병원에 가라고 권하자 이미 다니고 있다고 대답했다고 한다.

마쓰나미 이쿠코가 다닌 곳은 '미소노 내과부인과 클리닉'이라는 여성 전용 외래 진료를 표방하는 병원이었다. 기다린 끝에 원장인 바바 미소노를 만난 건 저녁 7시가 넘어서였다.

은발을 깔끔하게 쇼트커트로 자른 60세 전후의 원장은 마쓰나미 이쿠코가 살해된 것보다 노숙인이 됐다는 사실에 더 놀랐는지, "마쓰나미 씨가 노숙인이라니 도무지 상상이 안 되는군요" 하며 망연히 중얼거렸다.

"아까 동네 이웃분에게 마쓰나미 씨가 갱년기장애 증상이 심해 아르바이트를 그만뒀다고 들었습니다. 특히 피로감과 어지럼증이 심해서 휘청거리거나 주저앉는 일도 있었다고 하더군요."

"거기까지 알고 계신다니, 말씀드릴 수 있는 범위 내에서 대답해드리죠. 사정이 사정인 만큼."

원장은 자세한 통원 이력이나 진료기록부가 필요하면 정식으로 정보 제공 요청 절차를 밟아야 한다고 강조한 뒤 말하기 시작했다.

"대체로 형사님이 말씀하신 대로예요. 마쓰나미 씨는 갱년기 장애 증상이 심해서 피로감과 어지럼증 외에도 얼굴홍조나 머리로 피가 올라가는 느낌, 두통, 두근거림, 관절통 등에 시달렸어요. 그 밖에도 불면증이나 기분 침체 등 정신적 증상도 있었고요. 정신적 증상은 약물 치료로 많이 호전됐지만, 신체적 증상은 여간 고약한 게 아니라서……. 그래도 좀 더 통원하셨더라면 편하게 해드릴 수 있었을 거예요. 안타깝습니다."

"마쓰나미 씨가 통원한 기간은 얼마나 됩니까?"

원장은 진료기록부를 넘기면서, "으음, 반년 정도네요" 하고 말했다. 마쓰나미 이쿠코가 마지막으로 진료를 받은 건 아르바이트를 그만두기 직전이었다.

미쓰야가 히가시야마 요시하루의 사진을 보여주자, 원장은 모르는 사람이라고 대답했다. 오늘 만난 사람 모두에게 그의 사진을 보여줬지만 안다고 대답한 사람은 없었다.

병원을 나와 차에 올라탄 건 정확히 8시였다.

미쓰야는 여전히 자기만의 세계에 몰두해 있다. 마치 차 안에 자기 혼자만 있고 운전은 AI가 한다는 듯이.

미쓰야는 별난 능력자로 유명하지만 사람들은 그에게 적극적으로 다가가려 하지 않고 멀리서만 그를 보고 있는 것 같다. 미쓰야와 가까이 있으면 자신의 평범함을 깨닫게 되리라. 가쿠토는 자신이 쓸모없는 신입 형사라는 걸 인정하면서도 얼마 없는 자존심을 사정없이 두들겨맞은 느낌이 들 때가 있다.

본부로 돌아가는 차 안에는 엔진 소리만 울렸고 피로가 깃든 침묵이 무겁게 내려앉았다. 그러나 중력을 비껴간 듯 살아가는 미쓰야는 아무것도 느끼지 않을 것이다.

"저기, 경위님. 마쓰나미 이쿠코가 집을 나가기로 한 날은……."

가쿠토는 내내 꾹꾹 눌러왔던 말을 결국 입에 올렸다.

"그렇군요." 미쓰야는 앞을 본 채 조용히 대답하고, "씨" 하고 덧붙였다.

"네?"

"마쓰나미 이쿠코 씨. 용의자나 범인도 아닌 사람을 경칭 없이 부르지는 맙시다."

가쿠토는 "아니, 그래도" 하며 물러서지 않았다. "히가시야마를 죽인…… 아니, 히가시야마 씨를 죽인 범인일 가능성이 있잖습니까."

"하지만 아직 용의자도, 범인도 아닙니다."

네, 하고 작게 대답했더니 가로등 불빛이 흘러가는 어두운 차

안은 다시 침묵이 지배했다.

"그녀는 왜 노숙인이 되어야만 했을까요."

이윽고 미쓰야가 중얼거리더니, "어떻게 생각합니까?" 하고 가쿠토를 본다.

시야 끝에 간신히 들어온 미쓰야의 눈은 밤의 불빛에 반짝여 실제보다 더 가까이에서 자신을 쳐다보는 느낌이었다.

가쿠토는 갑자기 에라, 모르겠다, 될 대로 되라지, 하는 심정이 됐다. 평범하다고 여겨져도 상관없으니 자신의 생각을 죄다 쏟아내고 미쓰야에게 확인받고 싶었다.

"저기, 저는 평범한 말밖에 못하는데요."

말투까지 바뀌었다.

"네. 말씀하세요."

"그럼 할게요. 마쓰나미 이쿠코 씨는 히가시야마 요시하루 씨를 살해하고 도망치기 위해 집을 나가 노숙인이 됐다는 게 가장 단순하고 타당하다고 생각해요."

"살해 동기는?"

"모르지만 돈을 노려서……는 아닌 것 같네요."

미야타와 스도를 비롯해 마쓰나미 이쿠코를 아는 사람들이 한 말을 생각해보면 그녀가 돈을 목적으로 사람을 죽일 만한 인물이라고 생각되지는 않았다.

"그녀는 왜 그렇게까지 해서 도망치고 싶었을까요."

"네?"

"경찰에 잡히느니 노숙인이 되기를 선택한 건 왜일까요."

"경찰이 무섭거나 자유를 빼앗기고 싶지 않거나, 아니면 하고 싶은 일이 있었던 거 아닐까요?"

생각나는 대로 말하자 머리 한구석에 걸렸던 위화감의 정체가 보였다. 스도의 이야기를 듣고 있을 때도 느꼈던 것이다. 살인을 저지르고 도망가는 사람이 일부러 집주인에게 나간다고 말을 하고 깨끗이 청소까지 할까.

"그녀가 보낸 2년의 세월은 어떤 것이었을까요."

미쓰야의 이야기는 징검돌처럼 진행돼서 좀처럼 머리가 따라가지 못한다. "2년의 세월이요?" 하고 되묻는 순간 마쓰나미 이쿠코가 살던 집을 봤을 때 미쓰야가 "2년" 하고 중얼거린 게 떠올랐다.

"남편인 히로시 씨를 떠나보낸 뒤 집에서 나가기까지 약 2년. 정확히는 1년 11개월입니다. 그사이 마쓰나미 이쿠코 씨에게 무슨 일이 있었던 걸까요."

"다시 일을 시작했다고 했으니 조금은 긍정적으로 바뀌었다는 거 아니겠습니까."

"건강이 좋지 않아 일을 그만뒀는데 과연 다시 일을 시작했을까요."

"나았겠죠."

"오호, 과연."

미쓰야가 놀란 목소리를 냈다.

"그 가능성도 있겠군요. 미처 생각 못했습니다."

비꼬는 게 아니라 진심으로 그렇게 생각한다는 목소리였다.

밤 10시부터 시작된 수사회의에서 마쓰나미 이쿠코의 이력이 밝혀졌다.

마쓰나미 이쿠코와 히로시에게는 자식도, 가까운 친척도 없었다. 당연히 '친척집 신세를 지게 됐다'는 말은 거짓이며 해약 신청서에 적힌 이사할 주소도 가짜였다.

수사회의는 침을 삼키는 것조차 꺼려지는 긴장감과 밑바닥에 간신히 억눌려 있는 어딘지 뒤숭숭한 분위기가 섞여 있었다.

수사에는 실질적으로 참여하지 않는 본부장과 두 명의 부본부장이 앞 테이블에 나란히 앉아 있는 것으로 보아 마쓰나미 이쿠코의 이력이 밝혀진 것보다 더 중대한 보고사항이 있다는 걸 누구나 알 수 있었다.

가쿠토는 등허리를 곧게 펴고 일부러 바른 자세를 유지했지만, 긴 다리를 꼬고 앉은 미쓰야는 여느 때처럼 남의 이야기를 듣는지 마는지 알 수 없는 분위기다.

관리관이 "끝으로 중요한 보고사항이 있다"고 크게 말한 뒤 본부장을 향해 고개를 돌렸다.

"아까 지바현경에서 보고가 들어왔다. 본 사건 피해자인 마쓰나미 이쿠코와 작년 지바시에서 발생한 살인사건 피해자인 히가시야마 요시하루의 접점이 발견됐다."

본부장의 발표에 땅울림 같은 웅성거림이 일었다.

"……씨."

미쓰야가 불쑥 내뱉는 소리가 들렸다.

히가시야마 요시하루는 보건복지센터에서 근무하는 공무원이었다. 사건 당시에는 생활보호 상담 창구인 사회지원과에 있었다. 마쓰나미 이쿠코가 생활보호 상담을 하러 찾아왔고 히가시야마 요시하루가 그 일을 담당한 기록이 있다고 한다.

"현 단계에서 합동 수사본부를 설치할 예정은 없다. 따라서 마쓰나미 이쿠코와 히가시야마 요시하루의 관계를 밝히는 건 지바현경에서 담당한다. 우리는 우리가 할 일을 한다. 마쓰나미 이쿠코를 살해한 범인을 하루 빨리 체포하는 것이다."

"네!" 하는 굵직한 목소리가 울렸지만 미쓰야는 대답하지 않았다.

4

마쓰나미 이쿠코는 손바닥에 놓인 거스름돈 중에 500엔짜리가 있는 걸 보고 가슴이 설렜다.

계산하기 전에 거스름돈을 미리 셈해놓고 가급적 500엔짜리를 받을 수 있도록 내는데도 실제로 손바닥에 놓인 500엔을 보면 가슴이 따뜻해지고 입꼬리가 쭉 올라간다.

"잘 지내. 몸조리 잘하고."

계산대 앞에 선 가와베가 말했다.

"고마워. 가와베 씨도 잘 있어."

이쿠코는 지갑에 거스름돈과 영수증을 넣은 뒤 대답했다. 지갑 속 동전 주머니에 500엔짜리를 넣을 때는 눈으로 확인하며 집어넣었다.

오늘이 '고토부키 슈퍼'에서 근무하는 마지막 날이었다. 옷을 갈아입고 인사를 마친 뒤 손님으로서 물건을 샀다. 에코백에는 특별 할인하는 양배추와 달걀과 낫토가 들어 있다. 미안하지만 삼겹살과 소시지는 다른 슈퍼에서 살 것이다.

"다음에는 손님으로 와."

"응, 그럴게"라고 대답했지만, 몇 달 전 집 반대편에 초저가 슈퍼가 생겨서 웬만하면 여기로 올 일은 없을 것이다.

이쿠코는 머리를 살짝 숙여 인사하고 2년 가까이 일한 슈퍼를 뒤로했다.

오늘은 무서울 정도로 컨디션이 좋다. 아침부터 지금까지 어지럼증이 한 번도 없었고 얼굴홍조도 가볍게 흘려보낼 수 있을 정도였다. 하지만 그것이 도리어 이쿠코를 초조하게 했다.

괜히 서두른 걸까? 그만둘 필요는 없지 않았을까? 오늘부로 갱년기장애가 나은 건 아닐까?

갱년기장애 증상이 심해진 건 최근 반년 사이의 일이다. 처음에는 몸 상태가 급격히 나빠져 보통 일이 아니구나 싶어 내과 진료를 받았지만, 병명을 알아내지 못하고 부인과 진료를 권유받았다. 여성 전문 병원에서 문진과 혈액검사를 해본 결과 갱년기장애였다. 불면증과 기분 침체는 항불안제와 항우울제를 먹고 많이 나아졌지만 호르몬대체요법으로 부작용이 생기는 등 신체적 증상에 맞는 약은 좀처럼 찾지 못했다. 한약으로 바꾸면서 의사에게 즉효성은 기대하지 말라는 말을 들었지만, 효과가 있는지 없는지 알 수 없다는 점은 납득이 가지 않았다.

아르바이트를 그만둔 건 더 이상 직장에 폐를 끼쳐서는 안 된다고 생각해서였지만, 얼마 전 점장이 은근히 퇴사를 권하기도 했다. 횟감 생선을 썰려다 생선을 떨어뜨리고 랩 커터에 손가락을 베여 상품에 피를 묻히고 상품을 진열할 때 휘청거리다 손님과 부딪히는 등 지난 반년 동안 셀 수 없이 많은 실수를 했다. 주저앉은 뒤 일어나지 못해 하마터면 구급차를 부를 뻔한 적도 있다.

코끝에 빗방울을 톡 맞은 것 같았다.

당장에라도 먹물을 뚝뚝 흘릴 듯한 진회색 구름이 하늘을 뒤덮었다. 습기를 머금은 공기가 끈적하게 달라붙어 숨쉬기가 힘들다. 관자놀이를 타고 땀이 흘러내린다. 숨이 막힌다고 생각한 순간 얼굴이 화끈 달아올랐다. 다음 순간, 심장이 마구 뛰기 시작했다.

이쿠코는 자기 몸에 배신당한 기분이 들었다.

결국 삼겹살과 소시지를 사지 않고 집으로 갔다.

식탁에 에코백을 내려놓고 창문을 연 뒤, "조금만 쉬자"고 중얼거리며 소파에 누웠다. 심장이 쿵쾅쿵쾅 뛰는 소리가 고막을 때린다. 눈을 감자 어지럼증이 덮쳐와 황급히 눈을 떴지만 가시질 않는다. 땀이 비 오듯 쏟아져 이마와 관자놀이, 귀 뒤로 흘러내린다. 더운데도 몸속은 시리다.

오늘 저녁은 회과육을 만들 예정이다. 남편인 히로시가 좋아하는 음식이다.

세 살 많은 남편은 쉰여섯 살인데도 식욕이 왕성하다. 담배를 피우지 않고 술은 가끔 마시지만 기름진 음식과 단 음식을 좋아해서 걱정이다.

회과육, 냉두부, 오이초무침. 저녁 메뉴를 이렇게 정했다. 된장국 건더기로는 나도팽나무버섯을 넣어야겠다.

열린 창문으로 옆집 스도의 목소리가 들어온다. 동네 주민과 서서 이야기하는 것 같지만 그녀의 목소리밖에 들리지 않는다. 초저가 슈퍼의 타임 세일 행사에서 우유가 120엔이었다고 한다.

아아, 그렇지. 회과육을 만들려면 삼겹살을 사와야 한다. 내일

도시락 반찬용으로 소시지도 필요하다. 그전에 쌀부터 씻어야 하는데.

머리로는 그렇게 생각했지만 몸은 공기에 짓눌린 것처럼 꿈쩍도 할 수 없었다.

소리가 울린다. 이쿠코의 의식이 어둠 속에서 소리의 정체를 찾아 헤맸다.

전화다, 하고 알아차린 순간, 지금 몇 시지? 하며 흠칫 놀랐다. 눈을 뜨자 어둠 속에 있었다.

만일에 대비해 휴대폰은 늘 손이 닿는 곳에 놔둔다. 몸을 일으키는 대신 바닥에 손을 뻗자 휴대폰 스트랩이 손끝에 닿았다.

남편이다. 7시 23분인 것을 보고, 또 그랬구나, 하고 울고 싶어졌다.

이쿠코가 통화 버튼을 누르자마자, 남편이 "여보, 괜찮아?" 하고 물었다. 이쿠코의 건강이 나빠진 뒤 남편은 '여보세요' 대신 그렇게 묻는 습관이 들었다.

"괜찮아" 하고 대답한 뒤 미안하다는 말을 할 뻔한 걸 꾹 참았다. 남편은 저도 모르게 미안하다는 말이 입버릇이 된 이쿠코에게 "몸이 안 좋은 건 미안할 게 아니잖아. 만약 내가 병에 걸렸는데 번번이 사과하면 좋겠어?" 하고 드물게 엄한 어조로 말했다.

"이제 퇴근할 건데, 뭐 사갈까? 필요한 거 있어?"

반사적으로 삼겹살과 소시지라고 대답할 뻔했지만, 아침 일찍부터 나가서 일하는 남편에게 슈퍼에 들르라고 하는 게 미안했다.

"그런 거 없으니까 조심히 와."

"알겠어. 빨리 갈게."

"빨리 오지 않아도 돼. 조심히 왔으면 좋겠어."

남편과 통화하는 사이 이쿠코는 자연히 웃게 됐다.

남편도 "알겠어" 하고 웃었다.

잠을 잔 덕분인지 몸이 한결 가벼웠다. 냉장고를 확인하며 메뉴를 다시 짰다. 냉두부와 오이초무침은 예정대로 하고 회과육 대신 닭고기달걀덮밥을 만들기로 했다. 전철로 세 정거장 떨어진 직장까지 자전거로 출퇴근하는 남편은 늘 30분 정도면 온다. 서둘러 쌀을 씻어 미지근한 물과 함께 밥솥에 안치고 취사 버튼을 눌렀다.

남편은 예상보다 10분 정도 늦게 도착했다. 머리와 폴로셔츠가 젖어 있고 축축한 먼지 냄새가 났다.

"밖에 비 와?"

그러고 보니 아까 빗방울이 코에 떨어진 것 같지 않았던가. 남편이 전화했을 때 왜 비 생각을 못했을까.

"집에 다 오니까 조금 내리더라. 그래서 별문제 없었어."

아무짝에도 쓸모없고, 누구의 도움도 되지 못한다—.

그런 생각이 들려는데, 남편이 "자, 받아. 수고했어" 하고 등 뒤에 두었던 손을 내밀었다. 남편 손에는 금색 리본으로 예쁘게 포장된 새빨간 장미 한 송이가 들려 있었다.

"어? 웬 거야?"

"웬 거냐니, 당신 오늘 아르바이트 마지막 날이었잖아. 그동 안 수고했다는 의미로 주는 거지. 한 송이뿐이라 미안하지만."

남편은 쑥스럽게 웃으며 이쿠코에게 장미를 건넸다.

"고마워."

부드러운 붓이 이쿠코의 마음을 어루만지며 자기혐오와 불안 의 색을 행복감으로 다시 칠한다. 장미에 코끝을 대고 달콤하고 싱그러운 향기를 가슴 가득 들이마셨더니 뜨거운 눈물이 핑 돌 았다.

평소에 꽃을 장식하는 습관은 없지만 이쿠코는 빨간 장미의 꽃말을 안다. 한 송이에 담긴 의미도 알고 있다. 남편이 이쿠코 에게 꽃을 줄 때는 어김없이 빨간 장미 한 송이였기 때문에 궁 금해서 찾아본 적이 있다.

"아, 그렇지" 하고 남편이 기쁜 목소리로 말했다.

지갑에서 500엔짜리 동전을 하나 꺼내 식탁 위의 작은 캔에 넣었다. 뚜껑에 무당벌레 일러스트가 그려진 은색 캔에는 원래 사탕이 들어 있었다.

"장미 사고 받은 거스름돈."

남편이 이쿠코에게 웃어 보였다.

"아, 나도."

이쿠코도 거스름돈으로 받은 500엔을 캔에 넣었다.

이쿠코와 히로시가 500엔짜리 동전을 모은 건 10년 전부터다. 그해에 임신을 포기했다. 난임 치료는 받지 않았다. 만약 어느 한쪽에 원인이 있는 것으로 밝혀지면 어느 쪽이든 평생 지울수 없는 자책감에 시달릴 것 같았기 때문이다.

결혼은 이쿠코가 37세, 히로시가 40세가 되던 해에 했다. 두사람 다 초혼이었다. 이쿠코가 파견직으로 근무한 설계회사에 하청회사 직원인 히로시가 자주 오면서 만나게 됐다. 네모난 사람, 이라는 게 첫인상이었다. 얼굴은 투박한 네모, 몸은 푸근한네모, 검고 굵은 머리카락을 짧게 깎은 머리도 네모, 커다란 손바닥도 네모에 가까웠다. 이렇게 억세고 다부지게 생긴 사람이소프트웨어 개발을 하다니 왠지 의외라 흥미로웠다.

결혼하고 얼마 지나지 않아 아파트를 장만했다. 이쿠코는 결혼 후에도 계속 파견직으로 일했지만 여유롭게 지내다 보면 자연히 임신하지 않을까 싶어 일을 그만뒀다. 그러나 바라는 대로는 되지 않았다.

아이는 포기하자. 그렇게 말한 것도, 결정한 것도 아니었다.

계기는 우연히 받은 팸플릿이었다.

쉬는 날 남편과 함께 외출했는데 고등학생에게 팸플릿을 건

네받았다. 그가 모금 활동 중이라고 말하지 않았다면 몰랐을 것이다. 전철역 입구 옆에 나란히 선 고등학생들이, "모금을 부탁드립니다!" 하고 외쳤지만 그 목소리도, 모습도 떠들썩함과 혼잡함에 묻혀 있었다. 남편이 팸플릿을 슬쩍 보고 모금함에 동전을 집어넣자, 여럿이 "감사합니다!" 하고 합창하듯 들뜬 목소리로 인사했다. 이쿠코는 눈앞에 서 있는 고등학생들을 찬찬히 살펴봤다. 순수하게 빛나는 눈동자, 고운 피부, 윤기가 흐르는 검은 머리. 그들은 그저 그곳에 서서 외치는 것만으로도 아름답고 역동적인 에너지를 선명하고 강렬하게 뿜어내고 있다. 그리고 자신들이 그렇다는 걸 누구 하나 알지 못했다.

팸플릿은 집에 와서 읽었다. 이쿠코도 들어본 적 있는 NGO에서 만든 거였다. 팸플릿에는 전 세계 아이들을 굶주림과 빈곤, 생명의 위협에서 지키고, 보건과 위생, 교육을 지원한다는 활동 내용이 쓰여 있었다.

거기에는 아이의 웃는 얼굴이 있었다. 우는 얼굴이 있었다. 자는 얼굴이 있었다. 갈비뼈가 앙상히 드러난 아이. 얼굴에 우유가 묻은 아이. 엄마에게 안긴 아이. 맨발로 달리는 아이. 기뻐하며 책을 펼치는 아이.

그때 이쿠코는 영혼이 몸에서 빠져나가 지구를 내려다보는 눈길이 된 듯한, 지구 반대편에 있는 아이들을 내리쬐는 빛이 된 듯한, 뭐라 말할 수 없는 신기한 감각에 휩싸였다. 나는 지금

해방되었구나, 하고 느꼈다.

그리고 남편도 지금 이 순간 자신과 똑같은 영혼의 체험을 하고 있다는 것이 분명히 느껴졌다.

모두 우리 아이야—. 남편의 마음의 소리가 들렸다.

모두 우리 아이야—. 자신의 마음의 소리도 남편에게 들릴 거라 생각했다.

생활에 여유가 있는 건 아니었다. 남편이 다니는 회사는 매출이 급격히 떨어져 여름과 겨울에 보너스도 나오지 않고 연봉마저 20퍼센트 삭감됐다. 십수 명 있던 직원 중 30대 이하의 젊은 사람은 모두 그만뒀다. 남아 있는 직원은 40대 이상인 히로시를 포함해 다섯 명뿐이었다. 회사에서 하는 일은 건물의 구조계산 소프트웨어 개발로, 남편에 의하면 일의 특성상 다른 직종에 도움이 되지 않기 때문에 직업을 바꾸기가 어렵다고 한다. 남편도 이직을 생각했지만 그만둔 직원의 업무까지 맡는 바람에 타이밍을 놓치고 말았다. 늘어만 가는 업무량과 잔업 시간에 반해 수입은 줄어들었다.

500엔 저금은 자연스러운 흐름이었다. 500엔짜리 동전이 생길 때마다 캔에 넣고 연말에 한꺼번에 기부한다. 그건 생각지 못한 뿌듯함을 가져다줬다.

치료 우유, 영양 페이스트, 비타민, 백신, 깨끗한 물, 책가방……. 우리의 500엔짜리 동전은 뭘로 바뀔까, 하고 상상했다.

우리 아이. 만난 적 없는 아이. 지구상에는 우리 아이가 많이 있다.

우리 아이가 힘든 일을 겪지 않기를. 다같이 웃으며 살기를.

이쿠코는 500엔을 넣을 때마다 진심으로 기도했다.

밖으로 나가 현관문 옆에 빨래를 널고 들어왔더니 마치 100미터 달리기를 한 것처럼 숨이 찼다. 얼굴뿐 아니라 온몸에서 땀이 비 오듯 쏟아지고 등에 티셔츠가 쩍 들러붙어 불쾌했다.

오늘 땀이 너무 많이 나는 게 영 심상치 않다. 쉬고 있는데도 회복되기는커녕 점점 더 심해지는 것 같다. 혹시 갱년기장애가 아닌 또 다른 병에 걸린 걸까. 이쿠코는 불안에 휩싸였지만, 더운 건 높은 기온 탓이라고 TV 일기예보에서 가르쳐줬다. 오늘 최고 기온은 33도라고 한다.

남편이 집에 없을 때는 가급적 에어컨을 켜지 않으려 하지만, 조금만 켜는 건 괜찮겠지, 하는 핑계를 대고 전원을 켰다.

아르바이트를 그만둔 지 일주일째다. 몸 상태에는 기복이 있다. 몸이 좋을 때는 청소와 빨래를 후딱 해치우고 슈퍼에도 갈 수 있지만, 나쁠 때는 청소기 돌리는 것조차 몇 번이나 쉬어가며 해야 했다.

아무짝에도 쓸모없고, 누구의 도움도 되지 못한다—.

긴장을 늦추면 어두운 생각에 집어삼켜질 것 같았다.

벽에 걸린 달력에 무심코 눈길을 주다 오늘이 칠석이라는 걸 깨달았다. 이 집에 이사 온 지 정확히 2년이 됐다는 뜻이다. 2년 전을 떠올리며 우리는 아직 운이 좋다고 스스로를 타일렀다. 갱신 없이 1년만 살기로 계약했는데, 집주인이 귀국할 때까지 지금 월세 그대로 계속 살게 해준 것이다. 다만 언젠가는 이 집을 떠나야 한다. 그때를 위해 목돈을 마련해뒀지만 그 돈을 쓰는 상황이 오지 않는다면 얼마나 좋을까.

이쿠코는 식탁 위의 캔을 집어들었다. 묵직하고 동전끼리 부딪히는 소리가 났지만 그리 많이 모이지는 않았다. 월급날 전에 두세 개, 더러는 모인 돈 전부를 꺼내 쓰는 일이 많아졌기 때문이다.

남편에게 빚이 있다는 사실을 알게 된 건 그가 다니는 회사가 망했을 때였다. 회사에 끝까지 남은 사람은 사장 외에 남편뿐이고 1년 넘게 무급이었다는 사실도 그때 알았다. 남편은 그만둘 수가 없어, 미안해, 하고 고개를 숙였다. 몇 번이나 그만두려 했지만 그때마다 사장이 "지금 자네가 그만두면 회사는 망해. 그럼 나는 목매 죽어야 하는데, 우리 가족 전부 데려갈 수밖에 없어"라며 울면서 붙잡았다고 한다. 월급은 다음 달에 반드시 주겠다, 두 달 뒤에 목돈이 들어오면 주겠다, 하고 질질 끌었는데 어느 날 남편이 출근하자 사무실은 텅 비었고 사장과는 연락이 되지 않았다.

이쿠코는 남편이 현금 서비스를 받아 가져온 돈을 월급이라 믿어 의심치 않았던 자신이 부끄러웠다. 돌이켜 생각하면 이상하다 싶은 일이 많았다. 머리만 대면 깊이 잠들던 남편이 금방 깨게 됐다. 무슨 생각을 하는지 멍한 표정을 자주 지었다. 이쿠코가 말을 걸면 이상할 정도로 밝게 행동했다.

이쿠코는 남편의 이야기를 듣고 울었다. 불안과 걱정, 괴로움과 아픔을 전부 혼자 떠안으려 한 남편에 대한 미안함과 애정의 눈물이었다.

남편이 일의 특성상 직업을 바꾸기가 어렵다고 한 건 사실이었다. 애초에 동종 업계 종사자가 적고, 남편의 직종을 모집하는 회사도 전무했다. 그렇다고 경력이 없는 54세를 고용해주는 업종도 못 찾았다.

남편은 정직원을 고집했고 이쿠코도 동의했다.

임신을 포기한 뒤 이쿠코는 다시 파견직으로 근무했지만, 예전에 비해 조건이 눈에 띄게 나빠졌고 그마저도 단기 업무밖에 없었다. 가능하면 남편은 안정된 직장에서 일하기를 원했다. 그러던 중 대기업인 사무기기 제조사에서 창고 직원을 모집했다. 모집 내용에는 연령 및 경력 불문하고 심지어 정직원 채용 제도가 있다고 쓰여 있었다.

채용이 결정된 시점에 아파트가 팔렸다. 그러나 대출금이 남았고 남편의 빚도 갚아야 했다. 그나마 취직해서 다행이라고 생각할 수밖에 없었다. 이쿠코는 비록 계약직으로 시작하지만 남편의 인품과 일솜씨를 보면 곧바로 정직원이 될 거라 생각했다.

소파에 누워 땀이 식기를 기다리며 2년 전을 회상하고 있자니 그 무렵과 지금 중 어느 쪽이 더 행복할까, 하는 생각이 머리에 떠올랐다.

남편은 계약직인 채 56세가 됐다. 무거운 짐을 드는 작업이 허리에 부담을 주는지 갈수록 요통이 심해진다.

이쿠코는 이사를 계기로 파견직 근무를 그만두고 고토부키 슈퍼에서 아르바이트를 시작했다. 몇 개월마다 근무처가 바뀌는 것에 스트레스를 느꼈고 출퇴근 시간을 생각해서 그렇게 결정했다. 그러나 그 아르바이트도 그만뒀다.

앞이 보이지 않는다는 생각이 들었다. 컨디션은 언제쯤 회복될까. 빚은 언제 다 갚을 수 있을까. 남편은 언제쯤 정직원이 될까. 남편의 허리는 언제쯤 괜찮아질까.

그런 날이 오기는 할까.

이쿠코는 53년간 인생을 살면서 지금만큼 자신이 한심하게 느껴진 적이 없었다. 일하러 나가지도 못하고 집안일도 제대로 못한다. 남편의 허리를 낫게 해주지도 못한다.

누가 닦달이라도 하듯 벌떡 일어나 지갑을 열었다. 500엔짜리 동전을 찾아봤지만 없다. 뭔가 해야 한다고 스스로를 채찍질했다.

"오, 이게 웬 진수성찬이야. 오늘 무슨 날인가?"

남편이 식탁을 보고 미소를 지었다. 샤워한 직후라 머리가 젖어 있다.

식탁에는 참치와 연어와 연어알이 듬뿍 올라간 해산물덮밥과 냉된장국이 차려져 있다. 남편은 기름진 음식을 좋아하지만 생선회도 무척 좋아하고, 더운 날씨가 계속돼서인지 최근에는 담백한 음식이 당긴다고 했다.

"생선회를 특별 할인으로 싸게 팔길래 오랜만에 해산물덮밥을 만들어봤어."

그렇게 대답했지만 거짓말이었다. 뜻밖에 3천엔의 수입이 생겨 남편을 기쁘게 해주려고 그 돈을 몽땅 생선회를 사는 데 쓴 것이다.

이쿠코는 인터넷에서 일거리를 발견했다. 자신이 좋아하는 주제로 자유롭게 기사를 작성하는 일이었다. 보수는 글자수에 따라 3천~5천엔으로, 정해진 분량이나 마감 기한은 없었다. 모집 요강을 봤을 때 500엔 저금에 대해 쓰고 싶다는 생각이 들었다. 그러자 그 일이 자신을 부른 듯한 기분이 들었다.

500엔을 넣을 때의 충족감, 연말에 기부할 때의 행복감, 자신의 500엔이 지구 반대편에 전달된다고 상상했을 때의 기쁨과 흥분, 아이들에게 도움이 된다고 느꼈을 때 세상 모든 것을 축복하고 싶었던 마음.

남편의 낡은 노트북으로 열심히 글을 썼다. 거의 한 시간 만에 완성된 글을 밑져야 본전이라는 심정으로 보내봤다.

그러자 이틀 뒤에 메일로 답장이 왔다. 이쿠코의 기사를 극찬하며 또 써서 보내달라는 것이었다. 어제 원고료가 입금됐다.

남편에게는 당분간 비밀로 하기로 했다. 아르바이트를 그만두자마자 재택이기는 해도 다시 일을 시작했다는 걸 알면 걱정할 테고, 장미 한 송이를 선물한 그의 마음을 허사로 만드는 기분이 들었기 때문이다.

"와, 맛있다" 하고 해산물덮밥을 입에 쓸어넣듯 먹는 남편의 가슴팍이 얇아진 것 같았다.

"당신, 살 빠졌어?"

"나?"

"응."

"글쎄, 일일이 몸무게를 재지 않아서 모르겠는데."

남편은 고추냉이 간장을 듬뿍 찍은 참치로 흰쌀밥을 감싸고 입을 크게 벌려 밀어넣었다.

이쿠코는 "왠지 이 언저리가" 하며 자신의 쇄골 밑에 손바닥을 댔다. "야윈 것 같아."

"땀을 많이 흘려서 그런가? 그런데 건강을 위해서는 좀 빠지는 게 나은 것 같아."

그러곤 냉된장국을 후루룩 마신 뒤 다시 해산물덮밥을 볼이 미어지도록 먹었다.

"참치가 그렇게 맛있어?"

"최고야" 하고 엄지손가락을 세우며 씩 웃는다.

"애 같아."

이쿠코가 소리내 웃자, 덩달아 크게 웃음을 터뜨린 남편 입에서 밥알이 튀었다.

"아이, 정말."

"미안, 미안."

이렇게 모든 것이 충만한 식탁은 오랜만이었다.

이번에는 지구본을 주제로 기사를 썼다.

거실 수납장 위에 있는 지구본은 이쿠코의 45세 생일에 남편이 선물한 것이다. 케냐, 르완다, 코소보, 방글라데시, 아프가니스탄, 시리아. 두 사람이 기부한 500엔들의 행선지를 상상하며 지구본에 손가락을 대고 따라가자 몸은 일본에 있어도 마음은 어디든 갈 수 있고 누구든 만날 수 있을 것 같았다.

그런 이야기를 글로 써서 보내자, 다시 이틀 뒤에 답장이 왔다. 지난번보다 더 극찬하는 내용이었다. 기사가 게재된 링크를 클릭하자, 라이프스타일을 다루는 웹 매거진이 나왔다. 표시된 페이지 중 '칼럼'이라는 콘텐츠에 이쿠코가 쓴 글도 있었다. 화면 속 자신의 이름을 보자 이쿠코는 뭔가 거대한 존재에게 인정을 받은 것 같았다.

이튿날 담당자에게 전화가 왔다.

"마쓰나미 이쿠코 씨, 조회수가 엄청납니다!" 젊은 남자 목소리였다. "마쓰나미 씨 글만 자릿수가 다르다니까요. 보통 칼럼은 자기 생활을 즐기는 주제로 한 글이 많은데요, 마쓰나미 씨는 다르시군요. 봉사와 자비의 마음이 가득한 글이라 독자가 감동한 겁니다. 나도 사회참여를 해야지, 사회공헌을 해야지, 그런 마음이 들게 하는 훌륭한 내용입니다. 저희 회사가 원하는 칼럼은 그야말로 마쓰나미 씨가 쓰시는 사회적 가치가 있는 글입니다."

봉사, 자비, 감동, 사회공헌―. 귀에 날아든 단어에 세포 하나하나가 뜨겁게 반응해서 머릿속이 황홀하게 저렸다. "아뇨, 과찬이세요" 하고 대답할 때는 목소리가 뒤집어졌다.

담당자는 전용 페이지를 만들 테니 정식으로 계약하는 게 어떻습니까, 하고 말했다.

지금은 수많은 칼럼 중 하나로 취급하지만, 이쿠코 전용 페이지를 만들어 향후 이쿠코가 쓴 글은 전부 그곳에 게재한다. 그렇게 하면 지금까지 받은 원고료에 더해 조회수에 따른 보수가 추가로 지급된다.

"마쓰나미 씨가 쓰신 글의 조회수로 환산하면 너끈히 지금 원고료의 대여섯 배는 될 거라 생각합니다. 그리고 조회수는 반영구적으로 카운트되기 때문에 아무것도 하지 않아도 수입이 들어오는 구조입니다."

다만 초기 비용으로 사이트 제작비와 서버 이용료가 든다고 했다. 30만엔이라는 금액에 이쿠코는 멈칫했다.

"물론 마쓰나미 씨가 일을 그만두실 때는 전액 환불해드립니다. 다만 결코 적은 금액이 아니므로 심사숙고하시기 바랍니다."

담당자는 강권하는 일 없이 전화를 끊었다.

이튿날 이쿠코의 계좌에는 두 번째 원고료로 지난번보다 많은 5천엔이 입금됐다.

또 남편에게 맛있는 생선회를 사줄 수 있다─. 눈앞이 활짝 열리고 찬란한 빛이 들이비친다.

이쿠코는 이사 비용으로 마련해둔 30만엔을 송금했다. 그것을 끝으로 담당자와 연락이 닿지 않았다.

여동생 부부가 귀국하게 됐으니 집을 비워줬으면 좋겠는데. 당장에라도 스도가 그런 말을 꺼낼 것만 같아서 이쿠코의 마음은 온통 불안으로 가득했다. 늘 호흡이 얕고, 두피가 꽉 오그라드는 것처럼 머리가 저리고, 몸 구석구석까지 산소가 전달되지 않는 감각이었다.

30만엔에 대해서는 아무에게도 말하지 못했다.

이제 와서 생각하면 왜 그런 단순한 사기에 걸렸는지 스스로도 이해가 가지 않는다. 마치 최면이라도 걸린 것 같았다. 알고 보면 송금하지 않은 게 아닐까? 30만엔이 그대로 남아 있지 않을까? ATM에서 통장 정리를 하고 또 했지만 마지막으로 찍힌 건 30만엔을 송금한 기록이었다.

스도는 오후 2시부터 5시까지 대중탕을 이용할 목적으로 헬스클럽에 간다. 얼굴을 마주치지 않도록 스도가 집에 없는 시간대에 슈퍼에 가거나 다른 볼일을 봤고, 오전에 외출할 때는 평소에는 사용하지 않는 집 뒤의 부엌문으로 몰래 다녔다.

하루 빨리 이사 비용을 채워넣어야 한다. 그러려면 직접 일해서 돈을 벌어야 한다. 그렇게 생각할수록 어지럼증이 심해지고 발작적인 과호흡에 시달리게 됐다.

통원 치료는 그만뒀다. 그런 데 돈을 쓸 여유도 없거니와 병원에 다닐 자격이 없다고 생각했다.

그보다는 남편이 문제였다.

오봉 연휴가 지난 뒤 남편은 급격히 살이 빠졌다. 전부터 식욕이 줄긴 했지만 더위 먹어서 그렇다며 웃는 남편의 말을 곧이곧대로 믿었다. 아니, 자기혐오와 자책감이 시야를 가려서 눈앞의 남편을 제대로 보지 않았을지도 모른다.

"벌써 다 먹었어?"

이쿠코는 젓가락을 내려놓은 남편에게 말했다.

생선회라면 맛있게 먹지 않을까 싶어 큰맘 먹고 참치회와 오징어회를 샀다.

"모처럼 신경 써서 차려줬는데 미안해. 그래도 맛있었어. 배부르게 잘 먹었네."

남편은 웃으면서 한 손으로 배를 두드려 보였다.

하지만 그렇게 좋아하는 참치회를 두 조각이나 남겼다. 오징어회는 반 이상 남기고 냉국수는 몇 모금 홀짝이기만 했다.

"어디 안 좋은 거 아닐까?"

"괜찮다니까. 그냥 더위 먹은 거야."

"그래도 얼마 안 먹었잖아."

그렇게 대꾸한 순간, 혹시 점심으로 싸준 도시락도 거의 남기는 거 아닐까 하는 생각에 이르렀다. 남편의 도시락통은 밥과 반찬을 따로 담을 수 있는 큼직한 2단 도시락통이다. 퇴근한 남편이 "잘 먹었어" 하고 건네주는 도시락통이 늘 텅 비어 있길래 다 먹은 줄 알았지만 실은 버렸을지도 모른다.

보리차를 마신 남편이 기침을 했다.

"괜찮아?"

이쿠코는 물수건을 건넸다.

"요즘에 자꾸…… 이상한 데로…… 들어가서. ……나이 먹어서 그런가."

남편이 콜록거리며 대답했다. 헛기침을 여러 번 한 뒤 후우, 하고 숨을 크게 토해낸다.

"여보, 병원 가봐."

몇 주 전부터 수없이 한 말이다. 그러나 남편은 더위 먹었다는 말을 반복할 뿐 이쿠코가 거듭 권하는 걸 잔소리 취급했다.

"요통도 심해졌잖아. 한번 가보는 게 좋겠어."

"요통은 직업병 같은 거야."

"그래도, 식욕도 없어 보이고 살도 많이 빠졌잖아."

"병에 걸린 것처럼 말하지 마."

남편의 목소리가 날카롭게 곤두서 있었다.

"진짜 병에 걸린 거면 어쩌려고?"

남편은 이쿠코를 응시한 채 길게 침묵한 뒤 물수건을 식탁에 내던졌다.

"진짜 병에 걸린 거면 어떡하려고."

감정이 느껴지지 않는 낮은 목소리였다. 네모난 얼굴의 볼이 움푹 패어 엷게 그늘이 지고, 눈 밑에는 다크서클이 생겼다.

"그러니까―."

"병에 걸렸다 해도 일은 못 쉬잖아. 쉬면 잘릴지도 몰라. 그럼 생계는 어떡해? 어차피 일을 해야만 먹고살 수 있어. 그럼 병원에 가는 의미가 없잖아."

"그런―."

"끈질기군."

남편은 벌떡 일어나 거실을 나갔다.

남편이 이렇게 화내고 언성을 높인 건 처음이었다. 살이 빠져 얼굴이 변한 것처럼 눈에 보이지 않는 부분도 뭔가 변한 듯한 느낌이었다.

보건복지센터에 찾아간 건 처음이었다.

그날은 아침부터 긴장했지만 사회지원과 담당 직원이 의외로 친절히 응대해줘서 안심이 됐다.

50세 전후일까. 은테 안경을 쓴 남자 직원은 꼼꼼하고 빈틈이 없어 보이기는 했지만 입술 끝에 시종 미소를 띠고 있었다.

네, 네, 하고 고개를 끄덕이며 이쿠코의 설명을 듣던 직원은, "참 걱정되시겠군요" 하고 말했다. 단지 그뿐인 공감의 말이 마음에 포근히 스며들었다. 이쿠코는 누군가 내 이야기를 들어줬으면 했구나, 하고 깨달았다.

"부인은 일을 못하십니까?"

직원은 온화한 어조로 말했다.

"방금 말씀드렸다시피 갱년기장애가 심해서 아르바이트도 그만뒀습니다. 부끄럽지만요."

직원은 으음, 하고 입속에서 목소리를 굴리고 나서 천천히 입을 열었다.

"갱년기장애는 질병이 아니죠. 나이 듦에 따라 모두가 겪는 일이라 이른바 노화의 일종이라고 할 수 있습니다. 그건 이유가 될 수 없겠는데요."

"그럼 남편이 일을 하지 못하게 돼도 생활보호지원금은 받을 수 없는 건가요?"

무의식중에 생활보호지원, 이라는 부분만 목소리가 작아졌다. 그러나 직원은 익숙한 말인지 오히려 그 부분을 강조해서 말했다.

"그렇죠. 뭐, 기본적으로 생활보호지원금 상담은 실제로 남편분이 일을 할 수 없게 된 뒤에 하는 겁니다만, 그때 가서도 그럼 부인은 왜 일하지 않으시냐는 얘기를 할 수밖에 없습니다."

"저도 일하고 싶어요. 그런데 어지럼증과 피로감이 심해서 도저히 일을 할 수가 없습니다. 병원에도 가봤는데 잘 낫지 않았어요. 남편이 일을 쉬는 동안만이라도 생활보호지원금을 받을 수는 없나요?"

남자는 다시 입을 다물고 으음, 하며 신음했다.

"그러니까 적어도 그 기간만큼은 부인께서 힘내서 일을 하셔야 하지 않나, 이 말씀입니다. 부인은 지금 53세시죠. 실례입니다만, 젊다고는 할 수 없지만 아직 일할 수 있는 나이긴 해요. 자주 있더군요, 일하기 싫어서 생활보호를 신청하러 오는 사람이. 뭐, 부인이 그렇다는 건 아니지만, 같은 부류로 보일지도 모르겠군요."

"저는 일하기 싫은 게 아닙니다."

이쿠코는 저도 모르게 몸을 앞으로 내밀었다. 그만큼 몸을 뒤로 뺀 직원은 턱 밑에서 두 손으로 깍지를 끼고 이쿠코를 똑바로 쳐다봤다. 안경 속 눈동자가 순간 차가워진 듯 보였지만, 입술 끝은 여전히 미소를 짓고 있다.

"그래도, 여기까지 오시지 않았습니까."

"네?"

직원의 미소가 시험하는 것처럼 변했다.

"생활보호지원금을 받기 위해서라면 외출할 수 있지만 일하러는 나갈 수 없다, 이건 누가 봐도 이상하지 않습니까."

직원의 말에, 그럴지도 모른다고 머리 한구석에서 멍하니 생각했다. 이 사람 말대로 생활보호 상담을 받으러 나갈 수는 있어도 일하러 나갈 수는 없다니 그저 핑계에 불과하지 않을까.

"저는 갱년기장애 같은 건 게으름 병이라고 생각합니다. 만약 제 아내가 갱년기장애를 핑계로 집안일을 소홀히 하면 용서하지 않을 겁니다. 남편분은 건강이 좋지 않아 고생하신다면서요? 안되셨군요. 부인도 부인 생각만 하지 마시고 남편분을 생각해서 더 힘내셔야 합니다. 엄살만 부리시면 안 되죠."

직원이 그렇죠? 하고 미소를 보내와, 이쿠코는 무의식중에 "죄송합니다"라고 말했다.

이쿠코가 자리에서 일어나자 직원도 일어나서, "힘냅시다" 하고 격려하듯 말했지만, 뭘 어떻게 힘내라는 건지 알 수 없었다.

게으름 병. 핑계. 엄살만 부린다. 그런 단어가 이쿠코의 두개골 안쪽을 계속 때렸다.

그날은 아침부터 가랑비가 내렸다.

남편은 일어났을 때부터 미간을 찌푸린 채 입을 꾹 다물고 있었다. 그래도 기온이 낮아서인지 아침으로 차린 빵과 수프를 다 먹었다. 이쿠코는 속으로 역시 더위를 먹은 거였을까, 그랬으면 좋겠다, 하고 빌었다.

"자전거 타고 가려고?"

비옷을 걸치고 나가려는 남편에게 말했다.

"가랑비인데 뭐."

남편은 이쿠코를 보지 않고 나직이 대답했다.

위험해― 그렇게 말하려다 꾹 참았다. 더는 남편의 기분을 상하게 하고 싶지 않았다.

이쿠코는 며칠 전에 집에서 전철로 네 정거장 떨어진 콜센터의 아르바이트 자리를 발견했다. 솔직히 일할 자신은 없었지만, 어쨌든 할 수 있는 데까지는 해보자는 생각이었다. 일은 다음 달부터 시작한다. 아직 남편에게는 말하지 않았다. 일하기 시작하면 병원에 가도록 남편을 설득할 작정이었다.

"조심히 다녀와."

현관에서 남편을 배웅했다.

남편은 돌아보지 않고 "응"이라 대답한 뒤 가랑비 속으로 발을 내디뎠다.

5

운전대를 잡은 가쿠토의 눈에 상점과 주택의 설날 장식이 들어왔다. 설 연휴에 쉬기는 글렀네, 하고 멍하니 생각하다 한숨을 꾹 참고 조수석을 살폈다.

미쓰야는 여느 때처럼 팔짱을 끼고 먼 곳을 바라보고 있다. 연일 몇 시간밖에 못 잤는데 깜빡 졸지도 않는다. 초연한 그의 옆얼굴을 보니 또 한숨이 나올 것 같았다.

어젯밤 수사회의에서 마쓰나미 이쿠코와 히가시야마 요시하루의 접점을 알게 됐다. 본부장은 그와 동시에 두 사람의 관계는 지바현경에서 담당한다고 말했다. 회의가 끝난 뒤 형사과장은 가쿠토를 불러내, "지바현경에서 또 클레임 들어오지 않게 파스칼 감시 잘하도록" 하고 단단히 일렀다.

그랬건만ㅡ.

가쿠토는 미쓰야가 시키는 대로 속도를 낮추고 히가시야마 집에서 조금 떨어진 곳에 차를 세웠다.

"꽃꽂이가 세 개였는데 지금은 하나만 있군요."

미쓰야가 말했다.

"네에."

"시들었나 봅니다."

"그렇겠죠."

"포인세티아는 그대로 있더군요."

"그러게요."

불만을 담아 대답했다는 걸 스스로도 안다.

가쿠토는 미쓰야가 왜 히가시야마 집 내닫이창과 꽃꽂이에 집착하는지 여전히 이해할 수 없었다. 보통은 직사광선이 닿는 곳에 꽃을 놔두지 않는다는 건 알지만, 솔직히 말하면, 그래서 뭐? 하는 생각밖에 안 들었다. 애초에 마쓰나미 이쿠코는 성폭행 목적으로 살해된 걸로 보고 있다. 내닫이창 꽃이야 어떻든 상관없지 않은가.

그보다는 히가시야마 요시하루 살인사건의 수사원과 맞닥뜨릴까 봐 걱정이다. 다행히 아직까지 다른 수사 차량은 보이지 않는다.

"저기, 수사회의 때 마쓰나미 이쿠코 씨와 히가시야마 요시하루 씨의 관계 조사는 지바현경에 맡긴다고 했습니다."

가쿠토가 이 말을 하는 건 오늘로 두 번째다. 아침에 수사회의가 끝난 뒤 미쓰야가 히가시야마 집에 가겠다고 했을 때도 똑같이 말했다.

"나는 두 사람 관계를 조사하는 게 아닙니다. 애초에 나는 아무것도 조사하지 않고 있습니다. 그저 내닫이창 꽃꽂이가 신경 쓰이는 것뿐입니다."

마치 가쿠토가 괜한 말을 한다는 듯한 태도다.

"그럼 본인에게 물어보면 되지 않습니까."

순간 그렇게 대꾸했지만 아차 싶었다. 그런데 의외의 말이 돌아왔다.

"아직 물어볼 수 없습니다."

"왜요?"

"히가시야마 리사 씨가 거짓말 하는 이유를 알고 싶기 때문입니다."

"네? 거짓말이요?"

히가시야마 리사가 무슨 거짓말을 했다는 걸까.

그녀의 집을 찾아간 건 사흘 전, 마쓰나미 이쿠코가 살해되고 이틀 뒤다. 그때 그녀에게 마쓰나미 이쿠코의 사진을 보여줬다. 그녀는 모르는 사람이라고 했지만, 실은 알고 있었던 걸까. 그러고 보니 그때 히가시야마 리사는 사진을 보면서 어디선가 본 듯한 기분이 든다고 말했다. 다만 그건 착각이라는 의미였고 가쿠토도 그렇게 받아들였다. 미쓰야는 집요하게 파고들었지만.

"히가시야마 리사가…… 리사 씨가 마쓰나미 이쿠코 씨를 알고 있었다는 뜻인가요?"

가쿠토가 적극적으로 물어보자 의아하다는 표정을 한 미쓰야
는 몇 초 뒤, "그렇습니까?" 하고 그 표정 그대로 되물었다.

가쿠토는 아니었잖아, 하고 내심 스스로를 탓하면서 "그럼 무
슨 거짓말을 했는데요?" 하고 물었다.

"꽃꽂이입니다."

"네?"

"히가시야마 리사 씨는 내닫이창의 꽃꽂이를 친구가 보내줬
다고 했어요."

그건 기억한다. 그녀의 이웃인 야나기다가 쓰레기를 버리러
나왔을 때 그렇게 말했다.

"그녀는 왜 그런 거짓말을 했을까요. 저 꽃꽂이는 본인이 직
접 산 겁니다."

"뭐라고요?"

가쿠토가 놀란 이유는 두 가지다. 하나는 히가시야마 리사가
왜 그런 거짓말을 했을까 하는 것. 또 하나는 미쓰야가 그걸 어
떻게 알고 있을까 하는 것. 단연 후자 때문에 더 크게 놀랐다.

"직접 샀다는 걸 어떻게 아세요?"

의문을 그대로 표현했다.

"아까 확인했으니까요."

아까란 언제를 말하는 걸까 생각하다 아, 하고 떠오른 게 있

었다.

여기에 오는 도중 미쓰야가 터미널역 앞에서 차를 세워달라고 했다. 잠깐 기다리세요, 하고 말하며 휴대폰을 갖고 내리길래 수사본부에 연락하나 싶었지만, 역 건물에 들어간 미쓰야는 좀처럼 오지 않았다. 배탈이 나서 화장실에 갔을지도 모른다. 그렇게 생각하자 미쓰야도 사람이구나 싶어 웃음이 났다. 그때의 자신을 멍청하다고 꾸짖고 싶은 심정이었다.

"혹시 아까 역 건물 말인가요?"

그렇게 묻자 예상대로 미쓰야가 고개를 끄덕였다. 설명해주길 기다렸지만 미쓰야는 입을 열 기미가 없다. 하는 수 없이 질문을 거듭했다.

"역 건물에서 뭘 확인하신 건가요?"

"역 건물에 있는 꽃집에서 히가시야마 리사 씨가 내닫이창에 있던 꽃꽂이를 샀다는 걸 확인했습니다."

"역 건물 꽃집의 꽃꽂이라는 건 어떻게 아셨어요?"

"적혀 있지 않았습니까."

미쓰야는 또 의아하다는 표정을 지었다. 마치 왜 당연한 걸 묻냐고 말하듯이.

꽃꽂이에 가게 이름이 적혀 있었다는 걸까. 가쿠토는 히가시야마 리사를 찾아갔던 사흘 전을 떠올렸다. 내닫이창에 포인세티아 화분이 있었던 건 확실히 기억하지만, 꽃꽂이는 흐리터분하게 떠올랐다.

"바구니에 감긴 리본에 영어로 메리체리플라워라고 적혀 있지 않았습니까. 포인세티아 오른쪽에 놓여 있던 녹색과 붉은색을 중심으로 한 크리스마스 느낌의 꽃꽂이 말입니다. 리본은 금색이었습니다."

가쿠토는 미쓰야의 빈틈없는 설명에 입이 떡 벌어졌다.

그의 머리에 순간 기억 능력, 하고 떠올랐다.

'순간 기억'은 '사진 기억'이나 '카메라아이'라고도 한다. 본 것을 영상처럼 완벽하게 기억하는 건데 서번트 증후군에서 자주 보이는 능력으로도 알려졌다. 선배 형사인 가가야마는 순간 기억 능력이 극히 한정된 사람만 가진 특수한 능력이라고 생각했던 가쿠토에게 원래 인간이 갖추고 있는 능력이라는 설도 있다고 가르쳐줬다. 다만 대부분 사춘기 전에 사라진다고 한다. 미쓰야는 사춘기 때 어머니가 살해된 현장을 목격했다. 아마 지금도 그 광경을 완벽하게 기억하고 있으리라. 그가 순간 기억 능력을 놓지 못하는 건 그 때문일지도 모른다.

가쿠토야 어떻든 미쓰야는 보충하듯 담담히 말했다.

"다른 두 개의 꽃꽂이에는 리본이 없었습니다. 그런데 확인한 결과 전부 같은 꽃집의 꽃꽂이로, 리본을 단 상태로 팔았다고 합니다. 그럼 히가시야마 리사 씨가 리본을 뗐다는 거겠죠. 꽃꽂이는 세 개 다 12월 23일에 배달했다고 합니다. 그리고 그녀는 주문할 때 세 개 다 완전히 다르게 꾸며달라고 했다는군요. 바구니와 포장도 다르게 해달라고 말입니다. 그녀는 왜 그런 주문을 했을까요. 아마 같은 꽃집의 꽃꽂이로 보이지 않기를 바랐던 것 같습니다. 그럼 누구에게요? 길 가는 사람에게? 아니면 특정한 누군가에게? 그리고 그녀는 왜 친구에게 받았다고 거짓말을 했을까요."

어떻게 생각합니까? 하는 질문을 받았지만 머리에 떠오른 건 모른다는 말뿐이다. 모르겠다, 그냥 다 모르겠다, 하고 내팽개치고 싶은 심정이다.

"경위님은 어떻게 생각하세요?"

가쿠토는 고작 그렇게 되물을 수밖에 없었다.

질문에 질문으로 답하지 말라고 지적당하려나 싶었지만, 미쓰야는 개의치 않았다.

"그녀가 왜 그랬는지는 모릅니다. 다만 꽃꽂이가 친구의 선물이 아니라는 건 확실합니다. 그리고 또 하나, 이건 내 생각입니다만, 아마 요시하루 씨에게 바치는 꽃이 아니었을 겁니다."

"어째서요?"

"요시하루 씨 사진이 없기도 하지만."

미쓰야는 거기서 말을 한 번 끊었다.

"행복해 보이지 않던가요?"

그러고는 다시 이어서 말했다.

"네?"

"내닫이창 말입니다."

"내닫이창이요?"

"우리가 히가시야마 씨 집에 간 건 12월 26일, 즉 크리스마스 다음 날이었습니다. 그때 내닫이창에 놓여 있던 꽃꽂이와 포인세티아를 보고 마치 행복한 크리스마스의 견본 같다고 느꼈습니다. 꽃집에 물었더니 히가시야마 리사 씨는 밝고 화사하게 만들어달라고 했다더군요."

"그야 죽은 남편에게 하는 선물이니까 그런 거 아닐까요?"

충분히 그럴 수 있다고 생각했지만, 미쓰야는 "아니요" 하며 단박에 부인했다.

"그녀는 여자들이 좋아할 만한 세련된 이미지로 해달라고 했다고 합니다."

열심히 일한 나에게 주는 상. 그런 말이 떠올랐지만 이 상황과 딱 맞아떨어지는 것 같지는 않았다.

"그런데 야나기다 씨는 히가시야마 리사 씨가 본인 입으로 헌화라고 했다면서요."

"야나기다 씨는 히가시야마 요시하루 씨가 사망한 걸 알고 있으니 헌화냐고 물었던 거겠죠. 그리고 리사 씨는 그 말에 얹혀가기로 했다, 이런 생각이 들지는 않습니까?"

"만약 그렇다면 왜 그런 거짓말을 한 건가요?"

"그건 모릅니다. 다만 그 집 남편이 사망한 걸 모르는 사람이 봤다면 내닫이창 꽃꽂이가 헌화로 보이진 않았을 겁니다."

"경위님은 직사광선이 닿는 곳에 꽃을 놔뒀다는 것 말고도 신경 쓰이는 게 더 있었던 거네요."

스스로도 목소리 톤이 낮아진 걸 알 수 있었다.

"그렇습니다."

"그런데 왜 가르쳐주지 않으셨습니까."

목소리가 점점 더 낮아진다.

"그저 감일 뿐이라 뒷받침할 근거를 찾기 전까지는 쉽게 말하지 않는 편이 낫다고 생각했습니다."

"그렇다고 혼자만 알고 계실 것까지는 없잖습니까."

"방금 설명했습니다만."

가쿠토는 "그게 아니라" 하고 목소리에 힘을 줬다. 그러나 미쓰야는 전혀 동요하지 않는다. 앞 유리로 햇빛이 쏟아져 그의 검은 속눈썹 끝에 아주 작은 빛 알갱이가 매달려 있다.

"적어도 꽃집에 가실 때는 가르쳐주고 가셨으면 좋았잖습니까. 저는 배탈이라도 나서 화장실에 가시는 줄 알았다고요. 왜 저한테까지 숨기시는 거예요? 저를 그렇게 못 믿으시겠어요? 제가 그렇게 의지가 안 됩니까? 쓸모없다는 건 저도 압니다. 그렇다고 혼자 몰래 행동하실 것까지는 없잖습니까—."

말끝이 한심하게 늘어진 건 미쓰야에 대한 불만과 자기혐오 때문이었다.

"히가시야마 리사 씨를 조사하는 걸 달가워하지 않기 때문에 말하기가 어려웠습니다."

"달가워하지 않는 게 아니에요."

"하지만 수사본부를 나올 때 그러지 않았습니까. 히가시야마 씨를 조사하는 일은 지바현경이 한다고, 이쪽에서 움직이면 또 클레임이 들어온다고 말입니다. 나로서는 히가시야마 요시하루 씨가 아닌 리사 씨가 신경 쓰였지만 다도코로 형사가 따따부따 따질까 봐 잠시 말하지 않기로 한 겁니다."

가쿠토는 믿지 않아서가 아니었구나, 하고 안심했다.

하여튼 이 사람은 배려심이 있는 건지 없는 건지 모르겠다. 거기까지 생각하니 따따부따? 하고 미쓰야의 말이 뒤늦게 신경 쓰였다.

"따따부따요?"

"네. 따따부따."

미쓰야가 진지한 얼굴로 대답했다.

6

"히가시야마 씨, 설거지 좀 해줄래?"

홀 주임의 지시에, 히가시야마 리사는 꺼려하는 목소리로 "제가요?"라고 한 뒤 자신의 두 손을 봤다.

"아, 손가락에 칼로 베인 상처가 있는데."

혼잣말을 가장해 중얼거렸다.

분명히 들렸을 텐데 홀 주임은 리사를 무시하고 계산대로 향했다. 대신해줄까? 하고 말해주는 직원도 없다.

리사는 한숨을 쉬고 무거운 발걸음으로 주방에 들어갔다. 개수대에는 유리컵과 머그컵이 쌓여 있고 엄청난 양의 접시가 물에 담겨 있다. 컵은 손으로 설거지를 하고 접시는 음식물을 제거한 뒤 식기세척기에 넣고 돌리지만 일이 끝나기까지 채 15분도 남지 않았다. 새로 들어오는 손님도 없어서 테이블 닦는 시늉을 하며 적당히 시간이나 때울 작정이었다.

이 베이커리 카페의 주방은 개수대가 낮아서 리사도 허리를 굽혀야 한다. 무엇보다 아무리 고무장갑을 껴도 남의 침이나 먹다 남긴 음식이 묻은 식기를 만지는 게 꺼림칙하다.

왜 내가 이런 일을 해야 해? 리사는 입을 삐죽거렸다. 새로 들어온 애가 하면 되잖아. 아니, 홀 주임이 하면 되겠네. 나보다 시급도 많이 받으니까 남들이 기피하는 일을 솔선해서 해야 하는 거 아냐?

리사는 올해 4월부터 이곳에서 아르바이트를 하고 있다. 딸인 루미나가 고등학생이 되면서 리사의 친정에서 지내게 된 것이 계기였다. 편도로 45분이나 걸리는 데다 시급도 적은 이 베이커리 카페를 고른 건 삼색 유니폼이 예뻤고 동네 사람들과 마주치지 않아서 좋았기 때문이다.

하지만 이제 그만둘 생각이다. 다들 리사를 얕잡아보는 것 같아서다.

지금까지 41년간 리사는 늘 보호받아 마땅한 존재였다. 무거운 물건을 든 적도 없고 더러운 걸 만진 적도 없다. 하기 싫은 일이나 서툰 일은 하지 않아도 됐으며 부탁하면 누군가가 대신해줬다. 그 대가로 상대의 뜻에 따르거나 고마워해야 했다. 그게 불편하긴 했어도 소중하게 여겨지고 있다는 실감이 있었다. 그런데 이 가게에서 오냐오냐 떠받들어지는 건 여대생 두 명이다. 홀 주임은 그녀들에게 설거지나 쓰레기 버리기 같은 험한 일을 시키지 않는다. 리사는 그녀들에게 자신의 자리를 빼앗긴 기분이 들었다.

불쾌한 감정을 느끼면서까지 일할 필요는 딱히 없다.

저축과 유족연금이 많지는 않아도 당분간은 불편함 없이 지낼 수 있고 친정 도움을 받을 수도 있다. 지금도 딸에게 드는 비용은 전부 친정에서 부담하고 있다. 다만 남편의 사망 보험금은 얼마 나오지 않았다. 하지만 이제 어쩔 수 없다. 앞으로의 일을 생각해야 한다.

앞으로의 일—. 그 생각을 하자 리사가 마음에 그리는 행복한 광경에 그림자가 드리워졌다.

남편의 사건에 진전이 있는 탓이다.

살인사건에는 공소시효가 없다고 한다. 그래도 세월이 지나면 사람들 기억에서 사라져 수사도 느슨해질 줄 알았다. 실제로 최근에는 경찰의 연락도 끊긴 상태였다. 그런데 여자 노숙인이 살해된 탓에 남편의 사건이 다시 움직이기 시작한 것이다.

리사는 한숨을 쉬었다. 정신이 퍼뜩 들어 벽시계를 올려다봤다. 오후 4시 1분이다. 오늘은 근무를 일찍 시작한 날이라 4시에 끝난다.

리사는 아직 설거짓거리가 남아 있는데도 수돗물을 잠그고 고무장갑을 벗었다.

친정에 가는 건 거의 한 달 만이었다.

어제저녁에 엄마한테 전화가 왔다. 할 이야기가 있으니 오라고 했다. 도쿄 아사가야에 사는 부모님 집에도 형사가 찾아와 여자 노숙인을 본 적이 없냐고 물었다고 한다. 다만 남편 서류 가방에 그녀의 지문이 있었다는 건 말하지 않은 모양이다.

마쓰나미 이쿠코―. 크리스마스이브날 밤에 살해된 노숙인의 이름이었다.

엄마 전화를 받기 전에 남편 사건을 담당하는 지바현경 형사가 집에 와서 그 이름을 알려줬다.

"그런데 뉴스와 시사 정보 프로에서도 그 사람이 우리 사위 사건하고 관련 있다는 소리는 안 하던데."

엄마가 그렇지, 여보? 하고 아빠에게 동의를 구했다.

"뭐, 경찰이 모든 정보를 공개하는 건 아니니까."

"그렇긴 한데……. 그래도 왠지 속상하달까. 아니, 처음에는 불쌍한 사람인 줄 알았지. 여자가 노숙인이 돼서 크리스마스이브날 밤에 살해된 데다 심지어 그, 옷이…… 그렇지, 여보? 쉰 몇 살이라고 했지, 아마. 그 나이에 설마 그런 봉변을 당할 줄 상상이나 했겠니. 나도 눈물이 찔끔 나더라. 그런데 우리 사위를 해쳤을지도 모른다니. 리사, 너 정말 그 마쓰나미 이쿠코라는 노숙인 모르냐?"

"그런 사람 몰라."

리사는 엄마가 끓여준 홍차를 한 모금 마셨다. 말린 과실을 블렌딩한 달콤한 홍차였다.

소파 앞 테이블에는 찻주전자와 3인용 찻잔 세트, 엄마표 수제 쿠키가 담긴 접시가 놓여 있다. 전부 웨지우드 와일드 스트로베리 제품으로 이걸 보면 친정에 왔다는 실감이 났다.

"으음, 그런데." 리사가 신중히 입을 열었다. "이름은 모르는데, 얼굴은 왠지 본 것 같은 기분이 든단 말이지."

"정말이냐?"

"어디서?"

부모님 목소리가 겹쳤다.

"기분 탓인 것 같은데."

"경찰한테 말했어?"

엄마가 미간에 주름을 깊게 잡고 물었다.

"아니. 경찰한테는 모른다고 했지."

"왜?"

"그야 기분 탓인 것 같고, 무책임하게 말할 수도 없잖아. 처음에는 정말 처음 보는 사람이라고 생각했어. 그런데 점점 어디선가 본 듯한 기분이 들더라."

리사는 무릎에 쿠션을 올리고 두 팔로 끌어안았다. 벨벳의 감촉이 기분 좋다.

"잠재의식 속에서 기억하고 있을지도 모르겠군."

"그래. 정말 봤을 수도 있겠어."

아빠가 목소리를 가다듬더니 "얘야, 리사" 하며 눈에 힘을 줬다. 말하지 않아도 무슨 이야기를 하려는지 알 수 있었다.

예상대로 아빠는 "이제 돌아오는 게 어떻겠냐"라고 말했다.

"그래. 네 아빠 말대로 해라. 지바의 그런 시골에서 혼자 사는 건 위험해. 무슨 일이 생기면 어쩌려고 그러니. 집이야 천천히 팔면 되는 거고 일단 이리로 와. 만약 혼자 있을 시간이 필요한 거면 이 근처에 아파트를 구해도 좋고."

리사는 무릎 위 쿠션에 시선을 떨어뜨리곤 목소리를 쥐어짜

"……싫어"라고 말했다.

"요시하루 씨와의 추억이 담긴 집을 떠나고 싶지 않아. 그 집에 있으면 그 사람이 아직 살아 있는 것 같거든. 다녀왔어, 하고 돌아올 것만 같아."

지금까지 수없이 읊은 대사는 눈물과 세트가 돼 있었다. 엄마는 울먹이는 리사에게 "에그, 불쌍한 것" 하더니 티슈를 건네고 등을 쓰다듬는다.

"거기 계속 살다가는 오히려 평생 못 떨쳐내는 것 아니냐."

아빠의 말에, 리사는 이제 떨쳐내도 되는 거야? 하고 속으로 물었다. 남편이 살해됐는데 행복해 보이면 이상하지 않아?

"그나저나 그 노숙인이 정말 범인일까. 이런 말 하긴 뭣하지만 그러면 차라리 낫겠는데. 더 이상 벌벌 떨면서 지내지 않아도 되고, 범인을 알면 너도 그렇고 루미나도 마음이 정리될 것 아니냐."

"그렇게 생각해?" 리사가 눈물을 닦으며 물었다. "범인을 알면 좀 정리가 될까?"

"그럼, 되고말고."

엄마가 격려하듯 말했다.

그렇구나. 리사는 등을 쓰다듬는 엄마의 손길을 느끼며 작게 고개를 끄덕끄덕했다. 범인을 알면 '마음의 정리'를 이유로 슬픈 척을 하지 않아도 될지도 모른다. 다만 부모님 앞에서는 당분간 남편이 살해당한 '불쌍한 딸'로 있는 편이 여러모로 편리할 것 같다. 불쌍하면 불쌍할수록 더 마음을 써주고, 마음대로 굴어도 다 받아줄 테니까.

"자, 뚝 그쳐야지. 이제 루미나가 돌아올 시간이야."

루미나는 친구와 놀러 나간 모양이지만, 실은 엄마인 자신을 피하고 싶어 핑계 대는 거라고 생각한다. 고등학교 1학년인 딸은 몇 년 전부터 데면데면하게 굴었다. 마지막으로 제대로 대화를 한 게 언제인지 가물가물할 정도다. 고등학교 진학을 계기로 친정에서 지내게 돼서 솔직히 안심했다.

"5시에는 온다고 했는데 늦네. 리사, 전화 좀 해봐라."

"괜찮아. 루미나는 똑 부러진 애라 걱정 없어."

"그래도 아직 고등학교 1학년이다."

"친구랑 재미있게 놀고 있는데 방해하면 미안하잖아. 그보다 엄마, 저녁은 어떻게 할 거야?"

"오랜만에 우리 딸 왔으니 초밥 배달시킬까 하는데."

"와아. 초밥." 리사는 두 손을 가슴 앞에 모았다. "호노카 초밥?"

"그래."

"나는 무조건 특초밥 시킬 거야."

"예예" 하는 엄마가 실눈을 뜨고 웃는다.

"그리고 달걀찜도 먹을래."

"조금 전까지만 해도 울던 애가, 약삭빠르기는" 하고 아빠도 웃는다.

부모님과는 이 정도 거리감이 좋다. 리사는 딸다운 미소를 지으며 생각했다.

"새해는 여기서 맞을 거지?"

엄마가 당연하다는 듯 물었다.

"그게 말이야" 하고 리사는 미안해하는 느낌을 살려서 말했다. "친구들이 같이 여행 가자고 했거든. 내가 아직도 매일 훌쩍거리니까 걱정된다면서 설날에 온천 가서 기분 전환 좀 하자고 하더라. 기운이 날 거라면서."

"친구들 누구?"

엄마는 불만인 모양이다.

"엄마도 알려나. 미치하고 유. 대학 때는 그렇게 친하지 않았는데, 졸업하고 나서 자주 만나게 됐어."

"아니, 걔들도 가정이 있을 거 아냐."

"미치는 결혼 안 했고 유는 애가 없어. 두 사람이 날 위해 서프라이즈로 기획해준 거야. 애써 생각해줬는데, 그걸 어떻게 거절해? 그리고 오랜만에 친구들이랑 느긋하게 지내다 보면 기분 전환도 되고 조금은 긍정적으로 바뀔 수 있지 않을까 싶어."

그러니, 하고 엄마가 마지못해 고개를 끄덕였다.

"그런데 루미나가 서운해하지 않을까?"

그때 거실 문이 열리며 루미나가 들어왔다. 감색 트레이닝복 상의에 짧은 청바지와 레깅스를 입고 있다.

"어서 와. 늦었네."

리사가 인사를 건네자, 루미나는 무표정한 얼굴로 시선을 피했다.

"너도 초밥 먹을 거지? 지금 할머니가 배달시켜주신대. 뭐 먹을래? 엄마는 특초밥이랑 달걀찜. 너는?"

루미나는 리사를 무시하고 할머니를 향해 고개를 돌렸다.

"할머니, 미안. 친구랑 밥 먹고 왔어."

"아이고, 왜. 엄마 온다고 했잖니."

"깜빡했어."

루미나는 대수롭지 않다는 듯 대답한 뒤, 리사가 아닌 할머니에게 "미안해" 하며 사과하고 거실을 나가려 했다.

"어머, 어디 가니?"

"방에서 온라인 강의 들어야 해."

루미나는 등을 보인 채 대답하고 거실을 나갔다.

엄마가 한 손으로 볼을 감싸고 한숨을 내쉬었다.

"한창 까다로울 때야. 우리한테는 그렇지도 않지만."

"전에도 말했다시피 계속 저 상태인걸. 무슨 생각을 하는지 전혀 모르겠어."

무심코 나온 본심이 차갑게 들렸으면 어쩌나 걱정됐다.

"엄마, 빨리 초밥 주문해줘요."

얼렁뚱땅 넘어가기 위해 리사는 애교를 부리며 졸랐다.

7

히가시야마 리사는 아르바이트하는 베이커리 카페에서 오후
4시가 넘어 나왔다. 역에서 전철을 탔지만 집으로 가는 노선이
아니다. 도쿄역에서 내려 JR주오선 열차로 갈아탔다.

"어디 가는 걸까요?"

가쿠토는 옆 칸에서 그녀의 모습을 살피며 작게 말했다.

"친정에 가는 걸지도 모르겠군요." 미쓰야가 서슴없이 대답했
다. "친정이 아사가야에 있으니까요."

"아, 그렇겠네요."

가쿠토는 깜빡 잊은 척했지만 히가시야마 리사의 친정이 어
디인지까지는 미처 머릿속에 넣지 못했다.

며칠 동안 히가시야마 리사를 미행한다―. 미쓰야가 그렇게
말했을 때, 가쿠토는 네에?! 하고 속으로 비명을 질렀다. 미쓰
야는 그녀가 거짓말을 한 이유가 신경 쓰이는 것이리라. 이해는
하지만, 지바현경에서 또 클레임이 들어오면 꾸중을 듣는 건 미
쓰야가 아닌 가쿠토다.

그러나 미쓰야를 말릴 수 있을 리가 없다.

미쓰야의 짐작대로 히가시야마 리사는 나카노역에서 소부선으로 갈아타 아사가야역에서 내렸다.

5시 반까지 이제 몇 분 남지 않았다. 해가 진 풍경은 이미 밤의 색깔이다. 패밀리 레스토랑과 이자카야, 편의점 네온사인이 펼쳐진 거리는 저녁 시간치곤 오가는 사람이 많지 않아서 한산했다.

아, 그렇구나, 연말이구나. 상점의 설날 장식을 본 가쿠토가 뒤늦게 생각했다.

히가시야마 리사는 역에서 약 10분 거리에 있는 아파트로 들어갔다.

"역시 친정, 이었네요."

이 아파트가 그녀의 친정인지 아닌지 모르는 가쿠토는 조심스럽게 말했다. "그렇군요" 하는 대답이 돌아와 안심했다.

"계속 감시하나요?"

"네."

미쓰야는 시원하게 대답했지만, 주변에 아파트 공동 현관을 감시할 수 있는 가게는 없었다. 게다가 해가 진 뒤 기온이 뚝 떨어져 손끝에 감각이 없었다. 미쓰야도 표정은 태연하지만 코트 주머니에 두 손을 집어넣고 있다. 찬바람을 피하려는 듯 등은 평소보다 더 굽었다.

"차 가져올까요?"

아까 수사본부에 차를 두고 왔기 때문에 여기서 출발하면 왕복 한 시간이면 될 터였다. 미쓰야는 차, 하고 아파트를 올려다보며 중얼거렸다. 하얀 입김이 퍼져나왔다 금방 사라졌다.

"이 상태로 몇 시간이나 기다려야 할 수도 있는데 차가 있는 편이 낫지 않을까요?"

미쓰야가 가쿠토를 쳐다봤다.

"과연. 그렇겠군요."

지금 처음 알았다는 표정이었다.

히가시야마 리사가 움직이면 바로 연락해달라고 단단히 부탁했지만, 가쿠토는 미쓰야의 "알겠습니다"라는 대답을 믿지 않았다. 미쓰야는 수사에 집중하면 그 밖의 것은 신경 쓰지 않는다.

연락도 없이 어디론가 가버린 게 아닐까 하는 불안을 안은 채 차를 몰고 아사가야의 아파트로 왔지만 미쓰야는 한 시간 전과 완전히 똑같은 장소에 완전히 똑같은 자세로 서 있었다.

조수석에 올라탄 미쓰야에게 편의점에서 사온 일회용 손난로를 건네자, "음?" 하고 놀란 얼굴을 했다. 아주 잠깐 스친 미쓰야의 손끝은 얼음장 같았다.

"따뜻하군요."

감탄했다는 듯이 말한다.

"따뜻한 차도 사왔어요. 삼각김밥과 샌드위치도 있고요."

가쿠토는 음료와 간식거리를 척척 건네고, "쓰레기는 여기에 넣어주세요" 하며 편의점 비닐봉지를 가리켰다. 문득 그런 자신을 객관적으로 보게 됐다.

내가 꼭 엄마나 여자친구 같잖아.

가쿠토는 왠지 창피한 마음에 입을 다물었지만, 미쓰야는 신경 쓰는 기색도 없이 아파트를 주시하며 삼각김밥을 먹고 있다. 자신이 뭘 먹고 있는지 인식하지 않는 듯 습관적으로 입과 손을 움직였다. 가쿠토는 일회용 손난로를 건네줬을 때, 따뜻하군요, 하고 말한 미쓰야를 떠올리며 삼각김밥을 데워올걸, 하고 후회했다. 추운 지역에서는 편의점에서 삼각김밥을 사면 도시락을 살 때처럼 전자레인지에 데우겠냐고 묻는다고 한다.

히가시야마 리사가 공동 현관에 나타난 건 저녁 8시가 넘어서였다.

그녀는 역 앞 큰길로 나가 택시를 잡았다. 여기서 지바현 집까지 택시로 가면 2만엔은 나오지 않을까.

그런데 택시는 지바현과 반대 방향으로 달렸다.

약 20분 뒤 택시가 2층짜리 빌라 앞에 멈췄다.

택시에서 내린 그녀는 1층 안쪽 두 번째 집 앞에 서서 인터폰을 눌렀다. 곧바로 문이 열리고 그녀가 들어갔다. 거주자가 누구인지는 보이지 않았다.

'코퍼이즈미' 102호. 현관문과 우편함에 문패도 없었다.

밤 12시까지 기다렸지만 그녀는 나오지 않았다. 휴대폰으로 전철 시간을 확인해봤다. 지바현으로 가는 막차를 타기엔 이미 늦었다. 이대로 자고 가려는 걸지도 모른다.

"돌아갑시다."

미쓰야가 말했다.

102호 거주자에 관한 상세한 정보가 밝혀진 건 이튿날 저녁이었다.

혼마 히사야, 나이는 히가시야마 리사와 동갑인 41세. 음향회사에 다니는 회사원이다. 이혼 경력이 있고 헤어진 아내와의 사이에 초등학생 아들이 있다.

두 사람의 접점은 아직 밝혀지지 않았다.

8

세상이 무너진다는 건 이런 것이다ㅡ.

마비된 머리 한구석에서 마쓰나미 이쿠코는 거듭 그렇게 생각했다.

이상하게도 그렇게 생각할 때만 자신이 현실로 되돌아간다는 느낌이 들었다. 무너진 세상에는 절망밖에 없고 끝없는 무無가 펼쳐질 뿐이었다.

이쿠코는 거의 하루 종일 이불 속에서 지냈다. 옆에는 남편의 이불도 깔아놓았다. 베개와 시트에 밴 남편의 냄새가 점차 희미해지길래 완전히 사라지기 전에 밀폐 봉투에 넣었다. 하지만 자꾸 봉투를 열어 냄새를 맡다 보니 애틋한 그 냄새는 사라져버렸다. 이쿠코는 돌이킬 수 없는 일을 저질렀다며 자신을 탓하고 슬픔과 절망 속에서 허벅지를 때리고 머리털을 쥐어뜯고 바닥에 엎드려 발버둥치며 울부짖었다.

무슨 수를 써서든 시간을 되돌려 그날 전으로 가고 싶었다.

그날은 아침부터 가랑비가 내렸다.

남편은 일어났을 때부터 기분이 언짢아서 집 안은 음울하고 답답한 분위기였다. 비가 오는데도 남편은 자전거를 타고 출근하겠다고 했다. 그때 말렸더라면─. 아니, 자전거로 가지 않았어도 결국 똑같은 운명이었을까. 아니, 이렇게 생각하는 건 죄책감을 덜고 싶어서일까.

남편이 사고를 당했다는 경찰의 연락을 받은 건 그날 점심 전이었다. 출근 도중 트럭에 치여 사망했다고 했다. 그 설명을 들은 순간 이쿠코는 자신이 둘로 쪼개졌다고 느꼈다. 자신의 한쪽은 바닥이 없는 캄캄한 구덩이 속으로 떨어져 아무 생각도 할 수 없었다. 또 다른 한쪽은 무슨 착오가 있는 거라고 주문처럼 읊어댔다.

남편은 고통스러워하는 표정으로 굳어져 있었다. 저렇게 무서운 모습의 남편을 본 건 처음이었다. 얼굴에 상처나 얼룩은 거의 없었지만 오른손 손상이 심해 차마 볼 수가 없었다. 이튿날 남편의 사인이 지주막하출혈이었다는 걸 알게 됐다. 즉사한 남편은 트럭에 치였을 때 이미 사망한 상태였다고 한다.

두세 달 전부터 남편의 몸 상태가 걱정됐다. 남편은 더위 먹은 거라며 웃었지만, 뭔가 엄청난 병일까 봐 불안했다. 그래도 뇌에 이상이 있을 거라곤 상상도 못했다.

지주막하출혈은 전조 증상이 없는 경우가 많아 어떻게 할 도리가 없다. 누군가 그렇게 말했지만, 이쿠코는 납득할 수 없었다. 남편은 식사도 제대로 못하고 살이 급격히 빠질 만큼 몸이 아팠던 것이다. 그날 아침 기분이 언짢았던 건 두통을 견디느라 그랬을지도 모른다.

왜 병원에 데려가지 않았을까. 싫다고 성질을 부려도 억지로라도 데려갔어야 했다. 그랬으면 뇌의 이상을 발견했을 것이다. 나는 뭐 하고 있었던 걸까. 그때의 나는 어떻게 됐던 게 틀림없다. 내 판단이 틀렸기 때문에 남편이 죽은 것이다. 내가 남편을 죽인 것이다.

아무리 후회해도 이제 바로잡을 수 없다. 눈앞에 현실이 들이닥쳤을 때 진작에 무너졌을 세상이 다시 산산조각 나는 소리가 들렸다.

남편은 수첩에 사후 절차를 기록해뒀다.

자신이 죽을 걸 예감했는지, 만일에 대비한 것인지는 알 수 없다. 만약 전자였다고 생각하면 죄책감으로 정신이 이상해질 것 같았지만 도저히 그 생각을 멈출 수 없었다.

수첩에는 상속 포기를 하라고 적혀 있었다.

남편의 빚은 이쿠코가 아는 금액의 두 배였다. 남편 명의로 빚을 졌을 뿐 아니라 예전 회사 사장의 연대 보증까지 섰다. 수첩에 적힌 행정사사무소에 연락하자 남편과 계약했다면서 필요한 절차를 전부 대신해줬다.

남편은 나를 이렇게까지 생각해줬다. 그런데 나는 뭘 하고 있었던 걸까. 힘들다는 말을 입에 달고 살며 태평하게 병원에 다니다 결국 아르바이트를 그만두고 집에서 편하게 지냈다. 내가 과연 남편을 진심으로 위했을까.

손가락 사이로 모래가 빠져나가듯 시간은 덧없이 스르륵스르륵 흘러갔다.

이쿠코는 덧없는 시간 속에서 죽음을 생각했다. 그때만큼은 캄캄하게 닫힌 눈앞이 열리며 빛이 내비치는 단 하나의 길이 나타났다. 마음 한구석에 어렴풋이 깃드는 희망과 안도. 죽음을 생각하는 것으로 죽음을 뒤로 미룰 수 있었다.

겨울이 되고, 봄이 되고, 여름이 되었을 무렵, 그토록 시달렸던 피로감과 어지럼증이 사라졌다는 걸 깨달았다. 남편이 죽음과 함께 자신의 갱년기장애까지 가져간 것 아닐까. 그런 생각이 들어 눈물이 멈추지 않았다.

그 남자를 본 건 남편의 1주기를 며칠 앞둔 일요일이었다.

그날 이쿠코는 지바현 근교에 있는 공원묘지에 갔다. 시부모님의 유골이 안치된 곳으로, 남편과 이쿠코도 사후에 이곳 공원묘지에서 자손을 대신해 묘를 관리해주는 영대공양묘에 들어가자는 이야기를 나눴다. 남편 수첩에도 그 내용이 새삼스레 기록돼 있었다.

아직 납골할 생각은 없지만 남편의 뜻을 어긴 건 아니라는 변명을 하기 위해 이곳에 와서 팸플릿과 신청서를 받았다.

공원묘지를 나와 집으로 가기 위해 전철을 갈아타려고 터미널역에서 내렸다. 역 안을 걷고 있는데 앞에서 걸어가던 남자가 교통카드를 떨어뜨렸다. 이쿠코는 반사적으로 카드를 주워, "이거 떨어뜨리셨어요" 하고 말해줬다.

뒤돌아본 남자가 주머니를 확인했다.

"고맙습니다."

남자가 정중히 인사하며 교통카드를 받았다.

그 얼굴을 본 이쿠코는 심장이 밖으로 튀어나오는 줄 알았다. 남자가 생활보호 상담 창구 직원이었기 때문이다. 그때 일은 거의 잊었는데 담당자 얼굴은 또렷이 기억나 신기했다.

남자에게는 일행이 있었다. 분명 아내이리라. 남편에게 맞추

듯 생긋 미소를 지으며 이쿠코에게 인사했다. 그때 아내의 윤기 나는 머리카락이 살짝 나부끼며 진주 귀걸이가 흔들렸다. 달콤한 향수 냄새가 풍겼고 연한 핑크색으로 칠한 손톱이 반짝였다.

히가시야마, 하고 남자의 이름을 떠올린 건 두 사람이 이코쿠에게 등을 보이고 걷기 시작한 뒤였다.

두 사람은 팔짱을 끼고 몸을 붙인 채 함께 걸음을 옮겼다. 남편은 감색 셔츠에 베이지색 면바지, 아내는 라벤더색 원피스에 작은 백을 들었다. 두 사람 모두 발걸음이 경쾌했다. 지금도 즐겁지만 이제부터 더 즐거운 곳으로 향한다는 듯 걸어간다.

정신을 차리고 보니 두 사람 뒤를 밟고 있었다. 자신의 의지가 아닌, 마치 두 사람에게 몸이 끌려가는 느낌이었다.

두 사람은 역에서 나가 사람들로 북적이는 거리를 사뿐사뿐 걸어갔다. 붙어 있는 몸은 떨어질 줄을 모른다.

문득 머릿속에 소울메이트라는 말이 떠올라 가슴이 옥죄이듯 괴로웠다.

이쿠코가 소울메이트라는 말을 알게 된 건 지금 집으로 이사한 직후였다. 장을 보고 오는 길에 들른 도서관에서 우연히 집어든 잡지에 있던 말이었다. 소울메이트는 영혼의 동반자라고 쓰여 있었다. 하나의 설이지만, 정신적으로 깊이 연결돼 있거나 운명적으로 맺어지거나 전생의 인연이 계속 이어진다고 한다. 잡지에는 몇몇 사람의 체험담이 실려 있었다. 지금의 남편을 처음 만난 순간 그리움을 느꼈다. 기적적인 만남이었다. 같이 있으면 신기할 정도로 마음이 평온했고 서로 무슨 생각을 하는지 알 수 있었다. 이쿠코는 자신과 남편도 소울메이트라고 생각했다. 결혼한 지 14년이 지났는데도 남편에 대한 애정은 신뢰감과 안도감과 함께 더욱 커져만 갔다. 집도 일도 돈도 잃어 불안의 소용돌이 속에 있었지만, 남편이 곁에 있었기 때문에 절망하지는 않았다. 둘이서 지구본에 손가락을 대고 500엔의 행선지를 상상했을 때 느낀 행복감과 충실감은 자신뿐만 아니라 남편 마음에도 가득하다는 걸 확신할 수 있었다. 우리는 소울메이트니까. 우리는 하나니까. 그렇게 생각하면 앞으로 무슨 일이 닥치든 살아갈 수 있었다.

불안했던 이쿠코는 우연히 눈에 들어온 소울메이트라는 말에 힘을 낼 수 있었다.

지금 이쿠코 앞에서 걸어가는 두 사람은 자신들이 소울메이트라는 걸 과시하듯 서로 몸을 붙인 채 보조를 맞추고 있다.

아아, 저 두 사람은 행복하구나.

이쿠코는 떨리는 마음으로 그렇게 생각했다.

두 사람이 팔짱을 끼고 들어간 곳은 단독주택처럼 지어진 이탈리안 레스토랑이었다. 새먼핑크색 벽돌 건물로, 입구가 녹음에 둘러싸인 오솔길로 이어져 있다. 문이 열리며 검은 옷차림의 남자가 미소를 머금고 나와 두 사람을 깍듯이 안내한다.

─엄살만 부리시면 안 되죠.

귓가에 속삭이는 소리에 이쿠코는 흠칫 놀라 고개를 들었다. 그러나 아무도 없다.

─저는 갱년기장애 같은 건 게으름 병이라고 생각합니다.

히가시야마의 목소리. 머릿속에서 그의 목소리가 들리고 있다는 걸 깨달았다.

─남편분은 건강이 안 좋아 고생하신다면서요? 안되셨군요.

─부인도 부인 생각만 하지 말고 남편분을 생각해서 더 힘내셔야 합니다.

머릿속 목소리가 멈추지 않는다.

두 사람이 테라스 자리에 앉았다. 그러나 풍성한 나뭇잎과 부겐빌레아가 시야를 가려 두 사람의 모습은 잘게 오려낸 조각처럼 부분적으로밖에 보이지 않는다.

그 조각 속에서 두 사람이 가냘픈 잔을 부딪는 게 보였다. 남편의 얼굴은 보이지 않지만 이쿠코의 눈에 행복에 겨워 웃는 아내의 얼굴이 들어왔다.

푸른 나뭇잎 위로 석양이 빛나고 산들바람이 선명한 분홍색 꽃을 살짝 흔든다. 테라스 자리에 있는 두 사람은 하늘의 축복을 받은 것처럼 보였다.

왜 내가 아닐까. 이쿠코는 그렇게 생각하다, 아니, 하고 정정했다.

왜 저기 있는 게 남편과 내가 아닐까.

우리와 저 사람들은 뭐가 달랐을까. 어떻게 했어야 우리가 저곳에 갈 수 있었을까.

―엄살만 부리시면 안 되죠.

히가시야마 부부를 본 날 이후 이쿠코 머릿속에 그의 목소리가 눌러앉았다. 그 목소리는 이쿠코가 엄살을 부렸기 때문에 남편이 죽었다고 하는 것 같았다.

"엄살 부리지 말라니까!"

그 목소리에 정신이 확 들었다. 이쿠코는 무의식중에 자신이 소리친 줄 알았지만, 앞에서 걸어가던 여자가 낸 소리였다.

"엄마―. 안아줘―. 안아줘―" 하고 서너 살로 보이는 여자아이가 엄마 치맛자락을 잡아당긴다.

몸이 뚱뚱한 아이 엄마는 두 손에 에코백을 들고 있다. 아까 슈퍼에서 계산하려고 줄을 섰을 때 이쿠코 앞에 있던 모녀였다. 그때도 아이는 엄마에게 달라붙어 있었다.

"엄마. 나 다리 아파. 안아줘―."

아이가 엄마 손을 붙잡은 탓에 아이 엄마가 에코백을 놓쳤다.

"아얏!" 하고 아이 엄마가 소리를 질렀다. "어이구, 정말! 너 때문에 달걀 깨졌잖아!"

거친 말투와 달리 아이 엄마는 웃고 있다. 아이도 "달걀 깨졌다!" 하며 까불거렸다.

열심히 걷고 있는데도 앞에서 걸어가는 두 사람과 이쿠코의 거리는 점점 멀어진다. 앞으로 나아가지 않고 있는 게 아닐까, 하는 생각이 들었다. 같은 곳에서 제자리걸음만 하고 있는 거 아닐까?

오른손에 든 에코백이 살짝 붕 뜨는 느낌이 들었다. 내려다보니 바닥에 양파가 떨어져 있다. 에코백 밑이 찢어졌다. 10년이나 써서 천이 닳아 얇아진 건 알고 있었지만, 500엔 저금을 기부할 때 받은 에코백을 버릴 수는 없었다.

이쿠코가 내려다보는 와중에 우유가 떨어지고, 달걀이 떨어지고, 낫토가 떨어졌다. 에코백에 남은 건 아무것도 없었다.

이제 아무것도 없어ㅡ.

찢어진 에코백과 땅에 떨어진 것들을 내려다보던 이쿠코는 묘하게 가라앉은 마음으로 생각했다.

몸에서 핏기가 가신다. 머릿속이 하얘져 숨쉬기가 힘들었지만 그런 자신이 타인처럼 여겨졌다. 이대로 죽으면 얼마나 좋을까. 그런데도 심장은 뛰기를 멈추지 않는다.

"아이고, 여봐요! 마쓰나미 씨, 괜찮아?"

누군가 팔을 붙잡는 바람에 고개를 들었다. 낯익은 얼굴이었지만 그녀가 대각선 방향에 사는 미야타 무쓰미라는 걸 생각해 내기까지는 몇 초가 걸렸다.

"에코백이 찢어졌네. 자, 내 거 써. 안 돌려줘도 돼."

미야타는 땅에 떨어진 물건을 쇼핑 카트에 척척 담고, "왜 이렇게 땀이 나. 정말 괜찮아?" 하며 이쿠코에게 손수건을 건넸다.

괜찮다고 대답했지만 목소리가 나오지 않았다.

머릿속에서 불빛이 꺼졌다 켜졌다 하듯 히가시야마의 목소리와 자신의 목소리가 교대로 울렸다.

엄살만 부리시면 안 되죠. 이제 아무것도 없다. 엄살만 부리시면 안 되죠. 이제 아무것도 없다. 엄살만 부리시면 안 되죠. 이제 아무것도 없다. 엄살만 부리시면 안 돼. 아무것도 없다. 엄살만 부리시면. 이제 아무것도…….

꺄악, 하고 비명을 지른 느낌이 들었다. 그러나 실제로 이쿠코는 집 현관에 주저앉아 있었다. 바닥에는 쇼핑 카트가 있고 한 손에 손수건을 쥐고 있었다.

집까지 어떻게 온 건지 기억이 날아가 있었다.

아아, 그렇지, 하고 생각났다. 미야타가 집까지 바래다줄게, 하고 같이 와줬다.

집? 여기가 집이라고? 아무도 없는 곳. 아무것도 없는 곳. 여기가 내 집인가.

문득 북유럽풍의 단독주택이 떠올랐다. 엷은 크림색 외벽에 현관 포치 기둥에는 붉은 테라코타 타일이 붙어 있고 지붕도 같은 색이었다.

그날 이탈리안 레스토랑에서 나온 히가시야마 부부의 뒤를 밟았다.

두 사람은 이쿠코 집에서 전철로 겨우 두 정거장 거리에 살고 있었다.

높은 지대에 들어선 그 단독주택이 자가라는 걸 짐작할 수 있었다. 문패를 보고 그의 이름은 히가시야마 요시하루고 아내는 리사, 아이는 루미나라는 걸 알게 됐다.

길거리에 면한 내닫이창은 마치 백화점 쇼윈도처럼 꾸며져 있었다. 늦더위가 계속됐지만 그곳에는 벌써 가을의 풍경이 펼쳐지고 있었다. 핼러윈 호박이 가지런히 놓여 있고 어항 속에는 도토리와 솔방울, 밤이 들어 있었다. 꽃병에 꽂힌 억새와 단풍나무 가지. 유리로 된 토끼. 드라이플라워. 형형색색의 양초. 포도와 감 오브제. 펼쳐놓은 외국 서적. 액자에 담긴 단풍이 곱게 물든 풍경.

이쿠코가 갖지 못했던 모든 것이 있었다.

행복을 과시하는 듯한 내닫이창에 두들겨맞은 이쿠코는 도망치듯 그 자리를 떠났다.

관자놀이를 타고 식은땀이 흐르는 느낌에 흠칫 놀랐다.

―엄살만 부리시면 안 되죠

머릿속에서 히가시야마가 말했다.

나는 엄살을 부렸던 걸까. 그렇다, 엄살을 부린 것이다. 나만 혼자 병원에 다니고 건강이 좋지 않다는 핑계로 아르바이트를 그만뒀다.

하지만 만약, 하고 이쿠코는 생각했다.

만약 그때 생활보호지원금을 받을 수 있다고 말해줬더라면, 남편은 병원에 갔을지도 모른다. 그랬더라면 뇌의 이상을 발견했을지도 모른다. 아니, 발견하지 못했다 해도 우리가 그런 식으로 영영 헤어지는 일은 없었을 것이다.

언짢아 보이는 남편의 얼굴이 머릿속에 새겨져 있다. 조심히 다녀와, 하고 배웅한 이쿠코에게 남편은 뒤돌아보지 않고 응, 하며 무뚝뚝하게 대답한 뒤 가랑비 속으로 사라졌다.

―진짜 병에 걸린 거면 어떡하려고.

―그럼 병원에 가는 의미가 없잖아.

―끈질기군.

남편의 말이 새록새록 떠올랐다.

수명은 그대로였을지도 모른다. 그렇더라도 가슴 아픈 말들을 떠올리는 일은 없었을 것이다.

9

랄랄라, 랄랄라, 랄랄랄랄, 랄랄라.

역에서 나온 히가시야마 리사는 즉흥적으로 만든 멜로디를 마음속으로 흥얼거리며 길을 걸었다. 방심하면 콧노래가 나올 것 같았다.

랄랄라, 랄랄라, 랄랄랄랄, 랄랄라. 행복에 겨운 나머지 사람들 시선을 신경 쓰지 못하고 두 걸음은 폴짝폴짝 뛰어버렸다.

리사는 양손에 쇼핑백을 들고 있었다. 한쪽에는 백화점 식품관에서 산 설음식 3단 찬합이, 다른 한쪽에는 설 장식용 꽃꽂이가 들었다. 꽃은 거베라, 장미, 라능쿨루스로 모두 핑크색 계열이고, 하얀 퐁퐁국화로 만든 복을 부르는 고양이가 장식처럼 꽂혀 있다.

라라라, 랄라. 후훗, 하고 슬쩍 웃음이 흘러나왔다.

문 앞에 서서 숨을 가다듬었다.

한 손으로 앞머리를 정리한 뒤 인터폰을 눌렀다. 평소에는 금방 열리던 문이 꿈쩍도 하지 않는다. 약속 시간인 4시가 되려면 30분 넘게 남긴 했어도, 섣달그믐에 집을 비우다니 어떻게 된 걸까. 연달아 인터폰을 눌렀지만 답이 없다.

갑자기 불안한 마음이 들어 여벌 열쇠로 문을 열었다. 집에 아무도 없다는 걸 확인한 뒤 다시 나가 문을 잠갔다. 잠깐 뭘 사러 나갔을지도 모른다고 생각하고 어디 들어가서 시간을 때워야 하나 했는데, 애인이 오고 있는 게 보였다.

"어? 빨리 왔네."

"빨리 도착했거든."

"미안, 미안. 편의점 갔다 오느라."

그가 들어올린 비닐봉지에는 리사가 좋아하는 복숭아티 음료수가 세 개 들어 있었다.

"보고 싶었어."

애인이 웃어 보인다.

리사는 후훗, 하고 달콤한 숨을 내쉬었다.

"뭐야아, 어제 아침까지 같이 있었잖아."

그의 팔을 가볍게 쳤다.

"그렇긴 한데" 하고 그는 쑥스러운 듯이 웃었다.

분리형 원룸인 그의 집은 잘 정리돼 있었다. 그는 직접 청소와 빨래를 하고 리사에게 파스타나 볶음밥을 만들어주기도 한다. 집안일은 여자가 해야 한다고 생각했던 남편과 달리 그와 함께 있으면 공주님 대접을 받는 느낌이었다.

애인인 혼마 히사야는 작은 음향회사에서 근무한다. 라이브 공연이나 행사에 맞춰 전국을 돌아다니기 때문에 만날 수 있는 시간이 정해져 있다. 리사는 마치 장거리 연애를 하는 것 같다고 생각했다.

"또 꽃 사왔네?"

히사야가 고타쓰 위에 둔 꽃꽂이를 보고 웃는다.

"이것 좀 봐. 이 복을 부르는 고양이는 꽃으로 만든 거야. 귀엽지 않아?"

"리사는 꽃을 정말 좋아한다니까."

"후훗. 여자잖아."

히사야와 함께 있으면 마흔한 살인 자신을 '여자'로 부르는데 아무 거리낌이 없다.

꽃꽂이 사진을 찍는 리사에게, "또 사진이야? 사진도 정말 좋아한다니까" 하며 히사야가 또 웃었다.

"예쁜 걸 어떡해. 히사야, 조금만 오른쪽으로 와줄래?"

"내 사진은 찍으면 안 돼."

"안다니까 그러네. 나도 내 얼굴은 안 올려. 손가락으로 복을 부르는 고양이 좀 가리켜봐."

"예예."

리사도 그와 나란히 손가락을 대고 촬영 버튼을 눌렀다.

두 사람의 검지가 사이좋게 복을 부르는 고양이를 가리키고 있다. 얼핏 봐도 남자와 여자의 손가락이라는 게 드러나서 리사는 만족했다.

설날 꽃꽂이❀ 이 복을 부르는 고양이는 퐁퐁국화로 만든 거예요 ☺ 내년에도 이 행복이 계속되기를♡

인스타그램에 게시물을 올리자 바로 댓글이 달렸다.

와아! 복을 부르는 고양이 너무 귀여운데요. 저도 올해는 남자친구랑 둘이 새해맞이를 한답니다♡

칭찬하는 척하며 자신의 행복을 드러내고 있다. 질까 보냐 싶어 얼른 답글을 달았다.

고마워요! 나도 달 씨와 둘만의 새해맞이입니다♡

인스타그램에서는 히사야를 '달 씨'라고 부르고 있다. 물론 달링이라는 뜻이다.

"설음식 가져온 거, 볼래?"

"응, 볼래. 맛있겠다."

"뭐야아. 아직 보지도 않았잖아."

리사는 소리내어 웃었다.

"아니, 그릇부터 벌써 고급스럽잖아. 당연히 맛있겠지."

"우후. 역시 안 되겠어. 내일을 기대해."

리사는 냉장고에 설음식 찬합을 넣었다.

어쩜 이렇게 행복할까. 히사야와 함께하는 1초 1초가 행복해서 이렇게 행복한 나를 모두가 봐줬으면 하는 마음이 점점 커져간다.

히사야와는 대학을 다닐 때 알게 됐다.

여러 대학이 참여하는 교류 행사의 술자리였다. 리사와 히사야는 둘 다 사귀는 사람이 있었지만 그들은 술자리에 참석하지 않았다. 그날 밤 히사야 손에 이끌려 그의 집에서 몸을 포개었다. 그 후에도 두 사람 다 연인과는 헤어지지 않고 관계를 지속했다.

나, 네가 좋아. 어느 날 밤 히사야가 말했다. 지금 여자친구와 헤어질게. 너랑 사귀고 싶어. 당황한 리사는 안 돼, 하고 말했다. 히사야와 사귈 생각은 요만큼도 없었다. 그의 유혹에 넘어간 건 그와의 섹스가 좋아서였지 다른 이유는 없었다. 얼굴도 학교도 집안도 지금 남자친구가 훨씬 뛰어났다.

히사야와는 그날 밤을 끝으로 더는 만나지 않았다.

20년 만에 재회한 건 작년 2월이었다.

카페에서 주문하려고 줄을 섰는데, 히사야가 자신을 알아보고 리사? 하고 불렀다. 서로 혼자 왔다는 걸 안 리사는 뜻밖에 가슴이 뛰었다.

그 무렵 리사는 행복의 유통기한이 지났다는 생각을 하며 지내고 있었다.

리사는 항상 남편을 의지했고 남편 또한 리사를 지켜줬다. 열 살 많은 남편은 처음 만났을 때부터 리사를 아무것도 못하는 어린애 취급했고 여자는 남자 말에 따라야 한다는 사고방식을 갖고 있었다. 아무 생각 없이 남편을 따르는 건 편했고 자신이 사랑받고 있다고 느끼기도 했다.

연상의 남편이 자신을 소중히 여긴다. 귀여운 딸이 있다. 근사한 자가에 살고 있다. 화목한 가정. 전업주부. 멋스럽게 꾸민 내닫이창. 가족 여행. 바비큐. 부부의 데이트.

리사에게 중요한 건 타인의 눈에 자신이 행복해 보이는가 하는 것이었다.

모두가 부러워했으면 좋겠다. 동경의 대상이고 싶다. 리사처럼 되고 싶어, 리사는 좋겠다, 그렇게 여겼으면 좋겠다.

그래서 남들 앞에서는 늘 행복에 찬 미소를 띠고 있었다.

그러나 차츰 이 나아질 것 없는 하루하루가 정말 행복해 보일까 하고 불안해졌다. 그저 평범한 전업주부의 일상으로만 보이는 건 아닐까. SNS를 보면 세상은 리사가 갖지 못한 찬란한 것으로 넘쳐나고 있었다.

남편은 여전히 리사를 자기 뜻대로 움직이려 했다. 그게 사랑이 아닌 끈질긴 속박으로 느껴졌다.

나는 평생 이 사람이 시키는 대로 해야 하는 걸까. 일과를, 삶의 모든 것을 이 사람이 정해주는 대로 따라야 하는 걸까. 이제 이곳에서는 행복해질 수 없다. 빨리 자유로워지고 싶다. 리사는 어느덧 그렇게 생각하게 됐다.

남편은 아르바이트나 자원봉사를 하는 것도, 헬스클럽에 다니는 것도 허락해주지 않았다. 그 일을 히사야에게 털어놓으며 푸념했다.

"어이가 없네. 왜 안 된다는 거지?"

남편을 이해할 수 없다는 히사야의 반응에 리사는 든든한 아군을 얻은 기분이었다. 생각해보면 남편에 대한 불만을 털어놓는 건 처음이었다.

"그럴 시간 있으면 집안일이나 더 제대로 하라더라."

"우와. 너무하네."

"혼자서는 옷도 못 사."

"무슨 뜻이야?"

"남편이랑 같이 사러 가야 돼. 그 사람이 골라주거든."

"……흠, 이런 거 묻기는 좀 그런데, 설마 속옷도?"

"에이, 그건 아니지." 리사는 웃었다. "근데 원색은 안 돼. 흰색이나 연한 핑크나 연한 블루."

히사야는 경악한 얼굴로 "……리사, 괜찮아?" 하고 물었다.

"아니, 괜찮지 않아. 이대로 가다간 숨도 제대로 못 쉬고 죽을지도 몰라. 아니면 머리가 이상해지거나."

"이혼하지 그래?"

"맙소사. 그랬다가는 날 죽일지도 몰라."

말이 먼저 튀어나와버렸다. 자신이 내뱉은 말을 속으로 읊조린 리사는 정말 죽을지도 모른다고 생각했다.

"죽이다니, 완전 사이코패스네."

그 말을 듣고 납득이 갔다. 이따금 남편에게 막연한 공포를 느낀 적이 있었다. 본능적으로 남편의 본성을 감지해서였을지도 모른다.

"나는 이혼해."

"그래?"

히사야는 최근에 아내가 이혼을 요구했다고 털어놓았다. 일에 전념하느라 가정을 돌보지 않은 것이 원인인 모양으로, 아들은 엄마와 살겠다고 했다고 한다.

"나 사실 아직도 너를 잊지 못했어."

히사야는 리사를 바라보며 눈을 가늘게 떴다.

앗, 하고 흘러나온 리사의 목소리는 달콤하게 쉬어 있었다. 20년치 나이를 먹은 그는 자신감과 포용력을 길러 대학생 때보다 훨씬 더 매력적인 남자였다.

"너도 그런 사이코패스하고 헤어져버려."

"진짜 죽을지도 몰라."

"내가 지켜줄게."

그에게 나는 지켜줘야 할 소중한 존재다. 그렇게 생각하자 오랜만에 온몸의 세포가 뛰어오르는 것 같았다.

"정말?"

"응. 정말."

그날은 연락처만 교환하고 헤어졌지만 2주 후 히사야에게 연락이 왔고 이후 신주쿠 호텔에서 밀회를 거듭하게 됐다.

"우리 둘이 도망갈까." "네 남편은 최악이군." "내가 죽여줄까."

히사야는 침대에서 리사의 가슴을 더듬으며 말했다.

"사이코패스가 우리 일을 눈치채지는 않았어? 너한테 무슨 일이 생길까 봐 걱정돼."

"무조건 괜찮아. 잉꼬부부인 척하고 있거든. 내가 그런 걸 얼마나 잘하는데."

그렇게 대답했더니 실은 결혼했을 때부터 남편을 사랑한 적 없이 그저 능숙하게 연기를 해왔을 뿐이라는 생각이 들었다.

남편이 살해된 건 히사야와 재회한 지 반년이 지났을 무렵이었다. 리사는 한동안 히사야에게 연락하지 않았다. 왠지 그에게서도 연락이 끊겼다.

다시 연락한 건 그로부터 반년도 더 지나서였다. 수사에 진전이 없는지 경찰의 연락도 끊기고, 세상의 관심도 식은 것 아닐까 싶은 무렵이었다. 히사야는 리사 남편의 사건은 언급하지 않았다. 지난 반년간 일이 바빴고 해외 곳곳을 다녔으며 할머니가 돌아가셨다는 이야기를 하고는, 덧붙이듯 이제 막 이혼을 했다고 말했다.

"리사는?" 하고 히사야가 물었다. "사이코패스는 좀 어때?"

일부러 아무렇지도 않게 묻는 듯했다.

"반년 전에 죽었어. 살해됐어."

리사가 조심스럽게 대답하자, "뭐?" 하고 놀란 목소리가 돌아왔다. 반응 속도가 너무 빨랐다. 일부러 놀란 척하는 것 같았다. 무엇보다 사건을 모른다는 것 자체가 이상했다.

리사는 사건에 대해 설명하고 수사가 막혔다는 것, 범인이 누구인지 짐작도 못하고 있다는 걸 전했다. 몇 초간 침묵이 흐른 뒤 히사야는 "그래서 슬퍼?" 하고 탐색하듯 물었다.

"아니, 전혀. 오히려 기뻐."

"그렇구나. 다행이네."

안도한 목소리였다.

10

수사에 진전이 없는 채로 새해를 맞았고 사흘이 지났다.

설 연휴에 쉬긴 글렀다는 가쿠토의 예상은 적중했다. 연말연시에는 연락이 안 되는 회사나 관공서가 많기 때문에 수사본부는 다소 느슨한 분위기였지만, 반대로 그건 수사가 막다른 골목에 들어섰다는 뜻이기도 해서 수사원들의 초조함과 조바심은 극에 달했다.

화창한 겨울날 오후 가쿠토는 미쓰야와 함께 지바현 근교에 있는 공원묘지에 와 있었다.

구름 한 점 없는 파란 하늘은 한없이 맑고, 일정한 간격으로 늘어선 묘비에 부드러운 겨울 햇살이 쏟아진다.

공원묘지 사무소에 용건을 전하자 곧바로 담당자가 나왔다. 가슴에 단 명찰에는 '나즈카'라고 새겨져 있다.

"마쓰나미 히로시 님 납골 관련해서 궁금하시다고요?"

미리 연락을 받은 나즈카가 먼저 말을 꺼냈다.

마쓰나미 이쿠코의 소지품 중 이곳 '니지노사토 공원묘지'의 팸플릿이 있었다. 증거품 담당 수사원이 조사한 결과 이 공원묘지의 영대공양묘에 그녀의 남편이 있고, 마쓰나미 이쿠코는 생전에 자신의 납골 수속까지 해뒀다는 게 밝혀졌다.

그녀가 자취를 감춘 날의 일이었다.

그녀는 살고 있던 집에서 나온 뒤 곧장 이 공원묘지에 온 것으로 보인다. 마치 머지않아 죽을 걸 알고 있었다는 듯이.

"마쓰나미 이쿠코 씨가 이곳에 왔을 때를 기억하십니까?"

미쓰야가 물었지만 벌써 1년도 넘은 일이다. 기억하고 있을 가능성은 낮지 않을까. 가쿠토는 기대하지 않았지만 나즈카는 또렷이 기억한다고 했다. 들고 있는 서류에 시선을 떨군 그는 "8월 20일이었습니다" 하고 스스로에게 확인하듯 말한 뒤 이야기했다.

납골하려면 사전 예약이 필요하지만 마쓰나미 이쿠코는 갑자기 유골을 들고 찾아왔다고 한다. 예약이 필요하다고 설명했지만 막무가내였다. 그래서 인상에 남아 있다고 한다. 마쓰나미 히로시의 부모님도 같은 영대공양묘에 영면해 있고 그녀 자신도 납골하기로 생전계약을 했기 때문에 결국 납골을 받아들였다.

나즈카는 말을 끊은 다음 입술을 다물고 뭔가를 생각했다. 그러곤 아니, 그보다, 하고 계속했다.

"마쓰나미 이쿠코 님이 심상치 않아 보였기 때문에 기억하는 겁니다."

"심상치 않아 보였다?" 하고 미쓰야가 확인하듯 따라 읊었다.

"네. 쇼핑 카트를 끌고 오셨습니다만 사실 그런 분은 없거든요. 무엇보다 얼굴이 굳어 있고 눈을 이리저리 굴리시는 게 정상적인 상태가 아닌 것처럼 보여서 솔직히 이거 난처하게 됐는데, 하고 생각했습니다. 적절한 비유는 아닐지 몰라도 TV나 영화에서 살인마에게 쫓기거나 귀신에게서 도망치는 사람 있지 않습니까. 꼭 그런 사람 같았습니다. 땀을 엄청나게 흘리고 있는데 그걸 모르는 것처럼 보였고, 계약서를 쓸 때도 손을 바들바들 떨고 계셨어요. 실례인 줄은 알지만 이분 머지않아 돌아가시는 게 아닐까, 그래서 이렇게 서두르시는 건 아닐까, 하고 생각한 게 기억납니다."

"마쓰나미 씨가 뭐라고 했습니까."

"오늘이 아니면 올 수 없다고 하셨어요."

그렇다면 히가시야마 요시하루를 죽인 그녀가 경찰에 쫓길 가능성을 염두에 두고, 향후 자신과 관련 있는 장소에 들르는 건 위험하다고 판단했다는 걸까. 가쿠토는 메모를 하면서 생각했다.

아아, 그리고, 하고 나즈카가 기억을 더듬는 표정을 지었다.

"납골을 언제 하는지 물으셨습니다. 저희 공원묘지의 영대공양묘는 기본적으로 한 달 동안 공양실에 안치하고 그 후 합동 납골실에 모시기 때문에 그렇게 말씀드렸고요."

"그런데 마쓰나미 씨가 한 달 후에 오지 않았다는 거군요?"

미쓰야의 확인에 나즈카는 고개를 끄덕였다.

"불길한 예감은 틀리는 법이 없군요."

그는 그렇게 예감한 자신을 탓하듯 중얼거렸다.

마쓰나미 이쿠코의 유골은 가까운 시일 내에 그녀의 남편이 잠든 영대공양묘에 납골하기로 되어 있다.

사무소에서 나오자 까마귀 한 마리가 새파란 하늘을 가로지르는 게 보였다. 까마귀는 광대한 공원묘지를 둘러싼 침엽수림에 빨려들어가듯 사라졌다.

미쓰야도 가쿠토와 마찬가지로 머리 위 까마귀를 눈으로 좇고 있었던 모양이다. 그 사실에 용기를 얻어 궁금한 걸 솔직하게 물어보기로 했다.

"경위님. 저희는 마쓰나미 이쿠코 씨를 살해한 범인을 찾고 있는 거죠?"

"네."

미쓰야는 눈이 부신지 실눈을 뜨고 가쿠토를 쳐다봤다.

"그런데 왜 매일 히가시야마 리사 씨를 미행하는 건가요? 경위님은 그녀가 범인이라고 생각하세요? 그녀는 알리바이가 있잖습니까."

히가시야마 리사는 사건 당시 베이커리 카페에서 아르바이트 중이었다.

그녀와 혼마 히사야의 구체적인 관계는 아직 모르지만 남녀 사이인 건 분명하다. 그녀는 친정에 갔다 돌아오는 길에 그의 집에서 하룻밤을 보냈다. 이튿날인 섣달그믐에도 그의 집에 찾아갔다. 새해 첫날 아침 두 사람이 나란히 근처 신사에 참배하러 간 것도 확인했다.

"더는 미행하지 않고 있습니다만."

미쓰야는 실수를 지적하는 말투였다.

"아니, 그렇긴 한데요. 그래도 새해 첫날까지는 했잖습니까."

"그랬죠."

"그랬죠, 라니……."

"내가 확인하고 싶었던 건 꽃꽂이입니다."

또 그 소리야, 하고 생각했다.

"꽃꽂이와 미행이 무슨 상관이 있다는 건가요? 그녀를 미행한 뒤 경위님 의문은 풀리셨어요?"

"네. 그녀가 행복하다는 걸 알게 됐습니다."

— 행복해 보이지 않던가요?

미쓰야가 그렇게 물었던 게 떠올랐다.

그때 미쓰야는 내닫이창의 꽃이 행복한 크리스마스의 견본 같다고 했다.

"그녀가 행복한 이유도 알았습니다."

"혼마 히사야, 말인가요?"

"씨" 하고 꾸짖듯이 말했다.

"아, 죄송합니다. 혼마 씨의 존재 말인가요?"

씨, 를 강조해서 다시 물었다.

"아마 그럴 겁니다. 섣달그믐 오후, 혼마 씨 집으로 향하는 그녀는 기분이 좋은지 폴짝 뛰기까지 했습니다. 새해 첫 참배를 하러 갈 때도 서로 팔짱을 끼고 즐거워 보이더군요."

그때의 히가시야마 리사는 딴사람 같았다. 미쓰야와 함께 그녀의 집을 방문했을 때는 남편을 잃은 비애와 상실감에서 빠져나오지 못한 것처럼 보였다. 실제로 당장에라도 울음을 터뜨릴 것 같은 얼굴로 남편과의 추억이 담긴 집을 팔고 싶지 않다며 호소하지 않았던가.

가쿠토의 뇌리에 새겨진 건 설 장식용 꽃꽂이를 살 때 그녀의 모습이다. 분명 자주 이용하는 꽃집일 것이다. 그녀는 내닫이창의 꽃꽂이를 산 그 꽃집에 가서 복을 부르는 고양이 장식이 꽃혀 있는 꽃꽂이 앞에 섰다. 그때의 얼굴. 그녀는 화사한 꽃이 활짝 피듯이 미소 지었다. 마치 겉과 속을 뒤바꾸듯 한순간에 다른 얼굴이 나타났다. 보통 혼자 있을 때는 저런 식으로 웃는 걸까. 그녀는 만면에 웃음을 띤 채 고양이 장식 꽃꽂이를 찍었다.

"히가시야마 리사 씨는 행복한 겁니다. 그래서 의식적이든 무의식적이든 자신이 행복하다는 걸 표현하고 싶은 걸지도 모릅니다. 거실 서랍장 위에 있던 토끼 오브제, 그건 혼마 씨가 선물한 걸지도 모르겠군요."

"그걸 어떻게 아세요?"

미쓰야는 휴대폰을 꺼내, "그녀의 인스타그램에 그렇게 적혀 있더군요" 하고 말했다.

"본명으로 가입한 건가요?"

"히가시야마 요시하루 씨가 사망하기 전에는 부부가 함께 실명으로 인스타그램을 했습니다. 사건 후 그쪽 계정에는 게시물이 올라오지 않았지만, 그녀는 지금 다른 계정을 갖고 있습니다. 다른 계정으로 인스타그램을 시작한 게 10개월 전이니까 히가시야마 요시하루 씨가 사망한 지 반년쯤 지나서입니다."

미쓰야는 멈춰 서서, "이겁니다" 하고 휴대폰을 보여줬다.

'dar'로 시작되는 계정에 히가시야마 리사를 연상하게 하는 글자는 없다.

프로필 사진은 단순한 선으로 여자를 그린 일러스트지만 어딘지 모르게 그녀의 이미지와 비슷했다.

"이게 히가시야마 리사 씨 계정인 건 어떻게 아세요?"

얼핏 봤을 때 여자의 계정이라는 생각은 들었다. 요리와 디저트, 꽃과 나무, 액세서리 등 어딘지 현실과 동떨어진 반짝반짝한 사진이 올라와 있다.

"이겁니다."

휴대폰 화면에 가쿠토가 기억하지 못했던 토끼 오브제 두 개가 보였다. 실크해트를 쓴 토끼와 귀에 리본을 단 토끼. 그러고보니 미쓰야는 이 오브제가 액자 뒤에 있었다고 말했다.

달 씨에게 받은 크리스마스 선물♡ ○○(나)는 토끼 이미지가 있으니까, 라면서♡ 그럼 왼쪽이 달 씨고 오른쪽이 나? 뭐래니♡

등에 닭살이 돋는 문구였다.

"그리고, 이겁니다."

미쓰야가 화면을 옆으로 넘기자 가쿠토도 본 적이 있는 사진이 나타났다.

"이건."

"네."

내닫이창에 장식된 꽃꽂이와 포인세티아 화분. 틀림없다. 히가시야마 리사의 집 거실이다.

꺄아♡ 이것 좀 봐! 달 씨가 서프라이즈로 꽃을 보내줬어요❀ 가운데 꽃꽂이가 달 씨가 보내준 선물. 다른 꽃은 친구가 보내줬답니다. 어머, 넘겨짚지 말아요, 친구는 여자니까. 이제 곧 크리스마스네요. 여러분은 어떤 크리스마스를 보내나요? 나는 여기저기서 만나자는 연락이 많이 왔지만, 이브는 당연히 달 씨와 단둘이 보내야죠♡

가쿠토는 흠칫 놀라 미쓰야를 봤다. 마쓰나미 이쿠코가 살해된 건 크리스마스이브날 밤이다.

그날 밤 히가시야마 리사는 오후에 아르바이트를 하러 가서 밤 9시쯤 끝났다. 일이 끝난 뒤 곧장 혼마 히사야를 만나러 간 걸까.

"모든 게 진실은 아니었군요."

그 말대로 그녀는 직접 산 꽃꽂이를 선물 받았다고 말했다.

"오히려 거짓이 더 많을지도 모르겠습니다. 실제로 혼마 히사야 씨 회사에 확인한 결과 그는 12월 23일부터 26일까지 홋카이도와 도호쿠 지역에 출장을 다녀왔다고 하더군요."

"벌써 그런 것까지 확인하셨어요? 왜 가르쳐주지 않은 건가요?"

"사건과 관련이 있는 건지 확실치 않기 때문입니다. 그리고 지금 말하고 있지 않습니까."

존경과 놀라움, 그리고 초조함과 비슷한 감정이 생겼다. 미쓰야가 또 혼자 몰래 조사했다니.

"어떻게 생각합니까?"

"네?"

"그녀의 인스타그램 말입니다."

"저기, 솔직히 말해도 될까요?"

"물론."

"징그럽습니다."

미쓰야가 갸름한 눈을 크게 뜨고 가쿠토를 쳐다봤다.

너무 솔직했나 싶었지만 느낀 그대로 말했다.

"달 씨도 그렇고 꺄아라든지 하트도 징그럽고 행복을 과시하는 병에 걸린 느낌입니다."

행복 과시, 하고 미쓰야가 그 의미를 확인하듯 중얼거렸다.

"경위님은 어떻게 생각하시나요?"

"히가시야마 리사 씨는 남들 눈에 어떻게 보일지를 기준 삼아 살고 있을지도 모르겠군요. 보여주고 싶은 자신이 되기 위해서라면 거짓말도 서슴지 않는 것 같습니다. 그녀가 보여주고 싶은 자신이란 연인은 물론 친구도 있고 멋스럽고 여유로운 삶을 사는, 모두가 부러워할 만한 행복한 여성일 겁니다. 그래서 다도코로 형사가 말한 대로 익명의 인스타그램이나 혼마 씨 앞에서는 마음껏 행복을 과시하는 거겠죠. 단, 요시하루 씨가 살해된 걸 아는 사람 앞에서는 남편이 죽어 슬픈 척을 해야만 한다고 생각하는 것 같군요. 내닫이창의 꽃꽂이를 산 건 인스타그램에 올리기 위해서일지도 모릅니다. 이렇게 행복한 크리스마스를 보내고 있다고 과시하고 싶었던 것 아닐까요?"

히가시야마 리사는 남편의 죽음이 슬프지 않은 걸까.

가쿠토가 그렇게 생각한 걸 꿰뚫어보기라도 하듯 미쓰야가 계속했다.

"그렇다고 그녀를 탓할 수는 없습니다. 그렇게 하게 만드는 풍조가 있는 것도 사실이니까요. 다만 그녀의 말과 태도를 곧이곧대로 믿을 수는 없다는 겁니다."

그나저나 미쓰야는 이 계정을 어떻게 찾아낸 걸까.

"해시태그입니다."

미쓰야가 선선히 대답했다.

"해시태그요?"

"히가시야마 리사 씨의 예전 인스타그램은 확인했겠죠?"

당연하다는 듯 묻기에 가쿠토는 말문이 막혔다.

"행복, 행복한 삶, 행복한 생활, 행복한 식탁, 행복한 시간, 행복밥, 행복배턴, 사랑이 있는 삶, 꽃이 있는 삶, 해피."

미쓰야는 담담히 읊어대더니, "예전 계정과 지금 계정의 공통된 해시태그입니다" 하고 마무리했다.

"해시태그를 단서로 찾으신 건가요?"

"네."

"그게 가능한 일이라고요?"

"해냈으니 가능한 일이겠죠."

미쓰야는 대수롭지 않다는 듯 대답하고 주차장에서 나가 왼쪽으로 향했다. 키가 낮은 서양식 묘비가 늘어서 있고 그 너머로 납골당과 예배당 건물이 보인다. 마쓰나미 히로시가 잠들어 있는 영대공양묘로 가려는 모양이다.

영대공양묘는 연회색의 화강암 벽으로 둘러싸여 있었다. 피라미드 위에 구체를 얹은 듯한 거대한 오브제 앞에는 꽃이 바쳐진 제단이 있고, 안쪽에는 유골을 안치하는 공양실이 마련돼 있다. 채광을 계산해서 설계했는지, 벽으로 둘러싸인 영대공양묘 전체가 부드러운 조명을 받는 것처럼 하얗고 은은한 빛 속에 있었다. 구체 오브제의 윤곽이 은빛으로 물들어 엄숙한 분위기를 자아낸다.

미쓰야는 오브제를 향해 합장을 하고 가볍게 머리를 숙였다. 가쿠토도 따라 했다. 어디선가 선향 냄새가 흘러왔다.

오른쪽 벽에는 영면한 사람의 이름이 새겨진 은색 플레이트가 죽 붙어 있다. 미쓰야는 마쓰나미 히로시의 이름을 찾으려 플레이트 하나하나를 눈으로 좇고 있다. 가쿠토는 반대쪽부터 찾기로 했다.

"앗, 여기 있어요."

마쓰나미 히로시의 이름은 가쿠토의 눈높이보다 조금 높은 위치에 있었다.

미쓰야는 플레이트에 손을 뻗다가 멈추고, 생각을 가다듬듯이 다시 합장을 했다. 1분은 족히 넘긴 다음 손을 내리고, 묘하게 평온하면서도 어딘지 슬퍼 보이는 눈으로 가쿠토를 본다.

"마쓰나미 이쿠코 씨도 이렇게 했을지도 모르겠군요."

햇빛이 미쓰야의 속눈썹 끝에 금가루처럼 흩날려 그가 눈을 깜빡일 때마다 빛이 커졌다 작아졌다 했다.

"아무도 모르게 이곳에 와서 히로시 씨에게 합장을 했을지도 모릅니다."

"그러게 말이에요."

그렇게 대답한 순간 가쿠토의 가슴에 서서히 밀려드는 감정이 있었다. 그게 뭔지 바로 이해하지는 못했다. 흘러가는 시간을, 다시는 돌아갈 수 없는 나날을 그저 속절없이 혼자 바라보고 있는 감각. 쓸쓸함, 슬픔, 고독, 절망. 그리고 그 모든 감정에 허무와도 같은 체념이 들러붙어 있다. 가쿠토는 이제껏 살아온 29년 인생에서 이런 감정을 느낀 적이 없었다.

이건 마쓰나미 이쿠코가 이곳을 찾아왔을 때 느꼈던 감정일까. 아니면 어머니가 살해된 미쓰야의 감정일까.

"저기."

가슴에 밀려든 감정에 휘둘리지 않게 일부러 힘주어 말했다.

"경위님도 마쓰나미 이쿠코 씨가 히가시야마 요시하루 씨를 살해했다고 생각하세요?"

"모릅니다. 그쪽 사건은 관할 밖이라 수사할 수 없으니까요."

가쿠토는 담담히 대답한 미쓰야에게, 말은 잘하시네, 하고 속으로 대꾸했다.

"그래도 어느 정도 연관이 있는 건 틀림없는 거죠?"

"네. 마쓰나미 씨 행동을 보면 그렇게 생각하는 게 자연스럽습니다."

마쓰나미 이쿠코의 행적이 밝혀질수록 그녀가 히가시야마 요시하루를 살해한 범인이라는 의견에 힘이 실린다.

그녀는 히가시야마 요시하루가 살해된 이튿날에 집주인에게 나가겠다고 말했다. 그다음 날에는 도망치듯 집을 나왔고 추측건대 그길로 곧장 공원묘지로 가서 남편의 납골과 자신의 생전 계약 수속을 했다. 집 퇴거와 납골 수속. 이 두 가지 일의 타이밍이 우연일 리가 없다. 게다가 그녀는 히가시야마 요시하루에게 생활보호 상담을 받은 적도 있다.

"히가시야마 씨 사건은 지바현경에 맡깁시다. 우리가 수사할 건 마쓰나미 이쿠코 씨 사건이니까요."

미쓰야는 그렇게 말했지만 빤한 거짓말 같았다. 마치 가쿠토가 따따부따 따질까 봐 피하는 것처럼.

영대공양묘를 나와 주차장으로 향했다.

아까는 아무도 없었지만 지금은 묘비에 물을 끼얹고 꽃을 바치는 중년 남녀가 있었다. 주위를 살펴보자 멀찍이 떨어진 곳에 가족인 듯한 사람들이 보였다.

하늘은 여전히 구름 한 점 없고 햇빛은 바람 없는 땅 위를 정성스럽게 데우고 있다. 날씨 좋네, 하고 생각한 순간 입으로 튀어나왔다.

"날씨가 좋네요."

가쿠토는 자연스레 하늘을 향해 두 팔을 쭉 뻗었다. 왼쪽 어깨에서 딱 소리가 나는 걸 보니 관절이 굳어 있었던 모양이다.

"하늘이 참 예쁘네요."

흐아암, 하고 하품이 나왔다.

"그렇습니까?"

미쓰야는 가쿠토에게도, 하늘에도 눈길을 주지 않고 똑바로 앞을 본 채 감정 없는 목소리로 말했다.

"나는 내가 속을까 보냐, 하는 생각을 합니다. 알고 보면 예쁜 하늘이 아니지 않을까, 내가 허구를 보고 있지는 않을까, 진실은 감춰져 있는 것 아닐까. 그런 생각을 하게 되더군요."

가쿠토는 기지개를 켰던 두 팔을 황급히 내리고, "네에" 하고 대답했다.

이래서 괴짜는 불편하다니까, 하고 수없이 했던 생각을 또 했다. 미쓰야와 함께 있으면 원치 않아도 자신이 아무짝에도 쓸모없는 보통 사람이라는 걸 알게 된다. 아니, 애초에 방금 미쓰야가 한 말이 진심인지 농담인지도 분간이 가지 않는다. 그런 것도 모르냐고 무시당할까 봐 묻지도 못한다. 아, 피곤하다.

미쓰야는 차에 타기 직전에 영대공양묘 쪽을 돌아보고 혼잣말처럼 중얼거렸다.

"마쓰나미 씨는 이곳에 온 날부터 노숙인이 된 거군요."

그날 지바현경에서 연락이 왔다. 히가시야마 요시하루가 살해된 날 밤, 사건 현장에서 가장 가까운 전철역 CCTV에 마쓰나미 이쿠코로 보이는 인물이 찍혀 있었다고 한다. 그녀는 피해자가 탄 열차가 아닌, 그다음 열차를 타고 전철역에 내렸다.

"이로써 지바현경 수사는 종결되겠군."

수사원 한 명이 그렇게 말했다.

피해자 서류 가방에 묻은 지문과 전철역 CCTV 영상, 그리고 생활보호 신청이 받아들여지지 않았다는 동기까지. 이 세 가지로 인해 마쓰나미 이쿠코가 히가시야마 요시하루를 살해하고 지갑을 훔쳤다는 시나리오가 유력해졌다. 그러나 그녀를 사망한 피의자로 검찰에 송치하기에는 직접적인 증거가 부족하다.

그녀가 남긴 소지품에서 흉기인 칼이나 피해자의 지갑이 발견되면 피의자가 될 테지만.

경찰 내부에서는 마쓰나미 이쿠코가 범인이라는 결론을 내릴 것이다. 그러나 공식적으로는 그렇게 할 수도 없는 노릇이다. 새로운 사실이나 증거가 나오지 않는 한 수사는 해결되지 않은 채로 마무리될 것이다.

거기까지 생각하자 번뜩 떠오른 게 있었다.

이러면 미쓰야의 어머니가 살해된 사건과 똑같지 않은가.

미쓰야의 어머니를 살해한 것은 교제 상대였던 남자로 추정됐지만, 사건이 일어난 지 얼마 뒤 목을 맨 그의 시신이 발견됐다. 당시 중학교 2학년이었던 미쓰야는 범인은 따로 있다, 어머니가 죽어야만 했던 이유를 조사해달라, 조사하면 진범을 찾을 수 있을지도 모른다고 호소했다고 한다.

옆에 있는 미쓰야의 얼굴을 슬며시 살폈다. 몸은 이곳에 놔둔 채 생각은 어디론가 달리고 있는 듯한, 여느 때처럼 종잡을 수 없는 표정이다.

문득 공원묘지에서 미쓰야가 한 말이 떠올랐다.

─내가 속을까 보냐, 하는 생각을 합니다.

─허구를 보고 있지는 않을까, 진실은 감춰져 있는 것 아닐까.

미쓰야는 중학교 2학년 때부터 내내 그 생각을 품고 살아왔을지도 모른다.

"그나저나 우리 쪽 수사는 어떻게 돼가고 있지? 설마 미궁에 빠지는 건 아니겠지?"

"재수 없는 소리를. 쉿."

대각선 뒤에서 초조해하며 속삭이는 소리가 들렸다.

경찰서 코앞에서 벌어진 살인사건은 시신의 상태로 보아 성폭행 목적의 범행으로 판단해 대부분의 인원을 탐문 수사에 투입했다. 그런데도 여전히 용의자를 특정하지 못하고 있다.

11

마쓰나미 이쿠코는 히가시야마 요시하루를 미행했다. 왜 이런 행동을 하는지 스스로가 이해되지 않았다.

내가 뭔가를 확인하려는 걸까. 그렇다면 뭘? 아니면 뭔가를 발견하려는 걸까. 그렇다면 뭘? 나는 도대체 뭘 하고 싶은 걸까.

의문만 떠오를 뿐 답은 찾을 수가 없다. 남편이 떠나고 나서 생각을 잘할 수 없게 됐다.

히가시야마는 매일 시간표라도 짜놓은 듯 규칙적인 생활을 했다.

아침 7시 40분에 집을 나설 때는 아내가 배웅하러 밖으로 나온다. 히가시야마는 모퉁이를 돌 때 뒤돌아서 손을 흔든다. 아내도 웃는 얼굴로 손을 흔든다. 그는 구릉지에 펼쳐진 공원을 가로질러 역으로 향하고 7시 56분에 출발하는 전철에 올라탄다.

두 정거장 가서 내리는데, 그 역은 이쿠코 집에서 가장 가까운 전철역이다. 그는 역에서 나와 10분 정도 걸어 8시 10분쯤 직장인 보건복지센터에 들어간다.

퇴근은 5시 반에서 6시 사이로, 가끔은 양과자점이나 편의점에 들르지만 보통은 곧장 집으로 간다.

히가시야마의 집은 한적한 주택가라 아침에는 사람들 눈에 띄지 않도록 공원에 숨어서 기다리기로 했다. 밤에는 그가 집에 들어가는 걸 확인한 뒤 공원에 가서 시간을 보내고 그 후 다시 상황을 살피러 갔다.

히가시야마 집에서 풍겨오는 고기나 생선 굽는 냄새, 카레 데우는 냄새를 맡으며 이쿠코는 자신이 소중한 것을 송두리째 잃었다는 사실을 깨달았다. 저녁때인데 아무 냄새도 나지 않으면 오늘 메뉴는 생선회일지도 모른다고 상상하며 볼이 미어지도록 해산물덮밥을 맛있게 먹던 남편의 모습을 떠올렸다.

불 켜진 창문. 근사하게 꾸며진 내닫이창. 저녁밥 냄새. 가족의 단란한 시간.

이쿠코는 잃고 나서야 비로소 자신이 얼마나 행복했는지 깨달았다. 남편이 곁에 있는 것만으로 기적 같은 나날이었다. 이쿠코가 잃은 모든 것을 히가시야마는 갖고 있는 현실이 불합리하게 느껴졌다.

히가시야마의 뒤를 밟을 때면 겁이 났다. 그가 갑자기 뒤돌아서 만면에 웃음을 띤 얼굴로, 거봐요, 건강하시잖아요, 하고 이쿠코를 손가락질할 것 같았다.

일을 못하겠다고 하셨으면서 지금은 미행을 하고 계시네요. 저를 따라다닐 수는 있어도 일은 못하겠다니 누가 봐도 이상하지 않습니까. 역시 게으름 병이었군요. 엄살을 부리셨던 겁니다.

머릿속에서 그의 목소리가 휘몰아쳤다. 처음에는 겨울의 하얀 입김처럼 불확실했지만 차츰 목소리의 윤곽과 억양이 뚜렷해지면서 언젠가는 그 말을 듣게 되리라 예감했다.

그가 그렇게 말하기 전에 죽여야 한다. 그러면 모든 걸 끝낼 수 있다.

그렇게 생각한 순간 이쿠코는 자신이 죽을 길을 찾기 위해 히가시야마를 미행하고 있다는 걸 깨달았다.

그가 퇴근길에 아내와 만나 저녁을 먹으러 가는 모습을 봤다. 영화관에 들어가는 걸 봤다. 두 사람이 일요일에 팔짱을 끼고 역으로 걸어가는 걸 봤다. 아담한 정원에서 바비큐용 숯불을 피우는 모습을 봤다.

가을에서 겨울이 되고 봄이 왔는데도 히가시야마가 이쿠코를 손가락질하며 거봐요, 건강하시잖아요, 하고 비웃는 일은 없었다. 이쿠코는 차츰 그가 자신의 존재를 알아차리지 못하는 게 이상하다고 생각했다.

실은 알아차린 거 아닐까?

그런 생각이 번뜩 든 건 내닫이창이 여름철 장식으로 바뀌었을 무렵이다.

모래와 조개껍데기, 유목과 불가사리 오브제가 든 유리병이 여러 개 늘어서 있고, 커다란 어항 속 모래사장 위에는 미니어

처 덱 체어와 파라솔이 놓여 있다. 노랑과 파랑과 오렌지색 부표. 꽃병에 꽂힌 해바라기 세 송이. 흰 그릇에서 뻗어난 나팔꽃. 유리로 된 돌고래와 펭귄. 불꽃놀이 그림이 그려진 부채. 액자 속 새파란 바다.

그렇다, 그는 내가 미행하는 걸 알고 일부러 행복한 모습을 과시하는 것이다.

그리고 그것은 나를 향한 벌이다.

이쿠코가 아침에 눈을 뜨자마자 생각하는 건 오늘도 남편이 꿈에 나타나지 않았구나, 하는 것이다. 꿈에서라도 보고 싶다고 몸과 마음을 다해 간절히 바랐지만 남편은 한 번도 나타나주지 않았다.

비가 내린다. 주파수가 맞지 않는 라디오처럼 지지직거리는 소리가 이쿠코의 귀청을 때린다. 물기를 머금은 공기가 몸에 들러붙어 있다.

비가 자아내는 분위기는 그날 아침을 데려온다.

두통을 참고 있는 듯한 남편의 얼굴. "조심히 다녀와" 하는 자신의 가는 목소리와, "응" 하는 남편의 무뚝뚝한 대답. 가랑비 속으로 들어가는 비옷을 걸친 뒷모습.

그때, 오늘은 쉬어, 하고 남편 다리에 매달려서라도 출근하지 못하게 했으면 좋았을 것을. 그랬다면 수명이 늘지는 않더라도 길바닥에서 남편 혼자 떠나는 일은 없었다. 죽는 순간 남편은 무슨 생각을 했을까. 얼마나 아팠을까. 얼마나 무서웠을까. 또 얼마나 원통했을까. 그때 나를 떠올려줬을까.

이쿠코는 차림새를 단정히 하고 식탁에 앉았다. 눈물을 흘리며 식빵을 입에 넣고 우유를 마셔 겨우 목구멍으로 넘겼다. 혼자가 된 이후 끼니는 빵이나 컵라면으로 때우는 일이 많아졌다. 여느 때처럼 같은 시간에 집에서 나와 같은 전철을 타고 늘 가는 공원으로 향했다.

기다리는 장소는 날마다 바뀌었다. 그날은 산책로에서 떨어진 정자에 들어가 수풀에 몸을 숨기고 히가시야마가 나타나기를 기다렸다.

빗방울이 울창한 나뭇잎을 때린다. 사방에서 흙냄새와 풀 냄새가 물씬 풍겨온다. 작은 생물들이 살그머니 꿈실거리는 기척이 느껴져 이쿠코는 자신도 돌 뒷면에 숨은 벌레처럼 보이지 않는 존재가 된 기분이 들었다.

물을 찰바닥 밟는 소리에 귀가 번쩍 뜨였다. 그러나 그가 이런 식으로 뛰는 사람이 아니라는 건 이미 알고 있었다. 예상대로 산책로를 뛰어오는 건 회색 후드티를 입은 소년이었다. 우산도 없이 옷에 달린 후드를 푹 뒤집어쓰고 있다. 소년이 지나간 뒤 인기척이 느껴지는 일은 없었다.

히가시야마는 여느 때와 같은 시간이 됐는데도 나타나지 않왔다. 빗소리와 흙냄새와 풀 냄새가 이쿠코를 감싸안았다.

잠시 후 이쿠코는 아아, 그렇구나, 하고 깨달았다.

비 오는 날은 고지대와 평지를 연결하는 산책로에 물이 흘러 들어 공원을 가로질러 가는 사람이 없다. 지금껏 수없이 봐왔는 데도 까맣게 잊고 있었다.

기억이 흐리멍덩하다. 제대로 생각할 수가 없다. 머리가 이상 해졌을지도 모른다.

이쿠코는 발밑을 내려다보고 감각에 집중했다. 운동화에는 진흙이 묻었고 물 먹은 깔창은 팅팅 붇고 양말은 흠뻑 젖었다.

공원을 나와 히가시야마 집 앞으로 가서 천천히 걸었다. 젖은 잿빛 풍경 속 내닫이창은 산뜻한 여름의 색이었다.

뭘 하고 있는 걸까. 나는, 뭘, 하고 있는 걸까.

주택가를 빠져나와 전철역으로 향했다. 우산을 쓰고 있는데 도 어쩐 일인지 온몸이 젖어 있었다. 발을 내디딜 때마다 뭔가 에 쫓기는 듯한, 뭔가를 쫓는 듯한 감각이 커져서 초조함과 혼 란함에 머릿속이 하얬다. 점점 발걸음이 빨라졌다. 호흡이 거칠 어졌다. 발을 디딜 때마다 힘이 들어가 물보라가 일었다.

누가 좀 막아줘, 하고 생각했다. 이대로 계속 걷다간 돌이킬 수 없는 일을 저지를 것 같은 예감이 들었다.

갑자기 눈앞에 사람이 나타나 걸음을 멈췄다. 회사원인 듯한 남자가 편의점에서 나온 것이다. 남자는 이쿠코를 노려보며 혀를 차고는 서둘러 떠났다.

　편의점 문은 열려 있었다. 안에서 빠른 템포의 음악이 흘러나온다. 이쿠코는 마음을 가라앉히기 위해 차분히 걸음을 옮기며 편의점에 들어갔다.

　출근길에 들른 듯한 사람들이 음료수와 음식을 먹거나 서서 잡지를 보고 있었다. 이쿠코의 눈이 한 소년에게 쏠렸다. 소년은 잡지 코너와 마주한 진열대 앞에 고개를 숙이고 서 있고 손에는 편의점 물건 같은 걸 쥐고 있었다. 후드를 깊게 눌러 쓴 소년의 회색 후드티는 비에 젖어 짙은 색을 띠고 있다. 아까 공원에서 뛰어간 아이일지도 모른다는 생각이 들었다.

　소년은 고개를 숙인 채 손에 쥔 물건을 후드티 주머니에 넣었다.

　이쿠코는 아, 소리를 냈지만, 소년은 알아차리지 못하고 안쪽 진열대로 이동했다. 빵을 하나 집더니 이번에는 반대쪽 주머니에 넣었다. 바로 옆에 선 중년 남자가 놀란 얼굴로 소년을 보고 뭔가 말하려 입을 열었다. 순간 이쿠코의 몸이 저절로 움직였다.

　"빵도 사려고? 귀찮아도 바구니를 써야지."

　이쿠코는 어느덧 그렇게 말하며 소년의 팔을 붙잡고 있었다. 그 팔이 무의식중에 상상했던 것보다 훨씬 가늘어서 약간 놀랐다.

　소년은 이쿠코를 보지 않고 여전히 고개를 숙이고 있다. 옆얼굴이 후드에 가려져 어떤 표정인지 알 수 없다. 이쿠코는 재빨리 후드티 주머니에 손을 집어넣어 소년이 쑤셔넣었던 물건을 꺼냈다. 멜론빵과 휴대폰 충전기였다.

"하나 갖고 되겠어? 더 사도 돼."

소년은 의외로 순순히 빵을 두 개 더 골라서 이쿠코가 내민 바구니에 넣었다.

배가 고프구나. 가출 소년일까, 아니면 학대를 당한 걸까.

"음료수는? 더 필요한 거 있으면 같이 살게. 아, 우산 안 가져왔지? 우산이나 비옷도 사자."

옆에 있던 남자가 계산을 마치고 나가는 게 보였다.

소년은 콜라와 초콜릿을, 이쿠코는 우산과 비옷을 집어들었다.

"더 필요한 건 없고?"

반응은 기대하지도 않았는데, 소년이 고개를 살짝 끄덕였다. 고작 그것만으로 이쿠코의 마음에 온기가 흘러들어와 자신이 있는 장소에 색채와 온도가 생겨나는 걸 느꼈다. 오랜만에 현실과 연결되고 세상에 받아들여진 느낌이었다.

"엄마 계산하고 올 테니까 기다리고 있어."

부모 자식인 척하기 위해 깊이 생각하지 않고 말했다. 뒤늦게 자신이 내뱉은 엄마라는 단어가 머릿속을 가득 채웠다.

엄마—.

이쿠코는 온몸의 세포가 활짝 깨어나는 걸 느꼈다. 달콤한 저림이 몸 구석구석까지 퍼져, 방심하면 이상한 목소리가 나올 것 같았다. 한 손으로 입을 막으며 곁눈으로 소년을 봤지만, 후드에 가려 얼굴이 보이지 않는다.

소년은 이쿠코가 계산을 마칠 때까지 얌전히 기다렸다. "많이 기다렸지?" 하고 소년에게 편의점 봉지를 내밀다가 이걸 건네주면 소년과는 여기서 끝이라는 생각이 들어 도로 봉지를 가져왔다.

"이제 어떻게 할 거니?"

대답은 없다. 처음 봤을 때는 초등학교 고학년인 줄 알았지만, 이렇게 보니 좀 더 많아 보였다. 가녀린 체형과 달리 후드 밑으로 엿보이는 코가 햇볕에 그을려 있다.

"갈 데는 있고?"

대답하지 않음으로써 갈 데가 없다고 호소하는 것처럼 느껴졌다. 소년이 후드를 깊이 쓰고 고개를 숙이고 있는 건 명백히 얼굴을 가리려는 것이다. 학대로 생긴 멍이나 상처가 있을지도 모른다.

"혹시 가출했니?"

이쿠코가 작게 물었다.

"우리 집에 갈래?"

소년의 반응을 기다리지 않고 말했다. 이쿠코는 자기 안에서 뭔가가 생겨나는 걸 느꼈다. 그 뭔가가 이쿠코의 머리를 맑게 하고 혀를 부드럽게 했다.

"우리 집은 아줌마 혼자 살아서 얼마든지 머물러도 돼. 물론 네 얘기는 아무한테도 하지 않을 거고, 집에 가고 싶으면 가도 돼. 2층집이라 남는 방도 있으니 하숙처럼 자유롭게 써도 좋아. 아줌마는 참견하지 않을 테니 너 편할 대로 하렴."

1퍼센트 이하의 기대밖에 하지 않았다. 그래도 남편이 죽은 뒤 기대라는 밝은 마음을 가슴에 품은 건 처음이었다.

소년이 후드 밑으로 고개를 작게 끄덕였다.

소년은 말을 하지 않았다. 소년의 침묵이 병 때문인지, 의식적인 건지는 알 수 없었지만 이쿠코는 군이 건드리지 않기로 했다.

같이 있으면 소년의 마음이 편치 않을 것 같아서 2층 방을 쓰라고 했다.

이쿠코는 "오래됐지만 에어컨도 있어. 자, 이불은 여기 있어" 하고 벽장을 열었다. "베갯잇하고 시트도 깨끗이 빨아놨으니까 편하게 쓰렴. 아줌마는 아래층에 있을 건데, 없는 셈 쳐도 돼. 아줌마도 너를 신경 쓰지 않을 테니. 그리고 아줌마는 네가 우리 집에 있는 걸 아무한테도 말하지 않을 거야. 물론 경찰한테도 말하지 않을 테니 안심하렴."

후드를 쓰고 고개를 숙인 소년은 주머니에 두 손을 넣은 채 꼼짝 않고 서 있었다.

여름인데도 긴소매 후드티를 입고 후드까지 쓰고 있는 걸 보면 얼굴뿐만 아니라 몸에도 학대의 흔적이 있으리라 짐작됐다.

"아줌마가 뭐 해줬으면 하는 거 있니?"

그렇게 묻자, 소년은 고개를 살짝 가로저었다.

"아프거나 다친 데는 없고?"

소년은 고갯짓으로 없다고 표현했지만 곧이곧대로 받아들일 수는 없었다.

"아줌마는 이것저것 사올 테니까 그사이에 샤워해도 돼. 일단 갈아입을 옷을 준비해둘게. 속옷은 새것인데, 티셔츠는 아줌마 남편이 입던 거야. 크긴 한데 그래도 좀 참아줄래?"

예비용으로 사둔 남편의 속옷과 남편이 입었던 티셔츠를 쓸 날이 오다니 상상도 하지 못했다.

"아줌마 남편은 말이지, 죽었어."

소년이 숨을 헉 삼키는 게 느껴졌다.

"이제 곧 2년이 돼."

남편의 죽음을 이렇게 담담히 말하는 건 처음이었다. 말로 내 뱉자 벌써 오래전에 지나간 일처럼 느껴졌다. 흔하디흔한 추억을 이야기하는 것 같다. 남편의 죽음도 부재도, 슬픔도 쓸쓸함도, 절망도 상실도 여전히 계속되고 있건만.

집에서 나온 순간 집주인인 스도와 마주치고 말았다.

"아이고, 마쓰나미 씨, 오랜만이야. 몸은 좀 어때? 아직도 안 좋은가? 아니지, 매일 외출하는 거 보면 많이 좋아진 것 같은데. 일을 다시 시작했구먼. 이번에는 어떤 일이길래 아침저녁으로 나가? 그래도 너무 무리하면 안 돼."

"고맙습니다. 괜찮아요."

인사를 하고 서둘러 자리를 벗어났다.

스도가 소년의 존재를 눈치채지 않도록 조심해야겠다고 생각했다. 스도는 나쁜 사람은 아니지만, 오지랖이 넓어서 무슨 일에든 참견하고 싶어 한다. 가출 소년을 집에 숨겨둔 걸 알면 경찰에 신고할지도 모른다.

이쿠코는 좀 떨어진 터미널역 패스트패션 가게까지 가서 소년의 몸에 맞을 만한 속옷과 양말, 티셔츠와 바지, 실내복을 골랐다. 아이 물건을 사는 일이 이렇게 가슴 뛰는 일인 줄 처음 알았다.

그 아이에게는 무슨 색이 어울릴까, 하고 일부러 소리내어 말해보고 생각했다. 얼굴 대부분이 후드에 가려 있었지만, 햇볕에 그을린 건 틀림없었다. 그렇다면 회색보다 노란색이 더 나을까. 그런데 후드티가 회색이니 회색을 좋아하는 걸까. 화사한 색은 싫어하는 걸까. 색깔이 다른 티셔츠를 나란히 놓고 고민하는 자신의 모습을 누군가 봐줬으면 좋겠다고 생각했다.

문득 어머니 생각이 났다.

초등학교 6학년 때 아버지가 돌아가셨다. 어머니는 화장품

방문판매 일을 해서 이쿠코를 단기대학까지 보내줬다. 이쿠코
는 대학을 졸업한 뒤 전문학교에서 사무직으로 일했다. 그러다
서른네 살 때 어머니에게서 암이 발견됐다. 이미 말기였다.

어머니는 죽을 수 없어, 하고 말했다. 엄마는 너만 혼자 두고
절대로 죽을 수 없어.

이를 악물고 애써 웃음 짓는 얼굴이었다. 그때 이쿠코는 자
신이 가정을 꾸렸더라면, 하는 후회로 가슴이 찢어지는 것 같았
다. 만약 남편과 자식에 둘러싸여 행복하게 살고 있었다면 어머
니가 이토록 괴로워할 일도 없었을 거라고. 이쿠코는 어머니 병
간호를 하기 위해 회사를 그만뒀지만, 1년도 되지 않아 작별의
시간이 오고야 말았다. 유일한 위안은 뜻밖에도 숨을 거둔 순간
어머니 얼굴이 편안해 보였다는 것이다.

남편을 만난 건 어머니 3주기 제사를 마쳤을 무렵이었다. 이
쿠코는 어머니가 그 만남을 이끌어줬다고 생각했다. 자식과는
인연이 없었지만, 어머니에게 행복하게 사는 자신의 모습을 보
여주고 싶다는 생각을 자주 했기 때문이다.

이쿠코는 현관에 있는 소년의 검은 운동화를 보고 안도했다.

물건을 사고 올 동안 소년이 나갈까 봐 불안했다. 집에 왔다
는 걸 알리기 위해, "다녀왔어" 하고 계단 위를 향해 크게 말했
다. 대답이 없다. 갑자기 소년이 신발만 둔 채 어디론가 갔을까

봐 걱정됐다. 당장에 확인하러 가고 싶은 충동을 겨우 억눌렀다.

정오가 몇 분 지난 시각이다.

이쿠코는 오므라이스와 샐러드를 2인분씩 만들어 마주 앉아 먹을 수 있게끔 식탁에 차려놨다. 하지만 후드를 푹 눌러쓴 소년의 완고한 모습을 떠올리곤 자신이 보는 앞에서 먹지는 않을 것 같다고 생각했다.

이쿠코는 쟁반에 음식을 담아 올라갔다. 문 너머로 소년을 부르려다 이름을 모른다는 사실을 깨달았다.

노크를 했지만 대답은 없다.

"저기, 방에 있니?"

잠시 기다렸지만 침묵이 계속될 뿐이다.

"문 열게."

천천히 문을 열자 에어컨으로 차가워진 공기가 흘러나왔다.

소년은 방바닥에 누워 있었다. 창문 쪽으로 누워 있어 얼굴은 보이지 않지만, 몸이 늘어져 있는 걸 보니 깊이 잠들었다는 걸 알 수 있었다. 여전히 후드티를 입고 있지만 후드는 벗겨져 있다. 소년은 삭발한 듯 머리가 짧고, 귀와 목도 햇볕에 타서 거뭇하다. 야구 소년 같다고 생각하며 자세히 살펴보니 머리 길이가 들쭉날쭉했다. 아버지나 어머니가 강제로 깎은 것 같다는 생각이 들었다.

누구에게도 보여주고 싶지 않은 모습을 몰래 훔쳐본 것만 같

171

아서 소년을 배신하고 소년의 존엄을 해친 기분이 들었다.

하지만 지금 이렇게 깊이 잠들어 있다는 건 여기에 있는 게 안심돼서일지도 모른다.

이쿠코는 조용히 문을 닫고 쟁반을 든 그대로 도로 내려갔다.

무슨 소리가 들린 건 두 시간쯤 지나서였다. 계단을 천천히 내려오는 발소리에 이어 화장실 쓰는 소리가 났다.

시간을 대충 재서 거실 문을 열자 소년은 올라가려던 참이었다.

"오므라이스 먹을래?" 일부러 가볍게 말했다. "먹을 거면 이따 가져다줄게."

소년이 후드 밑으로 고개를 작게 끄덕였다.

"그리고 이거. 편하게 쓰렴."

이쿠코가 내민 쇼핑백에는 갈아입을 옷 외에도 노트와 삼색 볼펜이 들어 있었다.

"이건 우리 집 부엌문 열쇠야."

소년은 쇼핑백은 순순히 받았지만 열쇠를 보고는 주저하는 것 같았다.

"이 집에는 아줌마밖에 안 살고 2층은 거의 안 쓰니까 너 좋을 대로 써도 돼. 있어도 되고 없어도 되고, 집에 가고 싶으면 가면 되고, 또 오고 싶으면 와도 돼. 하숙이라고 생각하면 되지 않을까? 아니면 아지트로 생각해도 되고."

이쿠코는 그렇게 말하고 웃어 보였지만, 소년의 표정이 풀어졌는지는 알 수 없었다.

"부엌문으로 드나들면 사람들 눈에 띄는 일은 없을 거야. 그리고 옆집에 스도라는 집주인 할머니가 사는데, 참견하는 걸 좋아하는 사람이니까 들키지 않도록 조심하는 게 좋아. 스도 씨는 오후 2시부터 5시까지는 집에 없으니까 그사이라면 괜찮을 거야."

소년은 아직 열쇠를 받지 않았다.

"아줌마는 남편이 저세상으로 떠나서 무척 외로워. 그래서 집에 누군가 있다는 사실이 기뻐. 아니, 물론 강요하는 건 아니야. 너한테는 네 생활과 인생이 있으니까. 어쩌면 괴로운 일도 있을지도 모르지. 흔히 어른들은 괴로우면 도망쳐도 된다고 하더라. 그런데 아줌마 생각에는 도망칠 곳이 없으면 아예 도망칠 수도 없는 것 같아. 그래서 아줌마 집이 하숙이든 아지트든 도피처든 뭐든 좋으니까 너한테 도움이 됐으면 좋겠어. 아줌마는 네 일에 참견하지 않을 거고 잔소리도 안 할 거야. 아줌마는 아줌마 나름대로 지낼 테니까 너도 네 나름대로 편하게 있으면 돼."

그렇게 길게 말한 뒤 소년 쪽으로 손바닥을 뻗자 그제야 열쇠를 받아줬다.

이튿날 아침 6시가 넘었을 때 계단을 살금살금 내려오는 소리가 들렸다. 화장실에 가나 싶었는데 발소리가 욕실로 향했다. 그래서 씻으려나 보다, 했지만 부엌문을 가만히 여닫는 기척이 났다. 부엌문은 부엌과 욕실 사이에 있어서 부엌과 복도 어느 쪽으로든 갈 수 있다. 차츰 집 안에 적막이 감도는 게 느껴졌다.

잠시 후 현관을 보니 운동화가 없었다. 혹시 몰라 화장실과 욕실을 확인했다. 틀림없다. 소년은 나간 것이다.

이쿠코는 입꼬리를 올리려 입술에 힘을 줬다. 그래, 하고 고개를 깊이 끄덕이는 것으로 자신을 납득시키려 했다. 그렇게 하지 않으면 순식간에 외로움에 지배되어 몸에서 힘이 쑥 빠질 것 같았다.

계단의 첫 번째 단에 쟁반이 놓여 있었다. 그 위에 노트를 찢은 듯한 종잇조각이 보였다.

〈잘 먹었습니다. 또 올게요.〉

그 말을 혀 위에서 굴리자 왠지 남편이 사귀자고 했을 때의 기억이 되살아났다.

12

마쓰나미 이쿠코 살인사건의 참고인이 나타났다. 사건으로부터 16일이 지났을 때였다.

행적 담당 수사원이 사건 현장을 서성이던 남자를 붙잡아 불심검문을 했는데 수사원을 밀치고 달아나려 해서 공무 집행 방해로 긴급체포를 했다고 한다. 이른바 별건체포(어떤 사건의 혐의자로 체포한 사람에 대해 그 사건에 대한 유력한 증거가 없을 때, 다른 혐의로 체포하는 일 – 옮긴이)지만, 참고인은 현장에서도 취조실에서도 한마디도 하지 않았다.

남자 나이는 스무 살 전후로, 행색으로 보면 노숙인 같았다. 지문 조회를 했지만 기록이 없고 소지품 중에 신원을 알아낼 만한 것도 없었다.

다도코로 가쿠토는 미쓰야와 함께 창문 너머로 취조실에 있는 남자를 봤다.

검은 패딩 점퍼 속에 회색 후드티를 입은 남자는 주머니에 두 손을 넣고 나른한 듯 의자 등받이에 몸을 기대고 있다. 아래로 내리뜬 눈에 뚜렷한 감정은 드러나지 않지만, 어딘지 모르게 뻔뻔스러운 분위기가 풍기는 건 젊어서 그런 걸까. 미성년자일 수 있기 때문에 취조에 신중을 기하고 있지만, 남자는 이름과 나이를 포함해 완전 묵비를 고수하는 모양이다.

취조실에는 침묵의 시간이 흐르고 있다.

취조는 수사1과의 이다라는 형사가 맡았다.

이다는 책상을 사이에 두고 남자를 정면으로 쳐다보고 있지만, 남자는 눈을 아래로 깐 채 미동도 하지 않는다.

이거야 원, 하고 이다가 혼잣말하듯 중얼거렸다.

"이제 그만 이름 정도는 가르쳐줘도 되지 않나?"

이다는 어? 하며 남자 쪽으로 얼굴을 들이밀었다.

"말을 안 하면 켕기는 게 있다는 뜻으로 받아들여지는데. 그래도 되나 보지?"

남자는 반응이 없다.

"왜 사건 현장을 서성대고 있었던 거야?"

이다는 그렇게 물었지만 대답은 기대하지 않는지, "부르니까 왜 도망갔어? 왜 이름도 밝히지 못하는 거야? 뭔가 숨기는 게 있는 거지? 가령 크리스마스이브날 밤에 여자 노숙인 동료를 덮쳤다거나 죽였다거나. 성폭행이 목적이었나? 아니면 다퉜어? 두 사람, 같은 노숙인끼리 아는 사이였던 거 아니야? 전부터 노렸던 거 아니냐고!" 하고 한꺼번에 질문을 퍼부었다.

남자를 잡아온 뒤 몇 번이나 거듭된 장면이라는 건 가쿠토도 쉽게 알 수 있었다.

"왜 노숙인이 되는 길을 택했을까요."

미쓰야가 중얼거렸다. 시선은 창문 너머 참고인을 향하고 있지만, 마쓰나미 이쿠코에 대한 이야기라는 걸 알 수 있었다.

"어떻게 생각합니까?"

미쓰야가 가쿠토 쪽으로 고개를 돌렸다.

그녀는 왜 노숙인이 되는 길을 택했는가―. 미쓰야가 이 질문을 던진 게 두 번째였다.

"그야 모르죠."

"나도 모릅니다. 마쓰나미 씨가 노숙인이 되지 않았더라면 죽지 않아도 됐을지도 모르겠군요."

가쿠토는 그야 그렇지, 하고 생각했다. 노숙인이 되지 않았더라면 크리스마스이브날 밤에 빈 건물에 있지 않았을 테니까.

"경위님은 우발적인 범행이 아니라고 생각하시는 건가요?"

"모릅니다. 그저 알고 싶습니다. 그녀가 왜 죽어야만 했는지, 왜 노숙인이 되는 길을 택했는지를."

"그런데 마쓰나미 씨가 노숙인이 된 이유를 알아낸다고 해서 그녀를 죽인 범인까지 알아낼 수 있는 건 아니잖아요."

가쿠토의 말에 미쓰야가 의아해하는 표정을 지었다.

"그렇다고 계속 모른 채로 놔둬도 괜찮습니까?"

"네?"

"모른다고 하면서 알려고 들지 않으면 영원히 모른 채로 남습니다. 하지만 알려고 들면 어쩌면 알게 될지도 모르는 겁니다."

'안다'가 너무 많아서 듣다 보니 머릿속이 혼란스러워졌지만, 요컨대 미쓰야는 '나는 궁금한 건 뭐든지 조사하겠다! 조직이니 관할이니 나와는 상관없다!'는 말을 하는 거라고 이해했다.

"히가시야마 요시하루 씨 사건에 마쓰나미 씨가 어떻게든 관련이 있다는 건 틀림없을 겁니다."

그 말을 끝으로 미쓰야는 입을 다물었다.

가쿠토는 불길한 예감이 들었다.

"여러모로 생각해봤습니다만……" 하고 머릿속에서 뭔가를

짜 맞추는 표정으로 운을 떼는 미쓰야를 보니 불길한 예감은 더욱 커져만 갔다.

"역시 모르는 걸 하나씩 조사하는 수밖에 없겠군요."

"……그 말씀은, 히가시야마 요시하루 씨 사건을 조사하시겠다는 건가요?"

가쿠토는 조심스럽게 확인했다.

"아뇨" 하는 대답에 안도한 건 고작 1초뿐이었다. "마쓰나미 씨 사건을 조사하는 겁니다. 그 과정에서 히가시야마 씨 사건을 조사할 필요가 있을지도 모르겠군요. 그뿐입니다."

하마터면 그게 바로 억지 주장이라고요, 하고 입 밖으로 낼 뻔했다.

가쿠토는 취조실 옆방을 나가는 미쓰야를 따라가면서 불평을 쏟아냈다.

"아니, 이제 막 참고인을 붙잡았잖아요. 좀 더 기다려봐야 하지 않을까요?"

"그는 왜 아무 말도 하지 않는 걸까요."

"감추고 싶은 게 있나 보죠."

마쓰나미 이쿠코를 살해했다거나, 하고 속으로만 덧붙였다.

"이상한 게 또 하나 있습니다."

"뭔가요?"

"마쓰나미 씨 목격 제보가 적다는 생각 안 듭니까?"

전혀 생각해본 적이 없었다.

"그런데 수사회의에서는 목격 제보가 몇 건 보고됐잖아요."

사건 현장에서 가장 가까운 전철역인 다카다노바바역 주변에서 쇼핑 카트를 끌고 다니는 마쓰나미 이쿠코의 모습을 몇 명이 목격한 데다 CCTV에도 찍혀 있었다.

"마쓰나미 씨는 여성인 데다 꽃무늬 쇼핑 카트를 끌고 다녔으니 더 눈에 띌 거라 생각합니다. 그런데, 늘 거기 있던데요, 하는 목격담이 나오지 않았습니다. 노숙인이라면 대부분 늘 거기 앉아 있었다, 늘 거기서 자고 있었다, 하는 목격 제보가 있을 법도 한데 말이죠. 그녀에게는 정해진 장소가 없었을지도 모릅니다. 그럼 어디에 있었을까요. 애초에 정말 노숙인이었던 걸까요."

정말 노숙인이었는가—. 미쓰야가 그 점에까지 의문을 품었다는 사실에 가쿠토는 깜짝 놀랐다.

"감춰진 게 더 있다는 생각이 드는군요."

"경위님도 감추는 게 있잖아요."

가쿠토는 계단을 내려간 미쓰야 등에 대고 말했다. 미쓰야가 몸을 반만 돌렸다.

"혼마 히사야 씨 말이에요."

미쓰야는 히가시야마 리사가 경계할 걸 우려해 당분간 그녀와 혼마 히사야의 관계를 상부에 보고하지 않기로 했다.

미쓰야는 옆얼굴로 엷은 미소를 짓더니, "다도코로 형사도 공범입니다"라는 말로 응수했다.

13

"나, 이 집 팔려고."

히가시야마 리사는 그렇게 말하고 입술을 꼭 다물었다. 거울에 비친 쓸쓸한 미소를 띤 자신의 얼굴을 바라보며 이런 느낌으로 하면 될까, 하고 생각했다.

남편이 죽은 지 1년 5개월이 돼간다.

부모님 설득에 못 이겨 마지못해 집을 내놓는다 해도 이상하지 않은 시기다. 부모님은 안심하며 번거로운 일을 전부 대신해줄 것이다. 세상 사람들이나 이웃들도 이해해줄 것이다.

리사가 걱정되는 건 자신이 어떻게 보일까, 하는 거였다.

—저 사람은 남편이 살해됐는데, 심지어 범인이 아직 잡히지도 않았는데 벌써 집부터 팔아서 거액을 챙겼대. 설마 남편이 죽은 게 좋은 건가? 보기와는 달리 무서운 여자네. 혹시 남자 있는 거 아니야?

머리가 멋대로 지어낸 험담에 리사가 꼼짝하지 못하는 건 그게 사실이기 때문이다.

"나 이제 행복해져도 되지?"

거울을 향해 가녀린 목소리로 말해봤다. 눈썹이 처져 애처로운 미소가 지어졌다. 옳지, 느낌이 제대로 살았어.

아빠는 힘주어 당연하지, 하고 말할 것이다. 엄마는 눈물을 글썽이며 우리 딸은 무조건 행복해질 수 있어, 하고 안아줄 것이다. 부모님 모두 리사의 말을 긍정하고 편들어줄 게 틀림없다. 역시 부모님 앞에서는 당분간 슬픈 척을 해야겠다.

자유로워지고 싶다. 돈이 많았으면 좋겠다. 리사는 이 두 가지를 이루기 위해 집을 팔기로 결심했다.

다만 걱정되는 게 있다. 집을 팔면 부모님이 참견할 게 뻔하다. 번거로운 일을 대신 해주는 건 좋지만, 리사, 너는 감당 못해, 하면서 돈 관리에까지 참견할 것이다. 그렇게 되면 돈을 자유롭게 쓸 수 없게 된다. 그뿐 아니라 부모님은 외동딸인 자신을 곁에 두고 싶어 할 것이다. 리사는 친정에 사는 것도 그 근처에 집을 구해 사는 것도 원치 않는다.

그리고 딸인 루미나 문제도 있다. 딸은 예쁘고 소중하다. 하지만 언제부턴가 사랑스러움보다 괘씸하다는 감정이 더 앞서게 됐다. 그러려니 하며 머리로는 반항기에 접어든 딸을 이해해도, 엄마와 말도 안 하고 툭하면 노려보거나 무시하는 딸과 함께 사는 건 스트레스였다.

루미나가 빨리 스무 살이 되면 좋겠다. 그럼 모녀끼리 여자만의 수다를 떨 수도 있을 텐데. 스무 살이라면 지금 리사의 기분을 공감해줄 것이다. 그때까지는 딸이 이대로 외갓집에서 살았으면 좋겠다.

리사는 휴대폰으로 거울에 비친 자신의 모습을 찍었다. 아이보리색 니트와 레몬옐로색 주름치마. 머리는 반묶음을 하고 귀에는 진주가 달랑거리는 귀걸이. 얼굴이 찍힌 것과 얼굴을 가린 것 두 종류로 찍었다.

오늘 쉬는 날이라 친구랑 쇼핑&카페에 다녀올게♡ 히사야는 일하는 중인가? 힘내!

메시지와 함께 얼굴이 찍힌 사진을 히사야에게 보냈다. 그대로 휴대폰 화면을 보고 있지만 읽음 표시는 뜨지 않았다.

포기하고 인스타그램을 켰다.

오늘은 오프! 이제 친구랑 쇼핑&카페에 가요. 피부 관리랑 네일도 받고 싶다♪

행복, 행복한 삶, 행복한 생활, 행복한 휴일, 행복배턴 등 평소 즐겨 쓰던 해시태그를 달고, 얼굴이 찍히지 않은 셀카 사진을 올렸다. 곧바로 누군가 '좋아요'를 눌러줘서 기뻤다.

그 밖에 또 올릴 만한 게 없나 싶어 거실을 둘러보는데 내닫이창에 눈이 갔다. 크리스마스 장식용으로 산 꽃꽂이는 진작 시

들었고 화분에 담긴 포인세티아도 어쩐 일인지 시들어서 싹 다 버렸다. 지금은 유리 꽃병에 엷은 핑크색 라능쿨루스가 다섯 송이 꽂혀 있지만 장식한 날 바로 〈동그랗고 예쁜 라능쿨루스 씨 ♡〉라는 글과 함께 올려버렸다.

리사는 서랍장에 장식해둔 토끼 한 쌍을 찍어보려 했다. 그러나 이것도 올린 적이 있어서 또 올리면, 사람들이 달리 올릴 만한 게 없다고 생각할 것 같다.

내닫이창을 또 근사하게 꾸미고 싶은데, 하고 생각했다. 하지만 이 집에서 꾸미고 싶다는 게 아니다. 남편은 내닫이창 장식에도 잔소리를 하며 자기 뜻대로 하길 바랐다. 그래서 새집에서는 자신의 취향대로 마음껏 꾸밀 것이다.

"그럼 나가볼까."

혼잣말을 하자 랄랄라, 하고 신나는 멜로디가 절로 나왔다.

리사는 현관문을 열고 순식간에 표정을 바꿨다.

누가 보고 있을지 알 수 없다. 남편이 살해된 불쌍한 아내가 되어야 한다. 슬픈 표정과 아래로 향한 시선. 아아, 이제 지쳤다.

전철에서 내려 휴대폰을 확인했다.

아까 보낸 메시지에 아직 읽음 표시는 뜨지 않았지만, 늘 있는 일이다. 히사야는 일할 때 휴대폰을 잘 볼 수 없다고 했다.

작은 음향회사에 근무하는 그는 1년 중 3분의 2가 출장이며 그 때문에 이혼했다고 한다. 직원은 그를 포함해 네 명밖에 없고, 그의 말에 따르면 혹사당하고 있다고 했다. 그래서 만약 다시 가정을 꾸릴 기회가 생기면 직업을 바꾸고 싶다고, 가능하면 창업을 하고 싶다고 했다.

리사는 자신이 보낸 메시지를 보면서 그러고 보니 마지막으로 친구와 쇼핑을 하고 카페에 간 게 언제였더라, 하고 생각했다. 얼른 떠오르는 기억이 없다. 딸이 초등학생 때 같은 반 엄마들과 함께 패밀리 레스토랑에 간 적이 있지만, 친구 사이는 아니었다. 그건 학부모회의 연장 같은 거였다.

아아, 그렇지, 하고 생각이 났다. 몇 년 전 대학 동창에게 갑자기 연락이 와서 도쿄역 근처 카페에서 점심을 먹은 적이 있다. 한 시간 반이나 걸려서 갔는데 동창은 리사에게 영양제 구매를 강요했다. '기미와 주름을 없애주고 회춘하게 하는 영양제'가 궁금하긴 했지만, 리사가 받는 생활비로는 살 수 없는 가격이었다. 늘 그랬듯 "남편이랑 얘기해봐야 돼"라고 대답하자, 그녀는 이런저런 말로 물고 늘어졌다. "그럼 우리 남편한테 직접 설명해줄래?" 하고 리사가 진심으로 말했지만, 그녀는 더 볼일 없다는 듯 점심 먹은 계산서를 챙기지도 않고 가버렸다.

리사는 기억을 더듬다 문득 깨달았다. 애초에 자신에게 친구 같은 건 없다는 걸.

인간관계가 워낙 좁고 얕아서 자주 만나거나 연락하는 사람이 없었다. 게다가 리사는 중학생 때부터 남자친구가 끊이지 않았고 늘 남자친구와 함께 있어서 친구는 필요하지 않았다.

앞으로도 그럴 것이다. 히사야가 있으니까 친구 같은 건 필요 없다.

그렇게 생각한 직후 아니지, 하고 다시 생각했다. 역시 히사야가 곁에 없을 때 만날 친구가 있는 편이 낫다. 그리고 친구가 많으면 모두에게 사랑받는 사람으로 보이리라.

리사는 또 휴대폰을 확인했다. 메시지에 읽음 표시는 아직도 뜨지 않았다.

친구와 쇼핑하고 카페에 간다는 건 거짓말이었다. 목적지는 히사야 집이다.

인터폰을 눌러도 응답이 없는 건 당연하다. 그는 규슈에 출장을 갔으니까.

히사야 몰래 복사해둔 열쇠를 꽂았다.

히사야는 지금까지 리사가 교제한 남자들과는 달랐다. 물론 남편과도 완전히 다르다. 정반대라고 해도 될 정도로 무척 다정하지만 비밀스러운 기색을 느낄 때가 있다.

몇 번인가 열쇠가 필요하다고 은근슬쩍 졸라봤지만, 그는 늘 적당히 얼버무렸다. 청소도 하게 해주지 않고, 리사가 자기 물건을 놔두고 가거나 갑자기 찾아오는 것도 싫어했다. 히사야는 아들이 놀러오기 때문이라고 했지만, 리사는 그와의 거리감에 아쉬움을 느꼈다.

혹시 여자가 있는 건 아닐까? 언제부턴가 머리 한구석에 그런 의심이 자리 잡았다. 그럴 때마다 황급히 지워버렸지만 며칠 지나면 또 어렴풋이 피어올랐다.

문을 열자 가라앉은 찬 공기와 미미한 곰팡내가 리사를 맞이했다.

부엌은 깨끗이 정리돼 있다. 처음 보는 머그컵이나 밥그릇도 없고, 냉장고에 수제 반찬이 든 반찬통도 없다. 거실 고타쓰 위에 스킨로션이나 탁상 거울이 놓여 있지도 않고 긴 머리카락이나 귀걸이 마개도 보이지 않는다. 화장실과 욕실도 확인했지만 생리대도 핑크색 칫솔도 없다. 리사는 몸에서 힘이 쑥 빠지는 걸 느꼈다.

리사는 이것 봐, 하고 스스로에게 말했다. 그치? 걱정할 필요 없었다니까. 그런 거 아냐, 딱히 의심한 거 아니라니까 그러네, 하고 또 하나의 자신이 대답했다.

리사는 집이 팔리면 히사야에게 천만 엔을 줄 생각이었다. 물론 결혼한다는 전제로 말이다. 그날을 위해 걱정과 불안을 깨끗이 털어내고 싶었다.

언제 히사야와 결혼할 수 있을까. 그가 직장을 그만두고 창업할 때쯤에는 결혼할 수 있을까. 주변에서 남편이 살해된 지 얼마 되지도 않아 바로 다음 남자로 갈아탔다고 생각하지는 않을까. 그 순간 엄마가 한 말이 떠올랐다.

　―범인을 알면 너도 루미나도 마음이 정리될 것 아니냐.

머릿속에 한 줄기 바람이 스쳤다.

범인을 알면 마음이 정리됐다고 생각해주겠구나.

리사는 사진으로 본 여자 노숙인을 떠올렸다.

단언하지는 않았지만 경찰은 마쓰나미 이쿠코라는 여자가 남편을 죽였다고 보는 것 같았다. 이대로 가면 그 여자가 범인이 되는 걸까.

리사는 고민하고 있었다. 경찰에 그 여자를 본 적이 있다고 말하는 편이 좋을지 어떨지. 가령 집 앞을 서성댔다거나 남편과 외출할 때 뒤따라왔다거나. 리사가 증언하면 범인은 그 여자로 확정되고 사건은 과거의 일이 되는 걸까.

다다미 여섯 장 크기의 안쪽 방을 들여다봤다. 침대가 깔끔하게 정돈돼 있는 걸 확인하고, 그래, 하며 고개를 작게 끄덕였다.

침대 밑과 수납장 서랍을 하나하나 확인한 뒤 옷장을 열었다. 여자 옷은 없다. 양복과 넥타이가 걸려 있고 플라스틱 정리함이 나란히 놓여 있다. 꼼꼼한 성격의 히사야답게 옷장 속도 잘 정리돼 있었다.

플라스틱 정리함 맨 밑 서랍에는 여름용 티셔츠가 단정히 개어져 가지런히 놓여 있지만, 구석에 있는 감색 티셔츠만 아무렇게나 쑤셔넣은 것처럼 줄에서 벗어나 있다.

별생각 없이 손을 뻗고는 흠칫 놀랐다. 천이긴 했지만 티셔츠 옷감과는 달랐다. 손에 든 순간 예상치 못한 묵직함이 느껴져 몸이 떨렸다. 감색 천을 천천히 펼치자 칼집에 담긴 칼이 나타났다. 칼집과 칼 손잡이에 갈색 얼룩이 져 있었다.

14

다도코로 가쿠토는 히가시야마 리사 집으로 향할 때마다 지바현경 수사원과 맞닥뜨리면 어떡하나 불안했다. 그런데 마침내 두려워하던 순간이 오고야 말았다.

인터폰을 누르는 미쓰야 뒤에 서 있는데, 이쪽으로 다가오는 발소리가 느껴졌다. 뒤돌기도 전에 목소리가 들렸다.

"미—쓰야 경위님. 여기서 뭐 하시는 겁니까?"

노래하는 듯한 그의 목소리에서 조소와 적의가 느껴졌다.

짧게 자른 머리와 거무스름한 피부, 튼튼한 턱. 가쿠토보다 대여섯은 많아 보이므로 30대 중반일까. 그는 양복 위에 검은 코트를 걸치고 있다. 가쿠토는 그가 지바현경 형사라는 걸 알아차린 동시에, 큰일 났다, 하며 초조해졌다.

"도대체 무슨 용건입니까? 또 우리 구역을 침범하려고요? 얼마 전에 클레임이 갔을 텐데요? 아무리 괴짜라도 수사를 방해하면 좋을 거 하나 없습니다. 네? 미—쓰야 경위님? 알아들으셨어요?"

엄청나게 기분 나쁜 인상이다. 히죽거리는 한편 매서운 눈은 거의 깜빡이지도 않고 입꼬리는 부자연스럽게 올라가 있다. 조각 같은 얼굴과 철인3종경기 선수 같은 체격. 이른바 나이스 가이라는 사실에 더 화가 치민다.

"아아, 지바 형사님이군요. 수고하십니다."

미쓰야는 남자의 악의를 부드럽게 피하고 평소처럼 담담한 태도를 보였다.

"어이!" 하고 남자의 말투가 바뀌었다. "방금 웃었지?"

남자는 미쓰야가 아닌 가쿠토를 노려보고 있다.

"네? 저요?"

"지바현경의 지바 형사라니, 하고 웃었잖아."

"아, 아닌데요."

그 말을 듣기 전에는 알아차리지 못했는데 듣고 보니 갑자기 웃음이 터져나오려 했다. 웃음을 도로 밀어넣으려 하자, 크흡, 하는 이상한 소리가 새어나왔다.

지바는 흥, 하며 거칠게 콧방귀를 뀌고 다시 미쓰야를 봤다.

"그나저나, 미─쓰야 경위님은 어쩐 일입니까? 왜 여기 있는 겁니까? 여기는 우리 구역인데요. 거, 끼어들지 좀 맙시다. 확실히 말하자면 눈에 거슬린단 말입니다."

그렇죠? 하고 지바가 고개를 뒤로 꺾었다.

조금 떨어진 곳에 50대쯤 돼 보이는 몸집이 작은 남자가 서 있다. 지바의 파트너다. 지바와 달리 난처한 얼굴이다.

"자, 미―쓰야 경위님, 가르쳐주시죠. 뭐, 하, 러, 왔습니까? 히가시야마 씨에게, 무, 엇, 을, 물으려 했습니까?"

"다카다노바바2가에서 일어난 살인사건에 관해서입니다."

상대하지 않으면 좋으련만 미쓰야는 성실하게 대답했다.

가쿠토는 빨리 히가시야마 리사가 나타났으면 좋겠다고 생각하며 현관을 흘끗 봤다. 그걸 알아차렸는지 지바가 "아쉬워서 어쩌나. 히가시야마 씨는 아까 외출했거든요" 하고 쌤통이라는 듯 말했다.

"어디로 말입니까?"

"아르바이트하러 간다고 하던데요. 오늘은 오후에 출근하는 날이라. 그런데 이제 그만두려는 모양입니다. 뭐, 그보다는 예예, 다카다노바바2가 말이군요. 예예, 도쓰카 경찰서 바로 앞에서 벌어진 살인사건이요."

가쿠토는 바로 앞이 아니라고 반박하고 싶었지만, 온갖 폭언에 시달리게 될까 봐 잠자코 있었다.

"어디 보자, 크리스마스이브날 밤에 여자 노숙인이 성폭행 목적으로 살해된 거 말이군요. 경찰서 코앞에서 일어났는데 아직도 해결하지 못한 겁니까? 이거 참, 굴욕적이군요."

그쪽이야말로 1년 5개월이나 지났는데 아직도 해결하지 못했으면서. 가쿠토의 마음의 소리를 들었다는 듯 지바가 도전적인 눈빛을 했다.

"우리는 슬슬 끝이 보이기 시작했으니, 뭐. 히가시야마 씨가 남편이 살해되기 전에 요 근처에서 여자 노숙인을 본 것 같다고 증언했거든요. 어이쿠, 내가 괜한 말을. 뭐, 그렇게 됐으니 이제 방해 좀 그만하시죠?"

그렇죠? 하고 지바가 뒤돌아서 동의를 구하자, 50대 형사는 억지웃음을 지었다.

"그렇습니까?"

미쓰야가 물었다.

"에?"

"히가시야마 씨가 집 근처에서 여자 노숙인을 봤다고 했습니까?"

"그렇다니까요. 어젯밤 히가시야마 씨에게 전화가 왔고 아까 직접 만나서 확인했습니다."

"히가시야마 씨가 그 여자 노숙인이 마쓰나미 이쿠코 씨라고 했습니까?"

"내가 왜 그런 것까지 미―쓰야 경위님한테 알려드려야 합니까? 하긴, 뭐 어때. 닮은 것 같은데 잘 모르겠다, 라고 했습니다."

히가시야마 리사가 본 노숙인이 정말 마쓰나미 이쿠코였을까. 그 순간 그녀의 말과 태도를 곧이곧대로 믿을 수 없다는 미쓰야의 말이 떠올라, 가쿠토는 마음을 다잡았다.

"자자, 이제 가세요, 가."

지바가 미쓰야 눈앞에서 손뼉을 쳤다.

이렇게 노골적으로 적의를 드러내다니, 미쓰야가 이 지바라는 형사에게 무슨 잘못이라도 한 걸까.

"알겠습니다. 그럼 갑시다."

미쓰야는 얌전히 그 자리를 떠났다.

"정말 괜찮겠어요?"

오늘은 전철로 이동하기 때문에 다시 역으로 가야 한다. 미쓰야는 왔을 때와 마찬가지로 사건 현장인 공원을 가로질러 갔다.

"뭐가 말입니까?"

"아니, 그러니까 이대로 돌아가도 되는 건가요?"

"네. 히가시야마 씨가 집에 없으니까요."

미쓰야는 분하지도 않은 걸까. 조금 전까지만 해도 지바현경 수사원과 맞닥뜨릴까 봐 걱정했지만, 지바의 무례한 태도를 목격한 지금은 그에게 한 방 먹이고 싶은 기분이었다.

"경위님, 아까 그 지바라는 형사한테 무슨 잘못이라도 하셨나요? 보통 싫어하는 게 아니던데요?"

"그렇습니까?"

설마 누군가 자신을 싫어한다는 자각이 아예 없는 걸까. 괴짜라 불리는 사람은 정말 이해할 수가 없다.

"내닫이창에 꽃잎이 떨어져 있더군요."

미쓰야가 말했다.

가쿠토도 내닫이창을 확인했다. 유리 꽃병에 둥근 핑크색 꽃이 다섯 송이 꽂혀 있고 꽃잎 두 장이 떨어져 있었다.

"떨어진 꽃잎을 치우지 않았더군요. 몰랐던 걸까요."

미쓰야가 혼잣말처럼 말하더니 갑자기 멈췄다. 공원 입구다.

"웬일로 게시물을 안 올리네요."

미쓰야가 휴대폰을 보면서 말했다.

히가시야마 리사의 인스타그램을 확인하고 있다는 걸 알아차리고 가쿠토도 휴대폰을 꺼냈다.

마지막 게시물은 어제 오전이었다. 전신 셀카 사진과 〈오늘은 오프! 이제 친구랑 쇼핑&카페에 가요. 피부 관리랑 네일도 받고 싶다♪〉는 글이 올라와 있다. 얼굴은 휴대폰으로 가렸지만 틀림없이 그녀였다. 행복, 행복한 삶, 행복한 생활, 행복한 휴일 같은 해시태그가 달려 있다.

"하루가 꼬박 넘게 게시물을 올리지 않다니 별일이군요."

미쓰야 말이 맞다. 히가시야마 리사는 하루에도 몇 번씩 대량의 해시태그와 함께 사진을 올렸다.

공원은 아까 왔을 때와 마찬가지로 한산했다. 잎이 떨어진 나무들과 어우러지듯 정자가 들어서 있지만, 인기척이 없어 잊힌 장소처럼 보인다.

산책로를 나와 히가시야마 요시하루가 살해된 곳으로 갔다.

벌채 후 매립된 공간은 시야를 가리는 게 아무것도 없어서 그곳만 환했다.

"이상하군요." 미쓰야가 출입 금지 펜스 앞에 서서 말했다. "왜 산책로에서 떨어진 이곳에서 살해됐을까요. 히가시야마 요시하루 씨 스스로 이곳에 온 건지, 아니면 범인에게 끌려온 건지."

미쓰야는 뒤돌아 손가락으로 공원 위쪽을 가리켰다.

"확실히 이곳을 대각선으로 가로지르면 산책로로 가는 것보다 거리적으로는 가까워지는군요. 그런데 걷기가 불편해서 오히려 시간이 더 걸리는 데다 히가시야마 씨는 가죽 구두를 신었기 때문에 이곳을 이용했을 것 같지는 않습니다."

"범인에게서 도망가려 했던 거네요?"

지바현경 수사자료에는 그렇게 쓰여 있었다.

히가시야마 요시하루 시신이 발견된 건 살해된 지 하루 반이 지나서였다. 그사이 폭우가 쏟아져 현장 족적은 채취하지 못했지만, 루미놀 검사를 통해 이곳을 살해 장소로 확정했다.

"그렇지 않을 경우를 생각하는 중입니다."

"경위님은 뭐든 다 의심하시네요."

"의심한다? 나는 그저 모르는 걸 알아내려 할 뿐입니다. 만약 남이 보여주는 게 진실인지 아닌지 고찰하는 걸 의심한다고 말한다면, 나는 모든 것을 의심합니다."

―내가 속을까 보냐, 하는 생각을 합니다.

문득 미쓰야의 말이 떠올랐다.

이 사람 머릿속은 어떻게 돼 있을까. 온종일 이런 식으로 생각하면 뇌가 쉴 틈이 없어 합선되는 거 아닐까.

가쿠토의 심정이야 어떻든 미쓰야는 계속했다.

"마쓰나미 씨가 노숙인이 된 건 히가시야마 씨가 살해된 것과 연관이 있다고 봐도 될 겁니다. 그런데 왜 노숙인인가. 네 가지 가능성을 떠올릴 수 있습니다. 첫 번째는 그녀의 단독 범행일 가능성. 무슨 사정이 있어서 노숙인이 됐을 테죠."

가쿠토는 "네" 하고 고개를 끄덕였다.

"두 번째는 마쓰나미 씨에게 공범이 있을 가능성. 자신이 잡히면 공범도 잡힌다고 생각했을지도 모릅니다. 세 번째는 그녀가 범행을 목격했고 범인이 눈치챘을 가능성. 범인에게서 도망가는 중이었을지도 모릅니다. 그리고 네 번째는 범인을 감싸고 있을 가능성. 이 경우 범인은 마쓰나미 씨 지인이라고 생각해도 무방할 겁니다. 마쓰나미 씨가 범인일 가능성은 지바현경이 수사 중입니다. 우리는 범인이 아닐 가능성을 조사해봅시다."

세 번째와 네 번째 가능성을 전제로 하겠다는 뜻이다.

"네!" 하고 대답한 순간 가쿠토의 휴대폰이 울렸다.

휴대폰 화면을 보고 움찔했다. 직속 상사인 형사과장이었다.

지바의 도발적인 태도가 떠오르며 벌써 클레임이 들어갔구나 싫어 조심스럽게 통화 버튼을 눌렀다.

"너 뭐 하고 다니는 거야!"

예상대로 고함이 귀청을 때렸다.

"죄송합니다, 죄송합니다."

"어디야! 당장 들어와!"

"죄송합니다. 아니, 그런데 딱히 그쪽을 방해한 게 아니라 저희는 저희대로 수사를……."

가쿠토는 열심히 변명을 하면서도, 나는 미쓰야를 따라다니는 그림자 같은 존재인데 왜 혼날 때만 앞에 서서 화살받이가 돼야 하나 싶어 불합리하다는 생각을 했다.

"일손이 부족하다고!"

"네? 일손이요?"

형사과장이 화난 원인은 가쿠토의 예상과 다른 것이었다.

형사과장의 고함이 분명히 들렸을 텐데 미쓰야는 마치 자기만 별세계에 있는 것처럼 태연하게 서 있었다.

다음으로 미쓰야를 만난 건 이틀 뒤 아침에 열린 수사회의에서였다.

밤새 쉬지도 않고 CCTV 영상을 본 가쿠토는 3초간 눈을 감은 것만으로도 깊은 잠에 빠질 것 같았다.

묵비권을 행사 중인 남자를 검찰에 송치하기 위해 현장 주변

CCTV 영상을 닥치는 대로 확인하라는 명령이 떨어졌다.

가쿠토가 본 영상 중 남자가 찍힌 건 없었지만, 다른 영상에서는 그의 모습이 여러 차례 확인되었다. 그러나 전부 마쓰나미 이쿠코가 살해되고 나서 며칠 뒤 영상으로, 그녀와 함께 있는 모습은 찾아내지 못했다.

또 남자의 신발 사이즈는 현장에 남겨진 것과 같은 270이지만, 족흔은 일치하지 않았다.

남자 참고인은 풀려나게 됐다.

묵비권으로 일관해 의심을 샀지만, 검찰에 보내도 증거 불충분으로 불기소될 게 뻔했다. 한 번 불기소처분이 내려지면 같은 범죄 사실로 다시 체포 및 구류하는 일은 원칙적으로 불가능해서 24시간 체제의 미행을 붙여 석방하는 길을 택한 것이다.

"경위님은 그동안 뭐 하셨어요? 설마 또 저 몰래 혼자 사부작사부작 조사하신 건 아니겠죠?"

가쿠토는 수사회의가 끝난 뒤 미쓰야에게 말을 걸었다. 피로와 졸음 때문에 머리가 멍해져서 그만 버릇없이 굴고 말았다.

"그런 짓 안 했습니다."

미쓰야는 주저 없이 대답했지만 가쿠토는 믿을 수 없었다. 애초에 왜 미쓰야만 CCTV 확인 작업에서 빠져 마음대로 행동할 수 있었을까.

연줄, 이라는 단어가 떠올랐다. 미쓰야는 모친이 죽은 뒤 숙부

부부에게 거둬졌다고 한다. 숙부는 아카사카서 전 서장이다. 미쓰야 본인의 실적과 능력도 물론 출중하지만 역시 경찰 조직에서는 연줄이야말로 가장 큰 힘을 발휘한다. 미쓰야가 초연할 수 있는 건 연줄의…… 거기까지 생각하자 퍼뜩 정신이 들었다. 어이쿠, 큰일 날 생각을, 하고 머리를 흔들었다. 지치고 짜증이 날 때 심술궂은 생각이 스멀스멀 피어오르는 걸 알고 있었다.

주차장으로 나가자 미쓰야가 돌아봤다.

가쿠토는 설마 머릿속을 읽은 건 아니겠지, 하고 긴장했다.

"오늘은 내가 운전할 테니 다도코로 형사는 조수석에서 눈 좀 붙이는 게 좋겠군요."

그 말 한마디에 심술궂은 생각이 순식간에 사라졌다.

눈을 뜬 순간 푹 잤다는 생각이 들었다.

흠칫하며 눈꺼풀을 올렸지만, 상황을 인식하기까지 몇 초가 걸렸다. 그사이 입술 끝에 침이 흐른 걸 알아차렸다.

차 안이었지, 하는 기억이 났다. 미쓰야가 자신을 배려해 대신 운전해줬다.

죄송합니다, 깜빡 잠들고 말았어요. 가쿠토는 그런 말을 떠올리며 침을 닦고 운전석으로 고개를 돌렸다.

미쓰야가 없다. 차는 주택가 갓길에 세워져 있다.

설마 나만 혼자 두고 간 건가?

안전벨트를 풀며 주변을 둘러보니 히가시야마 리사의 집 근처였다. 어? 하고 생각했다. 차에 탔을 때는 분명 마쓰나미 이쿠코가 살던 집으로 가겠다고 했는데.

차에서 내리니 길에 서서 이야기하는 미쓰야의 모습이 보였다. 대화 상대는 두 사람으로, 한 명은 전에도 탐문을 했던 히가시야마의 옆 옆 옆집 주민인 야나기다라는 여자였고 또 한 명은 60세 전후로 보이는 키가 큰 여자였다.

"······그런데 빈집털이나 치한 피해도 없었으니까 이 동네 주민일 것 같은데요."

키가 큰 여자의 목소리가 들렸다.

"단독주택이 많아도 의외로 이웃 간에 왕래가 없다니까. 어느 집에 누가 사는지도 몰라."

야나기다가 살을 붙이듯 말했다.

"그럼 그 남자를 보신 건 딱 한 번이었군요."

미쓰야의 물음에 키 큰 여자가 고개를 끄덕였다.

가쿠토는 미쓰야의 대각선 뒤로 가서 가만히 섰지만, 대화 내용은 전혀 이해되지 않았다.

"푹푹 찌는 날씨에 긴소매 후드티를 입고 후드까지 뒤집어썼길래 신경이 쓰였는데, 나중에 아들에게 그런 패션도 있다는 얘길 듣고 그런가 보다, 했죠."

미쓰야가 키 큰 여자의 설명에 진지하게 귀를 기울이고 있지만, 가쿠토는 역시 무슨 이야기인지 끝내 알아채지 못했다.

　차에 타고 나서 미쓰야에게 따지듯 물었다.

　"마쓰나미 씨가 살던 집으로 가는 거 아니었어요? 방금 야나기다 씨 일행에게 뭘 확인하신 겁니까? 빈집털이니 치한이니 그건 또 무슨 소린데요? 이 동네 주민이라니 누굴 말하는 겁니까? 긴소매 후드티를 입은 사람 말입니까? 깊이 잠들어서 죄송합니다. 그런데 깨워주시면 어디 덧납니까? 아니, 보통은 혼자만 놔두고 가진 않죠. 왜 늘 그런 식입니까?"

　말하다 보니 속이 더 부글부글 끓어올랐다.

　"시끄러."

　미쓰야가 무표정으로 말했다.

　"네?"

　"깨웠더니 그렇게 말하더군요."

　"네에에?"

　얼굴에서 핏기가 싹 가셨다.

　"그러고 나서 세 시간 반이 지났습니다."

　"네?"

　"다도코로 형사가 잠든 시간 말입니다."

　세 시간 반? 설마.

　"예정대로 마쓰나미 이쿠코 씨가 살던 집에도 갔었습니다."

　"앗."

"그 후에 이곳에 온 겁니다. 제가 거듭 깨웠습니다만."

"죄송합니다, 죄송합니다, 죄송합니다."

전혀 기억나지 않는다. 대학 다닐 때 과음해서 필름이 끊긴 적이 있는데 다음 날 친구가 웃통을 벗고 젖꼭지에 집게를 집고 있는 사진을 보여줬을 때가 떠올랐다.

"저기, 내가…… 아니, 제가 달리 실례되는 말을 하지는 않았나요?"

눈을 피한 미쓰야의 옆얼굴에 엷은 미소가 떠오르는 게 보였다. "아뇨"라는 대답이 돌아왔지만, 믿을 수는 없었다.

"다른 질문에 대해서 말입니다만" 하고 미쓰야가 운을 뗐을 때 가쿠토 배에서 요란한 소리가 났다. 그러고 보니 어제저녁부터 아무것도 먹지 않았다.

"점심 먹으며 설명하죠."

미쓰야가 상냥하게 말했다.

"아, 제가 운전하겠습니다."

"아뇨, 괜찮으니 한숨 자요."

비꼬는 게 아니라 진심으로 한 말이라는 걸 알면서도 너무 창피해 몸이 움츠러들었다.

차를 몰고 가다 패밀리 레스토랑이 보여 들어갔다. 오후 1시 반이 지나서 그런지 가게 안에는 직장인보다 주부가 더 많았다.

가쿠토가 런치 메뉴 중에서 토마토조림 햄버그스테이크 세트를 고르자 미쓰야는 메뉴도 보지 않은 채 "나도 같은 것으로"라고 말했다.

"지바현경에서 모든 자료를 준 건 아닙니다."

주문을 마친 미쓰야가 갑자기 말을 꺼냈다.

가쿠토는 "네" 하고 등을 곧게 폈다. 세 시간 반 동안 푹 잤더니 졸음이 싹 가셨다.

"그래서 어떤 인물에게 수사 수첩 복사본을 받았습니다."

"어떤 인물이라니, 지바현경 수사본부의 형사 말인가요?"

히가시야마 요시하루 살인사건을 담당하는 수사원 중에 미쓰야를 몰래 도와주는 인물이 있다는 걸까.

"누군지 밝힐 수는 없지만, 수첩에 의문스러운 내용이 있었습니다. 히가시야마 요시하루 씨가 살해되기 2~3주 전에 동네에서 수상한 남자의 목격 제보가 있었다고 하더군요."

"그게 아까 말씀하신 긴소매 후드티를 입은 남자인가요?"

"그렇습니다. 아까 탐문한 마쓰다 씨는 야나기다 씨네 맞은편에 삽니다만, 밤에 긴소매 후드티를 입고 후드를 푹 눌러쓴, 마쓰다 씨 표현을 빌리자면 '수상쩍은 남자'를 본 적이 있다더군요. 다만 빈집털이나 치한 같은 피해가 없었고 사건 2~3주 전에 딱 한 번 봤을 뿐인 목격 제보라 일찌감치 사건과는 무관한 걸로 판단됐습니다."

가쿠토는 고개를 끄덕이며 당연하다고 생각했다. 아까 야나기다와 마쓰다가 말한 대로 아마 동네 주민이겠지만, 여름에도 긴 소매를 입고 후드를 푹 눌러쓴 탓에 수상하게 여겼던 것이리라.

그런데 미쓰야가 대답을 기다리는 듯한 눈빛으로 가쿠토를 바라본다.

"신경 쓰이지 않습니까?"

"네?"

"공통점이 있다는 생각이 들지 않습니까?"

미쓰야가 하고 싶은 말이 뭔지 생각해봐도 머리가 안 따라준다. 가쿠토는 모르겠다고 대답하는 대신 "죄송합니다" 하고 작게 사과했다.

"빈집털이입니다."

"빈집털이요?"

"마쓰다 씨는 그 남자가 빈집털이나 치한인 줄 알았다고 하더군요. 또 한 명, 빈집털이 얘기를 한 사람이 있었던 걸 기억합니까?"

빈집털이—.

가쿠토는 기억의 상자에 손을 집어넣어 빈집털이라는 단어를 건져올리려 애썼다. 그러나 아무것도 잡히지 않았다.

"마쓰나미 이쿠코 씨 옆집에 사는 집주인 스도 씨 말입니다. 마쓰나미 씨가 집을 비우기 일쑤라 빈집털이를 당할까 봐 걱정했다고 말하지 않았습니까. 그 근처도 한때 뒤숭숭했다고 말입니다."

그 말을 듣고 보니 어렴풋이 기억이 났다. 스도는 남편이 죽
은 뒤 마쓰나미 이쿠코가 일을 시작했는지 아침저녁으로 외출
을 했다고 말했다. 그때 빈집털이와 뒤숭숭하다는 단어가 나왔
던 기억이 난다. 하지만 겨우 그걸 공통점이라고 할 수 있을까.

"당시 그 근처에 빈집털이 피해는 없었습니다. 그래서 스도
씨가 왜 그런 말을 했던 건지 본인에게 직접 물어봤습니다."

입을 반쯤 벌린 가쿠토를 향해 미쓰야가 고개를 작게 끄덕이
고는, "네. 다도코로 형사가 조수석에서 푹 잠들어 있을 때였습
니다" 하고 부드럽게 말했다.

미쓰야는 입이 열 개라도 할 말이 없는 가쿠토를 개의치 않고
계속했다.

"스도 씨가, 마쓰나미 씨 집 뒤를 서성대는 남자를 두 번 봤다
고 하더군요. 후드를 푹 눌러쓴 젊은 남자인데 언뜻 보기에도
수상했다고 합니다. 여름인데 긴소매 후드티를 입고 있는 것도
이상하다 싶었다고 했습니다. 스도 씨가 그 남자를 본 건 마쓰
나미 씨가 집을 나가기 며칠 전, 혹은 몇 주 전입니다."

"혹시 히가시야마 씨 집 근처에서 목격된 남자와 동일 인물이
라는 건가요?"

같은 시기에 같은 남자가 히가시야마와 마쓰나미 양쪽 집 근
처에 나타났다는 걸까.

"단언할 수는 없습니다. 다만 양쪽 모두 그 남자가 입고 있던 후드티가 회색이라고 증언하더군요. 그리고 얼굴은 안 보였어도 젊은 남자였던 것 같다고 했습니다."

젊은 남자─. 가쿠토 머리에 막 석방된 남자가 떠올랐다.

묵비권으로 일관하던 그 남자는 스무 살 안팎으로 보였다. 패딩 점퍼 속에 회색 후드티를 입고 눈을 내리뜬 모습에서 뻔뻔스러운 분위기가 풍겼다.

"경위님. 그 남자 혹시……."

미쓰야는 가쿠토가 하려던 말을 알아차렸는지, 입술을 가볍게 다물고 고개를 끄덕였다.

"마쓰다 씨와 스도 씨에게 석방된 남자의 사진을 보여줬지만, 두 사람 다 밤이고 후드를 눌러써서 얼굴은 모른다고 하더군요. 가령 동일 인물이었다 해도 그가 범인이라는 증거도 없고 지금은 미행을 붙였으니 괜찮을 거라 믿는 수밖에 없습니다."

미쓰야는 빈집털이라는 키워드만으로 히가시야마 요시하루와 마쓰나미 이쿠코의 새로운 공통점을 찾아냈다는 건가. 가쿠토는 눈앞에 있는 차가운 분위기의 남자가 지닌 통찰력과 사고력에 새삼 압도됐다.

토마토조림 햄버그스테이크가 나와 두 사람은 한동안 먹는 데 집중했다.

"내닫이창의 꽃, 고개를 숙이고 있었죠."

미쓰야가 포크를 쥔 손을 멈추고 말했다.

히가시야마 리사의 집에 대한 이야기라는 걸 알았지만, 그때 막 자다 일어난 가쿠토는 내닫이창을 확인하지 않았다.

"떨어진 꽃잎도 그대로였습니다. 인스타그램에 새 게시물도 없더군요."

가쿠토는 햄버그를 급하게 먹고 인스타그램을 켜봤다. 미쓰야 말대로 히가시야마 리사의 인스타그램 최신 게시물은 여전히 얼굴이 안 나온 셀카 사진이었다.

15

이자와 유스케는 자기 인생에서 사람을 죽이는 사건이 일어날 줄은 꿈에도 몰랐다.

사건이라고 비교적 가볍게 말할 수 있는 건 결과적으로 그렇지 않았기 때문일 뿐 그 몇 시간 동안은 스스로를 살인자라고 생각했다.

사람을 죽이고 말았다—.

처음에는 캄캄한 구덩이에 떨어진 듯한 절망감과 죄책감이 현실적이지 않아 마치 타인의 감정이 흘러들어온 것처럼 희미했다. 하지만 어느덧 허를 찌르듯 세포에 깊이 새겨져, 살인자가 아니었다는 사실을 알고 나서도 그 감정은 사라지지 않았다.

뼈가 으스러지고 살이 찌부러지는 으득으득한 느낌의 충격은 가라앉기는커녕 반년이 지나도 잊히기를 거부하듯 점점 더 거세게 매달렸다.

유스케는 꿈속에서 그 남자를 치고 또 쳤다.

비 오는 아침. 잿빛으로 젖은 풍경. 타이어가 빗물을 튀기는 소리. 와이퍼의 규칙적인 움직임. 앞 유리를 타고 흐르는 빗줄기 몇 가닥. 좁은 인도를 달리는 자전거.

자전거를 탄 남자는 강풍이 부는 것도 아닌데 등을 구부린 채 비옷 자락을 휘날리며 흔들흔들 갈지자로 가고 있었다. 고령자인가, 위험하게, 하고 반사적으로 액셀에서 발을 떼 속도를 늦췄다. 그와 동시에 자전거가 차도로 뛰어들었다. 자신이 실제로 앗 하는 비명을 외쳤는지 어떤지는 모른다. 단숨에 브레이크를 밟고 핸들을 오른쪽으로 꺾었다. 순간적으로 틀렸다는 걸 깨닫고 눈을 감았다. 으득으득하는, 세포 하나하나에 소름을 돋우는 불쾌한 충격이 발밑에서 온몸으로 퍼졌다.

거기서 눈을 떴다.

심장이 흉골을 격하게 때린다. 호흡이 얕아졌고 온몸은 식은 땀으로 흠뻑 젖었다.

꿈속에서 그 순간이 재현될 때마다 으득으득한 느낌의 충격은 유스케의 몸속 깊은 곳에 더 단단히 박혔다.

분명 그때 일을 평생토록 꿈에서 보게 될 것이다. 아니, 꿈에서뿐만 아니라 깨어서 뭘 하든 사람의 뼈를 으스러뜨리고 살을 찌부러뜨린 불쾌감과 죄책감에서 벗어날 수는 없을 것이다. 죽을 때까지 계속될 것이다.

유스케는 침대 위에서 몸을 일으켰다.

관자놀이가 아프고 목은 바싹 말랐다. 술 냄새가 코를 찌른다. 침대 옆 협탁에 빈 주하이(저알코올 칵테일 음료 – 옮긴이) 캔이 죽 놓여 있다. 커튼은 햇살을 품고 있지만, 시간 감각이 없다. 휴대폰을 보니 오후 2시를 넘긴 참이었다.

협탁을 사이에 두고 아내의 침대가 있다. 주름 하나 없이 깔린 다마스크 직물의 침대보가, 다시는 이 침대에서 잘 생각이 없다는 메시지처럼 느껴졌다. 실제로 그 사고 이후 반년 동안 아내가 부부 침실에서 잔 적은 한 번도 없었다.

방에서 나와 계단을 내려갔다. 집은 고요함으로 가득하다. 화장실을 갔다 거실 문을 열었는데 식탁에 아내가 있었다.

깜짝 놀란 유스케는 트레이닝복 속에 손을 넣고 배를 긁적이며, "아, 아아" 하고 어정쩡한 목소리를 냈다.

막 들어왔는지 화장을 한 아내는 단정한 옷차림이다. 유스케를 힐끗 쳐다본 눈빛이 어찌나 싸늘한지 괘씸할 정도였다.

유스케는 아내를 무시하고 냉장고를 열었다. 그러나 조미료말고는 아무것도 없다. 냉장고 문을 거칠게 닫고 컵에 수돗물을 따라 두 잔 마셨다. 그사이 아내는 한마디도 하지 않았다.

아내인 나루미가 울부짖으며 욕을 한 게 사고 이후 두 달 정도까지였던가. 아내는 처량한 자기 신세를 비관한 나머지 유스케뿐만 아니라 죽은 남자와 그 가족에게도 분노를 터뜨렸다.

그날 아침 으득으득하는 충격을 느낀 유스케가 트럭에서 뛰어내릴 때까지 시간이 얼마나 걸렸는지는 모른다. 모든 것이 슬로모션처럼 느껴졌지만, 실제로는 곧바로 행동했던 모양이다. 유스케는 트럭에서 뛰어내려 차도에 쓰러져 있는 남자에게 달려갔다. 남자는 만세 자세로 엎드려 있었다. 오른손은 갈가리 찢겨 부서진 뼈가 드러났고 젖은 아스팔트에 검은 피가 흐르고 있었다. 남자는 꿈쩍도 하지 않았고 바로 옆에 쓰러진 자전거 바퀴는 느릿느릿 돌고 있었다.

남자가 트럭에 치여서 죽은 게 아니라는 건 일찌감치 판명됐다고 한다. 트럭 타이어가 짓뭉갠 건 오른손뿐이며 달리 외상도 없고 즉사할 만큼의 출혈량도 아니었다. 그러나 유스케는 남자를 친 트럭 운전사로서 경찰서에서 조사를 받았고, 자신이 사람을 치어 죽인 줄로만 알았다.

이튿날이 되어서야 죽은 남자의 이름이 마쓰나미 히로시고, 사인은 지주막하출혈이라는 걸 알게 됐다. 남자는 즉사 상태였다고 들었다. 자전거로 달리던 도중 뇌동맥류가 파열돼 정신을 잃고 차도에 뛰어들었던 모양이다. 차량 블랙박스와 목격자 증언에 의해 유스케에게는 잘못이 없다는 게 밝혀졌다.

얼마나 안도했는지 모른다.

그런데 시간이 갈수록 실은 내가 죽인 게 아닐까 하는 불안이 한기처럼 파고들었다.

내가 그 길을 지났기 때문에. 내가 전전 신호등에서 노란불일 때 멈추지 않았기 때문에. 원래는 내가 죽을 운명이었기 때문에. 나를 데리러 온 저승사자가 그 남자에게 갔기 때문에. 머릿속에서는 자꾸 이런 말도 안 되는 억지가 떠올랐다.

집으로 돌아간 유스케를 기다린 건 아내의 비난이었다.

무슨 짓을 저지른 거야! 눈물이 범벅된 붉은 얼굴의 아내는 두 손으로 산발한 머리를 꽉 움켜쥐고 있었다. 충혈된 눈은 치켜 올라갔고 관자놀이에는 핏줄이 솟아 있었다.

아내는 유스케를 탓했다.

서슬이 시퍼레서 달려드는 아내를 보고 놀란 유스케는 남자의 사인은 지주막하출혈이라고 설명했지만, 그래봤자 어차피 똑같다는 대답이 돌아왔다. 사인이 뭐든 간에 당신은 사람을 친 트럭 운전사라고.

유스케 이름이 공개되는 일은 없었지만, 자전거를 탄 남자가 트럭에 치였다는 건 뉴스로 나왔다. 아내는 어디서 들었는지 동네 주민과 아들이 다니는 중학교의 학부모가 그 트럭 운전사가 바로 유스케라고 수군대는 것 같다고 했다.

왜 그 시간에 그곳에 갔는지. 왜 하필 트럭 운전사가 됐는지.

왜 가족 생각을 하지 않는지. 왜 제멋대로 행동하는지.

아내는 유스케를 한바탕 비난한 뒤 이번에는 죽은 남자를 매도했다.

왜 비 오는 날에 자전거를 탔는지. 전철이나 택시도 못 타는 가난뱅이인가. 왜 지주막하출혈을 일으켰는지. 왜 건강검진을 받지 않았는가. 그 남자 아내는 남편 건강관리도 안 해줬나.

아내는 매일 소리를 질러댔고 중학교 2학년인 아들은 방에 틀어박히게 됐다. 유스케는 회사를 그만두고 하루 종일 술을 마셨다.

사고가 발생한 지 두 달이 지났을 때 아들이 처갓집에서 지내게 됐다. 그즈음부터 아내의 악다구니로 바늘처럼 날카로웠던 집안 분위기가 수그러들었다. 아내는 툭하면 나갔고 집에 있을 때도 유스케를 무시했다.

"할 얘기가 있어."

아내는 물 마신 컵을 개수대에 놓고 거실을 나가던 유스케에게 말했다.

유스케가 돌아볼까 말까 하는 사이에, 아내가 "헤어지자" 하고 덧붙였다.

예상한 일이라 놀라지 않았다. 결국 왔구나, 하고 조용히 생각했을 뿐이었다.

아내의 대각선 맞은편에 앉아 아내가 내민 볼펜으로 이혼 서류를 작성했다.

"미나토는 어떻게 하고?"

유스케의 물음에 아내는 노골적으로 얼굴을 찌푸렸다. 술 냄새 때문인가, 아니면 마주하는 게 못 견딜 정도로 싫은 건가. 아마 둘 다일 것이다.

아내는 충분히 뜸을 들인 뒤, 조소와 함께 "마음에도 없으면서 그냥 묻는 거지?"라고 내뱉었다.

"데려갈 생각도 없으면서 왜 속이 빤히 보이는 말을 해? 아니면, 정말 데려갈래? 미나토랑 둘이 살 거야? 당신이 애를 키울 수나 있어? 못하잖아. 그리고 미나토는 당신 얼굴 보기도 싫대."

유스케는 반박할 말을 찾지 못했다. 미나토는 소중하고 사랑스러운 존재지만 아내 말대로 아들과 둘이서 살 자신은 없었다. 언제부턴가 아들은 유스케를 피했다. 유스케도 불만스러워 보이는 아들에게 어떻게 다가가야 할지 모르고 귀찮기도 해서 거리를 두게 됐다.

"그럼 너하고 사는 건가?"

"너라고 하지 마!"

"……그럼 이대로 당신 친정에서 사는 건가?"

"아마도."

처갓집은 도쿄 니시도쿄시에 있고 장모님 혼자 살고 있다.

"이 집은 어떻게 하고?"

"팔 수밖에 없지 않아? 아니면 당신 혼자 살래?"

"이렇게 빨리 팔 거였으면 아예 안 사는 게 나았는데."

"당신 때문이잖아!"

아니, 그렇지 않다. 아들 중학교 진학에 맞춰 단독주택을 장만하자고 한 건 아내였다. 유스케는 지금까지 그랬듯 아파트에 세 들어 살고 싶었지만, 미나토도 단독주택에서 살고 싶다고 하고, 환경이 바뀌면 아들과의 관계를 회복할 수 있을지도 모른다고 생각했다. 이때 아내는 이미 다마플라자역(가나가와현 요코하마시에 위치한 전철역으로 도쿄행 급행열차가 있다 – 옮긴이)에서 도보 20분 거리에 있고 지은 지 15년 된 이 집을 알아본 뒤였다.

"당신이……."

아내가 쥐어짜듯 소리를 내서 유스케는 그녀가 무슨 말을 하려는 건지 알아차렸다.

"당신이 하필 트럭 운전사 나부랭이나 되는 바람에 이렇게 된 거잖아."

지금까지 수십 번도 더 들은 말이었다. 나부랭이, 라는 말에 화가 난 건 처음뿐이다. 지금은 단련이 돼서 아무 감정도 느껴지지 않는다.

"당신이야 좋았겠지. 하고 싶었던 일이니까. 그런데 당신이 당신 생각만 해서 나와 미나토 인생은 엉망이 됐어."

유스케가 트럭 운전사로 직업을 바꾼 건 1년쯤 전이다. 그때까지 근무했던 광고대행사가 매출 악화로 인해 40대 이상 직원의 희망퇴직 신청을 받은 것이다. 44세였던 유스케는 마음만 먹으면 계속 살아남을 수도 있었지만, 인터넷 광고를 전문으로 하는 자회사로 좌천되고 월급도 줄어든다는 걸 알았다. 그럴 바에야, 하고 생각했다.

어렸을 때부터 유스케의 꿈은 트럭 운전사였다. 고등학생 때 보통면허를 취득하고 대학생 때 1종 대형면허를 땄다. 젊은 나이에 돌아가시긴 했지만 트럭 운전사였던 아버지를 동경해서였다. 그러나 어머니는 아버지가 업무 스트레스 때문에 일찍 죽었다고 믿었기에 울면서 유스케의 꿈을 반대했다. 그런 어머니도 몇 년 전에 아버지 곁으로 떠났다. 유스케는 이번이 마지막 기회라고 생각했다. 오랜만에 가슴이 뛰었다. 하지만 아내는 어머니보다 몇 배는 더 심하게 반대했다.

아내는 유스케가 광고대행사에 다녔으니까 결혼했지, 트럭 운전사가 될 줄 알았으면 결혼하지 않았을 거라고 말했다.

아마도 그때 부부 관계가 결정적으로 파탄 났으리라. 집에 있는 시간이 적어졌기 때문에 모른 척할 수 있었던 것뿐이다.

"인생이 엉망이 된 건 나와 미나토뿐만이 아니더라."

아내는 그렇게 말하고 입술을 일그러뜨렸다. 웃으려는 것 같았다.

"그러고 보니 당신 인생도 마찬가지잖아. 마흔다섯에 무직인 데다 알코올의존증이 되기 직전이니까. 그런데 그건 자업자득 이야. 그러니까 그때 내 말을 들었어야지."

아내는 유스케 손에서 이혼 서류를 낚아채더니 "다시는, 보 지, 말자" 하고 돌을 세 번 던지듯 힘주어 말했다.

마지막 실업 인정 절차를 마치고 공공직업안정소를 나오자, 눈부신 봄 햇살이 유스케를 감쌌다. 형광등 아래에 두 시간 정 도 있었더니 반짝임을 거부하듯 눈이 가늘어지고, 괜히 꺼림칙 한 기분이 들어 얼굴마저 일그러졌다.

일을 해야 한다는 건 충분히 안다. 하지만 몸과 마음에 도무 지 활력이 깃들지 않는다. 이제 트럭 운전사는 불가능하다. 애 초에 차를 운전할 생각도 없다. 어떤 일을 하고 싶은지 자문해 도 떠오르는 답이 없었다. 적당히 몇 군데에 지원해봤지만 전부 서류에서 떨어졌다.

앞이 보이지 않는다. 노숙인이 될 수밖에 없는 걸까. 그래도 딱히 상관은 없다. 아니, 그럴 바에야 죽는 편이 낫다.

숙였던 고개를 들자 건물 벽면에 반사된 빛이 유스케의 눈을 비췄다. 가로수에도 간판에도 자동차 보닛에도 가드레일에도, 앞서 걷는 사람의 검은 머리에도 어깨에 멘 가방 지퍼에도 햇살 이 춤추듯 쏟아지고 건물 사이로 엿보이는 파란 하늘은 부드럽게 반짝인다.

참으로 아름다운 세상이구나.

유스케는 자신을 에워싼 빛이 넘치는 광경에 압도되었다. 그와 동시에 이곳에 있는 자신이 누구의 눈에도 비치지 않는 것 같다는 생각이 들어 불안함에 사로잡혔다. 세상은 나만 빼고 돌아가고 있는 거 아닐까? 그 순간, 눈앞에 연한 분홍색 쪼가리가 떼로 지나갔다.

벚꽃 잎이 바람에 흩날린다.

유스케의 눈은 벚꽃을 바라보고 있는데, 머리는 그날 아침 광경을 떠올렸다. 앞 유리 너머 비, 젖은 아스팔트, 좁은 인도를 달리는 자전거, 휘날린 비옷 자락. 거기까지 영상이 재생되고 한 박자 공백을 사이에 둔 뒤, 으득으득하는 느낌의 충격이 서늘한 떨림과 함께 온몸을 훑고 지나갔다.

알고 있는 거 아닐까? 정수리를 꽝 맞은 듯 번뜩 그 생각이 났다.

내가 그 남자를 트럭으로 친 걸 온 세상이 알고 있는 거 아닐까?

그래서 지원을 할 때마다 번번이 서류에서 떨어지고 누구의 관심도 받지 못한 채 세상은 나만 빼고 돌아가는 것 아닐까.

잘못은 그 남자가 했는데—.

유스케는 어금니를 악물었다.

그 남자가 내 앞에서 쓰러지지만 않았어도 이 지경이 되지는 않았다. 나는 죽이지 않았다. 나는 피해자다. 아내가 말한 대로 내 인생은 엉망이 됐다. 하지만 그건 내가 아니라 그 남자 탓이다.

—왜 사죄하러 오지 않는 거야!

아내가 쇳소리로 악쓰던 게 떠올랐다.

—그 남자 아내는 왜 사과하러 오지도 않는 거냐고. 기가 차서, 진짜! 우리한테 얼마나 피해를 줬는데! 제 남편 때문에 죄송합니다, 하고 땅에 바짝 엎드려도 모자랄 판에. 안 그래, 여보? 실은 TV에 나와서 저희 잘못입니다, 하고 말 좀 해줬으면 싶다니까!

아내는 그 남자의 아내를 끊임없이 헐뜯으며 손해 배상 청구를 하려던 적도 있다.

그 무렵 유스케는 제대로 생각할 수 있는 게 아무것도 없었다. 머리로는 자신이 죽지 않았다는 걸 알면서도 공포와 죄책감으로 뼛속까지 덜덜 떨면서 지냈다.

그러나 사고로부터 반년이 지난 지금은 이해가 된다. 아내 말이 옳았다. 돌이켜보면 반년 전 자신은 제정신이 아니었다. 아내가 말리지 않았다면 그 남자 장례식에 가서, 죄송합니다, 하고 바짝 엎드렸을지도 모른다. 설령 잘못이 없더라도 사죄하고 용서를 구해야 빨리 마음이 편해질 거라 생각했기 때문이다.

유스케는 그 남자의 이름과 주소, 그리고 아내의 이름까지 알고 있었다. 장례식에 가려고 신문 부고란을 오려둔 것이다.

그 남자 가족은 지금 어떻게 지낼까.

그 남자는 56세였다. 그의 아내가 같은 세대라면 자식은 이미 독립했을지도 모른다.

만약 남겨진 가족끼리 웃고 있다면? 남편이자 아버지의 죽음을 극복하고 빛이 넘치는 세상에서 행복하게 살고 있다면?

내 인생은 끝났는데.

절대로 용서할 수 없다.

16

토마토조림 햄버그스테이크를 다 먹은 가쿠토가 커피를 가져왔을 때, 미쓰야는 전화를 하고 있었다.

여느 때처럼 "……네…… 알겠습니다. 그리로 가죠"라는 최소한의 대답을 하고 한 박자 쉰 다음 가쿠토 쪽으로 고개를 돌렸다.

"그를 놓쳤답니다."

"혹시 그 묵비권 남자 말인가요?"

"네."

"벌써요?"

"네."

묵비권으로 일관한 노숙인 같은 남자는 오늘 막 석방됐다.

남자는 도쓰카 경찰서에서 나와 신주쿠 방면으로 갔다고 한다. 도중에 공원 화장실에 들렀다가 오쿠보를 지나 쇼쿠안거리를 지났다. 자취를 감춘 곳은 세이부신주쿠역 근처였다고 한다.

"미행을 따돌렸다는 건 역시 켕기는 일이 있다는 거네요?"

"미행당하는 건 누구나 싫어합니다."

"뭐, 그렇긴 한데요……"

"그리고 혐의를 받고 있는 것도 아니라 그를 탓할 수도 없죠."

"그렇긴 한데요……"

"그리고 미행을 계속할 수도 없는 노릇입니다."

"……그렇죠."

미행 대상자가 자취를 감췄는데도 불구하고 대화는 좀처럼 열기를 띠지 못했다.

세이부신주쿠역 주변은 북쪽 출구 앞과 하나미치거리에 수사 차량이 한 대씩 서 있긴 해도 가쿠토가 상상한 것처럼 삼엄한 분위기는 아니었다. 파출소 앞에 수사원 몇 명이 서 있을 뿐, 사람들이 코트를 껴입고 가게와 건물을 드나드는 일상적인 광경이었다.

파출소 앞에는 선배 형사 이케가 있었다. 가서 인사를 하자, "왔어?" 하는 가벼운 대답이 돌아왔다.

"좀 어떤가요?"

"영 안 보이는데."

노숙인 같은 남자가 자취를 감춘 건 세이부신주쿠역을 등지고 하나미치거리를 왼쪽으로 꺾은 길에서였다. 편의점과 호텔, 빌딩, 음식점과 상점이 늘어서 있고, 인적이 뜸하긴 해도 수상한 분위기는 아니다.

이케의 말에 의하면 남자를 뒤따라 수사원이 하나미치거리를 꺾었을 때는 이미 사라진 뒤였다고 한다.

"젊으니까 전력 질주로 도망간 거 아니냐고들 하던데. 근처 가게에는 안 들어간 모양이야. 최소한 녀석의 행동 범위나 인간관계를 알면 좋았을 텐데, 아무것도 몰라서 당한 거지. 어휴, 담당이 내가 아니라 다행이야."

이케가 남 일처럼 말하고는, "어? 그런데 밋치는 어쩌고?" 하고 물었다.

"네?"

돌아보니 뒤에 있는 줄 알았던 미쓰야가 없다.

"뭐야, 너도 놓친 거야?"

이케가 놀리듯 웃었다.

가쿠토는 하아, 하고 한숨을 내쉬었다. 미행을 따돌린 남자가 아니라 미쓰야를 찾아야 하는 걸까.

"고생이네. 뭐, 힘내."

이케의 '힘내'는 수사가 아닌 미쓰야의 수행원 역할에 대한 응원이라는 게 명백했다.

남자가 사라진 곳 근처를 어슬렁거리고 있는데, 미쓰야가 어떤 건물 앞에 서 있는 게 보였다. 홀쭉한 그 모습은 어쩐지 존재감이 희미해 마치 인간과 유령의 중간쯤 되는 존재로 보였다.

미쓰야 경위님, 하고 부르려던 참에 그가 통화 중이라는 걸 알아차렸다. "……고맙습니다" 하는 말소리가 들렸다.

"경위님, 한참 찾았잖아요. 어, 그러니까, 미행을 따돌린 남자 말인데요, 근처 가게에 들른 흔적이 없는 걸로 보면 달려서 도망친 게 아닌가 하던데요……."

통화를 끝낸 걸 보고 마구 설명하는데, 미쓰야가 "갑시다" 하며 말을 잘랐다.

"네? 어딜 가요?"

"아까 경찰서에서 조사를 받고 귀가했다고 합니다."

"네? 누가요?"

"혼마 히사야 씨입니다."

혼마 히사야? 히가시야마 리사의 연인으로 추정되는 남자다. 그의 존재를 아는 사람은 가쿠토와 미쓰야밖에 없었을 터다. 아니면 설마 혼마 히사야의 존재를 상부에 보고하지 않겠다고 해놓고 다른 사람에게는 알린 걸까.

그러나 미쓰야의 설명은 예상 밖이었다.

지바현경에 히가시야마 요시하루를 살해한 사람은 혼마 히사야라는 익명의 고발장이 도착했다. 그 고발장에는 혼마 히사야가 흉기인 칼을 집에 숨겨뒀다고 쓰여 있었다.

혼마 히사야는 갑자기 찾아온 경찰을 보고 놀랐지만, 집 안을 수색하고 싶다는 요청에 순순히 응했다. 그때 자신이 히가시야마 요시하루를 살해한 범인으로 의심받는 건지 묻고, 히가시야마 리사와의 관계를 스스로 밝혔다고 한다.

"그런데 칼은 못 찾았나 보네요?"

흉기가 발견됐다면 조사를 받고 귀가했을 리가 없다.

"네."

미쓰야는 가쿠토의 예상대로 대답했다. "그런데 히가시야마 씨 지갑이 나왔다더군요."

"앗."

히가시야마 요시하루를 살해한 범인은 지갑을 훔쳐 도주했다. 그 지갑이 혼마 히사야 집에서 발견됐다. 그런데도 귀가시켰다는 건 사건에 관여하지 않았다는 게 명백하다는 것이다.

"완벽한 알리바이가 있다고 합니다."

미쓰야의 말에, 역시, 하고 생각했다.

"혼마 히사야 씨는 히가시야마 씨 살해 당일 업무차 대만에 있었습니다. 홍콩, 베이징, 대만과 주변을 도느라 약 일주일간 일본에 없었던 모양입니다. 지갑은 옷장 정리함 속에서 찾아냈고 현금과 카드 등은 그대로 남아 있었지만 지문은 전혀 묻어 있지 않았습니다. 혼마 씨는 그 지갑을 처음 본다고 말했다고 합니다."

혼마 히사야가 범행에 관여했다면 지갑을 숨긴 것도, 현금에 손을 대지 않은 것도, 지문이 묻어 있지 않은 것도 부자연스럽다. 그렇다면 누군가 그에게 죄를 덮어씌우려 조작했다는 걸까.

"그렇다고 혼마 씨가 수사 대상에서 완전히 제외된 건 아닙니다. 앞으로도 조사는 계속될 겁니다. 다만 일찌감치 변호사를 선임해서 귀가할 수 있었다고 하더군요. 가택수색을 마쳐서 증거인멸의 우려가 낮은 것도 영향을 미쳤을 겁니다. 도주 가능성도 낮다고 판단한 모양이고요. 변호사를 선임한 건 그가 근무하는 회사 사장으로, 혼마 씨는 사장 딸과 결혼하기로 했다고 합니다."

"……그 말은" 하고 중얼거린 가쿠토의 뇌리에, 팔짱을 끼고 새해 첫날 신사에 참배하러 가는 혼마 히사야와 히가시야마 리사의 뒷모습이 떠올랐다.

"사장 딸은 미국에서 비즈니스 유학 중이라고 합니다."

가쿠토가 뭘 떠올렸는지 안다는 듯 미쓰야가 덧붙였다.

섣달그믐날 혼마 히사야 집으로 향할 때 폴짝이던 발걸음, 복을 부르는 고양이가 꽂힌 꽃꽂이를 봤을 때의 웃는 얼굴, 꽃으로 장식한 내닫이창, '행복' 해시태그가 줄줄이 달린 인스타그램, 그녀는 행복한 겁니다, 하는 미쓰야의 말.

하나둘씩 떠올렸더니, 아이고 소리밖에 나오지 않았다.

혼마 히사야가 사는 코퍼이즈미 102호 인터폰을 누르자 문 너머로, "누구세요?" 하고 경계하는 목소리가 들렸다.

"혼마 씨, 잠깐 시간 좀 내주시겠습니까?"

미쓰야가 문구멍에 경찰수첩을 갖다댔다.

10초쯤 지났을 때 문이 천천히 열리더니 3분의 1 지점에서 멈췄다.

"무슨 일인가요? 아까 다 말씀드렸는데요."

혼마는 무거운 피로감을 두르고 있었다.

"피곤하실 텐데 죄송합니다. 현관에서 금방 끝내겠습니다."

미쓰야는 정중한 말씨와 달리 다짜고짜 문틈을 비집고 현관에 들어갔다.

"저, 만약, 뭐가 더 남았다면 저도 변호사에게 연락을 해야 하는데요."

혼마는 미쓰야를 돌려보내려 했다.

"걱정하실 것 없습니다." 미쓰야가 말했다. "섣달그믐에 히가시야마 리사 씨가 이곳에 있던 건 입 밖에 내지 않을 테니까요."

혼마의 입이, 아, 하고 벌어진다. 그 틈에 가쿠토도 현관에 들어갔다.

"그러고 보니 그 이틀 전 밤에도 여기에 히가시야마 리사 씨

224

가 오셨죠. 아까 경찰서에서 조사받으실 때 그녀와의 관계를 얼마나 설명하셨는지는 모릅니다만, 회사 사장님이나 그 따님에게 말씀드리는 일은 없을 겁니다."

"미, 미리 말해두겠는데요, 저희 회사는 직원이 네 명뿐인 영세기업인 데다 빚도 많아서 돌려막기식 경영을 하는 곳입니다. 사장님이 부탁하셔서 데릴사위로 들어가는 거지, 장가 잘 가서 팔자 고치려는 게 아니라고요."

"그런 건 안 물었습니다."

"그리고 히가시야마 씨와의 관계는 그리 깊지도 않고 전적으로 그녀가 원해서 이뤄진 관계예요. 다시는 만나지 않으려고 했는데, 엄청나게 끈질기고 막무가내라……."

"그러니까 그 건에 관해서는 사장님이나 따님에게 일부러 말할 생각이 없다고 말씀드리지 않았습니까. 저희는 혼마 씨에게 몇 가지 질문을 드리고 싶은 겁니다."

미쓰야의 말에 혼마는 "그럼 짧게 하시죠"라고 작게 말했다.

"집에 지갑을 숨겨놓을 만한 사람이 있습니까?"

"아까도 경찰서에서 말했지만 없습니다. 이런 일을 당할 이유도 없습니다."

"이 집에 자유로이 드나들 수 있는 사람은요?"

"없습니다."

"히가시야마 리사 씨에게 뭔가 선물하신 적이 있습니까?"

혼마는 그 질문에 당황한 듯했지만, "네. 토끼 오브제를" 하고
대답한 뒤 "크리스마스 선물을 달라고 조르기에"라고 덧붙였다.

가쿠토는 〈달 씨에게 받은 크리스마스 선물♡〉로 시작하는
그녀의 인스타그램 글을 떠올리고, 그건 사실이었구나, 하고 생
각했다.

"그것 말고는 없습니까? 예를 들어 꽃은?"

"아뇨. 없습니다."

"그럼 반대로 선물을 받으신 적은?"

"어어, 네. 이것저것."

혼마는 손가락을 꼽으며 재킷, 장갑, 머그컵, 넥타이, 하더니
머뭇머뭇 눈을 들었다.

"진짜로 다시는 안 만날 생각이었어요. 요즘 좀 무서워져서."

혼마가 주저하며 말했다.

"뭐가 말입니까?"

"저기, 사장님께 절대로 말씀하시면 안 됩니다. 히가시야마
씨가 저한테 천만 엔을 주겠다고 했어요. 언젠가 독립하고 싶다
는 얘기를 진담으로 들었는지…… 그래서 큰일 나겠다 싶었는
데 갑자기 이런 일에 휘말린 거라고요."

"히가시야마 씨가 이 집 열쇠를 갖고 있습니까?"

"아뇨. 준 적 없습니다."

어? 소리가 나올 뻔했다.

섣달그믐 오후에 그녀가 문을 열고 들어가는 걸 봤다. 곧바로 나온 그녀는 분명 열쇠로 문을 잠갔다.

"그럼 혼마 씨는 히가시야마 씨 집 열쇠를 갖고 있습니까?"

"설마요. 안 갖고 있습니다."

미쓰야는 "감사합니다" 하고 머리를 숙였다.

혼마가 맥 빠진 표정을 지었다. 그 얼굴에는 확실히 이게 다야? 하고 쓰여 있었다.

약속대로 질문을 짧게 끝낸 뒤 혼마 집에서 나왔다.

"히가시야마 씨는 열쇠를 갖고 있었죠?"

가쿠토는 미쓰야에게 확인했다.

"네."

"그럼 히가시야마 씨는 혼마 씨 몰래 열쇠를 복사한 건가요?"

"그렇게 생각하는 게 자연스럽겠군요."

"……무섭다."

저도 모르게 중얼거렸다.

"혼마 씨 집 열쇠는 디스크 실린더형 열쇠라 5~10분 정도면 복사할 수 있으니 기회가 있었을 테죠."

"히가시야마 씨는 왠지 딱하게 됐네요. 그렇게 들떠 있었는데 혼마 씨에게 약혼자가 있다니. 거기다 천만 엔을 주겠다는 얘기는 진짜일까요? 무려 천만 엔이라니까요?"

"왜 지갑뿐이었을까요."

미쓰야는 차에 타지 않고 문에 몸을 살짝 기댔다. 가볍게 쥔 주먹을 턱에 댄 채 혼마 히사야의 집 쪽을 보고 있다.

"흉기인 칼은 어디로 갔을까요."

"아직 범인이 갖고 있을지도 모르죠."

생각나는 대로 말해봤지만, 미쓰야는 혼자만의 세계에 몰두한 표정이다.

"혼마 씨가 거짓말을 하지 않았다고 가정하면 고발장을 보낸 인물과 지갑을 숨겨둔 인물은 동일 인물일 가능성이 있습니다. 그럼 그 인물이 누구인가. 흉기인 칼은 어디로 갔는가. 그리고 무엇 때문에 이런 일을 꾸몄는가."

스스로에게 묻는 듯한 말투였다.

"히가시야마 씨가 혼마 씨에게 약혼자가 있다는 걸 알아버린 거 아닐까요?"

가쿠토는 자신의 생각을 말했다.

"배신당한 걸 알고 앙갚음하기 위해 이런 일을 꾸몄다고 생각할 수 있지 않을까요? 고발장도 그녀가 보낸 거죠. 그렇게 생각하면 인스타그램에 게시물이 안 올라오는 것도, 내닫이창에 떨어진 꽃잎이 그대로인 것도 정신적으로 힘들어서 다른 데에 신경을 못 쓰는 거라고 설명할 수 있을 것 같은데요."

몰래 열쇠를 복사해둔 사람이니 이 정도 일은 꾸밀 수 있을 것 같다.

과연, 하고 읊조린 미쓰야는 "그렇다면 그녀가 남편의 지갑을 갖고 있었다는 얘기가 됩니다. 그럼 흉기인 칼은 어떻게 됐을까요"라고 말했다.

그러니까 말이다. 어딘가 앞뒤를 맞추려면 꼭 다른 부분이 어긋나서 맞지 않게 된다.

만약 히가시야마 리사가 칼과 지갑을 갖고 있었다면 그녀가 남편을 죽였다는 이야기일까.

그녀에게는 알리바이가 있지만 절대적인 건 아니었다.

히가시야마 요시하루가 살해된 8월 18일 저녁 6시부터 밤 12시 사이 그녀는 딸과 함께 집에 있었다. 가족인 딸의 증언이라 증거능력은 낮지만, 집의 문기둥에 설치된 CCTV가 그 시간대에 집에 드나든 사람이 없었다는 걸 증명했다. 창문으로 드나들었을 가능성도 있지만, CCTV는 요시하루가 가족들 몰래 설치했다는 사실이 밝혀졌다. 실제로 설치를 한 업자는 요시하루가 가족에게 괜한 걱정을 끼치고 싶지 않다며 가족들이 집에 없는 사이에 소형 CCTV를 설치했다고 말했다.

열쇠, 하고 미쓰야가 읊조렸다.

"복사 열쇠. 실린더형 자물쇠."

문을 여는 주문을 찾는 것처럼 들렸다.

17

무시무시한 일이 벌어졌다ㅡ.

히가시야마 리사의 머릿속에 그 말이 경보처럼 울려퍼졌다.

리사는 아르바이트하는 베이커리 카페에서 두 형사와 마주 앉아 있다. 테이블 위에는 지퍼백에 담긴 검은 지갑이 놓여 있 다. 아르바이트가 끝나기 직전에 찾아온 형사를 봤을 때 불길한 예감이 들었다.

"저, 이게 어디에 있었나요?"

리사는 한 손으로 입을 막고 떨리는 목소리로 물었다.

"남편분 지갑이 틀림없습니까?"

그렇게 물은 건 몇 번 만난 적이 있는 지바라는 형사였다. 리 사보다 조금 젊은 것 같은, 근육질의 듬직한 체격과 날카로운 얼굴이 인상적인 형사다.

리사는 입을 막은 채, 말이 나오지 않는다는 듯 고개를 끄덕 끄덕했다.

나는 남편이 살해된 불쌍한 아내. 범인이 아직 잡히지 않아서 비탄에 빠져 있다. 스스로에게 그렇게 말하는 것만으로도 자연 스레 몸이 떨리거나 눈물이 흐른다.

"혼마 히사야라는 사람 아시죠?"

그 질문에 심장이 쿵쿵 뛰었지만 리사는 고개를 끄덕였다.

"무슨 관계입니까?" 하고 이어서 묻기에, 경찰이 어디까지 알고 있을까 생각하며 정신없이 머리를 굴렸다.

"대학교 다닐 때 알게 된 사람이에요. 2년쯤 전에 우연히 재회한 뒤로 가끔 연락하거나 만나게 됐죠. 그런데 이상한 관계는 아니에요."

거짓말이 아니다. 이상한 관계가 아니라 결혼할 사이인걸. 그렇게 마음속으로 말하자 또 하나의 자신에게 응원을 받은 기분이었다.

"설마 남편 지갑을 혼마 군이 갖고 있었나요?"

만약을 위해 물었지만, 이미 틀림없다는 확신이 있었다.

이틀 전 몰래 히사야 집에 갔을 때 옷장 속 정리함 안쪽에서 칼을 발견했다. 그때 자신의 행동을 돌아본 리사는 실수를 저질렀다는 걸 깨달았다. 칼을 보고 충격받아 다른 건 뒤져보지 않았다. 아마 지갑은 칼 근처에 있었을 것이다.

"혼마 군이 남편 지갑을 갖고 있었나요?"

리사의 거듭된 질문에도 형사는 대답해주지 않았다.

"그럼 혼마 군이 남편을?"

목소리를 쥐어짰더니 얼굴에서 핏기가 가시고, 거짓말, 거짓말이야, 하는 말이 불쑥 튀어나왔다.

"오늘은 남편분 지갑이 맞는지 확인하러 왔을 뿐입니다."

두 형사는 리사의 질문에 아무 대답도 하지 않고, "또 뵙죠"라는 말을 남기고 가버렸다.

무서웠다. 뼛속까지 떨게 하는 이 공포감은 리사의 행복한 미래를 깨부수려 했다.

다음 날에도 히사야와 연락이 닿지 않았다. 전화도 안 받고 라인도 읽지 않는다.

리사는 침대 매트리스 밑에서 감색 천에 싸인 칼집을 꺼내 칼을 빼들었다.

은색 칼날이 그리는 커브는 완만한 반면 끝은 사정없이 날카롭게 솟아 있다. 칼끝에서 중간까지 덕지덕지 붙은 갈색 얼룩은 손잡이까지 튀어 있다.

이 칼을 어떻게 하면 좋을지 고민하다 지쳐서 아직 정하지 못했지만 더는 시간이 없을 것 같았다. 지금 당장 처분해야 한다.

자정이 되면 움직이자. 그렇게 결심하고 거실 소파에 앉아 시간을 확인하며 마음을 졸이고 있는데, 라인 메시지 알림음이 울렸다.

"히사야?"

작게 소리를 지르며 휴대폰을 봤지만 그가 아니었다.

다음 달에 학부모 면담 있는데.

딸이 보낸 무뚝뚝한 메시지.

"지금 그런 데 신경 쓸 때가 아니라고!" 치밀어오른 분노는 고스란히 목소리로 나왔다. "뭐야, 남의 속도 모르고!"

리사는 딸의 불만스러워 보이는 얼굴을 떠올렸다. 노골적으로 엄마를 무시하고 경멸에 찬 시선을 던지는 건방진 표정. 아이는 뭘 해도 용서받고 언제나 주변 어른들이 지켜준다고 생각하는 것이다.

치사해. 그렇게 생각하자, 무슨 생각을 하는지 알 수 없는 딸이 자기 자식이라는 게 믿기지 않았다.

무슨 일 있어? 연락줘.

리사는 히사야에게 메시지를 보냈다. 그가 읽기를 기다리는 사이 휴대폰 화면이 까맣게 되어 왠지 되돌릴 수 없다는 기분이 들었다.

예정대로 자정이 되기를 기다렸다 집을 나섰다. 토트백에는 칼과 삽과 손전등이 들었다.

조용한 주택가. 차가운 밤 공기에 놀라 목덜미에 소름이 돋았다. 엷고 작은 구름이 낀 밤하늘에 별이 드문드문 박혀 흐릿하게 빛나고 있다. 몇 번을 뒤돌아봤지만 죽음이 깃든 마을처럼 인기척 하나 없다.

공원은 마물魔物의 입속처럼 컴컴했다. 하얀 가로등 불빛은 의지가 되기는커녕 깊은 어둠을 돋보이게 했다.

리사는 주저 없이 공원에 발을 들여놨다. 잎이 떨어진 나뭇가지가 검은 윤곽을 그리며 산책로를 걷는 리사를 내려다본다.

손전등을 비춘 저 앞에 정자가 있는 것을 발견하고 저곳에 묻어야겠다고 결심했다.

어쩌면 나중에 필요할지도 모른다. 다시 파헤칠 걸 생각하면 알아볼 수 있는 곳이 좋았다.

산책로를 벗어나 정자 뒤로 돌아들어갔다. 웅크려 앉은 뒤 단단한 흙에 삽을 꽂았다. 흙냄새와 돌멩이에 삽이 부딪히는 감촉이 리사의 온몸을 감쌌다.

어떻게 하면 히사야를 구할 수 있을까.

흙을 팔 때마다 머리가 맑아지는 감각이었다.

남편이 살해되기 전날 지갑을 잃어버렸다고 말하면 어떨까. 까먹고 있었는데, 지갑을 보고 생각이 났다고. 남편 지갑이 아니라고 하는 건 어떨까. 아니, 지갑 속에 운전면허증 등이 있는 채 발견됐을지도 모른다. 그럼 차라리 히사야에게 맡겨놨다고 말해버릴까. 남편은 그날 지갑을 깜빡 잊고 외출했다. 집에 있던 걸 나중에야 발견하고 히사야에게 남편 유품을 나눠준 거라고. 아니, 그보다는 남편 유품을 갖고 있기가 괴로워서 마음이 안정될 때까지 맡겨놓은 거라고 하면 어떨까.

머릿속에 온갖 생각이 맴돌아 결국 정하지 못했다.

하지만 지갑 하나라면 곤경에서 벗어날 수 있을지도 모른다.

리사는 천에 싸인 칼을 구덩이 속에 집어넣고 흙을 덮었다.
그러곤 일어서서 발로 꾹꾹 다졌다. 난생처음 맛보는 고양감이
온몸을 뒤흔들었다.

18

뭐야, 바보, 바보, 바보. 아니, 바보는 아니긴 한데, 오히려 바
보인 건 나지만……. 잠깐 방심하기만 해도 미쓰야에 대한 불만
이 어디선가 나타나는 바람에 가쿠토는 눈살이 찌푸려지고 입
술을 삐죽 내밀기 일쑤였다.

미쓰야가 따로 움직이자고 한 지 사흘째다. 그동안 가쿠토는
히가시야마 리사를 미행하며 감시하고 있다. 미쓰야가 혼자 뭘
하는 건지는 모른다.

따로 움직인 이후 히가시야마 리사에게 별다른 건 보이지 않
았다. 굳이 말하자면 내닫이창에서 꽃이 없어져 그곳이 살풍경
해졌다는 정도다. 인스타그램 게시물도 예전 그대로라 가쿠토
는 지금 그녀는 행복하지 않겠구나, 하고 짐작했다.

저녁 7시 베이커리 카페 아르바이트를 마치고 전철역으로 가
는 그녀를 쫓고 있는데 미쓰야에게 전화가 왔다.

"바로 올 수 있습니까?"

"네. 어디세요?"

드디어 연락이 왔구나 싶어 안도한 나머지 말끝에 들뜬 기색이 어렸다.

그의 지시대로 에비스역 근처 햄버거 가게에 가니 1층 카운터 자리에 미쓰야가 앉아 있었다.

가쿠토를 본 미쓰야의 표정이 누그러졌다.

"늦지 않아 다행입니다."

"어떻게 된 건가요? 무슨 일이 있었던 거예요?"

작은 소리로 물었는데도 불구하고, 미쓰야는 코앞에 검지를 세웠다.

누가 있는 걸까. 가쿠토는 아차 싶어 슬쩍 주위를 둘러봤다.

계산대는 네 군데고 대여섯 명이 줄을 서 있다. 카운터에는 혼자 온 손님이 대부분인데 모두 휴대폰을 보거나 노트북을 켜놓고 있다. 미쓰야의 왼쪽 자리는 비어 있고 오른쪽에는 가쿠토 또래 직장인으로 보이는 남자가 감자튀김을 먹고 있었다. 안쪽에 있는 계단에서 여고생 세 명과 그 뒤로 짧은 금발 남자와 짧은 검은 머리 남자가 내려오는 중이었다.

수상한 인물은 없는 것 같았다.

"일단 앉으세요."

미쓰야의 말에 그의 왼쪽 의자에 앉았다. 가쿠토는 미쓰야를 따라 눈앞 창문에 시선을 고정했다.

20초쯤 지난 뒤 미쓰야가 말없이 일어섰다. 거의 마시지도 않은 커피를 재빨리 버리고는 서둘러 가게를 나갔다.

"무슨 일인가요?"

"미행합니다."

미쓰야는 입술도 거의 안 움직이고 대답했다.

누구를요? 하는 질문을 삼킨 가쿠토는 저 앞의 혼잡한 거리를 급히 훑었다.

금발 머리에 눈이 갔다. 햄버거 가게 2층에서 내려온 남자 아닌가? 그 옆에는 짧은 검은 머리. 그렇다, 틀림없다. 미쓰야는 저 두 사람을 쫓는 것이다. 그렇게 확신하면서도 저 두 사람이 누구인지는 짐작 가지 않았다. 하지만 그런 것도 모르냐고 한심해할까 봐 묻기가 꺼려졌다.

금발 남자는 젊은 사람 같다. 검은 머리 남자가 금발 남자의 아버지뻘은 돼 보였던 게 기억났다. 두 사람은 부자지간일까. 아들과 아버지라 생각해도 역시 짐작 가는 인물이 없다.

두 남자는 전철역 건물 앞에서 헤어졌다.

한 명은 히비야선 승강장을 향해 계단을 내려갔고, 또 한 명은 JR 개찰구가 있는 역 건물로 들어갔다.

"저 사람을 쫓으세요."

미쓰야가 눈짓으로 가리킨 건 히비야선 승강장으로 향한 젊은 금발 남자였다.

"절대로 놓치면 안 됩니다. 알겠습니까? 저 사람이 어디에 사는지 반드시 알아내야 합니다."

차분한데도 무조건 따라야 한다는 압박감이 느껴지는 목소리였다.

순간 온몸에 긴장이 흐르고 입이 바싹 말랐다. "네" 하고 짧게 대답한 목소리는 쉬어 있었다.

가쿠토가 계단을 내려가려 할 때 이미 남자의 뒷모습은 보이지 않았다. 황급히 뛰어내려가자 10미터쯤 앞에 금발 머리가 보였다. 마음이 놓이면서도 위가 꽉 조여졌다. 히가시야마 리사를 미행할 때와는 다른 차원의 긴장감이었다.

금발 남자는 기타센주행 열차에 올라탔다.

차량 연결부 근처에 서서 휴대폰을 보고 있는 그는 대학생이나 아르바이트만 하는 프리터족 혹은 날라리 백수 청년 같은 분위기다. 라이더 재킷에 청바지를 빼입고 검은 위장 무늬 미니크로스백을 멨다.

―절대로 놓치면 안 됩니다.

미쓰야의 목소리가 되살아나 가쿠토는 마음을 다잡았다. 그가 누구인지는 몰라도 중요한 임무를 맡았다는 확신이 들었다.

―저 사람이 어디에 사는지 반드시 알아내야 합니다.

이어진 미쓰야의 말이 떠오르자 가쿠토 머릿속에서 뭔가가 깜빡였다. 저 사람이 어디에 사는지, 하고 소리내지 않고 읊었다. 머릿속에서 깜빡깜빡하던 것에 불이 확 켜지면서 거기에 뭐가 있는지 똑똑히 보였다.

묵비권을 고수하던 남자 아닌가?

가쿠토는 취조실 창문 너머로 본 남자의 모습을 기억해냈다.

그는 될 대로 되라는 분위기로 아무렇게나 앉아 있었다. 어깨 길이의 검은 머리는 기름기가 흐르고 아래로 내리뜬 눈은 앞머리에 살짝 가려져 있었다. 약간 꾀죄죄한 피부는 거무스름하고, 뻔뻔스러운 느낌은 있어도 패기는 없어 보였다.

지금 가쿠토와 몇 발자국 떨어져 있는 그는 분위기는 완전히 달라도 나이와 체격이 묵비권 남자와 똑같았다.

틀림없어, 하고 확신했다. 아니라면 미쓰야가 그를 미행하라고 지시할 리가 없다.

그럼 그는 노숙인이 아니었다는 말이다. 어떤 이유가 있어 노숙인인 척했던 것이다.

그가 마쓰나미 이쿠코 살해와 관련이 있는 걸까. 미쓰야는 그를 어디서 찾아냈을까. 우연일까, 아니면 어딘가에서 잠복을 하고 있었을까. 그래서 사흘간 따로 움직인 걸까.

그러고 보니 미쓰야는 마쓰나미 이쿠코가 노숙인이었던 것에도 의문을 품었다.

가쿠토는 머릿속에서 소용돌이치는 의문을 억지로 쫓아냈다.

지금은 저 남자의 집을 알아내는 것, 요컨대 저 남자가 누구인지 알아내는 것에 집중해야 한다.

중대한 임무를 맡겨준 미쓰야를 실망시키고 싶지 않았다.

미노와역에서 내린 남자는 역에서 10분도 걸리지 않는 곳에 있는 아파트로 들어갔다.

10층짜리 패밀리형 아파트의 외벽은 중후한 적갈색 타일로 마감되어 남자의 경박한 분위기와는 어울리지 않았다.

남자는 우편함에서 우편물을 챙기더니 잠금장치를 해제해 자동문을 통과했다.

가쿠토는 남자가 엘리베이터에 타는 걸 확인한 뒤 공동 현관에 들어갔다. 세대별 우편함에는 각각 스테인리스 문패가 붙어 있다. 아마 분양 아파트일 것이다. 배달 사고를 예방하기 위해 문패 설치를 의무화하는 주민자치회가 많은 모양이다.

남자는 803호 우편함을 열었다. 문패에는 '다카하시'라고 쓰여 있다.

야호, 해냈다. 안도한 나머지 그 자리에 주저앉을 뻔했지만, 느슨해지려는 마음을 다시 바짝 조였다.

우편함을 확인했으므로 그 남자가 이곳 주민이라고 생각해도 될 것이다. 아니, 지인의 집일 가능성도 아주 없지는 않다.

공동 현관에서 나온 가쿠토는 아파트를 감시할 곳이 없나 사방을 둘러봤다. 아파트와 건물이 늘어서 있을 뿐, 카페나 패스트푸드점은 보이지 않았다.

결국 옆 아파트에 숨어 감시하기로 했다. 바람은 세차지 않았지만 기온은 시시각각 내려갔다.

미쓰야에게 전화가 온 건 한 시간쯤 지나서였다.

"어떻게 됐습니까?"

"네. 알아냈습니다."

힘차게 대답했지만 추워서 목소리가 떨렸다. 가쿠토는 금발 남자가 들어간 아파트 이름과 호수, 주소를 전달했다.

"다카하시."

가쿠토가 문패에 쓰인 이름을 전하자, 미쓰야는 음미하듯 정성껏 읊조리더니 그것을 끝으로 입을 다물었다.

"경위님, 저 금발 남자가 미행을 따돌린 묵비권 남자죠?"

"그렇습니다."

미쓰야는 주저 없이 말했다.

"경위님은 그 남자를 어디서 찾아내신 건가요? 우연인가요? 아니면 남자가 숨어 있을 만한 짐작 가는 곳이 있었던 건가요?"

의문이 봇물 터지듯 쏟아져 미쓰야가 대답하기도 전에 질문을 거듭했다.

"경위님은 지금 어디 계세요?"

"오야마에 있습니다.

"오야마요?"

"도부도조선 오야마입니다. 지금 본부로 출발할 테니 다도코로 형사도 그리로 오세요."

통화를 마치려는 기색이 느껴져 가쿠토는 황급히 질문을 끼워넣었다.

"저기, 경위님이 미행하신 남자는 누구인가요?"

"이자와 유스케 씨였습니다."

이자와 유스케ー. 짐작 가는 인물은 없다.

"3년쯤 전에 마쓰나미 히로시 씨를 트럭으로 친 전 트럭 운전사입니다."

예상치 못한 대답에 가쿠토는 몇 초간 멍해졌다. 머릿속에서 어? 뭐라고? 하는 자신의 얼빠진 목소리가 울렸다.

"네?" 하고 입 밖에 나온 목소리도 얼이 빠져 있었다.

마쓰나미 히로시는 자전거로 출근하던 도중 지주막하출혈로 사망한 직후 트럭에 치였다. 그 트럭을 운전한 남자와, 노숙인으로 변장해 마쓰나미 이쿠코의 살해 현장을 서성댔던 남자가 만났다. 두 사람이 아는 사이라는 걸까.

"어떻게 생각합니까?"

휴대폰에서 미쓰야 목소리가 흘러나왔다.

19

쪽지에 쓴 대로 소년은 가끔씩 마쓰나미 이쿠코의 집에 왔다.

보통 밤 10시 전후에 부엌문으로 조용히 들어와 다음 날 아침 6시쯤이면 역시 부엌문으로 조용히 나갔지만, 차츰 집에 오는 일이 많아졌다.

이쿠코는 소년이 안심하고 잘 수 있는 장소를 구하는 거라 생각했다. 처음에 느낀 대로 부모에게 학대받고 있다고 생각하는 게 가장 앞뒤가 맞았다.

소년은 변함없이 말 한마디 하지 않고 후드를 푹 눌러써 얼굴을 가리고 이쿠코의 집을 하숙집처럼 이용했다. 그런데도 두 사람 거리가 조금은 좁혀졌다. 소년에게 생긴 이름 때문이었다.

어느 날 밤 여느 때처럼 살며시 찾아온 소년에게 이쿠코가 말을 붙였다.

"얘, 너를 뭐라고 부르면 되니? 이름이 있으면 여러모로 편리하거든."

사실 편하고 불편하고의 문제가 아니라 가명이라도 좋으니 소년을 이름으로 부르고 싶었다.

계단을 오르려던 소년은 걸음을 멈추고 고개를 갸웃하더니 노트에 뭔가를 적었다. 거기에는 'A'라고만 적혀 있었다.

순간 머릿속에 '소년A'가 떠올랐다. 범죄를 저지른 소년은 소년법에 따라 '소년A'로만 보도된다. 하필 그걸 가장 먼저 떠올린 이쿠코는 괜히 불길한 생각을 했다며 머릿속에서 쫓아버렸다. A군…… 英君(에이군) 하고 자연스럽게 한자로 변환됐다. 이때부터 이쿠코 마음속에서 소년은 에이군이 됐다.

소년에 대해 더 알고 싶다는 생각을 했다.

그의 이름을, 생일을, 가출한 이유를, 가정환경을, 원하는 것을, 꿈꾸는 미래를, 슬픔과 괴로움을, 마음속에 있는 모든 것을.

하지만 그걸 원하는 순간, 소년이 조용히 떠날 것 같았다.

소년을 만난 이후 히가시야마 요시하루의 뒤를 밟는 횟수가 줄었다.

"에이군은 몇 시쯤 오려나" 하고 혼잣말을 하며 소년에게 줄 카레나 데미글라스 소스를 끓이고 식재료를 다듬으며 요리 준비를 하다 보면 혼자 있는 시간도 순식간에 지나갔다.

A라는 이름이 생긴 뒤 소년은 들어올 때와 나갈 때, 거실 문을 살짝 노크하는 걸로 신호를 보냈다. 이쿠코는 뛰쳐나가고 싶은 충동을 간신히 억누르고 평정을 가장하며 문 너머로 "어서 오렴" "잘 다녀오렴" 하고 말했다.

이쿠코가 그보다 더 조심한 건 소년의 얼굴을 똑바로 보지 않는 거였다. 얼굴이 드러날까 봐 두려워하는 게 아픈 감정과 함께 전해져왔기 때문이다.

'한 지붕 아래'라는 말은 참 절묘한 표현이다. 1층과 2층으로 구분돼 있어도, 설사 보이지 않고 말을 나누지 않아도 혼자가 아니라고 느껴졌다.

이쿠코는 식탁 위 지구본에 검지를 갖다댔다. 오렌지색으로 칠해진 그 부분은 일본 지바현이었다.

지구본을 그대로 오른쪽으로 천천히 돌렸다.

대한민국, 중화인민공화국, 아프가니스탄, 이란, 이라크, 튀니지, 모로코. 대서양을 건너 미합중국, 멕시코. 넓은 태평양을 건너면 일본이 가까워지지만 이쿠코의 손가락은 출발점인 지바로 돌아가지 않고 오키나와에 도달했다. 거기서 지구본을 더 돌렸다. 미얀마, 인도, 사우디아라비아, 수단, 차드, 니제르, 말리, 세네갈. 대서양을 건너 베네수엘라, 콜롬비아 등 첫 번째와는 다른 나라를 지나 태평양을 건넜을 때 이쿠코의 검지는 일본의 저 아래 인도네시아에 가 있었다.

그게 지구 자전축의 기울기에 의한 것임을 머리로는 알았지만 몇 번을 거듭해도 익숙해지지 않고 신기하기만 했다.

손가락 하나로 어디든 갈 수 있구나, 하고 생각했던 게 떠올랐다.

남편이 살아 있었을 때는 곧잘 이렇게 지구본을 돌리면서 두 사람의 500엔짜리 동전도 바다를 건너 다양한 나라로 가겠지, 하고 상상했다. 지구본 꼭대기에서 검지로 출발하면 순식간에 전 세계를 돌 수 있어 즐거웠다.

작은 노크 소리가 들려 정신이 번쩍 들었다.

밤 10시가 넘은 시각이다. 지구본에 푹 빠져 있느라 부엌문
소리가 난 것도 모르고 있었다.

"어서 오렴."

여느 때처럼 문 너머로 인사했다. 그런데 지나가는 발소리가
들리지 않고 문 앞에 서 있는 기척이 느껴졌다.

"에이군? 무슨 일이니?"

또 노크 소리.

이쿠코는 의자에서 일어나 천천히 문을 열었다. 소년이 고개
를 숙이고 서 있다.

"왜 그래? 무슨 일 있었니?"

그렇게 물은 이쿠코에게 소년이 핑크색 물건을 내밀었다. 장
미 한 송이였다. 싱싱한 꽃잎에서 달콤한 향기가 확 피어올랐
다. 붉은 리본으로 예쁘게 포장돼 있다.

"어?"

이쿠코가 무심코 소년의 얼굴을 가까이서 보는 바람에 소년
이 고개를 더 숙였다.

"아, 미안해. 정말 미안해."

이쿠코는 얼른 장미로 시선을 되돌렸다.

"이거, 나한테 주는 거니?"

소년이 고개를 끄덕였다.

"왜?"

소년은 말없이 이쿠코의 배 언저리에 장미를 들이밀었다.

"고마워."

이쿠코는 두 손으로 장미를 받았다. 가슴 밑바닥에서 끓어오른 격한 감정은 이쿠코를 순식간에 휩쓸었다. 뜨거워진 눈에서 눈물이 쏟아졌다.

—그동안 수고했다는 의미로 주는 거지.

남편의 쑥스러운 미소.

—한 송이뿐이라 미안하지만.

이쿠코가 아르바이트를 그만둔 날, 남편에게 새빨간 장미 한 송이를 받았다.

그때 나는 틀림없이 행복했어, 하고 눈이 번쩍 뜨인 것처럼 생각했다. 그 행복은 다시는 돌아오지 않는다.

이쿠코가 흐느껴 울자 소년이 당황했다. 이쿠코는 "아니야" 하고 끅끅대며 목소리를 쥐어짰다.

"아줌마가 장미를 무척 좋아하거든. 그래서 기뻐서."

무슨 말을 하는 건지도 모른 채 쏟아지는 말에 몸을 내맡겼다.

"아줌마 남편이 죽었다는 말은 했지? 남편도 가끔 나한테 장미를 줬어. 늘 빨간 장미 한 송이만. 남편은 병에 걸려 죽었어. 아침에 일하러 가는 남편한테, 조심히 다녀와, 하고 말했는데 그게 마지막이 돼버린 거야. 전부터 몸이 안 좋았는데, 왜 억지로라도 병원에 데려가지 않았을까. 왜 그날 일을 쉬게 하지 않았을까."

자기 안의 깊은 곳에 침전되어 시간과 함께 응축되어가는 죄책감과 절망감을 누군가에게 쏟아낸 건 처음이었다. 이쿠코는 지금 나는 과거의 이야기를 하고 있구나, 하고 깨달았다. 남편과 살았던 날들도, 남편의 죽음도 이미 과거의 일이 된 것이다.

"어떡하지!" 비명 같은 소리가 나왔다. "어떡하면 좋아. 아줌마는 혼자가 됐어!"

이쿠코가 눈을 꾹 감았을 때 머리에 따뜻하고 무게감이 있는 게 내려왔다.

소년의 손이다, 하고 알아차렸다.

서툴고 어색하지만, 소년은 그 조심스러운 손길에 소중한 마음을 담아 이쿠코의 머리를 쓰다듬었다.

이쿠코는 흐느끼며 소년의 손바닥을 느끼고 있었다. 눈꺼풀 안쪽에 오렌지색과 노란색과 핑크색과 하늘색 등 다양한 색깔이 떠오르더니 마침내 지구본이 되었다.

지금 자신의 머리를 쓰다듬고 있는 게 500엔짜리 동전을 받은 아이들인 듯한 기분이 들었다.

히가시야마 요시하루의 뒤를 밟는 건 오늘 밤까지만 하자. 이쿠코는 집을 나설 때부터 그렇게 마음먹었다.

오늘 소년이 와준다면 다녀왔다는 소년의 노크 소리에, 어서
오렴, 하고 평소보다 더 밝은 목소리로 말하자. 그리고 감사의
마음을 전하자.

A군이 있어주는 것만으로도 아줌마는 구원받을 수 있었어. 정말 고마
워. 이번에는 아줌마가 A군의 힘이 되고 싶어. 아줌마가 할 수 있는 일
이 있으면 뭐든 다 말해줘.

드라이플라워로 만든 장미를 보며 편지를 썼다.

이쿠코가 히가시야마의 직장인 보건복지센터 앞에 도착한 건
저녁 5시 20분이었다.

직원용 출입구를 지켜볼 수 있는 곳은 여러 개지만 그날은 맞
은편 자판기 코너의 지붕 아래에서 땀을 닦으며 기다렸다.

히가시야마는 대체로 5시 반부터 6시 사이에 나오는데 그날
은 6시 반이 돼가는데도 나타나지 않았다. 벌써 퇴근한 걸까, 아
니면 야근일까. 쉬는 날일 수도 있다. 차츰 그가 나타나지 않아
도 된다는 생각이 들었다. 마지막 날에 나타나지 않는다면 그것
을 신의 뜻으로 받아들일 수 있을 것 같았다.

차라리 나타나지 않았으면. 그런 생각을 하는 순간 그 남자가
나왔다.

이쿠코를 알아차리지 못한 건지, 아니면 행복을 과시하기 위해 알아차리지 못한 척을 하는지 그는 뒤를 신경 쓰는 일 없이 역으로 걸어갔다.

히가시야마는 집과는 반대 방향인 전철에 올라탔다. 터미널역에서 내려 역 건물로 이어지는 에스컬레이터에 탔다. 아내와 약속이 있을지도 모른다. 이쿠코는 그동안 부부가 팔짱을 끼고 레스토랑이나 영화관에 들어가는 모습을 여러 번 목격했다.

히가시야마는 역 건물에 있는 여행사에 들어갔다. 상담 창구 앞에 앉아 직원과 대화를 한다.

가족여행이라는 말이 떠오르고, 내닫이창에 펼쳐진 여름 광경이 눈꺼풀 안쪽에 되살아났다.

이쿠코는 가슴에 증오와 질투가 솟아오르기를 기다렸다. 그런데 신기하게도 마음은 한없이 잠잠했다.

20분 뒤 히가시야마는 서류 가방에 팸플릿 몇 개를 넣으며 나왔다. 기분 탓일까, 아까보다 발걸음이 가벼워 보인다.

전철역 개찰구를 지난 그가 서둘러 걸었다. 열차가 도착한 모양이다. 이쿠코도 서둘렀지만 아슬아슬하게 놓치고 말았다.

이게 신의 뜻일까. 이쿠코는 히가시야마를 태우고 달리는 전철을 눈으로 좇으며 생각했다. 그렇다면 신은 내게 어떤 메시지를 보내려는 걸까.

이쿠코가 예전에 생각한 신이란 선악을 판단하는 인지를 초

월한 시선의 이미지였지만, 남편이 죽은 뒤에는 그 시선 속에 남편의 의사가 있는 것처럼 느껴졌다.

이쿠코는 다음 열차를 타고 히가시야마 집 근처 역까지 갔다. 딱히 생각을 하지 않았지만 몸이 저절로 그 남자의 귀갓길을 더 듬어갔다.

역에서 나와 조금 걸었을 뿐인데, 선로 옆에는 잡초가 무성한 공터가 드문드문 있고 벌레 울음소리가 들렸다. 지상은 밤의 색으로 물들고 있는데, 하늘은 아직 그윽한 빛을 품고 있다. 별 몇 개가 열심히 깜빡였다. 습기를 머금은 공기가 피부에 은근히 달라붙는다.

선로를 벗어나 주택가로 들어갔다. 가로등과 집집마다 켜진 외등이 마치 길잡이처럼 공원까지 이어져 있다. 평소보다 늦은 시간이라 그런지 이쿠코 말곤 아무도 없다.

공원은 밤의 밑바닥에 가라앉아 있었다. 군데군데 선 가로등이 나무들과 산책로를 부옇게 비췄다.

돌계단을 오르는 산책로에 접어들자 갑자기 이쿠코의 숨이 거칠어지면서 관자놀이를 타고 땀이 흘렀다.

자신이 왜 히가시야마의 뒤를 밟는지 처음부터 몰랐다. 확인하고 싶은 게 있는지, 찾아내고 싶은 게 있는지, 하고 싶은 게 있는지 지금도 여전히 모른다.

어쩌면 그 남자가 불행해지는 것을 지켜보고 싶었던 걸까. 그 생각이 들자 심장이 쿵쿵 뛰었다.

얼핏 든 생각은 확신이 되어 이쿠코의 가슴속으로 서서히 내려온다.

맞다, 틀림없다. 나는 타인의 불행을 바라는 인간이 돼버렸다.

그 생각에 충격을 받았다.

남편의 웃는 얼굴이 이쿠코를 감싸안았다.

이쿠코는 오래전부터 남편 같은 사람이 되고 싶었다. 남편은 불평불만도, 나약한 소리도 하지 않고 늘 흐뭇하게 웃었다.

그런 남편에게 지금의 나는 어때 보일까. 남편의 소울메이트가 될 자격이 없는 건 아닐까.

남편을 상처 입히고 배신하고 있다는 생각이 커져간다.

이대로 발길을 돌리자. 그 남자를 따라다니는 건 이제 그만하자. 그렇게 생각한 순간 인기척이 났다. 왼쪽 위로 눈을 들자 나무들 사이에 사람 그림자가 보였다.

20

이자와 유스케가 마쓰나미 이쿠코의 집에 가보기로 결심한 건 사고로부터 1년이 지났을 무렵이었다.

계획적인 건 아니었다. 외근 중에 들른 전철역이 그녀의 집 근처 역에서 가깝다는 걸 알게 된 데다 거래처와의 회의가 일찍 끝나 시간이 떴기 때문이었다.

두 달 전 유스케는 예전에 근무했던 광고대행사에서 같이 희망퇴직한 전 동료의 제안으로 이벤트기획회사 영업직으로 취직했다. 직원은 유스케를 포함해 일곱 명인 가정적인 분위기의 회사로, 스스로 의외일 정도로 보람을 느꼈다.

집 앞을 지나가보기만 하는 것이다. 유스케는 그렇게 마음먹고 전철에 올라탔다.

그녀가 어떻게 사는지 확인하고 싶은 충동에 휩싸인 적은 여러 번이지만, 지금까지 행동에 옮기지는 않았다.

남편의 죽음을 극복한 그녀는 자식들에 둘러싸여 행복하게 살고 있다ㅡ.

남편의 죽음으로 무너진 그녀는 1년이 지난 지금도 슬픔 속에 잠겨 있다ㅡ.

어느 쪽을 두려워하는지 갈피를 잡을 수 없었다.

유스케는 자신이 모든 걸 잃었다고 생각했다. 직업도 가족도 집도, 그런 형태가 있는 것뿐만 아니라 세상에 대한 긍정적인 시선도, 숨길 것이 없는 과거도, 죄책감 없는 명랑한 마음도, 그 남자를 트럭으로 치기 전에 갖고 있었던 일상을 송두리째 잃고 완전히 다른 인간이 된 것 같았다.

그 사고는 자신의 잘못이 아니라 트럭 앞으로 뛰어들어온 그 남자 탓이며, 그 남자의 가족 탓이기도 하다.

나는 피해자다. 그렇게 생각하지 않으면 못 살 것 같았다.

그랬는데 참 단순하기도 하지. 유스케는 차창을 흐르는 풍경을 바라보며 생각했다.

전 동료의 제안대로 일을 시작하자 유스케를 짓눌렀던 답답한 잿빛 안개가 조금씩 걷히면서 시야가 탁 트였다. 호흡이 편해졌고 악몽을 꾸는 빈도가 줄었으며 고주망태가 될 때까지 술을 마시는 일도 없었다. 아침에 눈을 떴을 때 오늘이라는 날에 희미한 기대를 하기도 했다.

벗어나고 싶어 그토록 몸부림쳤던 죄책감이 조금씩 사라지는 것에 새로운 죄책감이 싹텄다.

유스케는 마쓰나미 이쿠코의 집 근처 전철역에서 내렸다.

그에겐 자신의 마음이 똑똑히 보였다.

그 남자 가족이 행복하게 살고 있으면 된다—.

그렇게 생각한 것에 안도했다.

평일 점심 전의 거리는 느긋한 분위기였다.

주택가의 완만한 오르막길로 접어든 길을 무거운 걸음으로 걷는 여자의 뒷모습이 보인다. 그 앞에는 뚱뚱한 엄마와 작은 여자아이가 있었다. 엄마와 여자아이는 티격태격하는 것 같았지만 유스케 귀에는 새된 목소리가 들릴 뿐이다.

문득 아들이 어렸을 때가 떠올랐다. 하지만 구체적인 광경은 생각나지 않고 아들도 저렇게 작았을 때가 있었는데, 하는 막연한 그리움을 느꼈을 뿐이었다.

앞에서 걷는 여자의 에코백에서 뭔가가 떨어지는 게 보였다. 이어서 계속 떨어진다. 에코백 밑이 찢어진 거였다. 그 콩트 같은 광경에 유스케의 입가가 느슨해졌다. 아무것도 들어 있지 않은 에코백이 바람에 흔들렸다. 당황해서 그런 건지 여자는 땅바닥을 내려다본 채 우뚝 서 있을 뿐이다. 서류 가방에 있는 비닐봉지가 떠오른 유스케는 여자에게 주려고 걸음을 재촉했다.

"아이고, 여봐요! 마쓰나미 씨, 괜찮아?"

그 목소리에 가슴이 덜컥했다.

모퉁이를 돈 중년 여자가 우뚝 선 여자에게 달려갔다. 땅에 떨어진 걸 주워 자신의 쇼핑 카트에 담은 뒤 마쓰나미라는 여자의 팔을 붙잡고 걷기 시작했다.

유스케는 가슴속으로 마쓰나미, 하고 그 이름을 따라 말했다. 가슴이 서늘해졌다.

저 여자가 마쓰나미 이쿠코일까. 틀림없다는 확신과, 그러면 어떡하나 싶은 두려움이 일렁였다.

두 사람의 뒤를 밟은 유스케는 자신의 확신과 두려움이 현실이 된 걸 알게 됐다. 두 사람은 '마쓰나미'라는 명패가 달린 집에 들어갔다. 그때 그녀의 얼굴이 보였다. 유스케는 행인인 척 지나가며 흘끗 봤을 뿐이지만, 핏기 없는 얼굴은 땀에 젖어 있고 뭔가에 표정을 빼앗기기라도 한 듯 텅 빈 눈을 하고 있었다. 죽은 사람 같다고 생각했다.

　유스케는 그대로 정처 없이 주택가를 걸었다. 발을 멈추면 자신의 망막에 새겨진 마쓰나미 이쿠코와 마주해야 할 것 같았다. 하지만 발을 움직일수록 등 뒤에서 뭔가가 쫓아오는 기분이 들었다.

　목이 말랐지만 자판기도 편의점도 없어서 지나가다 눈에 띈 슈퍼에 들어갔다. 생수를 사서 나왔는데 여자 셋이 이야기를 하고 있었다. 귀에 '마쓰나미'라는 이름이 들렸다.

　"따라가는 거 아닌가 싶어 걱정이 되더라니까."

　그렇게 말한 건 아까 쇼핑 카트를 준 여자였다.

　유스케는 생수를 마시는 척하며 여자들의 대화에 귀를 기울였다.

　"그런데 남편이 저세상으로 떠난 지 벌써 1년이 넘었잖아. 이제 그만해야지, 안 그래?"

　"글쎄, 그건 사람에 따라 다르다니까. 자식이든 손주든 있었으면 상황이 달랐겠지만, 마쓰나미 씨는 혼자잖아. 사교적인 사람도 아니니 친구도 별로 없겠지. 남편이랑만 딱 붙어 지냈는데 심정이 어떻겠어."

　"하긴, 너무 급하게 가서 마음의 준비고 뭐고 할 틈이 없었지."

　유스케는 반사적으로 그 자리를 떠났다.

등 뒤에서 뭔가가 쫓아오는 기척이 심해진다. 죄책감, 후회, 꺼림칙함, 미안함…… 그를 쫓아오는 건 자신의 감정이었다.

걸음을 서두른 유스케의 등골에 갑자기 분노가 뚫고 들어왔다. 마쓰나미 이쿠코에 대한 세찬 분노였다.

보란 듯이 징징거리기나 하고. 모처럼 다시 일어서려는데 찬물을 끼얹다니.

차라리 면전에서 욕을 듣는 편이 나았다. 그러면 이쪽도 되받아칠 수 있었을 텐데.

어금니를 악물었더니 눈가에 눈물이 맺혔다.

그걸 끝으로 마쓰나미 이쿠코를 잊기로 했다.

머릿속에서 언뜻언뜻 생각나도, 가슴에 훅 닥쳐와도 아무것도 느끼지 않는 척하기로 스스로에게 숙제를 내줬다.

유스케는 전보다 더 업무에 몰두하며 거의 휴일도 없이 일했다. 오야마역 근처에 얻은 집에는 자러 갈 뿐이었다. 집을 팔아도 대출금을 갚고 나니 남는 돈이 없었고 저축은 전부 전처에게 넘긴 데다 매달 양육비도 줘야 해서 여유가 없었다. 그나마 함께 대화를 나누고 웃을 수 있는 직장 동료가 있고, 매일 바쁘게 살 수 있어 행운이라 생각했다. 그렇게 긍정적으로 받아들이게 된 데는 아베 가나에의 존재가 컸다.

그녀는 사장이 스카우트해온 이벤트 플래너로, 이혼한 뒤 두 딸과 함께 살고 있었다. 가나에의 첫째 딸이 유스케의 아들과 마찬가지로 고등학교 1학년이라 그런지 그녀가 딸 이야기를 할 때마다 아들 생각이 났다.

유스케는 이혼 후 전처인 나루미와도, 아들인 미나토와도 한 번도 만나지 않았다. 아들과는 한 달에 한 번 보기로 했지만, 나루미는 번번이 "미나토가 당신 얼굴도 보기 싫고 목소리도 듣기 싫대"라고 말했다. 그 말을 뒷받침하듯 미나토는 전화와 라인을 싹 다 무시했다.

"포기하지 않고 꾸준히 연락하는 수밖에 없지."

푸념을 했더니 가나에는 태연하게 대답했다.

"나를 어지간히 미워하나 봐."

"나 참, 그 정도는 당연히 참아야지. 자식이 건강하고 행복하게 살고 있으면 된 거야."

가나에는 대체로 너그럽게 웃으며 받아줬다. 유스케보다 두 살 어리지만, 믿음직하고 남을 잘 챙겨줘서 사내에서는 '가나에 누나' '가나에 엄마'로 통한다. 어린 직원들뿐만 아니라 50대 사장까지 그렇게 불렀다.

푸념을 늘어놓다 보니 가끔 함께 밥을 먹었고 차츰 그 빈도가 늘어났다. 그녀의 집에 가서 가구 배치 바꾸는 일을 도운 적도 있다. 두 딸은 엄마를 닮았는지 처음 보는 유스케를 경계하지도 않고 생글생글 웃으며 대해줬고, 중학생인 둘째 딸은 "엄마 남자친구 아니에요?" 하고 장난까지 쳤다. 집에 남편이자 아빠가 없어도 가나에와 두 딸은 행복하고 완전한 가족이었다.

나루미와 미나토도 내가 없어도 이런 식으로 웃고 있을까.

자식이 건강하고 행복하게 살고 있으면 됐다는 가나에의 말을 떠올리고 그녀의 말이 맞는다고 스스로를 타이르려 했다.

다음 달부터 양육비 올려줘.

나루미에게 메시지가 온 건 가나에와 술집에 있을 때였다. 작은 테이블을 사이에 두고 어묵을 안주 삼아 따끈하게 데운 술을 마시고 있었다.

미나토와는 여전히 연락이 되지 않지만, 나루미와는 몇 달에 한 번은 연락을 했다. 그녀의 연락은 거의 돈 때문이었다. 미나토의 고등학교 진학에 드는 비용, 여름방학 특강과 겨울방학 특강 비용, 휴대폰과 노트북 교체 비용 등 번번이 돈을 요구했다. 유스케가 매달 주는 양육비는 5만엔으로, 평균보다 많은 금액이라는 건 나중에 알았지만, 아들을 힘들게 한 대가라고 생각하면 얼마가 충분한 금액일지는 도무지 알 수 없었다.

"답장 안 해도 돼?"

가나에의 목소리에 메시지를 보는 자신의 표정이 험악하다는 걸 깨달았다.

"어, 응" 하고 휴대폰을 도로 내려놓으려다, "아, 역시 잠깐만 실례할게, 미안" 하고 양해를 구했다.

미나토한테 무슨 일 있어?

답장하자, 연달아 메시지 알림음이 울렸다.

무슨 일 있냐고? 꼭 남 일처럼 얘기하네. 고등학생이 됐으니 당연히 돈이 들지. 당신, 아빠잖아.
부모 역할을 내팽개치고 전부 나한테 맡겼으니 양육비 정도 지급하는 건 당연한 의무야.
사립 고등학교에 돈이 얼마나 드는지 설명했잖아. 벌써 잊었어? 당신하고는 상관없다 이거야?
당신은 돈도 시간도 본인을 위해서만 쓰고 있지?
당신 혼자만 자유롭게 살려고 하지 마.

마지막 한 줄에 따귀를 맞은 기분이었다.

나루미를 비롯한 주변 사람들 입장에서 보면 확실히 자유롭게 사는 것처럼 보일지도 모른다. 하지만 설사 돈과 시간을 나 자신을 위해서만 쓸 수 있다 해도 결코 자유로워질 수 없다. 유스케는 그렇게 생각했다.

뼈가 으스러지고 살이 찌부러지는 으득으득한 감촉. 이때다 싶어 나타나는 마쓰나미 이쿠코의 창백한 얼굴.

아무리 무시하고 물리치려 해도 그건 이미 유스케의 일부가 됐다. 자기 안에 있는 것으로부터 완전히 달아나는 건 불가능했다.

"무슨 일 있어? 괜찮아?"

가나에가 걱정스럽게 물었다.

어, 하고 유스케는 미소를 지었다.

"전처가 다음 달부터 양육비를 올려달라네."

우스갯소리처럼 들리길 바라며 일부러 어깨를 으쓱했다.

"이자와 군은 이혼한 지 얼마나 됐다고 했지?"

가나에는 나이가 더 어린데도 꼭 '군'을 붙였다.

"아직 2년 좀 안 됐지."

"꼬박꼬박 양육비 보내는 이자와 군은 훌륭하다고 생각해. 내 전남편은 처음에 딱 한 번밖에 안 줬거든. 그 후에는 연락도 안 돼. 애초에 양육비 잘 주는 남자가 네 명에 한 명뿐이라더라."

"으음, 뭐, 나는 그 정도밖에 못하니까. 아들이 나를 싫어해서 전화도, 라인도 완전히 무시해."

가나에와 이야기를 하다 보면 자신이 놓인 상황이 별것 아니라는 생각이 들어 신기했다.

"그러니까 전에도 아들한테 미움받는 정도는 참으라고 말했잖아. 그런데 전화랑 라인을 다 무시당하다니, 아버지로서 꽤 힘든 일이네. 왜 그렇게까지 하는지 짐작 가는 거 없어?"

가나에에게 털어놓고 싶다ー. 유스케는 돌연 끓어오른 격렬한 충동에 당황했다.

사고에 대해서는 아무에게도 말하지 않았다. 평생 말하지 않을 작정이었다. 아니, 말하지 못한다고 생각했다. 유스케는 그 사고를 없던 일로 하고 싶었다. 누군가와 공유하는 순간, 세상이 실제로 일어난 사건으로 낙인을 찍을 것만 같았다.

그런데 바로 지금 가나에와 공유하고 싶다는 갈망을 느꼈다.

앞 유리를 때리는 빗방울과 규칙적인 와이퍼의 움직임. 좁은 인도를 달리는 자전거. 상체를 앞으로 숙이고 페달을 밟는 남자. 휘날리는 비옷. 위험하겠는데, 하고 생각했을 때는 이미 늦었다. 예상치 못한 움직임으로 자전거가 차도에 뛰어들어왔다. 브레이크를 밟고 핸들을 꺾은 직후, 으득으득하는 불쾌한 충격이 발밑에서 타고 올라왔다.

ー그런데, 내가 쳤을 때 그 사람은 이미 사망한 상태였어.

상상 속 유스케는 그렇게 말했다.

ー지주막하출혈로 즉사했다고 하더라. 순식간에 일어난 일이라 나도 완전히 피하지는 못하고 오른손을 밟고 말았어. 나한테 책임은 없는 걸로 결론이 났는데 그때 감촉이 잊히지가 않아.

운전할 수 없게 된 것. 술을 퍼붓듯 마신 것. 악몽에 시달린 것. 그 사고로 이혼하게 된 것.

눈앞의 가나에에게 모든 걸 솔직하게 털어놓고 싶었다. 털어놓는 것으로 그 사고가 과거의 진실이 되고 그 과거가 있었기 때문에 지금의 내가 있는 거라고 생각할 수 있을 것 같았다.

유스케의 목이 열리고 입술이 움직였다.

"응?" 하고 가나에가 유스케를 바라본다.

말하지 못했다.

유스케의 뇌리에 잊으려 했던 마쓰나미 이쿠코의 모습이 되살아났다. 동시에 뚜렷한 윤곽을 띤 죄책감이 나타났다. 그 남자를 친 것이 아닌, 그녀를 잊으려 한 것에 대한 죄책감이었다.

마쓰나미 집에는 '세입자 모집' 포스터가 붙어 있었다.

포스터에 쓰여 있는 부동산을 찾아가자, 사장인 듯한 남자가 유스케를 맞았다.

유스케가 마쓰나미 히로시 친구라며 향을 피우러 왔다고 전하자, "마쓰나미 씨는 갑자기 이사를 갔습니다"라고 말하며 그게 넉 달 전인 8월이었다고 했다.

"집주인도 남편분 돌아가시고 자포자기한 거 아니냐고 걱정이 많았어요. 너무 갑작스럽게 떠나는 걸 보고 혹시 죽을 곳을 찾아낸 게 아니냐고 하더군요. 괜히 불길한 소리를 하면 안 되겠지만요."

유스케는 불전에 올리려고 가져온 선물용 과자 상자를 놓고 부동산을 뒤로했다.

돌이킬 수 없는 일을 저지른 건 아닐까. 그런 생각이 스멀스
멀 피어나 숨쉬기가 힘들어졌다.

그 남자를 트럭으로 친 것이 돌이킬 수 없는 일이라고 생각해
왔지만 그게 아니었다. 돌이킬 수 없는 건 그 남자와 그의 아내
를 똑바로 마주하지 않은 거였다는 걸 이때 확실히 깨달았다.

늦었다. 과거를 마주할 기회도, 인생을 다시 시작할 기회도
잃어버렸다.

자포자기. 죽을 곳. 유스케의 관자놀이 언저리에는 부동산 사
람의 말과, 마쓰나미 이쿠코의 핏기 가신 얼굴이 계속 걸려 있
었다.

그게 끝인 줄 알았다. 자신은 돌이킬 수 없는 일을 가슴에 품
은 채 살아갈 수밖에 없다고 생각했다.

생각지도 못하게 그녀를 발견한 건 새해가 밝고 며칠 뒤 어느
깊은 밤이었다.

불면증에 시달리게 된 유스케는 이불 안에 들어가 멍하니 TV
를 보고 있었다. 노숙인을 지원하는 자원봉사 단체를 취재한 다
큐멘터리 프로그램이었는데 신주쿠구 공원에서 열린 무료 급식
소 장면이 흘러나왔다.

유스케 시야에 뭔가가 꽂혔다. 그게 무엇인지 인지하기도 전
에 반사적으로 몸을 일으켰다. 네발로 기어 TV에 다가가 시야

에 꽂힌 걸 찾았다.

꽃무늬 쇼핑 카트였다.

급식을 기다리는 줄 뒤쪽에 꽃무늬 쇼핑 카트를 끌고 나가는 여자가 있었다. 아주 잠깐 여자가 급식소 쪽으로 고개를 돌렸다. 표정까지는 안 보였지만 마쓰나미 이쿠코를 닮은 것 같았다.

설마 그녀가 노숙인이 된 걸까?

자살을 시도했지만 죽지 못하고 노숙인이 되는 사람이 있다고 들은 적이 있는데, 그녀도 그런 걸까.

이튿날 유스케는 무료 급식소를 한 자원봉사 단체를 찾아갔다. 그러나 그녀에 관한 실마리는 얻지 못했다.

유스케는 검색 사이트와 SNS에서 그녀의 정보를 찾아봤다. '여자 노숙인'을 기본으로, 거기에 '꽃무늬 쇼핑 카트' '신주쿠' '오쿠보' '무료 급식소' 같은 단어를 검색했다.

반년쯤 지났을 무렵 SNS에서 자신처럼 여자 노숙인을 찾는 사람을 발견했다. 계정 이름이 '노마남'이라는 그 인물은 초로기 알츠하이머에 걸린 어머니가 노숙인이 됐을 가능성이 있다며 목격자를 찾고 있었다. '노마남'이 찾는 사람은 마쓰나미 이쿠코와는 다른 사람 같았지만, 유스케는 '노마남'에게 달린 댓글을 보고 목격 제보가 있었던 장소에 가봤다.

그리고 마침내 그녀를 찾아냈다.

그녀는 무료 급식소가 열렸던 공원 근처인 다카다노바바 지역에서 꽃무늬 쇼핑 카트를 끌고 걷고 있었다. 챙이 있는 베이지색 모자를 쓰고, 체크무늬 블라우스와 회색 슬랙스를 입었다.

유스케는 용기를 짜내 말을 걸었다.

"마쓰나미 씨, 시죠?"

유스케를 올려다본 그녀가 무슨 말인지 모르겠다는 얼굴을 했다. 눈동자는 회색빛이 도는 갈색이었고 아무것도 비치지 않는 것처럼 투명했다.

"마쓰나미 이쿠코 씨, 아니세요?"

유스케는 한 번 더 물었다.

그녀는 한참 뜸을 들인 뒤 고개를 작게 기울였다. 한탄하는 것 같기도, 미소를 짓는 것 같기도 했다.

"잘, 모르겠어."

그녀가 주저하듯 대답했다.

모른다는 게 무슨 뜻일까. 유스케는 그렇게 생각하면서도 그녀가 정말 노숙인이 맞는지 확인하기 위해 계속 질문했다.

"지금 어디에 살고 계세요?"

"잘, 모르겠어."

그렇게 대답한 그녀는 미안해하는 것 같았다.

"모르겠다고요?"

"미안해요."

"뭘 모른다는 건가요?"

그녀는 한 손을 입에 대고, "잘, 모르겠어. 전부" 하고 그런 자신이 창피하다는 듯 말했다.

* * *

"그럼 마쓰나미 이쿠코 씨는 기억상실이었던 겁니까?"

미쓰야라고 밝힌 형사가 테이블 너머로 물었다.

그의 옆에는 수첩에 펜 끝을 대고 유스케가 대답하길 가만히 기다리는 다도코로라는 젊은 형사가 앉아 있다.

유스케가 일을 마치고 전철역에서 내려 집으로 가고 있는데 형사가 와서 말을 걸었다. "이자와 유스케 씨 맞죠? 잠시 시간 좀 내주시죠" 하고 경찰수첩을 보여준 순간, 마쓰나미 이쿠코 일이라고 확신했다.

경찰은 어디까지 알고 있을까, 하고 생각하면 두려웠다.

집이 지저분하다고 말하자, 형사는 미리 조사해뒀는지 늦게까지 영업하는 카페에 데려갔다.

"네. 그랬던 것 같습니다."

유스케가 대답했다.

그녀는 자신의 이름도 나이도 가족도, 왜 길거리에서 살고 있는지도, 노숙인이 되기 전의 일은 아무것도 기억하지 못했다.

"이자와 씨는 그 후에도 마쓰나미 씨를 만나셨습니까?"

유스케가 대답을 망설이는 사이에, 미쓰야가 "만나셨죠?" 하고 확신하며 거듭 물었다.

　"……네. 음식과 음료수를 챙겨서 몇 번 만나러 갔습니다. 마쓰나미 씨에게 자신이 누구인지 알려드려야 할지 고민했고, 복지과에 연결하는 편이 좋지 않을까 하는 생각도 했습니다. 그런데 마쓰나미 씨가 그런 얘기를 싫어하시는 것처럼 보여서, 좀처럼……."

　말로 표현하자 마치 그녀를 생각해서 행동한 것처럼 들렸다. 하지만 실은 자신을 위해서였다. 유스케는 자신의 과거와 타협하는 것으로, 양심의 가책을 느끼지 않고 인생의 밝은 곳을 걷고 싶었다. 더 솔직히 말하면 편해지고 싶었다. 그러려면 그녀의 용서가 필요했다. 그러니 그녀가 불행해서는 안 됐다.

　그러나 유스케가 뭔가 말하려 할 때마다 그녀는 코앞에서 손을 홰홰 내저었다.

　―나는 이대로가 좋아.

　"어디에 가면 마쓰나미 씨를 만날 수 있었습니까?"

　"다카다노바바역 근처입니다."

　"구체적인 장소를 알려주십시오."

　미쓰야의 곧은 시선을 피하기 위해 유스케는 식은 커피를 한 모금 마셨다.

　"역 앞 로터리나."

"로터리나?"

"공원 벤치 같은 곳."

"그리고?"

"그 정도입니다."

"12월 24일 밤, 마쓰나미 이쿠코 씨를 만나셨습니까?"

갑자기 화제가 바뀌어, "네?" 하고 무방비한 목소리가 나왔다.

형사가 말을 걸어왔을 때부터 사건 당일 밤 알리바이를 확인할 거라 생각해 마음의 준비는 하고 있었다. 그런데 아직 뭐라고 대답할지를 정하지 못했다.

"작년 12월 24일 밤, 마쓰나미 이쿠코 씨가 누군가에게 살해된 건 알고 계시죠?"

"네."

유스케는 신중하게 대답했다.

"그때 그녀와 함께 계셨습니까?"

"제가 범인으로 의심받고 있는 겁니까?"

"그렇습니까?"

"네?"

"당신이 범인입니까?"

"아닙니다."

"제가 묻고 있는 건 12월 24일 밤에 마쓰나미 이쿠코 씨를 만나셨는지 여부입니다."

"아니요."

"아니요, 라면?"

"그게 잘, 모릅니다."

"뭐가 말입니까?"

"마쓰나미 씨를 만난 게 언제였는지 일일이 기억하고 있지 않거든요. 확실히 12월 말에도 만나긴 했는데, 그게 24일이었는지는 기억이 안 납니다."

경찰에게 그런 대답이 통할 거라고 생각하진 않았지만, 모호하게 대답하면서 시간을 벌기로 했다.

"그렇습니까."

그런데 미쓰야는 선선히 받아들였다. 옆의 형사도 놀란 얼굴로 미쓰야를 보고 있다.

"다음에 또 시간 좀 내주시죠. 고맙습니다."

미쓰야는 경악하는 두 사람을 전혀 개의치 않고 계산서를 들고 일어나더니, 문득 생각났다는 듯 유스케를 내려다봤다.

"올리셨습니까?"

"네?"

"양육비 말입니다."

양육비? 하고 되물으려다 전처의 메시지 이야기라는 걸 깨달았다.

"아뇨."

그렇게 대답하자, 가슴에 씁쓸한 것이 퍼졌다.

"올리지 않으셨습니까?"

"네."

"어째서입니까?"

가슴에서 올라온 씁쓸함이 혀 안쪽에 착 달라붙어 유스케는 헛기침을 했다.

"저희 다 아는 지인이 전처가 사치를 하고 다닌다고 얘기해줬 거든요. 전처 인스타그램을 봤더니, 호화로운 점심이나 카페 사 진이 많이 올라와 있었습니다. 양육비는 핑계였고 자기가 사치 하는 데 쓰려고 했다는 걸 알게 돼서 거절했습니다."

"어떤 사진입니까? 보여주십시오."

미쓰야가 막무가내로 굴어서 거절을 못했다. 유스케는 스파클 링 와인과 파스타 사진을 골라, "뭐, 이런 건데요" 하고 보여줬다.

"그럼 이혼하신 뒤 나루미 씨와 미나토 군을 만난 적은 없으 신 거군요?"

미쓰야가 전처와 아들의 이름을 알고 있다는 사실에 단숨에 경계심이 커졌다.

"그런데요……. 저기, 진짜로 제가 의심받고 있는 건가요?"

그러나 정말 의심하고 있다면 경찰서에 데려갔을 것이다.

게다가 경찰은 그 남자에 관한 것도, 그 남자와 에비스역 근 처 햄버거 가게에서 만난 것도 모르는 듯하다. 그렇다면 자신은 마쓰나미 이쿠코와 접점이 있는 인물 중 한 사람으로서 질문을 받았을 뿐인지도 모른다.

괜한 소리를 하지 않도록 명치에 힘을 줬다.

미쓰야는 질문에는 대답하지 않고 유스케를 내려다본 눈을 살짝 가늘게 떴다.

"당신은 자신의 과거를 마주하려고 노력했는지도 모릅니다. 그런데 과거를 공유한 사람과도 마주하려고 노력했습니까?"

직설적으로 날아든 그 말에, 이 형사는 모든 걸 알고 있는 게 아닐까 싶어 심장이 얼어붙었다.

21

—그가 에비스역 근처 햄버거 가게에서 금발 남자와 만났다는 건 모른 척한다.

미쓰야는 이자와 유스케를 만나기 전에 다도코로 가쿠토에게 그런 지시를 했다.

이쪽이 가진 정보를 내보이지 않는 것으로, 그가 감추려는 걸 찾아내기 위해서라고 설명했다.

그런데 도저히 말하지 않을 수가 없었다.

"이대로 보내도 괜찮겠어요?"

전철역으로 이어지는 상점가는 이자카야와 라면집, 편의점

272

등의 네온사인이 밤을 수놓고, 프랜차이즈 고깃집 앞에는 취객들이 고래고래 소리를 지르고 있었다.

"괜찮을 겁니다."

미쓰야는 주저 없이 대답했다.

가쿠토는 자신이 형사로서 아직 많이 부족하다는 걸 알고 있었다. 장점이 있다면 자존심이 없는 만큼 괴짜로 알려진 미쓰야 곁에 그림자처럼 붙어 다니는 일에 거부감을 거의 느끼지 않는다는 것 정도다. 하지만 이것만큼은 자신 있게 말할 수 있다.

"그런데 12월 24일에 마쓰나미 씨를 만났는지 아닌지 기억하지 못한다는 건 이상하잖습니까."

이자와 유스케에게 임의동행을 요구할 줄 알았는데 골탕을 먹은 기분이었다.

"다도코로 형사는 어떻게 생각합니까?"

"만났다고 생각합니다."

가쿠토는 즉시 대답했다.

"그렇게 생각하는 편이 자연스럽겠군요. 이자와 씨는 기억나지 않는다고 대답하면서 뭘 감추려 했을까요. 이자와 씨가 범인인지, 아니면 범인을 감싸고 있는지, 혹은 정말 기억나지 않는 것인지."

문득 미쓰야가 이자와 유스케에게 한 마지막 말이 떠올랐다.

ㅡ과거를 공유한 사람과도 마주하려고 노력했습니까?

과거를 공유한 사람이란 누구를 말하는 걸까. 미쓰야는 누구를 가리켰고, 이자와 유스케는 누구라고 받아들였을까. 두 사람은 같은 사람을 떠올렸을까.

밤의 수사회의를 마친 뒤, 미쓰야는 "그럼 오늘은 이만" 하고 일찌감치 인사를 건넸다.

가쿠토는 "아, 네. 수고하셨습니다" 하며 대답하고 서류 업무를 하기 위해 자기 책상이 있는 층으로 가려고 했다. 그런데 미쓰야의 태도에 걸리는 게 있었다. 웬일로 회의 중에 시간을 신경 쓰는 것 같았기 때문이다.

설마 또 나 몰래 혼자 조사하려는 건 아닐까.

황급히 미쓰야 뒤를 쫓아갔더니 마침 밖으로 나가고 있었다. 손목시계를 흘끗 확인하는 게 보였다. 수상했다.

미쓰야는 역 쪽으로 서둘러 가고 있다. 집으로 가는 걸까. 아니, 아닌 것 같다. 그러고 보니 미쓰야가 어디에 사는지도 모른다.

미쓰야는 도쿄메트로도자이선 열차를 타고 구단시타역에서 도에이신주쿠선으로 갈아탔다. 내린 것은 하마초역이었다.

지상으로 나가 길을 건너서 공원에 들어갔다.

스포츠센터와 캠핑장을 갖춘 규모가 큰 공원으로, 늦은 시간인데도 불구하고 스케이트보드를 타거나 춤을 추는 젊은이들이 보였다.

미쓰야는 뒤를 신경 쓰는 기색도 없이 지면에서 몇 센티미터 떠 있는 것처럼 하늘하늘 걸었다. 이렇게 쉽게 미행에 성공할 줄은 몰랐다. 왠지 시험당하는 기분이 들어 불안했다.

미쓰야는 공원 왼쪽을 향해 걸었다. 야구장 펜스 앞에 우락부락한 근육질 남자가 팔짱을 끼고 서 있다. 미쓰야가 그를 향해 한 손을 들자, 그가 체구에 어울리지 않게 머리를 깊이 숙였다.

하얀 가로등 빛이 두 사람의 오른쪽을 비추고 있다. 미쓰야는 뒷모습, 남자는 이쪽을 향해 있다. 그런데 그림자가 져서 얼굴이 잘 보이지 않는다.

정원수 뒤에 숨은 가쿠토 귀에, 미쓰야의 소곤소곤한 말소리와 남자의 "……네! ……네!" 하는 유난히 또렷한 대답이 들렸다.

미쓰야가 뭔가를 내밀었다. 남자가 그것을 받았다. 다음 순간 갑자기 남자가 가쿠토를 향해 성큼성큼 다가왔다. 큰일 났다, 하고 생각했을 때는 이미 늦었다. 가쿠토는 남자에게 팔을 붙들려 정원수 밖으로 끌려나왔다.

"겨, 경위님."

도움을 청하는 한심한 목소리가 나왔다.

"다도코로 형사. 여기서 뭐 하고 있습니까?"

미쓰야가 의아해하며 물었다.

"겨, 경위님이 어디 가시는지 궁금해서."

남자는 "앗" 하더니 가쿠토를 붙잡은 손을 놨다. 가쿠토도 "앗" 하고 소리쳤다.

남자를 처음 봤을 때 우락부락한 실루엣이 낯설지 않다는 느낌은 들었다. 가쿠토 앞에 있는 건 지바현경의 지바 형사였다.

"혹시 나를 미행한 겁니까?"

"아니, 미행이랄지, 또 저 몰래 혼자 조사하실까 봐."

"미쓰야 경위님은 신뢰받지 못하고 있군요." 지바가 재미있어하며 말했다. "그보다 쉽게 미행을 당하시네요. 의외입니다."

"내가 옛날부터 쉽게 미행당하는 사람이긴 합니다."

가쿠토는 누구에게 미행당했다는 걸까, 하는 질문을 삼킨 반면, 지바는 "혹시 여자친구가 경위님이 바람피우는 줄 알고 미행한 거 아닙니까?" 하고 거리낌 없이 말했다.

어떻게 된 일이지? 왜 지바 형사가 친근하게 굴까? 히가시야마 리사 집 앞에서는, 미―쓰야 경위님, 하고 노골적으로 조소와 적의를 드러내며 시비를 걸지 않았던가.

"그럼 이만."

미쓰야가 지바에게 말했다.

"네. 고맙습니다."

지바는 머리를 숙인 뒤 자리를 떴다.

가쿠토와 미쓰야는 가로등 아래 나란히 서 있다. 광장 쪽에서 젊은 남자들의 웃음소리와 박수 소리가 들려왔다.

"어떻게 된 일인지 설명해주시죠."

미쓰야는 가쿠토가 해야 할 말을 대신 말하더니 "이 말 하려고 했죠?" 하고 가쿠토를 봤다.

"맞습니다!"

"모르는 게 나을 겁니다."

"아뇨. 알고 싶습니다. 꼭이요."

미쓰야는, 그렇습니까, 하고 읊조린 뒤 몇 초간 눈을 내리깔고 생각에 잠긴 표정을 지었다.

차가운 공기가 콧속을 간질여 가쿠토는 에취, 하고 재채기를 했다.

"춥군요. 그럼 짧게."

가쿠토의 재채기로 결심이 선 듯 미쓰야가 입을 열었다.

"예전에 지바의 수사본부 사람에게 수사 수첩 복사본을 받았다고 했죠. 그게 지바 형사입니다."

친해 보이는 두 사람을 봤을 때부터 그렇게 예상했다. 요전번에는 다른 수사원 앞에서 의심받지 않기 위해 일부러 미쓰야에게 도발적인 태도를 취했던 것이리라. 돌이켜 생각하면 그때 지바의 태도는 과장돼 보였다. 그리고 거칠게 쏘아붙이면서도 결국은 미쓰야가 알고 싶어 하는 정보를 술술 불었다.

"오늘 지바 형사를 만난 건 영상을 건네기 위해서입니다."

"영상이라면 그 영상 말인가요?"

"네. 그 영상입니다. 그런데 수사 수첩 복사본에 대한 보답으로 건넨 건 아닙니다. 지바 형사에게 맡겨야 수사에 도움이 될 거라 판단했기 때문입니다. 수사에 도움이 된다는 건 단순히 사건이 해결된다는 뜻이 아니라, 진실이 밝혀진다는 의미입니다. 이대로 가면 마쓰나미 이쿠코 씨가 범인이 될 가능성이 있다고 생각했습니다. 그 영상을 익명의 제삼자에게 제공받은 걸로 하면 지금까지의 수사 방침을 재검토해야 할 상황에 놓이게 되는 거죠."

"그럼 역시 경위님은 히가시야마를 죽인 사람이 마쓰나미 씨가 아니라고 생각하시는 거네요?"

"네."

미쓰야의 간결한 대답에는 확신이 깃들어 있었다.

"그렇겠네요. 그게 아니고서야 히가시야마 리사 씨가 흉기를 땅에 묻을 리가 없죠."

지바에게 건넨 영상이란 히가시야마 리사가 모꼬지 언덕 공원에서 흉기로 보이는 걸 묻는 장면을 촬영한 것이다. 그날 미쓰야와 가쿠토는 혼마 히사야 집을 방문한 뒤 히가시야마 리사의 집으로 향했다. 집을 감시하고 있는데, 그녀가 밤 12시에 밖으로 나왔다. 그녀는 누가 볼까 신경 쓰며 공원으로 가더니 정자 옆에 흉기로 보이는 칼을 묻었다. 미쓰야는 그 장면을 영상으로 남겨놨다. 칼은 천에 싸여 있었지만, 영상을 다시 봤더니 땅에 묻기 직전 히가시야마 리사가 내용물을 확인하듯 천을 펼치는 바람에 그게 칼이라는 걸 알 수 있었다.

가쿠토는 그 영상을 언제 어떻게 사용할지 계속 생각했지만, 설마 지바현경의 지바에게 건네게 될 줄은 상상도 못했다.

문득 사건과 아무 상관도 없는 질문이 떠올랐다.

"경위님은 지바 형사와 어떻게 아시는 건가요?"

일부러 자연스럽게 물었다.

"몇 년 전에 합동 수사를 하면서 알게 됐습니다."

"흐음. 그런가요."

이후 계속 친분을 유지해온 걸까. 예를 들어 자주 연락을 하거나 술을 마시러 가거나 식사를 하거나. 그런 생각을 하는 스스로에게 놀라 창피해서 혼났다.

"그, 그래도 굳이 밀회할 필요 없이 우편이나 메일로 보내시면 되잖아요."

속마음을 감추려 했더니 말이 퉁명스럽게 나왔다.

"우편은 오배송 가능성이 있습니다. 메일은 증거가 남고요."

미행당하는 줄도 몰랐으면서 잘도 말하네. 가쿠토는 속으로 피식 웃었다.

이 사람은 이토록 신중한 반면 스스로에 대한 방어는 느슨한 것 같다. 아니, 애초에 방어할 생각이 아예 없을지도 모른다.

22

히가시야마 리사는 소파에 가방을 던지고 코트를 입은 채 멍하니 주저앉았다.

혼마 히사야와 일주일째 연락이 안 되고 있다. 전화도 안 받고 라인도 여전히 읽지 않았다. 분명 휴대폰이 수중에 없는 것이다. 그럼 체포됐다는 걸까.

히사야 집에서 남편 지갑이 발견됐다는 연락을 받았을 때부터 뉴스를 확인하고 있지만, 그에 관한 보도는 없었다. 경찰의 강도 높은 취조를 받으면서도 묵비권을 행사하거나 부인하고 있을지도 모른다.

나를 위해ㅡ. 그렇게 생각하면 가슴이 찢어지는 것 같았다.

리사는 가방에서 리본 장식이 달린 열쇠고리를 꺼냈다. 몰래 복사한 열쇠를 검지로 더듬었다.

히사야 집에 다녀온 참이었다. 인터폰을 눌러도 답이 없어 열쇠로 열고 들어가려 했는데 문이 열리지 않았다. 몇 번을 하든 마찬가지였다. 열쇠 구멍은 열쇠의 침입을 거부하듯 저항했다. 힘으로 돌리려 했더니 강하게 거절당했다.

경찰이 히사야 집을 막아놓은 거라 생각했다. 노란 테이프를 두르는 대신 자물쇠를 걸어놓은 게 틀림없다.

그날 이후 경찰에서는 연락이 없다.

실은 그날 남편은 지갑을 깜빡 잊고 나갔어요. 며칠이나 지나서 지갑을 발견했는데, 경찰에 말하면 왜 지금껏 입 다물고 있었냐고 혼날까 봐, 혼마 군 집에 몰래 숨겨놓은 거예요.

깊은 고민 끝에 완성한 이야기는 아직 경찰에 말하지 못했다.

등 뒤에서 문 열리는 소리가 들려 정신이 들었다.

자신이 지금 어느 시간 축에 있는지 혼란스러웠다. 순간적으로 남편이 돌아온 게 아닐까 하는 생각이 들어 충격과 공포에 휩싸였다.

몇 초간 망설이다 조심스럽게 뒤돌아봤다. 열린 문 너머에는 딸 루미나가 불만스러운 얼굴로 서 있었다. 안도는 순식간에 분노로 변했다.

"깜짝 놀랐잖아. 도둑처럼 몰래 들어와서."

"딱히 몰래 들어온 건 아닌데." 루미나가 부루퉁하게 말했다. "그쪽이야말로 일은?"

"그만뒀어."

보통은 한 달 전에 미리 말하는데, 히가시야마 씨는 그 나이 먹도록 상식이 없네요. 점장의 비아냥거리는 말을 떠올리자 가슴에 씁쓸함이 퍼졌다.

일하지 않으면 생계를 이어갈 수 없는 사람은 이해하지 못할수도 있는데, 나는 아르바이트 같은 거 아무래도 상관없어. 당신들과는 달리 더 소중한 게 있거든. 가슴속으로 그렇게 받아쳤다.

루미나는 경멸하는 얼굴로 엄마를 보고 있다. 잘렸다고 생각할지도 모른다.

"너무 따분한데 그럼 어떡하니?"

스스로 그만뒀다는 걸 알리기 위해 그렇게 말했건만, "아무래도 상관없어" 하고 낮게 중얼거리는 소리가 돌아왔다.

"왜 연락을 안 줘?"

루미나는 문 너머에 선 채로 내뱉었다.

"뭐가? 추워, 문 좀 닫아."

루미나는 거실에 발을 들여놓고 손을 뒤로 돌려 문을 닫았다. 문에 기대서는, "다음 달에 학부모 면담 있다고 라인으로 몇 번이나 메시지 보냈잖아" 하고 탓하듯 말했다. 그 태도도 말투도, 주변 사람은 자신을 위해 움직여야 마땅하다고 여기는 것처럼 느껴졌다.

"지금 그런 거에 신경 쓸 때가 아니라니까."

독한 말투가 튀어나왔다.

루미나는 아무 말도 하지 않고 가만히 노려보기만 했다.

"할머니한테 말하지 그래?"

"선생님이랑 할머니가 엄마한테 말하래."

"그럼 두 사람한테는 내가 말해둘게. 됐지?"

"그리고 다음 달 댄스학원 신청서에 사인도."

루미나가 가방에서 서류를 꺼냈다.

"뭐야, 그게."

"일주일에 한 번, 댄스학원 가는 거 알잖아."

"아. 아직도 다니고 있었구나."

"고등학교 들어갈 때 계속 다니겠다고 말했잖아."

"사인은 할머니한테 해달라고 하면 되잖아."

"부모님이 계시면 부모님한테 받아오라던데."

"거기 놔둬."

리사는 눈짓으로 식탁을 가리키고, "또 뭐 있어?"라고 물었다.

"없어. 짐 가지러 온 거야."

"그럼 빨리 해. 나, 혼자 있고 싶어."

말이 다 끝나기도 전에 문이 닫히며 계단을 올라가는 발소리
가 들렸다.

"뭐야, 진짜."

충동적으로 내뱉었더니 작은 비명 같은 소리가 나왔다. 리사
는 휴대폰을 집어들었다.

무사한 거야? 연락 줘.

메시지를 보낸 순간 인터폰이 울렸다. 너무 절묘한 타이밍이
라, 히사야? 하고 머릿속에서 들뜬 목소리로 말했다. 그가 이 집
에 온 적은 없지만 마음이 통했다고 생각했다.

그러나 모니터에 비친 건 낯익은 형사 얼굴이었다. 낙담한 나머지 고개가 축 처졌지만 히사야 소식을 물어볼 기회라 생각하고 다시금 힘을 냈다. 현관으로 가면서 '실은 그날 남편은 지갑을 깜빡 잊고 나갔어요. 며칠이나 지나서 지갑을 발견했는데……' 하고 혀 위에서 경찰에게 해야 할 대사를 굴렸다.

"뭐 좀 알아내셨어요?"

리사는 현관문을 열자마자 물었다. "혼마 군은……" 하고 이어서 말하려는데, 지바라는 형사가 말을 막았다.

"히가시야마 리사 씨, 서까지 동행해주시겠습니까."

"네?"

"당신이 5일 전 심야, 모꼬지 언덕 공원에 묻은 칼이 요시하루 씨 살해에 사용된 흉기인 게 밝혀졌습니다."

"네? 네? 무슨 소리예요?"

머릿속에서 뭔가 작렬하며 흰 섬광이 사고력을 날려버렸다.

"당신이 땅에 흉기를 묻는 걸 목격한 사람이 있습니다. 증거도 있습니다. 자세한 이야기는 서에서 들려주시죠."

"아니에요. 실은 그날, 남편은 지갑을 깜빡 잊고 나갔어요. 며칠이나 지나서 지갑을 발견했는데……."

무의식중에 흘러나온 말이 도중에 끊기고, 날아갔을 사고력이 리사 머릿속으로 천천히 돌아왔다.

"제가 했어요."

정신을 차리고 보니 그렇게 말하고 있었다.

"제가 남편을 죽였어요!"

"네. 혼마 씨도 그렇게 말하더군요."

지바의 냉정한 목소리. 똑똑히 들었지만 의미가 선뜻 이해되지 않았다.

"네?"

"혼마 씨도 요시하루 씨를 살해한 건 당신이라고, 그렇게 말했습니다."

"설마."

"혼마 씨는 당신이 요시하루 씨에 대한 불평을 자주 늘어놨다고 했습니다. 혼마 씨에게 결혼을 약속한 여성이 있다는 걸 알고 질투심이 일어 그에게 죄를 덮어씌우기 위해 그의 집에 흉기와 지갑을 숨겨놓은 것 아닙니까? 어떤 계획이나 생각이 있어서 나중에 흉기만 가지고 나온 것 아닙니까? 아아, 이것도 혼마 씨가 주장한 얘깁니다."

결혼을 약속한 여성―. 오려낸 것처럼 그 부분만 귓가에 울렸다.

"거짓말!"

"일단은 서로 같이 가시죠."

"무조건 거짓말이야! 그 여자가 누군데!"

리사는 거실로 뛰어갔다. 테이블 위의 휴대폰을 집어 히사야에게 전화를 하려는데, 형사가 못하게 했다.

"히가시야마 리사 씨, 같이 가시죠."

리사의 팔을 붙잡은 지바의 반대쪽에는 몸집이 작은 형사가
서 있다.

두 사람 사이에 껴서 현관으로 가니 또 다른 형사가 두 명 있
었다. 미쓰야와 젊은 형사다.

형사가 네 명이나 있다. 이렇게 엄청난 일이구나, 하고 따귀
를 맞은 기분이었다. 현실로 돌아온 것 같기도 하고 다른 세상
에 떨어진 것 같기도 했다.

ㅡ혼마 씨에게 결혼을 약속한 여성이 있다…….

불쾌한 목소리가 고막에 손톱을 세운다.

목소리를 떨쳐내려 머리를 흔드는데, 계단 밑에 서 있는 루미
나와 눈이 마주쳤다. 루미나는 입을 꽉 다물고 자신을 노려보고
있었다.

23

"동생분을 지금 여기로 불러주시겠습니까?"

미쓰야의 말에 다카하시 교타의 얼굴이 굳었다. 그는 커피잔
을 든 채 미쓰야의 시선을 피하듯 눈을 내리떴다.

가쿠토와 미쓰야는 이케부쿠로의 카페에서 다카하시 교타와

테이블을 사이에 두고 앉아 있다. 그의 이야기를 듣기 위해 회사에서 나오는 그에게 말을 걸어 데려온 것이다.

다카하시 교타는 마쓰나미 이쿠코의 시신을 처음 발견하고 경찰에 신고한 사람이다. 시신 발견 현장인 빈 건물을 관리하는 부동산 관리회사 직원이기도 하다.

"동생이, 뭘 했습니까?"

그렇게 물은 다카하시는 눈앞의 형사가 어디까지 알고 있는지 열심히 탐색하려 했다. 가쿠토는 그저께 저녁에 만난 이자와 유스케도 이런 표정이었다는 걸 기억해냈다.

"당신과 동생분께 몇 가지 질문을 드리고 싶은 것뿐입니다. 두 형제분과 마쓰나미 이쿠코 씨는 무슨 관계인가요. 당신 동생인 다쿠미 씨는 미노와 지역 아파트에 살고 있으니 30분 정도면 올 수 있겠군요. 다쿠미 씨가 집에 간 건 아까 확인했습니다."

"저기" 하고 다카하시가 눈을 들었다. "저희는 붙잡히는 건가요?"

결심한 듯 묻고는 커피에는 입을 대지 않고 도로 내려놨다.

"모릅니다. 아직 대답을 듣지 않았으니까요."

미쓰야가 대수롭지 않게 대답했다.

휴대폰을 들고 일어서는 다카하시에게, 미쓰야가 "여기서 걸어주십시오" 하고 정중하면서도 압박감이 느껴지는 말투로 말했다.

"……어어, 형인데. 지금, 경찰이랑 있어. ……잘 모르겠는데…… 너를 부르라고 해서…… 바로 오는 게 좋을 것 같아……."

통화를 마친 다카하시는 방금 그 통화 내용이 문제없는지 확인하듯 미쓰야를 봤다.

"다쿠미 씨가 오기 전에 몇 가지 질문을 하겠습니다. 당신이 마쓰나미 이쿠코 씨를 살해했습니까?"

"설마."

다카하시 목소리가 뒤집어졌다.

"설마요. 그런 짓을 할 리가 없잖습니까. 저도 마쓰나미 씨가 그렇게 돼서 충격을 받았습니다."

"그렇다는 건 역시 마쓰나미 씨와 아는 사이였다는 거군요."

다카하시는 고개를 끄덕였지만 생각을 바꾼 듯 고개를 갸우뚱했다.

"아는 사이라고 해야 할지, 저희가 일방적으로 알고 있었을 뿐입니다. 그리고 마쓰나미 씨는 기억상실 같은 느낌이었고요."

"설명해주시죠."

다카하시는 고개를 작게 끄덕인 뒤 테이블 가장자리에 깍지 낀 손을 올리고 이야기를 시작했다.

다카하시 형제의 아버지는 IT 관련 회사를 경영했다. 건물의 구조계산 소프트웨어 개발에 특화된 회사였다. 경영이 순조로웠던 건 회사를 설립한 지 10년 정도까지로, 이후 순식간에 매출이 악화되어 정신을 차렸을 때는 이미 손을 쓸 수 없는 지경이었다. 하지만 아버지는 현실을 인정하지 않고 재건하기 위해 안간힘을 썼다고 한다. 회사에 마지막까지 남았던 직원이 마쓰나미 이쿠코의 남편 히로시였다. 아버지는 마쓰나미 부부의 결혼식 주례를 서는 등 부부와 친하게 지낸 때가 있었다. 히로시는 그 때문에 구멍 난 배에서 내리지 못했을지도 모른다.

"저희 아버지는 도쿄대를 나오셨어요. 그걸 자랑스러워하셨고, 늘 똑똑하다는 말을 들어와서 실패했다는 걸 인정할 수 없으셨겠죠."

아버지는 여기저기서 돈을 빌렸다. 그중에는 마쓰나미 히로시를 연대 보증인으로 세운 것도 있었다.

"그뿐 아니라, 마쓰나미 씨가 사채업자에게 돈을 빌리게까지 하셨어요. 하지만 밑 빠진 독에 물 붓기였죠. 아버지는 빚을 떼먹고 도망가는 길을 택했습니다. 회사와 집은 처분했지만 다른 명의의 아파트와 당분간 쓸 돈은 마련해놓으셨죠. 게다가 용의주도하게 어머니와 이혼까지 한 상태였어요. 물론 위장 이혼입니다."

다카하시는 전혀 몰랐어요, 하고 말했다.

당시 그는 대학생으로, 회사가 망한 건 알고 있었지만 아버지는 그 이유도, 마쓰나미라는 직원에 관한 것도 말하지 않았다. 회사가 망했지만 아무 불편도 없는 생활을 했다고 한다.

그런데 어머니가 병에 걸리자 완전히 상황이 바뀌었다.

"처음에는 분명히 대단한 일이 아니었어요. 조기에 발견해서 수술하면 괜찮다고 했거든요. 그런데 수술을 했더니 금방 재발하고, 또 수술을 했더니 또 재발하는 일이 반복되고……. 마치 악몽 속에 있는 것 같았고, 의사도 영문을 모르는 눈치였어요. 그런데 아버지와 달리 어머니는 훌륭한 분이셨거든요. 내가 한 일은 결국 내게 돌아온다고 하시면서, 지금 이런 일을 겪는 건 내가 모르는 사이에 분명히 누군가에게 몹쓸 짓을 저지른 거라면서, 미안합니다, 라고 하시는 거예요."

그 말을 들은 아버지가 통곡을 했다고 한다.

"아버지가 우는 모습은 처음 봤습니다."

그렇게 말한 다카하시는 조금 웃었다.

어머니는 투병 끝에 눈을 감았다. 1년 뒤 아버지에게서도 같은 병이 발견됐다. 의사는 고칠 수 있다고 했지만, 아버지는 그 말을 믿을 수가 없었다. 그리고 우려하던 대로 됐다.

아버지는 그때 두 아들에게 자신이 저지른 일을 고백했다고 한다.

"형편없는 인간이라고 생각했어요. 그런데 이 사람이라면 그런 일을 저지를 수도 있겠다는 생각도 했죠. 아들로서 이런 말 하기는 그렇지만, 아버지는 자기만 좋으면 된다고 생각하는 사람이었거든요. 그런데 어머니가 돌아가시고 자신도 병에 걸리니까 제대로 된 인간이 된 거예요. 속죄하고 싶다고까지 하고. 물론 그것도 아버지 자신이 살고 싶은 마음에서 그런 거였을지도 모르죠."

아버지는 마쓰나미 히로시에게 사죄하고 얼마간의 돈을 주고 싶어 했다. 하지만 그가 어디 사는지 알 수 없었다. 휴대폰 번호도 바꿨는지 연락이 닿지 않았다. 아버지는 자기 때문에 야반도주한 게 아닌가 싶어 흥신소에 의뢰한 끝에 간신히 이사한 곳을 알아냈다. 그러나 마쓰나미 히로시는 이미 사망한 상태였고 아내인 이쿠코의 행방은 묘연했다.

아버지가 마쓰나미 이쿠코가 노숙인이 됐다고 말한 건 1년쯤 전이었다. 노숙인 지원 단체를 취재한 심야 다큐멘터리 프로그램에서 얼핏 봤다는 거였다.

다카하시가 거기까지 이야기했을 때 짧은 머리를 금색으로 물들인 남자가 가쿠토 시야에 들어왔다.

사흘 전 가쿠토가 미행했을 때도 라이더 재킷을 입고 검은 위장 무늬의 미니 크로스백을 메고 있었다.

다카하시 교타의 동생 다쿠미는 스무 살 대학생이었다. 노숙인으로 변장해 묵비권을 고수하고 석방 후에는 깨끗이 미행을 따돌렸지만, 지금 눈앞에 있는 그는 뻔뻔스러운 태도는 여전해도 눈매와 입술에 애티가 있어 터무니없는 일을 저지를 사람으로는 보이지 않았다.

291

다쿠미는 미쓰야와 가쿠토를 잠시 보고는 형 옆에 거칠게 앉았다.

미행할 때도 생각했지만, 노숙인으로 변장했을 때와는 인상이 완전히 다르다. 머리뿐만 아니라 눈썹 모양과 피부색, 심지어 눈의 분위기까지 다르다. 가쿠토는 만약 길에서 지금의 그와 스쳐 지나간다면 그가 묵비권을 고수한 사람이라는 걸 바로 알아차릴 자신이 없었다.

"그래서, 뭔데?"

다쿠미가 교타에게 물었다. 교타는 다쿠미 머리를 꽉 쳤다.

"아야!"

"어린놈이 건방지게."

일곱 살 많은 교타는 어린아이를 야단치듯 말하고, 다쿠미는 머쓱하게 고개를 숙였다.

"형님에게 아버지와 마쓰나미 씨 관계에 대해 듣고 있었습니다. 다큐멘터리 프로그램에서 봤다는 대목까지 들었습니다."

미쓰야의 설명을 들은 다쿠미는 눈을 치뜨고 형과 미쓰야를 번갈아 쳐다봤다.

"그래서 두 분은 어떻게 했습니까?"

미쓰야도 두 사람을 번갈아 쳐다봤다.

"마쓰나미 씨를 찾아봤습니다."

교타의 대답에 미쓰야가 고개를 작게 끄덕였다.

"찾으셨군요."

"네. 동생이 찾았습니다. 사진을 찍어서 아버지에게 보여드렸더니 틀림없다고 하셨죠."

믿어지세요? 하고 말한 교타의 얼굴이 울면서 웃는 표정이 됐다.

"그날 밤 아버지는 병세가 갑자기 악화돼서 돌아가셨어요. 자업자득인 걸까요. 아니면 천벌인지……."

끝부분은 힘없이 숨을 내쉬는 소리가 됐다.

가쿠토는 가슴속으로 천벌, 하고 그의 말을 읊었다. 설령 아버지에게는 자업자득이나 천벌일지라도 남은 형제에게는 저주가 되지 않았을까.

아버지가 불행하게 만든 마쓰나미 부부. 병에 걸려 쓰러진 어머니와 같은 병을 이어받은 아버지. 다음은 자신들 차례일지도 모른다. 거기서 끝나지 않고 자신들의 소중한 사람에게까지 피해가 갈지도 모른다. 그렇게 생각하지 않았을까.

실제로 본가를 나와 따로 살고 있는 교타에게는 동거 중인 여성이 있다. 훗날 가족을 덮칠지도 모르는 재앙을 끊고 싶었을지도 모른다.

"SNS에서 노마남으로 활동한 건 당신이군요?"

미쓰야가 다쿠미를 쳐다봤다.

"치매에 걸린 어머니를 찾는 척하고 여자 노숙인의 목격 제보를 모았군요?"

다쿠미는 묵비권을 고수했을 때처럼 눈을 내리뜨고 입을 다물고 있다.

"맞습니다" 하고 대답한 건 형이었다.

교타는 다쿠미가 아버지 고백을 듣고 왠지 분발했다고 말했다. 원래 동생은 철이 없어서 지금도 스파이나 탐정을 동경한다. 하지만 그보다 아버지가 속마음을 털어놔준 게 기뻐서 도움이 되고 싶었을 거라고 말했다.

"아닌데."

다쿠미는 눈을 내리뜬 채 혀를 차듯 중얼거렸다.

"왜 노숙인인 척하고 사건 현장을 서성댔던 겁니까?"

미쓰야가 물었지만 다쿠미는 대답하지 않았다.

"사건이 일어난 12월 24일 밤, 마쓰나미 이쿠코 씨를 만났습니까?"

잠시 침묵이 흘렀다.

"마쓰나미 씨를 원망했습니까? 당신이 마쓰나미 씨를 성폭행하려고 했습니까? 당신이 마쓰나미 씨를 살해했습니까?"

"아닙니다!"

소리친 건 교타였다. 뒤늦게 자신의 목소리를 깨달았는지 겸연쩍게 얼굴을 찡그리고, 작은 소리로 "아닙니다"라고 했다.

"뭐가 아니라는 겁니까."

미쓰야가 태연히 물었다.

"그러니까, 동생이 아닙니다."

"그건 어느 질문에 대한 대답입니까?"

"동생은 마쓰나미 씨를 죽이지 않았고 성폭행하지도 않았고 원망하지도 않았습니다."

"그렇습니까?"

미쓰야가 다쿠미를 쳐다봤다.

"그렇습니까?"

다시 반복했다.

"네. 정말입니다."

교타는 황급히 끼어들며, "너도 제대로 대답해야지" 하고 동생을 야단쳤다.

"저는 다쿠미 씨에게 물었습니다. 당신은 왜 대답하지 않습니까? 형에게 맡기면 된다고 생각합니까? 철이 없어서 그러는 겁니까? 잠자코 있으면 넘어갈 수 있다고 생각합니까? 성폭행 목적으로 마쓰나미 씨를 살해했기 때문입니까? 마쓰나미 씨를 죽이고 형에게 도움을 청했기 때문입니까?"

교타가 뭔가 말하려 숨을 들이마셨을 때였다.

"아니라니까."

다쿠미가 내뱉었다. 아까의 "아닌데"보다 뚜렷한 목소리였다. 교타는 테이블 아래로 다쿠미의 다리를 걷어찼다.

"……아닙니다."

다쿠미는 떨떠름하게 고쳐 말했다.

"뭐가 아니라는 겁니까?"

미쓰야는 가차 없을 만큼 자신의 페이스를 유지했다.

"그러니까, 마쓰나미 씨를 원망하지 않고 죽이지도 않았고. 입니다."

"성폭행하려고 했습니까?"

"설마. 할 리가 없잖아. 안 합니다."

"그럼 12월 24일 밤, 마쓰나미 씨를 만났군요?"

다쿠미는 도움을 청하듯 곁눈으로 교타를 살폈다.

"저, 제가 설명해도 됩니까?"

"안 됩니다."

미쓰야는 교타의 제안을 무 자르듯 싹둑 잘라버렸다.

"저는 다쿠미 씨에게 묻고 있습니다. 교타 씨에게도 차근차근 얘기를 들을 테니 조금만 기다리십시오."

그렇게 말한 미쓰야는 다쿠미 쪽으로 몸을 틀었다.

"12월 24일 밤, 마쓰나미 씨를 만났습니까?"

미쓰야의 낮고 허스키한 목소리에는 지그시 압박하는 힘이 느껴져 마치 이번이 마지막 기회라고 선언하는 듯했다.

다쿠미는 입술을 꾹 다물고 연신 눈을 깜빡이며 테이블의 한 점을 응시하고 있다. 얼굴이 불그레해지고 숨 쉴 때마다 어깨가

오르락내리락한다. 언뜻 보기에는 여전히 뻔뻔스러워 보이지만, 취조실에 있을 때와 달리 아직 스무 살인 그가 패닉에 빠졌다는 걸 알 수 있었다.

"네가 말 안 해도 어차피 내가 말해야 해. 우리가 형제인 것도 들켰잖아."

교타가 다쿠미 귓가에 대고 말했다.

이어 미쓰야가 "그렇습니다" 하고 말했다.

"당신이 경찰에서 묵비권을 고수한 건 신원을 밝히지 않기 위해서죠. 신원이 밝혀지면 최초 발견자인 교타 씨가 형이라는 사실이 드러나니까요. 그렇게 생각한 거 아닙니까? 아니면 달리 감추는 게 있습니까?"

다쿠미는 쭉 뻗었던 두 다리를 당겨 자세를 바로 하고는 작게 "없습니다"라고 대답했다. "그런데 아줌마는 이미 죽어 있었어."

불쑥 내뱉었다.

"당신이 빈 건물에 갔을 때는 이미 마쓰나미 씨가 돌아가신 뒤였다는 겁니까?"

다쿠미가 고개를 끄덕였다.

"마쓰나미 씨는 어디에 있었습니까?"

"빈 건물 1층."

그녀는 옥상에서 떨어진 후 범인에 의해 건물 안으로 옮겨진 것으로 보인다. 다쿠미의 증언이 사실이라면 그가 갔을 때는 이미 범인이 떠난 뒤였다는 말이 된다.

"그날 마쓰나미 씨를 만나러 빈 건물에 갔습니까?"

"응."

"왜 만나러 갔습니까?"

다쿠미는 몇 초간 망설인 뒤 입을 열었다.

"……크리스마스이브니까."

"크리스마스이브와 무슨 관련이 있습니까?"

"그야 크리스마스를 혼자 보내면 외롭잖아!"

다쿠미는 거친 말투로 쑥스러움을 감추려 했다.

크리스마스를 혼자 보내는 건 외롭다. 미쓰야는 그걸 전혀 이해할 수 없는지, "그렇습니까" 하고 태연한 목소리로 중얼거릴 뿐이었다.

다쿠미는 마쓰나미 이쿠코를 찾아낸 후, 자주 그녀를 찾아가게 됐다고 한다. 아버지가 저지른 일을 사죄하고 싶었고 그녀가 어떤 인생을 걸어왔는지 알고 싶었다. 그러나 그녀는 자신이 누구인지도 알지 못했다. 다쿠미는 길거리에서 사는 그녀를 내버려둘 수가 없어 거듭 생활보호 지원을 받으라고 권했다. 완강히 거절하는 그녀에게 자신의 집에 오라고 한 적도 있다. 하지만 그녀는 길거리에서 살기를 원했다고 한다.

"당신이 빈 건물에 갔을 때, 그녀의 옷은 어떤 상태였습니까?"

"에?"

"그녀가 옷을 어떻게 입고 있었습니까?"

"기억 안 나는데."

"기억이 안 난다?"

"너무 충격받아서."

"옷을 잘 입고 있었는지 어떤지 기억이 나지 않습니까?"

"거의 패닉이었어서."

"왜 경찰에 신고하지 않았습니까?"

"인기척이 나서 무서워서 도망쳤어. 의심받을까 봐."

그런데, 하고 옆의 형에게 매달리는 눈빛을 보냈지만, 교타는 미쓰야의 지적대로 입을 다물고 있다.

"그게 형이었다는 걸 나중에 알았다고요. 도망치는 게 아니었는데, 너무 후회돼서 그럼 내 손으로 범인을 잡아야겠다고 마음먹고. 그래서 노숙인인 척을 하고⋯⋯."

"그래서 뭔가 알아냈습니까?"

"아니, 아무것도."

다쿠미는 목을 움츠리더니, 기어들어가는 목소리로 "죄송합니다" 하고 말했다.

"그곳에 이자와 유스케 씨도 있었습니까?"

"에?"

"마쓰나미 씨가 쓰러져 있던 빈 건물 말입니다. 거기서 이자와 유스케 씨를 만났습니까?"

"그 아저씨, 이름이 이자와구나."

혼잣말처럼 말한다.

"있었군요?"

"그 아저씨가, 어디 사는 누구인지는 모르는데……."

그렇게 단서를 붙인 뒤, 다쿠미는 그와 몇 번 만난 적이 있다고 말했다. 자세한 건 모르지만, 그도 다쿠미와 마찬가지로 마쓰나미 이쿠코를 걱정했고 그녀에게 미안한 마음을 갖고 있는 것 같았다. 크리스마스이브날 밤, 빈 건물에 갔더니 그가 망연한 얼굴로 마쓰나미 이쿠코 옆에 주저앉아 있었다고 한다.

"아줌마를 건물 안으로 옮긴 게, 그 아저씨예요."

다쿠미가 서슴없이 말했다.

"뒤편 쓰레기장 속에 쓰러져 있길래, 불쌍해서 저도 모르게 옮겨왔다던데. 해서는 안 될 일을 했다는 걸 뒤늦게 깨달은 것 같더라. 그래서 누군가 들어오는 바람에 둘 다 도망친 거야. 그게 형인 줄 알았으면 도망가지 않았을 텐데."

"당신은 이자와 씨가 마쓰나미 씨를 살해했다고는 생각하지 않았습니까?"

"그렇게 생각할 리가 없잖아."

교타에게 다리를 걷어차인 다쿠미가, 아야, 하고 소리를 질렀다.

"왜 생각하지 않았습니까?"

"그거야 보면 알, 압니다."

"당신은 이후에도 이자와 씨를 만났습니까?"

그는 주저한 뒤 "……아니"라고 대답했다.

"만났습니다."

미쓰야가 마침표를 찍듯 말했다.

"앗" 하고 소리를 낸 쪽은 교타였다. 거짓말, 어떻게 된 거야? 다쿠미를 향한 눈이 그렇게 말하고 있었다.

"우선 당신 행적부터 확인해보죠. 노숙인으로 변장한 당신은 석방되고 나서 사흘간 세이부신주쿠역 북쪽 출구 주변 빈 점포나 공실에 숨어 있었습니다. 그사이 머리와 눈썹을 바꿨죠. 그리고 이제 괜찮겠지 싶어 이자와 씨를 만나기 위해 에비스까지 간 겁니다. 그렇죠?"

다쿠미는 고개를 절레절레 흔들었다.

"아니라면 뭐가 어떻게 아닌지 설명해주십시오."

교타가 참지 못하고 "어떻게 된 거야?" 하며 다쿠미의 어깨를 붙들었다.

"우선 이자와 씨를 왜 만난 건지 알려주십시오."

"말해."

교타가 다쿠미의 어깨를 흔들었다.

"그냥."

"그냥?"

미쓰야와 교타가 동시에 말했다.

"아니, 그냥이라는 건, 뭔가를 꾸몄다는 게 아니라 그냥 보고 했을 뿐이라는 뜻이야."

"뭘 보고했습니까?"

"그러니까, 노숙인인 척했는데, 아무 단서도 없었다는 거."

"당신은 노숙인으로 변장하고 부근을 어슬렁거리다 보면 범인을 찾을 수 있다고 진심으로 생각한 겁니까?"

"노숙인 입장에서 보면 뭔가 보이지 않을까 싶어서."

부모에게 혼난 어린아이처럼 꿍해 있는 모습이다.

"죄송합니다. 이 녀석이 바보라서. 저도 말렸지만, 해보겠다면서 말을 듣지 않았습니다."

교타는 그렇게 말하고 굽실굽실 머리를 숙였다.

"당신은 이자와 씨가 어디 사는 누구인지 모른다고 했습니다. 그런데 어떻게 에비스에서 만날 약속을 했습니까?"

"전화."

될 대로 되라는 투였다.

"어디 사는 누구인지는 모르는데 전화번호는 알고 있습니까?"

"도망칠 때, 뭐라도 알게 되면 알려달라고 전화번호를 적은 쪽지를 주고 갔으니까."

"그 쪽지를 보여주십시오."

"버렸습니다."

다쿠미는 갑자기 존댓말을 썼다.

"이자와 씨에게는 언제 전화했습니까? 통화 목록 확인해주십시오."

"기억 안 납니다. 공중전화로 해서."

"어디에 있는 공중전화입니까?"

"까먹었습니다."

다쿠미는 부자연스럽게 척척 대답했다. 하지만 얼굴은 굳었고 붉어졌다. 한눈에 봐도 뭔가 숨기고 있는 게 분명했다.

"당신과 이자와 씨가 에비스에서 만난 다음 날, 저희는 이자와 씨를 찾아가 얘기를 들었습니다."

미쓰야의 말에 다쿠미는 눈을 반짝 떴다가 이내 내리깔았다.

"몰랐습니까? 이자와 씨에게 듣지 못한 모양이군요. 그렇다면 이자와 씨는 당신 연락처를 모른다는 거네요. 그는 12월 24일 밤, 현장에 갔는지 안 갔는지 모른다고 했습니다. 이자와 씨가 뭘 감추려는 것 같습니까?"

"나를 감싸려고 했을지도."

"그렇습니까."

"근데 나랑 그 아저씨가 만난 건 어떻게 알아가지고. 아야!"

다쿠미는 막무가내로 화제를 바꾸려 했다.

"당신을 찾아냈기 때문입니다. 석방된 날 당신은 신원을 들키지 않기 위해 미행을 따돌려야 했습니다. 경찰이 당신을 놓친 건 세이부신주쿠역 북쪽 출구 부근입니다. 그 주변에는 교타 씨가 일하는 회사에서 관리하는 건물이 많더군요."

미쓰야는 거기서 말을 끊고 교타를 보며 고개를 기울였다.

"교타 씨, 오래 기다리셨습니다. 이번에는 당신 차례입니다. 당신이 조치를 취해놓았군요. 만약을 생각해 미리 다쿠미 씨에게 공실 혹은 빈 점포를 알려주고, 당분간 그곳에 숨어 있으라고 한 건 아닙니까? 옷을 갈아입고 헤어스타일을 바꾸면 완전히 도망칠 수 있을 줄 알았습니까?"

교타는 숨을 크게 들이마시더니 훅 하고 짧게 내뱉은 뒤 "죄송합니다" 하고 머리를 숙였다. 다쿠미가 그런 교타를 걱정스럽게 보고 있다.

"염치없는 부탁이지만, 회사에는 아무 말씀 안 하시면 안 되겠습니까?"

"굳이 말할 생각은 없습니다."

형제는 동시에 안도의 한숨을 쉬었다. 그러나 미쓰야가 이어서 한 말에 그 숨이 멈췄다.

"제가 말하지 않아도 어차피 알게 될 테니까요."

가쿠토는 미쓰야와 따로 움직인 사흘간의 일을 회상했다. 가쿠토가 히가시야마 리사를 지켜보는 사이, 미쓰야는 다쿠미가 미행을 따돌린 주변을 감시하고 있었다는 걸까. 그렇다면 그 일대의 건물 관리회사를 조사하고 사건의 신고자인 교타와의 접점을 찾아냈다는 말이 된다.

미쓰야는 한 호흡 쉬고 나서 계속했다.

"당신은 마쓰나미 이쿠코 씨가 살아 있었을 때도 똑같은 일을 해주지 않았습니까? 안심하고 쉴 수 있는 공실이나 빈 점포를 가르쳐준 겁니다. 그래서 마쓰나미 씨를 목격했다는 제보가 극단적으로 적었던 거라고 생각합니다."

교타는 스스로를 납득시키려는 듯 고개를 천천히 두 번 끄덕이고 나서, "맞습니다" 하고 인정했다.

"근데, 나야." 웬일로 다쿠미가 끼어들었다. "형한테 들은 정보를 아줌마한테 가르쳐준 건 나야. 형은 아줌마를 직접 만난 적이 없으니까."

"마쓰나미 씨가 당신들이 가르쳐준 공실이나 빈 점포를 전전한 건 맞다는 거군요?"

"그야 밖은 춥고 위험하니까."

다쿠미가 변명하듯 대답했다.

"저기, 그게 죄가 됩니까?"

교타가 결심한 듯 물었다.

"당신에게 죄를 묻는 일은 없을 겁니다."

미쓰야의 대답에 형제는 서로를 쳐다봤다. 두 사람 얼굴에 그럼 다쿠미는 어떻게 될까, 하고 쓰여 있었다.

미쓰야는 두 사람의 동요와 불안에 아랑곳하지 않았다.

"그럼 또 찾아뵙겠습니다. 경우에 따라서는 서로 와주셔야 할 수도 있습니다."

미쓰야는 책을 읽듯 말하고 자리에서 일어났다.

이케부쿠로역에서 JR야마노테선을 타고 다카다노바바역에서 내렸다.

수사본부가 있는 도쓰카 경찰서로 가는 길에 사건 현장이 있다. 현재도 빈 건물인 채 출입 금지 테이프가 둘러져 있지만, 사건이 일어난 지 3주가 지나 수사원은 없다.

원래 건물에는 봉제회사가 들어와 있었고 정면 현관 외에 뒷문이 있다. 양쪽 출입문 모두 잠겨 있지만, 건물 관리회사에서 뒷문 열쇠를 받아뒀다.

미쓰야에 이어 가쿠토도 뒷문으로 들어갔다. 엘리베이터 앞을 지나 정면 현관 쪽으로 가면 마쓰나미 이쿠코의 시신이 발견된 곳이 나온다. 봉제회사가 들어와 있을 무렵에는 회의 공간으로 사용했다고 한다.

계단으로 4층 옥상까지 올라갔다.

쌀쌀한 바람이 뺨을 어루만진다.

겨우 4층짜리 건물 옥상인데도 지상보다 공기가 맑은 것처럼 느껴졌다. 밤하늘에는 구름이 엷게 껴 있다.

미쓰야는 두 손으로 난간을 잡고 지상을 내려다봤다. 그의 왼쪽에 선 가쿠토도 덩달아 아래를 봤다.

건물과 건물 사이 으슥한 곳에 쓰레기가 불법 투기되어 있다. 크리스마스이브날 밤은 더 심했다. 비닐봉지에 든 가정 쓰레기와 사업장 쓰레기, 음식물 쓰레기, 페트병과 빈 캔, 타이어와 베니어판 등이 수북이 쌓여 있었다. 사건 후 건물 관리회사가 치운 듯하지만, 이곳에서 사람이 살해된 걸 모르는 걸까, 아니면 알면서도 태연히 쓰레기를 버리는 걸까.

마쓰나미 이쿠코가 스스로 몸을 던진 걸까, 아니면 누군가에 의해 떨어진 걸까. 단정할 수는 없지만 현장 상황으로 봐서는 누군가에 의해 떨어졌을 가능성이 높은 걸로 보고 있다.

"두 형제를 놔줘도 괜찮은가요?"

그렇게 물은 가쿠토는 이자와 유스케를 만났을 때도 같은 질문을 했던 게 떠올랐다. 그때도 당연히 임의동행을 요구할 줄 알았다.

미쓰야는 간단명료하게 "네" 하고 대답했다.

어째서요? 하고 물으려 했지만, 미쓰야가 더 빨랐다.

"아직은 은밀하게 알아보고 싶습니다."

"보고를 하지 않겠다는 말씀인가요?"

"그렇습니다."

미쓰야는 수사회의에서 이자와 유스케와 접촉했다는 걸 보고하지 않았다. 오늘 다카하시 형제를 만난 것도 말하지 않을 모양이다. 이자와와 다카하시 형제까지 세 명을 자유롭게 놔두는 것으로 사건이 해결될 거라 생각할지도 모른다. 그렇다면 또 미행을 해야 할 것이다. 그러자 문득 어떤 생각이 들었다.

"그나저나 그 동생은 의외로 노숙인 변장을 아주 잘했던데요. 그냥 스쳐 지나갔다면 못 알아봤을 것 같아요."

가쿠토는 솔직히 말했다.

"머리는 얼굴의 액자라는 말이 있듯 헤어스타일이 옷차림보다 인상에 더 많은 영향을 줍니다. 게다가 그는 얼굴에 무대 화장용 분을 칠했거나 파운데이션을 발라서 피부를 검게 했을 테고, 일부러 눈두덩이를 붓게 했을 겁니다."

"그게 가능하다고요?"

"체질에 따라 다르지만, 수분이나 알코올을 과하게 섭취하거나 엎드려 자거나 수면 부족이면 쉽게 붓기도 합니다."

"그렇군요."

"그런데 그 정도 변장으로 알아보지 못한다면 다도코로 형사는 경찰 자격이 없다는 소린데, 괜찮습니까?"

미쓰야가 가쿠토를 똑바로 쳐다본다. 장난기라곤 전혀 느껴지지 않는 무서울 정도로 진지한 얼굴이었다.

"괘, 괜찮습니다, 괜찮아요. 정말이지 괜찮습니다. 그냥 해본 말인데요, 뭐. 겸손을 떠느라⋯⋯."

황급히 둘러대고 아하하하하, 하고 웃었더니 무안해졌다.

"이곳만 시야가 트여 있군요."

미쓰야의 조용한 목소리에 가쿠토는 억지 미소를 거뒀다.

미쓰야는 정면의 먼 곳을 응시하고 있다.

"아, 정말 그러네요. 꽤 멀리까지 보이는데요."

높은 건물 사이 트인 시야는 마치 좁은 짐승의 길 같았다. 건물 불빛과 네온사인, 가로등이 형형색색의 물감을 울긋불긋 번지게 한다.

"그녀도 같은 풍경을 봤을지도 모르겠군요."

미쓰야의 온화한 목소리가 왠지 슬프게 들렸다.

만약 미쓰야의 말이 맞다면 마스나미 이쿠코는 이 소소한 야경을 어떤 마음으로 눈에 담았을까.

"다도코로 형사."

미쓰야가 여전히 앞을 보며 가쿠토를 불렀다. 곱슬기 있는 앞머리가 바람에 살랑거린다.

"네."

"범인을 알았습니다."

"네?"

미쓰야의 뜬금없는 말에 가쿠토는 순간 머리가 정지했다.

"범인을 알아버렸습니다."

미쓰야는 먼 곳을 보며 말했다.

24

병실을 들여다본 이자와 유스케는 그 여자가 기무라 히사코
라는 걸 바로 알아보지는 못했다.

침대 위에서 몸을 일으킨 그녀는 창문 쪽으로 얼굴을 돌리고
있었다. 창밖으로 저층 건물과 저물어가는 겨울 하늘이 보인다.

인기척을 느낀 그녀가 유스케를 향해 고개를 돌렸다.

살이 많이 빠졌네, 하는 생각이 가장 먼저 들었다. 꽃이 죽음
의 냄새를 풍기며 시들 듯 바싹 말라 있었다. 과거에 장모였던
사람과 마지막으로 만난 게 언제였더라. 기억하려 해봤지만 몇
년이나 만나지 않았다는 막연한 기억뿐이었다.

유스케는 말없이 히사코에게 다가갔다. 그녀 또한 말없이 유
스케를 바라본다.

말을 걸려다 주저했다. 그녀가 자신의 딸을 불행하게 만든 예
전 사위를 원망하지 않을 리가 없다.

어머님. 그렇게 부르려다 목구멍에서 멈췄다. 이제 그녀는 장
모님이 아니다. 하지만 달리 부를 만한 호칭이 없었다.

"그동안 격조했습니다."

유스케는 인사를 하고 바로 본론으로 들어갔다.

"무슨 일이 있었던 겁니까?"

히사코에게 전화가 온 건 약 한 시간 반 전의 일이다. 나루미

일로 할 얘기가 있으니 바로 와달라고 하기에 급히 일을 끝내고 달려왔다.

무슨 일이 있었던 겁니까? 하고 물었지만, 유스케의 심장은 연신 경종을 울리며 무슨 일이 벌어졌는지 안다고 주장했다.

"미안하네."

히사코는 숨이 새어나오는 듯한 목소리를 냈다.

"아까, 경찰이 왔었어."

"경찰."

무의식중에 중얼거렸다.

"나루미한테, 묻고 싶은 것이, 있다고."

"어떤 걸 말입니까?"

유스케 목소리가 뒤집어졌다.

"몰라. 자세한 건, 말해주지 않았어. 그런데, 아까부터, 집에도 휴대폰에도, 전화를 걸었는데, 나루미가, 받지를 않아. 그래서 자네라면, 뭔가 알고 있지, 않을까 해서."

히사코는 세 시간쯤 전인 오후 2시경 병실에 형사 두 명이 찾아왔다고 했다. 형사들은 우선 히사코의 집에 찾아갔지만 응답이 없어서 나루미가 아르바이트하는 콜센터에 갔다. 나루미는 쉬는 날이라 못 만났지만 거기서 히사코가 이 병원에 입원했다는 걸 알았다고 한다.

히사코는 경찰이 그렇게까지 해서 나루미를 만나려는 이유가 뭐냐고 물었다.

"아뇨. 저도 모릅니다."

그렇게 대답했더니 딱딱한 걸 삼킨 듯한 느낌이 들었다.

"미나토 소식은 들었지?"

유스케는 미나토, 하고 말하는 것으로 시간을 벌려고 했다. 그러나 무거운 침묵을 견디지 못하고 입을 열었다.

"미나토의, 무슨 소식 말입니까?"

히사코는 낙담의 숨을 내쉬었다.

"됐네."

그녀의 손이 무릎 위에서 작게 움직였다. 내쫓는 듯한 손짓이었다.

"됐어. 자네한테, 의지하려던 게, 잘못이었어."

그녀는 유스케를 외면하고 창문 쪽을 봤다.

"그런데 말이네, 아비도, 부모 아닌가. 왜, 어미가, 전부 짊어져야 하나?"

가냘픈 중얼거림이 유스케의 가슴에 박혔다.

히사코의 야윈 옆얼굴에서 완강한 거부와 분노가 느껴져, 유스케는 2~3초 머뭇거린 뒤 인사를 하고 병실을 뒤로했다.

병실에서 나와 나루미의 친정으로 향했다. 전철을 기다리기가 답답해서 역 한 정거장 거리를 빠른 걸음으로 걸었다.

벌써 해가 저물어 서쪽 하늘에 노을 진 흔적이 어렴풋이 남아 있을 뿐 지상에는 밤의 색이 퍼지고 있다. 오우메가도를 따라 동쪽으로 얼마간 걸었다. 이 근처일 텐데, 하고 가늠해 편의점을 끼고 오른쪽으로 돌았다. 그러나 너무 빨리 돌았는지 한참을 가도 집이 보이지 않았다.

드디어 집을 찾아냈지만 불이 꺼진 상태였다.

나루미와 미나토 모두 집에 없는 걸까. 그렇게 생각한 유스케에게, "이자와 씨" 하고 말을 거는 사람이 있었다. 순식간에 경찰이란 걸 알아차렸다.

조금 떨어진 곳에 검은 차가 서 있다. 미쓰야는 저 차에서 내렸으리라.

"잠복하고 계셨네요?"

경계심을 감추려 했더니 비난하는 말투가 됐다.

"그렇습니다." 미쓰야는 동요하지 않고 대답했다. "다만 당신이 아닌, 기무라 나루미 씨를 기다리고 있습니다."

"어째서죠?"

유스케는 상반되는 두 가지 의미를 담아 질문했다.

어째서 나루미를 기다리는가.

어째서 알게 됐는가.

미쓰야가 어느 쪽으로 받아들일지 도박을 거는 심정이었다.

"마침 잘됐습니다. 나루미 씨가 어디에 있는지 아십니까?"

미쓰야는 유스케의 질문을 무시하고 되물었다.

"모릅니다."

나루미를 왜 찾는 겁니까? 그렇게 덧붙이려 했지만 또 하나의 자신이 그것을 말렸다.

차에 타라고 권하기에 유스케는 뒷좌석에 올라탔다. 운전석에는 젊은 형사가 앉아 있었다.

"저기, 어째서죠?"

이번 질문은 무의식중에 흘러나왔다.

좁은 차 안에 있으니 도망갈 길이 막힌 심정이 돼서 하면 안 될 말을 입 밖에 낼 것 같았다.

"이자와 씨가 얘기해주신 내용은 전부 진위 여부를 확인했습니다."

미쓰야의 말에, 역시 그랬구나, 하고 유스케는 체념하며 생각했다. 방심하면 고개를 숙일 것만 같아서 양어깨에 힘을 줬다.

어제 가나에가 전화를 해서는 경찰이 당신에 대해 이것저것 질문했어, 하고 말했다.

그런데 이상한 것만 묻더라. 술집에서 같이 어묵을 먹었는지, 가구 배치 바꿀 때 도움을 받았는지. 가나에는 그리고 또, 하며 머뭇거린 뒤 계속했다. 이자와 군 전처한테 양육비 올려달라는 메시지가 왔다는 걸 알고 있는지, 아들에게 무시당한다는 얘기를 들은 적이 있는지도.

거기서 가나에가 다시 머뭇거렸다.

저기, 이자와 군, 무슨 일 있어?

아니, 아무것도 아니야. 이자와 유스케가 대답했다. 번거롭게 해서 미안해. 그런데 괜찮으니까 걱정 마. 나하고 직접 관련된 일은 아니야. 지인이 좀. 자세한 얘기는 못하지만.

괜찮으니까 걱정 마? 나하고 직접 관련된 일은 아니야? 지인이 좀?

스스로 내뱉은 말이 날카로운 화살이 되어 돌아왔다. 화살이 박힌 상처에서 죄책감이 배어났다.

"한 가지 거짓말을 하셨더군요."

미쓰야가 말했을 때 유스케는 가슴에 주먹을 얹고 있었다.

그렇다, 그때 한 가지 거짓말을 했다. 계산해서 한 거짓말이 아니다. 순간적으로 튀어나온 말이었다.

"이자와 씨는 이혼하고 나서 나루미 씨와 미나토 군을 한 번도 만나지 않았다고 하셨습니다만, 실은 만나셨죠? 적어도 작년 12월 24일, 마쓰나미 이쿠코 씨가 살해된 날에 두 사람을 만나러 갔습니다."

그렇게 말한 미쓰야는 나루미의 친정을 가리켰다.

"그날 이 집에 왔었죠?"

미쓰야가 눈을 가늘게 뜨고 다시 유스케를 쳐다봤다.

어떻게 알았을까. 궁금했지만 물어보면 돌이킬 수 없는 상황이 될 것 같았다. 그때 흠칫했다. 보이지 않는 손에 따귀를 맞아 정신이 번쩍 든 기분이었다.

돌이킬 수 없는 상황? 하고 가슴속에서 되새겼다. 그런 지점은 벌써 진작 지나가지 않았나. 캄캄한 구멍에 거꾸로 떨어지고 있지 않은가. 이제 땅에 곤두박질치는 순간을 기다릴 뿐이다.

머리를 싸쥐고 눈을 감은 채 충동이 이끄는 대로 으악, 하고 외치고 싶다. 얼마나 외쳐야 눈을 떴을 때 모든 게 없던 일로 돼있을까. 고작 그런 유치한 생각에 매달릴 수밖에 없었다.

옆의 미쓰야가 갑자기 몸을 움직였다. 덤벼드는구나 싶어 유스케는 반사적으로 경계했다.

"다도코로 형사!"

미쓰야가 소리치면서 차 밖으로 튀어나갔다. 젊은 형사도 황급히 운전석에서 나간다.

유스케 눈에 불 켜진 창문이 들어왔다. 2층 복도 창문이다.

아아, 있었구나. 집에 없는 척했던 거구나. 그렇게 생각한 순간 흠칫 놀랐다. 네모난 창문을 물들이고 있는 건 형광등이 아니다.

차에서 내리자 희미한 탄내가 코를 찔렀다.

"나루미 씨! 나루미 씨! 문 열어주십시오!"

미쓰야가 인터폰을 누르며 문을 쾅쾅 두드린다. 다도코로라는 형사는 휴대폰에 대고 소리치고 있지만, '소방차'와 '구급차'라는 단어 외에는 잘 들리지 않았다.

2층 복도 창문이 어두운 오렌지색으로 물들었다. 커튼이 타고 있다는 걸 알았다.

25

기무라 나루미는 활활 타오르는 불길을 바라보며, 이건 나야, 라고 생각했다.

불길은 붉은 혀가 되어 천천히 커튼을 핥아 올라간다. 훅훅 뿜어져나오는 열기. 타닥타닥 튀는 소리. 불길은 갈수록 거세져 닥치는 대로 불태우고 있다. 그것은 나루미 안에 응어리진 분노 그 자체였다.

나루미는 자신이 불길의 일부이며 또 불길이 자신의 분신이기도 하다는 생각이 들었다.

마비돼가는 머리로, 어쩌다 일이 이 지경이 됐을까, 하고 생각했다.

많은 걸 바란 건 아니었다.

그저 정당하게 평가받고 자신에게 어울리는 환경을 원했을 뿐이다. 그런데 늘 마땅히 있어야 할 위치보다 두세 단계 아래에 있는 환경밖에 주어지지 않았다.

나루미는 줄곧 자신의 외모가 5점 만점에 4점이라고 생각했다. 배우나 모델이 되는 건 5점짜리 여자와, 빼어난 개성이 있는 4점짜리 여자. 10대 시절에는 자신도 그 무리에 낄 수 있었지만, 하라주쿠나 시부야를 걸어도 헤어 모델 제안밖에 받지 못했다. 그런데 자신보다 점수가 낮은 3점짜리 애가 연예기획사에 캐스팅됐다며 자랑하는 걸 보고, 세상으로부터 부당한 취급을 받는 기분이 들었다. 만약 그녀와 같은 타이밍에 같은 장소를 걷고 있었다면 그녀가 아닌 자신이 캐스팅됐을 거라고 생각했다.

외모는 4, 센스는 4+, 사교성은 4, 공부와 운동은 4-, 가정환경은 3. 평균 4점이다. 그런데도 알맞은 위치에 오르지 못한 건 인복이 없는 탓이다. 더 확실히 말하면 남자 복이 없어서라고밖에 생각할 수 없었다.

나루미는 여자의 가치는 남자로 정해진다고 믿었고 실제로도 그랬다. 나루미처럼 평균 4점짜리 동창은 외국계 투자은행에 다니는 남자와 결혼했다. 결혼반지는 해리 윈스턴이었다. 몰래 가격을 알아봤더니 500만엔 이상이었다. 그녀는 지금 도쿄의 부촌인 미나토구의 타워맨션과 하와이 별장을 오가며 살고 있다.

평균 3점짜리 동창은 간호사가 되어 의사와 결혼했고 일을 그만뒀다. 도쿄 외곽이긴 해도 신축 단독주택에 살며 휴일에는 홈파티를 열어 손님들에게 넓은 정원에서 키운 허브를 이용한 요리와 유기농 와인을 대접한다.

두 동창 모두 연락은 예전에 끊겼지만, 어떻게 사는지는 인스타그램으로 확인했다.

인스타그램에 서식하는 얼굴도 이름도 모르는 여자들도 마찬가지다. '남편이' '애 아빠가' '서방님이' '그가' '달링이' 등등 자연스럽게 남자가 있는 티를 내면서 풍족한 생활을 과시한다. 그녀들이 가치 있는 게 아니라 우연히 운 좋게 점수가 높은 남자와 결혼했을 뿐이다.

명품 옷이나 가방을 살 수 있는 것도, 고급 호텔에 묵을 수 있는 것도, 센스 있는 꽃을 장식할 수 있는 것도, 자식을 명문 사립학교에 보내거나 유학을 보낼 수 있는 것도 그녀들의 힘이 아닌데, 당연하다는 듯 행복을 누리고 자랑한다.

나루미는 자신 인생의 최대 실패는 그 남자와 결혼한 거라는 결론을 내렸다. 당시에는 십수 년 뒤 일은 예상하지 못하고 그럭저럭 유명한 광고대행사에 다니는 남자와 결혼한 것에 들뜨고 말았다. 서른이 넘었을 때라 조바심이 났을지도 모른다.

그런데 최대 실패를 저지른 그 무렵이야말로 자기 인생의 절정이었다는 생각이 드는 게 신기하다. 결혼하고 출산하고 아이를 키우느라 미나토가 세 살이 될 때까지는 하루하루가 정신없이 바빠서 신경이 예민했고 느긋하게 숨을 쉴 틈도 없었다. 뜻대로 되지 않는 육아가 짜증나서 울부짖거나 울음을 그치지 않는 미나토에게 진심으로 성질을 부리기도 하고 모든 걸 내팽개치고 싶을 때도 있었다. 그런데도 소중한 존재가 생긴 것, 그리고 그 아이가 자신을 필요로 한다는 사실에 뿌듯해서 행복감과 자존감 비슷한 에너지를 느꼈다.

만족스러운 생활이라고 생각했다. 마침내 자신에게 어울리는 행복을 손에 넣었다, 앞으로 더 채워질 거라고, 그렇게 생각했다. 그런데 날이 갈수록 가진 것보다 갖지 못한 것에 더 눈길이 갔다.

그 사람은 버킨백을 갖고 있다. 그 사람은 가족 여행을 유럽으로 갔다. 그 사람 남편은 유명한 사업가다. 넓은 정원에서 하는 바비큐 파티. 이탈리아 가구로만 꾸민 집. 부부가 각각 소유한 고급 차. 주변 사람이 모두 5점으로 보여서 왜 나만 4점일까, 라는 생각에 비참하고 억울했다.

그래도 남편이 회사를 그만두기 전까지는 그나마 나았다.

매출 악화, 자회사로 좌천, 희망퇴직 모집, 임금 삭감, 구조 조정……. 남편은 트럭 운전사로 직업을 바꾸는 걸 다양한 말로 정당화하려 했다. 나루미가 반대하자, "너는 어떻게 맨날 시끄럽게 왕왕 불평만 해대?"라고 했다.

시끄럽게 만든 사람이 누군데? 불평만 하게 만든 사람이 누군데? 하고 받아치고 싶었다.

남편은 늘 자기 생각만 한다. 자기가 하고 싶은 것만 한다. 아내에게 한마디 의논도 없이 거의 사후 통보다.

나루미의 목소리는 닿지 않는다. 남편은 귀를 막는다. 그래서 점점 목소리가 커지는 것이다. 말수가 는다. 남편은 그걸 '불평' '히스테리'라고 일방적으로 단정하고 마치 자신이 피해자인 양 아이고, 하며 어깨를 으쓱해 보인다.

그 사고가 났을 때도 그랬다.

남편은 저만 고통받고 있다 착각하고, 그 착각을 담요처럼 머리부터 푹 뒤집어쓰는 것으로 자신의 몸만 지키려 했다. 아내와 아들의 마음이 어떨지는 요만큼도 헤아리려 하지 않았다.

나루미는 동네에서, 아르바이트하는 곳에서 노골적인 욕을 들었다. 당시 중학교 2학년이었던 미나토는 철없는 동급생에게 살인자 아들이라며 놀림을 받았다. 그러나 술독에 빠진 남편은 들은 척도 하지 않고 자기 상처만 보느라 바빴다.

죽여버리고 싶다. 죽으면 좋으련만.

만취해서 요란하게 코를 골며 자는 남편을 볼 때마다, 아니 남편의 인기척을 느낄 때마다 진심으로 증오했다.

나루미 눈앞에 있는 문에는 불길이 아직 닿지 않았다.

가장 태워버리고 싶은 곳에 불을 지르지 않은 건 이 문에 마지막 희망을 걸었기 때문이다. 안쪽에서 문이 열리며 미나토가 "엄마!" 하고 품에 뛰어들면 함께 도망갈 작정이었다.

미나토는 불이 난 걸 알아차리지 못한 걸까. 푹 잠든 걸까.

문 너머 기척을 느껴보려 했지만 오감이 잘 작동하지 않았다.

나루미는 오늘 오후에 어머니를 보러 병원에 갔다. 병동 화장실에 들렀다 나오는데 두 남자가 나란히 어머니 병실로 들어가는 게 보였다. 경찰이라는 직감이 들자 발밑이 무너지는 소리가 들렸다.

그길로 집에 와서 미나토의 방문을 두드렸다. 미나토! 열어줘! 제발! 미나토! 미나토!

문고리를 돌리며 다른 한 손으로는 계속 문을 두드리자, 짤깍하고 잠금이 풀리는 소리가 났다. 숨을 멈추고 지켜보는 나루미 앞에서 천천히 문이 열렸다. 나루미는 좁은 문틈으로 내던져진 뭔가에 코를 정통으로 맞았다.

짧게 비명을 지르고, 엉덩방아를 찧은 나루미 위에서 고함이 내려왔다.

시끄러워! 할망구! 죽어!

문이 쾅 닫혔다. 미나토가 나오는 일은 없었다.

나루미는 주저앉은 채 코를 싸쥐었다. 뼈가 부러졌나, 코피가 나는가 싶었지만 펄쩍 뛸 정도의 통증도 없고 코피도 나지 않았다. 다만 뜻밖의 충격에 무슨 일이 일어났는지 얼른 이해되지 않았다.

시끄러워! 할망구! 죽어!

미나토 목소리의 잔향이 고막을 떨게 한다. 설마, 하고 생각했다. 이어서 아니야, 하고 생각했다.

내 자식이 그런 소리를 할 리가 없다. 내가 잘못 들은 것이다.

문득 오른쪽 옆에 굴러다니는 게 눈에 띄었다. 미나토가 문틈으로 내던져 나루미 코에 맞은 것. 2리터 페트병이다. 어? 하고 쉰 목소리가 나왔다. 콜라 페트병인데 누르스름한 액체가 가득 들었다. 그게 오줌이란 걸 받아들이기까지 몇 초가 걸렸고, 받아들인 순간 모든 게 끝났다는 걸 알았다.

이것은 벌일까. 나루미는 멍한 머리로 생각했다. 하지만 그 여자를 죽인 벌치고는 너무 크지 않은가. 아니, 그렇지 않다. 내가 벌을 받다니 이상하다. 모든 건 남편이었던 그 남자 탓이니까.

그렇게 생각했더니 가증스러운 그 남자가 행복하게 웃는 얼굴이 떠올랐다.

12월 24일 크리스마스이브날 밤, 그 남자는 다카다노바바의 빈 건물 옥상에서 가족에게는 보여준 적 없는 즐거운 얼굴을 하고 있었다.

미나토는 애써 합격한 사립 고등학교를 두 달 만에 가지 않게 됐다. 이유를 물어도 대답하지 않고 방에 틀어박힐 뿐이었다. 억지로 방에서 끌어내려 하면 이성을 잃고 날뛰었고, 나루미가 집에 없을 때 문을 열려고 한 어머니를 밀쳐 어머니가 발목을 삔 일도 있었다. 그날 이후 어머니는 미나토를 너무 무서워했고 나루미는 아르바이트를 줄여야 했다. 어머니는 나루미에게 거듭 나가달라고 했지만 이 집 말고는 달리 갈 곳이 없었다.

어머니가 병에 걸려 시한부 판정을 받은 건 정확히 크리스마스이브 두 달 전이었다. 그때 나루미는 잘됐다고 생각했다. 이제 집이 내 것이 된다, 눈칫밥 먹을 필요 없이 마음 편히 살 수 있다. 그렇게 생각하는 자신을 형편없는 인간이라고 느낄 여유는 없었다. 오히려 입원비라는 새로운 지출을 늘린 어머니가 괘씸하기까지 했다.

양육비를 올려달라고 했지만 유스케는 여유가 없다며 거절했다. 그래도 끈질기게 재촉했더니 이혼한 뒤 미나토를 한 번도 보여주지 않은 걸 방패 삼아 자신을 정당화하려 했다.

나루미는 유스케가 지금 어떻게 살고 있을지 상상해봤다. 자신이 먼저 끊어낸 줄 알았는데, 실은 반대가 아닐까 싶기도 했다. 그 남자는 인생을 즐기고 있는 게 아닐까. 그렇게 생각하자 창자가 뒤틀리듯 분하고 억울했다.

왜 나만, 이라는 말이 마음을 지배했다.

왜 나만 모든 걸 짊어져야 할까. 왜 나만 모든 걸 떠맡아야 할까.

유스케는 고작 한 달에 5만엔을 주는 것으로 부모 역할을 다하고 있다고 착각한다. 시간과 노력, 마음도 쓰지 않고 잘난 듯이 으스대며 살고 있다. 나는 4점짜리 인생은커녕 모든 걸 희생

하고 있는데.

나루미가 유스케에게 모든 걸 털어놓은 건 크리스마스이브 일주일쯤 전이었다. 그는 전화기 너머로 놀란 티를 내거나 침통한 마음을 표현하듯 침묵하기도 했지만, 성가신 일에 말려들지 않으려 경계하는 기색이 느껴졌다.

나루미는 유스케에게 크리스마스이브날 밤에 케이크를 들고 와달라고 했다. 미나토가 즐거웠던 크리스마스의 기억을 떠올렸으면 했기 때문이다.

오랜만에 만난 유스케는 산뜻한 얼굴을 하고 있었다. 군살이나 촌티와 함께 나루미와 미나토가 있던 과거까지도 싹 도려낸 것처럼 보여 혹시 여자가 생긴 건 아닐까 지레짐작했다. 순간적으로 마스카라 할걸, 하고 생각한 스스로에게 화가 났고, 원인을 제공한 유스케가 미웠다.

"저기, 미나토하고 얘기 좀 해봐."

나루미가 부탁하자, 유스케는 으음, 하고 망설이더니, "그런데 한동안 안 보고 지내서. 그리고 당신이 미나토가 나를 보기 싫어한다고 했잖아"라고 말했다.

"자식이 아무리 보기 싫다고 해도, 부모라면 얼굴 보고 얘기하려고 노력해야 하는 거 아냐?"

이 사람은 그런 것도 모르나, 하고 화가 부글부글 끓었다. 나루미는 부엌에서 뭔가 하는 척하며 등을 돌렸다. 유스케는 "으

325

음. 뭐, 알겠어” 하고 내키지 않는 얼굴로 2층에 올라갔다.

식탁에 케이크 상자가 놓여 있다.

진홍색 상자에는 하늘에 총총히 박힌 별과 썰매를 끄는 순록이 금색 선으로 그려져 있다. 화려하지는 않지만 센스 있는 세련된 상자. 가게 이름은 프랑스어로 쓰여 있다. 어떤 케이크일까 조심스레 상자를 열었다.

예상과 달리 동그란 모양이 아닌 정사각형 케이크였다. 가장자리에는 윤기 흐르는 새빨간 딸기가 장식돼 있고 안쪽에는 알록달록한 마카롱이 쌓여 있다. 초코 플레이트에는 메리 크리스마스 글자와 눈의 결정. 유스케가 이렇게 특별한 느낌의 케이크를 사오다니 의외였다. 5천엔? 아니, 6천~7천엔일지도 모른다.

나루미는 휴대폰으로 사진을 찍었다. 인스타그램에 〈서프라이즈 케이크!〉라는 글을 달아 사진을 올렸다. 이 케이크야말로 자신에게 어울린다는 생각이 들었다.

“역시 안 되네.”

유스케 목소리에, 뭐? 하고 뒤돌았다.

그가 2층에 올라간 지 겨우 5분도 되지 않았다.

“역시 나를 원망하는 것 같아. 아무리 불러도 대답이 없어.”

거실에 들어온 그는 고민스러워하는 기색은커녕 오히려 후련한 표정이었다.

“다시 잘 얘기해봐. 당신도 부모잖아.”

"아니, 소용없어. 들은 척도 안 해. 미나토 나이쯤 되는 남자애들이 얼마나 섬세한데. 아무리 부모라도 남자끼리는 오히려 신경이 곤두서거나 반발심이 생기게 마련이야. 당분간 가만히 놔두는 게 좋을 것 같은데."

"이미 충분히 가만히 놔뒀는데 뭘 또 가만히 놔두래! 그래도 안 되니까 당신을 부른 거 아냐!"

"큰소리 내지 마. 당신이 늘 짜증내는 것도 원인 아니야?"

"그럼 당신이 데려가."

나루미의 말에 유스케는 목이 턱 막힌 듯한 얼굴이 됐다.

"당신도 부모잖아. 왜 나한테 다 떠맡기고 당신은 제삼자 같은 얼굴로 사는 거야? 이번에는 당신이 미나토랑 살아."

유스케는 나루미의 시선을 피해 고개를 돌리더니 고민하는 표정으로 아랫입술을 핥았다. 이윽고 고개를 몇 번이나 작게 끄덕이고는, 알겠어, 하고 말했다.

"다음 달부터 양육비 올릴게. 만엔 더해서 6만엔으로 하지. 그런데 정말 더는 무리야."

"내 말은, 미나토를 데려가라는 거였잖아!"

"방에 틀어박혔는데 지금 어떻게 데려가라는 거야. 미나토가 학교에 잘 다니게 되면 그때 가서 다시 얘기하자."

유스케는 일방적으로 대화를 끝내고, 화장실 좀, 하며 거실을 나갔다.

식탁 의자에 그의 검은 배낭이 놓여 있고, 등받이에는 패딩 점퍼가 걸려 있다. 살짝 열린 배낭 지퍼 틈으로 그에게는 어울리지 않는 진홍색이 보였다. 크리스마스 케이크 상자와 똑같은 색이었다. 심장이 불쾌한 소리를 냈다.

배낭을 들여다보니 진홍색은 크리스마스 케이크와 같은 가게의 작은 쇼핑백이었다. 꺼내보니 손잡이에 리본이 달렸다. 쇼핑백 속에는 크리스마스트리와 산타클로스 모양의 쿠키, 하트와 별 모양 피낭시에, 알록달록한 과일이 들어간 파운드케이크 등이 있었다. 여자가 좋아할 만한 귀여운 구움과자였다.

화장실 물 내려가는 소리가 들려 배낭에 쇼핑백을 도로 넣었다. 아직도 심장이 불쾌한 소리를 낸다.

"그럼 갈게."

유스케는 오자마자 그렇게 말했다.

"뭐? 벌써?"

"약속이 있어서."

유스케는 재빨리 패딩 점퍼를 입고 배낭을 들었다.

여자다, 하고 직감했다.

"여전히 자기 생각만 하네."

현관에서 신발을 신는 유스케 뒤에 대고 말했다.

"성가신 일은 도무지 맡을 생각을 안 하지."

그는 못 들은 척하고 문을 열더니 뒤돌아 말했다.

"무슨 일 있으면 연락줘. 할 수 있는 일이 있으면 도울 테니."

약이 오를 만큼 산뜻한 얼굴은 그의 마음이 여기가 아닌 다른 곳에 가 있다는 걸 말하고 있었다. 문이 닫혔다. 두 번 다시 열리지 않으리라는 예감이 들었다.

나루미는 부엌으로 가 냉장고를 열었다. 치킨롤을 꺼내 쓰레기통에 버렸다. 크림스튜도, 아보카도와 연어샐러드도, 마지막으로 케이크도 던져버렸다. 그런데도 사납게 몰아치는 감정은 가라앉지 않아 마치 재촉을 당하듯 코트를 걸치고 집을 나섰다.

처음엔 유스케가 없었지만, 첫 모퉁이를 돌자 가로등 불빛에 검은 배낭을 멘 뒷모습이 보였다.

그는 홀가분한 듯했다. 나루미를 찾아온 걸로 역할을 다했다고 생각하는지, 양어깨에 묵직한 것은 얹혀 있지 않았다.

가장 가까운 전철역에서 급행 열차를 타고 세 정거장 다음인 다카다노바바역에서 내린 그는 네온사인이 즐비한 번화가가 아닌, 인적이 없는 주택가를 걸어갔다. 혹시 들킬까 봐 거리를 둔 순간 놓쳤다.

여자의 집에 들어간 걸까. 그 구움과자를 건네고 와인을 마시고 치킨이라도 먹는 걸까. 다른 선물도 준비했을지도 모른다. 목걸이? 반지? 지갑? 장갑?

나루미는 자신의 두 손을 내려다봤다. 검은 가죽 장갑의 손가락 안쪽 부분은 색이 바랬고, 실밥이 뜯겨져 너덜댄다. 이탈리

아제라 5만엔을 넘게 주고 샀다. 미나토가 초등학교 6학년이던 해 겨울이었다. 촉촉하고 부드러운 감촉이 마음에 들어 스스로에게 주는 크리스마스 선물로 산 거였다.

그 무렵을 떠올렸더니 당장 무너져내릴 것 같았다.

이제 다시는 그런 들뜬 기분으로 장갑을 살 수 없다. 뭘 하든 어디에 있든 설사 같은 장갑을 산다 해도, 절망에서 해방되지 못해 진심으로 웃거나 기쁨을 느낄 수도 없다.

그때 희미한 웃음소리가 들렸다. 멀리서 바람에 실려온 듯한 소박한 여자의 목소리.

고개를 들자 건물 옥상에 두 개의 실루엣이 있었다. 남자와 여자. 남자는 유스케였다.

수십 미터 거리에서도 두 사람이 즐거워한다는 게 느껴졌다.

두 사람이 레스토랑도 카페도 바도 아닌, 건물 옥상에 있다는 것에, 그리고 돈이 들지 않는 그런 곳에서 충만한 시간을 공유하고 있다는 것에 나루미는 산산이 부서졌다.

밤하늘이 멀어지는 느낌이 들었다. 가로등이나 집집의 외등도, 달리는 차 소리도, 겨울밤의 괴괴한 냄새도 멀어져 세상이 나만 홀로 두고 나아가는 것처럼 느껴졌다. 시간 감각이 흐려져 얼마나 지났는지 감이 잡히지 않는다.

옥상에 있던 유스케가 보이지 않았다. 잠시 후 이쪽으로 다가오는 발소리가 났다. 나루미는 골목에 들어가 숨을 죽였다. 예상대로 유스케였다. 나루미의 몇 미터 앞을 가로질러가는 그는 미소의 여운을 유성의 꼬리처럼 늘어뜨리고 있었다.

그가 사라진 뒤 옥상을 향해 고개를 들었는데, 여자가 아직 있었다. 난간에 두 손을 얹고 먼 곳을 바라보듯 서 있다.

나루미는 여자가 있는 건물 뒷문으로 들어갔다. 빈 건물인지 안은 텅 비어 있었지만, 전기는 끊기지 않았는지 비상등이 어둠을 희미하게 밝히고 있었다. 나루미는 계단을 올라 옥상으로 나갔다.

여자는 여전히 난간 앞에서 먼 곳을 바라보고 있는 듯했다.

이렇게 낡고 어중간한 높이의 건물에서 볼 가치가 있는 것이 있을까.

나루미는 천천히 여자에게 다가갔다. 밤의 희미한 불빛이 비추는 그녀의 뒷모습은 나루미가 예상하지 못한 것이었다. 군데군데 해진 패딩 점퍼, 꾀죄죄한 슬랙스, 닳아빠진 운동화. 어깨 길이 머리에는 흰머리가 섞여 있고 머리는 착 달라붙어 있지만 기묘하게 부풀어 있다.

노숙인이다, 하고 알아차린 순간, 그녀가 뒤돌았다. 나루미를 봤을 텐데 얼굴에 놀라움은 없고 투명한 미소를 머금고 있다. 그 악의 없는, 어딘가 현실을 벗어난 듯한 미소에 나루미는 가슴이 꿰뚫렸다.

노숙인 주제에—.

자신이 외치는 소리가 두개골을 떨게 했다.

여자는 다시 몸을 앞으로 돌리고 말없이 먼 곳을 가리켰다. 마치 저 너머에 근사한 광경이 펼쳐져 있다고 말하듯이.

하지만 나루미 눈에 들어온 건 건물 사이에 낀 좁은 시야에 밤의 불빛이 흩어져 있을 뿐인 초라한 광경이었다.

여자가 나루미를 향해 고개를 돌리고, 근사하지? 하고 말하듯 미소를 꽃피웠다.

그녀에게는 보이는 아름다운 광경이 자신에게는 보이지 않는다. 나루미는 세상에게 버림받은 기분이었다.

노숙인 주제에 감히 웃다니.

노숙인 주제에 감히 행복한 듯 굴다니.

노숙인 주제에 감히 충만한 얼굴을 하다니.

몸속 피가 거꾸로 솟아 머릿속에서 흰 불꽃이 튀었다. 사고력이 날아간다.

여자의 등에 손을 뻗었다. 그 손에 힘이 실린다. 자세가 무너진 그녀의 다리를 들어올린다. 일련의 움직임은 순식간이었는데, 한순간 한순간이 마치 사진을 한 컷 한 컷씩 보는 느낌이었다.

여자는 맥없이 떨어졌다. 잠시 뒤 아래서 둔탁한 소리가 들려왔다.

나루미는 계단을 뛰어내려가 건물 뒷문을 통해 밖으로 나갔다.

여자는 쓰레기 더미 속에 똑바로 누워 있었다. 머리 아래는 타이어가 있고 몸 위에는 쓰레기봉투가 있다. 그녀 자신도 쓰레기 같았다.

여자의 얼굴을 들여다본 나루미는 흠칫 놀랐다. 떠 있는 눈은 똑바로 위를 향하고 힘이 빠진 입술은 반쯤 벌어져 있다. 그 얼굴에 고통의 흔적은 없고 마치 드러누워 밤하늘의 별을 바라보는 것 같았다.

나루미도 하늘을 봤다. 별도 달도 보이지 않는다. 지상의 인공적인 불빛을 품은 구름 낀 탁한 하늘이다.

뭐가 보이는 건지, 대체 뭘 보고 있는 건지 묻고 싶었다. 그러나 그걸 물으면 패배를 인정하는 꼴이라고 생각했다.

여자의 눈동자가 작게 흔들렸다. 나루미는 숨을 멈췄다. 여자가 살아 있다는 게 아니라, 미소 짓고 있는 데 충격을 받아 마음이 산산조각 났다.

오른손에 단단한 것을 쥐고 있다는 걸 깨달았다. 꿀병이었다.

아아, 그렇지, 하고 생각났다. 집에서 나올 때 그 남자를 따라가 이 병으로 머리를 후려칠 생각을 했다.

나루미는 꿀병으로 여자의 머리를 내려쳤다.

노숙인 주제에!

노숙인 주제에 감히 웃어?!

여자가 미소 짓지 않을 때까지 내려칠 작정이었는데, 단 한 번 만에 머리가 기울어져 혼이 빠진 죽은 자의 얼굴이 됐다.

나루미는 가방에 꿀병을 집어넣었다. 한 걸음 물러나 사방을 둘러본다. 아무도 없다. 인기척도 없다.

왜일까, 불안도 공포도 죄책감도 느껴지지 않는다. 그런데 몸이 사시나무 떨듯 떨린다. 나루미는 여자에게 등을 돌리고 어둠 속으로 발을 내디뎠다.

"미나토!"

나루미는 문 너머로 소리쳤다.

한 번 더.

"미나토!"

연기 때문에 계속 기침이 난다.

커튼을 태운 불길은 기세가 누그러져 이대로 가면 미나토 방까지는 번지지도 않을 것 같다.

한 번만 더해서 끝내자.

"미나토!"

콜록거리며 기다렸지만 문 너머에서는 아무런 반응이 없다.

문 밑에 등유를 뿌리고 주머니에서 라이터를 꺼냈다.

그 여자를 죽인 걸 후회하지는 않았다. 그렇다고 죽이길 잘했다고 생각하지도 않는다. 어느 쪽이든 결국 지금에 이르렀을 터다.

내일은 분명히 오늘보다 더 괴로울 것이다. 모레는 내일보다 더 괴롭다. 살면 살수록 괴로움만 더해갈 것이다. 힘들면 도망가도 된다고 의기양양하게 말하는 사람도 있지만, 그럼 어디로 도망가야 하는 걸까. 도망갈 곳이 없어서 힘든 거 아닐까?

유일하게 남은 도망갈 방법은 모든 걸 끝내는 것이었다.

라이터에 불을 붙여 문 밑으로 던졌다. 훅, 하는 소리와 함께 불길이 올랐다. 검정과 잿빛의 연기가 피어오른다.

숨을 들이쉬자 목구멍으로 타는 듯한 통증이 넘어갔다. 눈이 매워 뜰 수가 없다. 앞머리와 속눈썹이 치지직 쪼그라든다.

몸에 등유를 뿌리면 쉽고 빠르다는 걸 알지만 몸이 움직여지지 않는다.

내 인생은 뭐였을까, 하고 생각했다.

행복해지고 싶다고, 좋은 경험을 하고 싶다고 그토록 간절히 바랐건만, 뒤돌아보면 나는 없어도 되는 아무래도 상관없는 인간에 불과했다. 쓰레기 같은 거다. 그렇다, 그 노숙인처럼.

나는 쓰레기ㅡ. 그 말에 각오가 섰다. 나루미는 머리 위로 등유통을 들어올리려 했다. 그때 뒤에서 팔을 붙잡혔다.

유스케다, 하고 생각했다. 내가 미나토를 돌볼게, 당신도 도울게, 그렇게 말하러 와준 거라고 생각했다. 그러나 나루미 눈앞에는 처음 보는 남자가 있었다.

입을 손수건으로 막은 그 남자가 가냘픈 체구에 어울리지 않는 힘으로 나루미 손에서 등유통을 빼앗았다. 그대로 나루미 겨드랑이에 손을 넣고 뒤로 끌고 간다.

"그만둬! 이거 놔!"

나루미는 손발을 버둥거리며 소리쳤다. 이어서 나온 말은 스스로도 의외였다.

"기다려! 애가 있어! 미나토가 아직 있다고! 그러니 놔줘!"

"놔주지 않을 겁니다."

남자가 말했다.

"안 돼, 미나토가!"

"엄마를 구해달라는 부탁을 받았습니다."

"뭐?"

나루미는 남자에게 안겨 계단을 내려갔다.

"미나토 군은 창문으로 뛰어내려 무사합니다. 엄마를 구해달라고 말했습니다."

남자의 말은 천천히 나루미 마음에 스며들었다.

엄마를, 구해달라고? 그 애가? 정말? 미나토는 무사한 거야?

확인하고 싶었지만 목이 막혀 목소리가 나오지 않았다.

문득 지금까지의 인생이 전부 환상이었다는 생각이 들었다.

26

가쿠토와 미쓰야가 병실에 들어갔을 때 이자와 유스케는 침대 위에 앉아 있었다.

2층에서 뛰어내린 아들을 받아낼 때 손목이 골절돼 오른손에 깁스를 했다. 그는 형사들을 보고 굳어진 얼굴을 들었다.

"죄송합니다" 하고 머리를 숙인 뒤, "고맙습니다" 하고 다시 머리를 숙였다. 둘 다 미쓰야에게 한 것이었다.

가쿠토도 수사 차량에 있던 비상 탈출 망치로 거실 유리창을 깨고 문을 여는 활약을 했지만, 아무리 작은 불로 끝났다곤 해도 불길 속에 뛰어든 미쓰야에 비하면 자신의 행동은 미미한 수준에 불과했다.

"나루미와 미나토는 무사한가요?"

한때 가족이었던 세 사람은 각각 구급차에 탔지만 이자와만 다른 병원으로 실려왔다.

"두 사람 모두 무사합니다."

미쓰야의 말에 이자와는 안도의 한숨을 내쉬었다. 잠시 망설인 뒤 결심한 듯 고개를 들었다.

"어떻게 아셨습니까?"

미쓰야를 향해 매달리는 듯한 눈빛을 보내왔다.

말이 충분치 않았지만, 어떻게 나루미가 범인인 걸 알았는지 묻고 있다는 게 명백했다.

"당신이 거짓말을 함으로써 가르쳐준 셈입니다."

미쓰야가 대답했다.

"이혼한 뒤 나루미와 미나토를 한 번도 만나지 않았다고 한 것 말인가요?"

"그렇습니다."

"그런데, 그게 거짓말인 줄 어떻게 알았습니까? 크리스마스이 브날 밤에 잠깐 들렀을 뿐인데."

"나루미 씨 인스타그램입니다."

"인스타그램이요?"

"예전에 나루미 씨 인스타그램을 보여주신 적이 있죠. 그녀가 사치를 부리기 때문에 양육비는 올리지 않았다고요."

이자와는 납득이 가지 않는 표정으로 고개를 끄덕였다.

"그녀의 12월 24일 게시물을 보셨습니까?"

"아뇨."

"크리스마스 케이크 사진이 올라와 있더군요. 서프라이즈 케이크, 라는 글에서 나루미 씨가 산 게 아니라고 추측했습니다. 그리고 케이크 상자에 적힌 가게가 당신 직장 근처에 있다는 걸 알아냈습니다. 그날 당신이 그 가게를 갔다는 건 CCTV 영상으로 확인했습니다."

어젯밤 가쿠토와 미쓰야는 밤새워 케이크집 주변 CCTV 영상을 확인했다. 그 결과 사건 당일 저녁 7시 넘어 이자와 유스케가 케이크집에 간 걸 알아냈다. 그리고 점원은 그를 기억하고 있었다. 보통 크리스마스 케이크는 예약 없이 살 수 없지만, 그가 가게에 오기 직전에 누군가 예약을 취소해서 팔게 됐다는 거였다.

"나루미 씨는 그날 이후 인스타그램에 한 번도 사진을 올리지 않았습니다. 무슨 일이 있었다고밖에 생각할 수 없죠."

"그뿐입니까?"

이자와는 망연하게 입을 열었다.

"그뿐인 일로 엄청난 비밀을 감춘 건 당신입니다."

"구움과자도 샀거든요."

이자와가 갑자기 말투를 바꿨다. 얼굴을 찌푸리면서도 억지로 입꼬리를 올린다. 눈물을 참는 것 같기도, 자조하는 것 같기도 했다.

"마쓰나미 씨한테 주려고요. 그런데 주는 걸 깜빡해서 다시 되돌아갔더니 개가 건물 쪽에서 뛰어오는 게 보였어요. 심상치 않아 보여서 무슨 일이 있었구나 싶었는데……."

불법 투기된 쓰레기 더미 속에 마쓰나미 이쿠코가 쓰러져 있었다. 빈 건물 안으로 옮겼지만 이미 숨이 끊어진 뒤였다. 이자와는 그렇게 설명했다.

"마쓰나미 씨 옷을 벗긴 건 당신입니까?"

말없이 고개를 끄덕인 이자와의 입꼬리는 이제 올라가 있지 않다.

"음식물 쓰레기 때문에 냄새도 나고 왠지 참을 수가 없어서…….

패딩 점퍼를 벗겼는데 블라우스까지 더러워졌더라고요. 그래서 최소한 옷이라도 갈아입히고 싶었어요."

블라우스를 벗기고 있는데 누군가 들어와서 황급히 도망쳤다. 이자와는 가져간 패딩 점퍼는 바로 처분했다고 말했다.

"당신 혼자가 아니었죠?"

미쓰야의 지적에 이자와가 숨을 멈췄다.

"그 자리에 다카하시 다쿠미 씨가 있었다는 건 알고 있습니다."

이자와는 숨을 후욱 들이마셨다, 내쉬었다. 뺨의 근육이 풀린 것이 보였다.

"다카하시 다쿠미 씨에게 이미 얘기 들었습니다. 그는 그날 당신이 있었던 걸 인정했습니다."

그는 목소리를 쥐어짜며 죄송합니다, 한 뒤 "저는 처벌을 받게 됩니까? 체포돼서 교도소에 가는 건가요?" 하고 물었다.

미쓰야는 체포돼서 교도소에 갈 일은 없다, 하고 가르쳐주지 않고 되물었다.

"당신은 왜 나루미 씨를 감싸려 했습니까?"

이자와는 그건, 하며 우물거리더니 대답하지 않았다.

"당신 자신을 위해서가 아니었습니까? 나루미 씨가 붙잡히면 당신이 미나토 군을 거둬야 하죠. 그렇게 생각한 것 아닙니까?"

이자와는 고개를 숙였다. 깁스를 하지 않은 왼손 엄지와 검지를 비비고 있다. 이윽고 왼손을 꾹 쥐고, 고개를 숙인 채 대답했다.

"그럴지도 모릅니다. 저는 지금까지 제가 바르고 단정하지는 않더라도 선량한 부류에 들어간다고 믿었습니다. 나루미가 허영심 많고 제멋대로라고 생각했지만, 오히려 저야말로 그런 인간이었다는 걸 이제야 알았습니다. 저는 나루미 말대로 저밖에 모르는 인간이었습니다."

"그런데도 당신은 감싸려 했습니다."

뭔가 말하려던 이자와보다 미쓰야가 먼저 말했다.

"아니, 나루미 씨 얘기가 아닙니다. 당신은 아직도 감싸려 하는군요, 그 사람을."

이자와가 눈을 휘둥그렇게 떴다. 가쿠토는 자신의 눈도 휘둥그레진 걸 느꼈다.

감싸려 한다? 그 사람을?

가쿠토는 혀 위에서 미쓰야의 말을 더듬었다. 미쓰야가 무슨 소리를 하는지 전혀 모르겠다.

"경찰이 이런 소리를 하면 안 된다는 건 알지만, 그 일에 관해서는 감사하고 있습니다. 당신에게도, 그리고 다카하시 다쿠미 씨에게도. 당신들 두 사람이 그 사람을 감싸려 하는 것에."

가쿠토는 미쓰야에게 따지고 싶은 충동을 겨우 눌렀다. 이자와 앞에서 자신도 알고 있다는 표정을 지었지만, 머릿속에서는 미쓰야에 대한 욕이 난무했다.

그 사람이 누군데! 왜 나한테는 안 가르쳐주는 건데! 또 혼자 사부작사부작하다니! 내가 그렇게 못 미덥냐! 지바현경의 지바 형사가 더 믿음직스럽다는 거야, 뭐야!

"그곳에 당신과 다카하시 다쿠미 씨만 있었던 게 아니죠."

미쓰야는 뭔가 말하려는 이자와를 향해 손바닥을 펼치며 그를 제지했다.

"지금은 대답하지 마십시오. 때가 오면 자세히 듣게 될 테니까요."

가쿠토는 병실에서 나오는 동시에 미쓰야에게 따지려 했다. 그러나 미쓰야가 주머니에서 휴대폰을 꺼내는 게 더 빨랐다. 화면을 확인한 미쓰야는 휴게실로 걸음을 서둘렀다.

과연, 그렇습니까, 알겠습니다. 미쓰야 입에서 나온 말은 그 세 가지뿐이었다.

"뭐가 과연이고 그렇고 알았다는 겁니까!"

초조함이 극에 달해 병원이라는 것도 잊고 큰 소리를 냈는데, 동시에 면회 시간 종료를 알리는 방송이 흘러나와 다행이었다. 주변을 둘러봤지만 환자와 면회객 중 가쿠토를 신경 쓰는 사람은 없었다.

"히가시야마 리사 씨가 체포됐다는군요."

미쓰야가 휴게실에서 나가며 작게 말했다.

"그녀가 남편을 죽였다는 건가요?"

"지바 쪽 수사본부는 그렇게 보고 있습니다."

미쓰야는 서둘러 계단을 내려갔다.

"그런데 문기둥 몰래카메라로 알리바이를 확인했잖아요."

"흉기가 발견돼 상황이 변한 모양입니다. 몰래카메라가 설치된 걸 알고 뒤쪽 창문으로 드나들었다고 판단했다고 합니다. 혼마 히사야 씨에게 얻은, 그녀는 남편을 방해물로 여겼다, 이혼하고 싶다고 말했다, 라는 증언도 큰 영향을 줬죠."

"정말 그녀가 범인일까요?"

"그녀는 부인하고 있습니다. 오히려 혼마 히사야 씨가 범인이라고 주장한다는군요. 남편을 질투해 살해한 것이다, 하고. 그런데 그에게는 알리바이가 있으니까요."

"그럼 아까 경위님이 말씀하신, 감싸고 있는 사람이란 누구입니까? 히가시야마 리사 씨인가요?"

미쓰야는 대답하지 않고 계단을 뛰어내려갔다.

배신당했다는 분노와 버려졌다는 충격이 부딪치며 기세를 더해갔다. 몸속 깊은 곳에서 쉭쉭 소리를 내며 수증기처럼 분노가 뿜어져나왔다.

"왜 안 가르쳐주시는 겁니까? 왜 늘 혼자 사부작사부작하는 겁니까?"

계단 전체에 자신의 목소리가 메아리친다.

"으악!"

343

1층까지 내려간 미쓰야가 갑자기 멈춰 섰다. 가쿠토는 하마터면 그의 등에 부딪칠 뻔했지만 겨우 자세를 바로잡았다.

"위험하잖아요! 갑자기!"

뒤돌아본 미쓰야의 표정에 가쿠토는 할 말을 잃었다. 그 눈에는 온갖 감정을 감추고도 평온을 유지하는 단단한 고요가 반짝이고 있었다.

"말할 수 없습니다. 해서는 안 됩니다. 누구에게도."

가쿠토는 "무슨 뜻입니까?" 하고 신중히 말했다.

"나는 이제 우연히 어떤 사람을 만나야 합니다. 어디까지나 우연히, 말입니다. 그때까지는 아무 얘기도 할 수 없습니다."

반사적으로 따지려던 가쿠토였지만, 목이 막혀 말이 나오지 않는다.

"그래도 괜찮다면 같이 가주겠습니까?"

미쓰야의 물음에 가쿠토는 말없이 고개를 끄덕였다.

차에 타고 나서야 겨우 말이 나왔다.

"저기, 경위님."

미쓰야는 아무 대답도 하지 않겠다고 하듯 곁눈질을 했다.

"아까부터 계속 말씀드리려고 했는데요, 저기, 경위님 앞머리 탔어요."

"그렇습니까?"

미쓰야가 앞머리에 손을 대자 탄 부분이 호드득 끊어지며 떨어졌다. 미쓰야는 자기 손가락을 보면서 "정말이군요" 하고 남일처럼 말했다.

미쓰야가 우연히 만나려던 사람을 만난 건 자정이 한 시간도 안 남았을 때였다.

그 사람은 사건 현장인 빈 건물 옥상에 있었다. 뒷문 문고리를 부수고 들어온 모양이다.

그 사람은 옥상 난간 앞에 서서 높은 건물 사이에 끼인 밤의 불빛을 꼼짝 않고 바라보고 있었다. 그 뒷모습은 가쿠토가 상상한 크리스마스이브날 밤의 마쓰나미 이쿠코와 겹쳐 보였다.

인기척을 느낀 그녀가 뒤돌았다.

"여기는 출입 금지인데요."

미쓰야가 말을 걸었다.

27

"여기는 출입 금지인데요."

히가시야마 루미나는 저 사람들이 경찰이라는 걸 알아챘다.

골짜기 아래로 떨어지는 듯한 절망과 공포, 따뜻한 담요를 감싼 듯한 안도와 위안. 상반되는 감정이 앞다퉈 수위를 높였다. 루미나는 공기를 찾아 작게 헐떡였다.

"여기서 뭘 하고 있습니까? 저희는 경찰입니다. 저는 미쓰야, 이 사람은 다도코로라고 합니다. 저희에게 뭐 얘기하고 싶은 거 없습니까?"

미쓰야라고 밝힌 형사의 말투는 묘했다.

부드럽게 타이르는 듯했지만 루미나가 속에 품은 모든 것을 꿰뚫어보고 있다는 걸 알 수 있었다.

"당신이 알고 있는지 어떤지 모르지만, 크리스마스이브날 밤 이 건물에서 여성의 시신이 발견됐습니다. 지금 당신이 서 있는 곳에서 떨어진 뒤 머리를 맞았습니다. 마쓰나미 이쿠코라는 여성입니다."

루미나도 아는 일이었다. 그러나 다음 말은 예상하지 못했다.

"아까 범인을 알아냈습니다."

"누구야?"

순간적으로 물었다.

"누가 죽였어?"

"지금은 말할 수 없습니다. 입원 중이라 아직 체포하지 못했으니까요. 퇴원하면 체포할 겁니다."

슬픔, 분노, 안타까움, 절망. 다양한 감정이 한꺼번에 터져나와 세상을 통째로 부수고 싶은 충동에 휩싸였다.

"아줌마는 왜 살해돼야 했던 거야? 아줌마는 좋은 사람인데 왜 그렇게 불쌍하게 죽었어야 했어? 아줌마한테는 왜 끔찍한

일만 일어나? 내가 죽었으면 좋았을걸. 내가 죽었으면 좋았을
걸, 내가!"

내가 말했지만 무슨 소린지 모르겠다. 분명히 해서는 안 되는
말을 내뱉었을 것이다. 아아, 정말이네. 아줌마를 잘 아는 것처
럼 말해버렸다. 그런데 이제 됐어. 아무래도 다 상관없어.

루미나는 한 발 물러섰다. 등 뒤로 난간의 딱딱한 감촉이 느
껴졌다.

손을 뒤로 돌려 난간을 붙잡고 고개를 젖혀 하늘을 봤다. 지
상의 빛이 반사돼 어중간하게 어두운 밤하늘에는 달도 별도 보
이지 않는다. 거대한 운석이 떨어져 지구를 파괴하기를 간절히
바랐지만 흐릿한 밤하늘은 변하지 않는다.

"……아줌마, 불쌍해."

루미나는 마지막 숨을 토하는 감각으로 중얼거렸다. 그 목소
리가 분명치 않게 들려 자신이 울고 있다는 걸 알았다.

"정말 그럴까요?"

미쓰야의 목소리는 자문하는 것처럼 들리기도 했다.

그는 2미터쯤 떨어진 곳에 서 있고, 다른 형사는 그 대각선
뒤에 있다. 두 사람 다 그 이상 거리를 좁히려 하지는 않았다.

"마쓰나미 씨는 정말 불쌍했을까요?"

당연하잖아! 하고 소리를 치고 싶었다. 가족을 잃고 노숙인이
됐는데 크리스마스이브날 밤에 살해돼 쓰레기 더미 속에서 최

후를 맞은 인생이 불쌍하지 않을 리가 없다. 그렇게 쏘아붙이고
싶은데 눈물 때문에 말이 나오지 않았다.

"그녀가 불쌍한지 어떤지는 그녀만 알 수 있는 것 아닐까요?
곁에서 봤을 때는 아무리 불쌍해 보여도 그녀 자신은 행복했을
지도 모릅니다."

"그럴 리 없잖아!"

목소리가 겨우 해방됐다. 하지만 목이 메어 다음 말이 막혔다.

어른들은 다 안다는 듯 거만하게 허울 좋은 말만 한다.

밝아오지 않는 밤은 없다, 신은 감당할 수 있는 만큼의 시련
만 준다, 힘들면 도망쳐도 된다. 밝고 긍정적인 노래를 부르듯
현실과 동떨어진 말을 의기양양한 얼굴로 한다. 아무것도 몰라
서다. 남 일이니까 그러는 것이다. 밝아오지 않는 밤은 있고, 감
당할 수 없는 일도 있다. 도망치고 싶어도 도망갈 곳이 없다. 오
래 살았으면서 그런 것도 모르는 건 자기밖에 보려 하지 않기
때문이다. 아빠와 엄마처럼.

"마쓰나미 씨는 살해돼서 억울하고 원통했을 겁니다. 그런데
그렇다고 해서 그녀 인생을 불쌍하다고 단정하는 건 그녀에게
실례가 아닐까요?"

불쾌감과 분노가 위를 압박해 구역질이 치밀었다. 시끄러워!
하고 소리치려 했지만, 미쓰야가 더 빨랐다.

"제 어머니도 살해됐습니다. 제가 열세 살 때 일이었죠."

고막은 그 목소리를 포착했지만 의미를 이해하기까지 시간이 걸렸다.

"어머니의 마지막 순간은 매우 슬프고 처참했습니다. 그런데 저는 어머니 인생이 행복했다고 생각하고 싶군요. 설령 그런 형태로 끝을 맺었다 해도 어머니가 태어나길 잘했다, 좋은 인생이었다, 하고 여기셨으면 합니다. 그걸 바라는 게 이상합니까?"

태어나길 잘했다ー.

좋은 인생이었다ー.

미쓰야의 말을 따라 읊었더니 마쓰나미 이쿠코의 목소리가 되어 울렸다.

"모두가 마쓰나미 씨를 좋아했습니다. 그녀에 대해 나쁘게 말하는 사람은 한 명도 없더군요. 노숙인이 돼서도 마찬가지입니다. 많은 사람이 마쓰나미 씨를 도우려 하지 않았습니까. 분명히 그녀도 주변 사람을 소중히 여겼던 겁니다. 그런 그녀의 인생을 불쌍하다는 한마디로 결론지어도 되는 겁니까? 물론 슬프고 불합리한 최후였습니다. 그런 죽음이 있어도 될 리는 없습니다. 하지만 수많은 사람이 그녀의 죽음을 애도하고 슬퍼하고 있습니다. 이 또한 그녀의 인생이 풍요로웠다는 걸 말하고 있는 거 아닐까요?"

모르겠다. 모르겠다, 모르겠다. 이 사람이 무슨 소리를 하는지 모르겠고 알고 싶지도 않다. 그런데도 루미나는 마쓰나미 이쿠코의 자애심 가득한 미소를 떠올렸다. 몸속에 사랑스러움과 슬픔이 퍼져간다.

"저는 당신이 누구인지 모릅니다."

미쓰야는 알아듣게 타일러 말했다. 마치 말의 뒷면에 중요한 답이 있다고 말하듯이.

"당신과는 우연히 여기서 만났을 뿐입니다. 그래서 저는 당신에 대해 아무것도 모릅니다. 하지만 만약 당신이 하고 싶은 얘기가 있다면 지금 여기서 해주겠습니까?"

루미나는 자수를 권하고 있다고 이해했다. 저 사람은 모든 걸 알고 있는 것이다.

다행이다―.

마음을 꿰뚫고 있던 녹슨 칼이 빠지는 걸 느꼈다. 그것은 그날 밤의 칼이었다.

내내 이때를 기다렸다는 걸 깨달았다.

이제는 잘 수 있다. 이제는 끝낼 수 있다.

* * *

히가시야마 루미나는 어렸을 때부터 부모님이 가짜가 아닐까 의심했다.

핏줄이 아니라는 의미가 아니라, 외계인이나 로봇이 부모인 척하며 행복한 가족을 실험 삼아 연기하고 있는 게 아닌가 하는 거였다.

이럴 때는, 아빠 고마워, 하고 안겨야지. 아빠가 퇴근해서 오면 곧바로, 아빠 안녕히 다녀오셨어요, 하고 달려와야지. 누가 좋아하는 음식이 뭐냐고 물으면, 엄마가 해준 밥, 이라고 대답하는 거야. 엄마가 만든 건 전─부 좋아, 하고. 자, 전─부, 라고 말할 때는 이렇게 두 손을 크게 돌리는 거야.

아빠는 그런 식으로 모든 걸 가르쳤다. 루미나가 실수하면 진심으로 실망한 얼굴을 하고, 기대를 웃돌면 대놓고 칭찬했다. 엄마는 대체로 생글생글 웃고 있었지만, 가끔 오작동을 일으킨 것처럼 무표정을 짓거나 한숨을 쉬기도 했다.

행복하다, 가 아빠 말버릇이었다. 아빠가 행복하다고 하면 루미나와 엄마는 고개를 기울이고, 그러게, 하며 서로 얼굴을 마주하고 웃어야 했다. 그런 다음 루미나가, 나 굉장히 행복해! 하고 두 손을 번쩍 들어 기뻐하면 아빠는 기분이 좋아져서 장난감과 옷을 사줬지만, 전부 루미나 취향이 아니었다.

루미나는 행복한 가족의 일원으로 시험당하는 기분이 들었다. 하늘 위에 있는 미지의 존재가 늘 감시하고 있고 잘 연기하지 못하면 자신을 제거할 거라고 심각하게 믿기도 했다.

자라면서 부모님은 외계인도 로봇도 아니라는 걸 알았지만, 반대로 왠지 모를 섬뜩함이 강해졌다. 그나마 인간이 아닌 쪽의 부모님이었을 때가 더 나았다. 두 사람은 뭘 하든 무조건 사진부터 찍어서 SNS에 올렸다. 아침, 도시락, 저녁, 디저트, 커피잔, 내닫이창 장식. 마치 SNS에 사진을 올리기 위해 사는 것 같았다.

부모님을 무시하거나 반항한 시기도 있었다. 아빠는 방에 틀어박혀 침묵으로 일관한 루미나에게 가족의 의무를 다하지 않으면 집에서 내쫓겠다고 선언했다. 진심으로 하는 소리라는 걸 알고 중학교를 졸업할 때까지 참기로 결심했다.

그러나 무서운 일이 벌어졌다.

"나와 너는 한 핏줄이 아니란다."

어느 날 아빠가 말했다.

루미나가 우선 놀란 건 아빠가 '나'라고 말한 거였다. 잠시 후 의미는 이해했지만 어떻게 받아들여야 할지 순간 판단이 서지 않았다. 중학교 3학년이 되기 전 봄방학으로, 이탈리안 레스토랑에 있었다. 아빠가 "가끔은 둘이서만 점심을 먹자꾸나"라고 한 건 이 말을 하기 위해서였다는 걸 알았다.

루미나는 웃었다. "에이, 아빠도 참. 무슨 말을 하는 거야" 하고 평소처럼 조금 건방진 딸을 연기하며 아빠가 한 말의 진의를 파악하려 했다.

아빠는 끈적끈적한 얼굴로 루미나를 보고 있었다. 안경 속 눈은 날카로운 반면 축축하고 기묘한 입술의 양쪽 입꼬리는 쭉 올라가 있다. 혀 위에서 뭔가를 신중히 맛보는 것처럼 보였다.

"그런 농담, 정말 싫어."

루미나는 사춘기 딸답게 보이도록 아빠 눈을 피하며 작게 내뱉었다.

"사실이다, 루미나."

아빠는 목소리에 친밀감을 담았다.

아빠는 엄마가 바람을 피우고 있다고 말했다. 상대는 대학생 때 지인인데, 두 사람은 지금도 관계를 지속하고 있다. 전부 조사했기 때문에 틀림없다. 너는 그 남자 자식이다.

아빠는 말을 거듭할수록 흥분했다. 눈은 충혈되고 입술 끝에는 침이 고였다. 말이 생각의 속도를 따라잡지 못한 듯 말을 더듬거리면서 마구 쏟아냈다. 뱀처럼 혀끝이 갈라진 원귀에 씐 것 같았다.

루미나는 아빠의 말을 믿지도, 거짓말이라고 일축하지도 않았다. 아무래도 상관없었다. 흉골을 뚫을 듯 격하게 때려박는 심장 박동을 느끼며 앞으로 무서운 일이 벌어지리라 예감했다.

아빠는 한동안 직접적인 행동을 하지는 않았다. 다만 엄마 몰래 "엄마는 어제도 그 남자를 만났단다" "엄마한테 남자 냄새가 나네" 하며 루미나를 공범 삼아 정보를 공유하듯 말했다.

루미나는 아빠의 말을 농담으로 받아들이는 척하고 아무 일도 없었다는 듯 행동하는 걸 선택했다.

"여름방학에 둘이서 여행 가자꾸나."

어느 날 밤 아빠가 방문을 열고 말했다.

루미나는 경악했지만, 아빠 눈에는 기뻐하며 웃는 소녀가 보이는 모양이었다.

"어디 가고 싶니? 오키나와? 홋카이도? 해외로 나가도 좋은데, 그럼 여권을 만들어야겠다."

아빠는 공부 의자에 앉은 루미나에게 웃으며 다가왔다.

"엄마가 질투할 텐데."

농담으로 얼렁뚱땅 넘어가려 했다.

"아니, 엄마는 좋아할걸. 나랑 네가 없으면 마음 편히 그 남자를 만날 수 있으니까."

"아빠, 자꾸 그럴 거야?"

루미나는 일어나서, 아, 목말라, 하고 방에서 나가려 했다. 그때 아빠가 어깨를 붙잡아 소리를 지를 뻔했다.

"아니면 같이 엄마를 죽여버릴까?"

슬쩍 비밀을 건네는 듯한 목소리였다.

진심일지도 모른다는 생각에 등골에 소름이 돋았다.

루미나는 연기하는 걸 포기했다. 어깨에 놓인 손을 뿌리치고 서둘러 계단으로 향했다. 그 뒷모습에 대고 아빠가 말했다.

"아, 그렇지. 머리, 다시 기를 거지?"

갑자기 아빠가 간살스러운 목소리를 냈다.

루미나는 댄스부 발표회에서 피터 팬을 연기하기 위해 가슴

길이였던 머리를 귀밑까지 잘랐다.

"짧은 머리는 남자 같아서 별로야. 루미나는 포니테일이 제일 잘 어울리지."

다음 날 루미나는 바리캉으로 머리를 밀었다. 여름방학 첫날이었다.

루미나는 자신의 나약함과 미숙함을 뼈저리게 깨달았다. 어른이 된 줄 알았는데, 현실은 무력한 어린아이였다.

아빠 일은 아무에게도 말하지 못했다. 도움을 청할 사람도 없었다. 격분한 아빠를 상상하면 겁이 나서 집에 있을 때는 박박 깎은 머리를 가발로 가렸다. 대놓고 저항하지 못하는 자신이 한심했다.

루미나가 유일하게 행동에 옮긴 건 밤부터 새벽까지 밖에서 지내는 거였다.

아빠와 엄마가 2층 침실에 들어가면 집을 나와 공원이나 인터넷 카페, 노래방 등에서 시간을 때웠다.

문기둥에 몰래카메라가 설치된 건 알고 있었다. 엄마 행동을 감시하기 위해 설치한 것으로, 아빠는 그 덕분에 엄마의 바람을 알게 됐다고 자랑했다.

루미나가 1층 욕실 창문으로 드나든 건 부모님에게 들키지 않기 위해서가 아니라 아빠가 카메라로 자신을 보는 게 징그러웠기 때문이다. 엄마는 어떨지 몰라도 아빠는 틀림없이 루미나가 나가는 걸 알고 있었다. 그래도 상관없었다. 집을 나가는 건 아빠에 대한 항의였다.

그런데 아빠는 계속 모르는 척을 했다. 무슨 꿍꿍이가 있는 것 같아 괜히 더 겁이 났다.

어느 날 아침 여느 때처럼 새벽에 들어온 루미나가 거실로 내려가자, 엄마는 보이지 않고 아빠가 식탁에서 커피를 마시고 있었다.

"엄마는 없다."

아빠가 루미나에게 웃어 보였다.

아빠가 죽인 게 아닐까 하는 생각이 머리를 스쳤다.

"너는 푹 잠들어서 몰랐던 모양이구나. 어젯밤 네 외할아버지가 쓰러져서 구급차에 실려 갔지. 그런데 과음으로 인한 빈혈이라더라. 나 참, 사람 놀래는 재주가 있는 부녀라니까. 그렇지, 좋은 생각 났다. 모처럼 엄마도 없으니까 오늘은 휴가나 낼까. 둘이서 데이트하자. 여행사에 가서 예약을 해도 좋겠는데. 어디로 가고 싶은지 정했니? 아, 그리고 전부터 말하려고 했는데, 아무리 여름이라도 그렇지, 요즘 피부가 너무 많이 탔구나. 선크림 사주마. 점심은 전에 갔던 이탈리안 괜찮지? 거기 연어 카르파초가 아주 기가 막히잖니. 그럼 빨리 준비하고 와."

아빠 목소리를 듣다 보니 사고력과 기력이 머리 꼭대기로 빠져나가 최면술에 걸린 듯 멍해졌다. 조종되는 것이 아닌, 텅 비게 되는 감각이었다.

2층 방에 들어간 순간 정신이 들었다.

지금 나는 아빠가 시키는 대로 하려는 거 아닌가?

머리를 쥐어뜯었더니 가발이 벗겨졌다. 거울로 짧은 머리인 자신을 봤다. 햇볕에 탄 살갗, 위로 올라간 짙은 눈썹, 납작한 몸.

원래 소년 같다는 말을 자주 듣고 남자보다는 여자에게 인기가 더 많다. 그게 늘 콤플렉스였지만 지금은 이 외모가 고마웠다. 밤에 혼자 어슬렁거려도 위험한 일을 겪은 적이 없다.

루미나는 평소처럼 긴소매 후드티를 입고 후드를 푹 눌러썼다. 거울에 비친 자신이 병아리 복서 같다고 생각했다. 아빠에게 이 모습을 보여주고 싶다. 당신은 이상하다고 손가락질을 하고 싶다. 상상 속 자신은 용감한데 막상 아빠와 대치하면 아무것도 못하게 된다. 답답하고 화가 나서 견딜 수가 없다.

루미나는 1층으로 내려갔다. 아빠가 거실에 있는데도 평소처럼 욕실 창문을 넘어 밖으로 나간 건 최소한의 의사표시였다.

아빠가 쫓아올 것 같아서 정신없이 달렸다. 공원에 들어가서야 비가 내린다는 걸 알았다. 산책로에는 빗물이 흘러들어 세찬 물보라가 일었다. 울창한 나무들, 고즈넉하게 들어선 정자, 아래로 흘러가는 빗물. 시야 끝에 비치는 광경이 멀게 느껴졌다.

공원에서 나왔을 때는 흠뻑 젖어 있었다. 후드를 다시 깊이 눌러쓰고 전철역 쪽으로 무거운 걸음을 옮겼다.

지쳤어, 하고 생각했다.

편의점이 눈에 띄었을 때 뭔가 번뜩 떠올랐다.

도둑질을 해서 경찰에 붙잡히자. 그러면 아빠에 대해 말할 수 있고 집에 가지 않아도 될 것이다.

루미나는 편의점에 들어가 주머니에 휴대폰 충전기를 넣었다. 아무도 눈치채지 못했다. 자리를 옮겨 빵을 넣자 옆에 있던 남자가 놀란 얼굴로 쳐다본다.

그런데 만약 경찰에 말 못하면?

갑자기 불안에 사로잡혔다.

만약 말한다 해도 경찰이 내 착각이라며 비웃으면? 경찰이 아빠를 부르면? 아빠가 격분하면?

어떻게 해야 할지 몰라 패닉에 빠졌다.

아줌마가 말을 붙인 건 그때였다.

루미나는 아줌마 집에서 밤부터 새벽까지 머물게 됐다. 안심하고 잠을 잘 수 있다는 게 이토록 행복한 일이었다니, 하고 처음 알았다.

할머니 집 같다고 생각했다. 루미나에게는 외할머니, 외할아버지가 있지만 그들이 사는 아사가야의 아파트가 아니라, 만화나 애니메이션에 나오는 시골의 할머니 집 같았다. 차츰 아줌마 집에서 지내는 시간이 길어졌다.

아줌마는 루미나가 소년인 줄 알고 있었다. 아줌마에게 모든 걸 밝히고 싶은 충동에 얼마나 많이 시달렸는지 모른다. 머리가 이상해진 아빠. 머리가 텅 빈 엄마. 자신이 여자 중학생이라는 것. 하지만 한 번 입 밖에 내면 아직 일어나지 않은 최악의 사태가 현실이 될 것 같았다.

루미나는 학교도 친구도 동아리 활동도 좋아했다. 여름방학이 끝나면 지금까지 그랬던 것처럼 학교에 가고 싶었고 일주일에 한 번은 댄스학원에도 다니고 싶었다. 자신의 세계를 통째로 잃고 싶지는 않았다.

어느 밤, 매일 거의 한 치의 오차도 없이 행동하는 아빠가 들어오지 않았다.

루미나는 불길한 예감에 휩싸여 일찌감치 집을 나섰다.

여느 때처럼 공원을 가로지르자, 아래서 걸어오는 사람이 있었다. 실루엣이 아빠를 닮은 것 같아 산책로를 벗어나 숲속으로 향했다. 숨을 죽이고 나무 사이에 숨어서 지켜보니 가로등의 흰 불빛이 산책로와 나무들을 조용히 비추고 있었다.

아까 그 사람은 어디로 갔을까. 그렇게 생각한 순간, 바로 뒤에서 "루미나" 하는 목소리가 들렸다. 뒤돌아보기도 전에 그 손이 후드티의 후드를 잡아당겼다.

"그것도 변장이라고 한 거냐? 머리 박박 깎은 걸 내가 모를

줄 알았어? 그렇게 내 성질을 돋우고 싶었어? 너도 나를 배신할
셈이냐?"

아빠는 숨도 쉬지 않고 쏘아붙이고는 히죽 웃었다.

"그래서, 누구야? 그 마쓰나미라는 할망구는 어디서 알게 됐
어? 루미나가 신세를 지고 있습니다, 하고 인사하러 가야겠네.
그나저나 다행이야. 남자한테 가는 게 아니어서. 너까지 음란했
으면 다 죽여버릴 뻔했다니까."

아하하하하, 하고 웃은 아빠는 서류 가방에 손을 넣었다.

이것 봐, 진심이야, 하고 자랑하듯 칼집에서 칼을 빼들었다.

은색 칼날이 밤에 숨어 있는 빛을 모으듯 날카롭게 빛난다.
부드러운 곡선의 끝은 사정없이 날카롭다. 손쉽게 살을 가르고
가죽을 벗겨낼 수 있을 것 같았다.

루미나는 칼에 손을 뻗었다. 머릿속에는 아무 생각도 없었다.
그저 상대가 갖고 있는 것에 관심이 생겨 손을 뻗었을 뿐이다.

아빠도 마찬가지였을지도 모른다. 어디, 보여줄까? 하듯 얼른
칼에서 손을 뗐다.

루미나는 손에 칼을 든 직후 아빠의 가슴을 찔렀다.

앗, 하고 아빠가 놀란 목소리를 냈다. 눈을 휘둥그렇게 뜨고
루미나에게 덤벼들려 했다. 아빠 손에 죽는 줄 알고 순간 주저
앉았다. 이후의 일은 잘 모른다.

일어서자 아빠는 온데간데없었다.

모든 게 꿈이지 않을까 생각했다. 하지만 루미나 오른손에는 칼이, 왼손에는 칼집이 있다. 바로 내던지고 싶었지만, 손가락 펴는 법을 잊어버린 것처럼 꼼짝도 할 수 없었다.

아빠는 눈앞의 큰 구덩이 속에 있었다. 깊이는 2미터쯤 되는 것 같다. 목과 손이 부자연스럽게 꺾여 있어 죽었다는 걸 알 수 있었다. 구덩이 바로 앞에는 아빠 서류 가방이 떨어져 있다.

아빠를 죽였다, 하고 문장으로 생각했다. 그렇게 생각한 자신이 묘하게 냉정하다는 걸 깨달았다. 머릿속 혼란이 싹 가시고 진공상태가 된 듯했다. 그런데 심장은 터질 듯 빠르게 뛰고, 몸 속의 피는 마구 부딪히며 온몸을 돌았다.

칼집에 칼을 넣으려 했지만 손이 세차게 떨려서 잘되지 않았다. 칼집을 쥔 채 후드티에 달린 후드를 뒤집어썼다.

루미나는 아빠를 집어삼킨 구덩이에서 등을 돌렸다. 다음 순간, 달리고 있었다. 몸과 마음이 분열돼 나라는 존재가 사라져 버린 것 같았다.

산책로에 서 있는 사람 그림자가 보였다. 루미나보다 상대가 더 빨리 알아차린 듯했다. 그 사람이 "A군?" 하고 말했다.

아줌마가 왜 여기 있을까.

"A군. 괜찮아. 걱정할 것 없어."

아줌마는 모든 걸 알고 있다는 듯 차분한 목소리로 속삭였다. 아줌마 손에 닿자, 딱딱하게 굳어 있던 손가락이 쉽게 벌어졌다.

아줌마가 벌어진 손가락에서 칼과 칼집을 거두고는 종이 같은 걸 쥐여줬다.

그게 편지라는 걸 알게 된 건 집에 도착해서였다.

A군이 있어주는 것만으로도 아줌마는 구원받을 수 있었어. 정말 고마워. 이번에는 아줌마가 A군의 힘이 되고 싶어. 아줌마가 할 수 있는 일이 있으면 뭐든 다 말해줘.

루미나는 침대에 엎드려 소리내어 울었다.

아빠를 죽였는데도 루미나의 일상은 계속됐다. 그런 스스로와 이 세상을 믿을 수 없었다. 죄책감은 없었다. 붙잡히는 것도 두렵지 않았다. 하지만 정말 그렇게 느꼈는지는 모르겠다. 히가시야마 루미나라는 인간을 형성하는 가장 소중한 부분을 잃어버린 기분이었다.

아줌마와 재회한 건 그날 밤으로부터 1년이 지났을 쯤이었다.

여름방학 막바지, 영화를 좋아하는 외할머니 손에 이끌려 다카다노바바에 있는 명화 상영관에 갔다. 끝나고 나오는데 맞은편에서 한 여자가 걸어왔다. 아줌마랑 닮았다고 생각했지만 노숙인 같아서 아줌마일 리가 없지, 하고 부정했을 때 꽃무늬 쇼핑 카트가 눈에 들어왔다. 아줌마네 집 현관에 있던 쇼핑 카트와 똑같았다.

　루미나는 천천히 다가오는 그녀를 똑바로 쳐다봤다. 틀림없
었다. 마쓰나미 이쿠코. 그 아줌마다.

　그 일이 있고 나서 딱 한 번 아줌마 집을 찾아간 적이 있다.
중학교를 졸업하고 외갓집에서 살게 된 이후였다. 아줌마 집 창
문에는 세입자 모집 포스터가 붙어 있었다.

　다시는 만나지 못할 줄 알았던 아줌마가 바로 저기에 있다.

　아줌마는 루미나가 쳐다보는 걸 알아차리지 못했다. 시선이
마주치는 일 없이 스쳐 지나갔다. 뒤돌아본 루미나는 꽃무늬 쇼
핑 카트뿐만 아니라 감색 튜닉(허리 아래까지 내려오는 낙낙한 여성
용 블라우스 - 옮긴이)도 본 적이 있다는 걸 깨달았다. 루미나가 장
미를 준 날 밤, 저 튜닉을 입고 있었던 것 같다.

　―어떡하면 좋아. 아줌마는 혼자가 됐어!

　그때의 비명 같은 목소리를 떠올렸더니 세상이 뒤집히는 것
같았다. 갑자기 모든 게 선명해진다. 눈에 비치는 거리도 햇빛
의 색도, 사람들의 웅성거림도 차의 엔진 소리도, 먼지 섞인 냄
새도, 땀이 난 내 몸도 규칙적인 심장 박동도.

　그것은 일찍이 루미나가 있었던 세계이자 루미나가 잃은 세
계였다.

　줄곧 묻고 싶었다는 걸 알았다. 그날 밤 일을. 그 후의 일을.
왜 감싸줬는지를.

루미나는 외할머니와 헤어지고 아줌마를 쫓았다.

아줌마는 인터넷 카페와 피부 관리실 간판이 있는 건물로 들어갔다. 루미나가 말을 붙인 건 엘리베이터 앞에서였다.

"아줌마!"

그 목소리에 돌아본 건 아줌마와 함께 엘리베이터를 기다리던 대학생 같은 남자였다. "아줌마" 하고 다시 부르자, 그제야 아줌마가 뒤돌아봤다. 미소를 머금은 온화한 표정이었지만, 그 시선은 루미나를 보지 않고 그냥 통과했다.

"혹시 아는 사이?"

남자가 루미나에게 물었다. 그가 아줌마 지인이라는 건 그때 알았다.

고개를 끄덕이려다 아줌마는 지금 루미나를 모른다는 생각에 이르렀다. 아줌마와 함께 있었을 때는 박박 깎은 머리와 햇볕에 탄 얼굴을 후드로 감춘 소년 'A군'이었으니까.

루미나는 아는 사이가 아니라 자신이 일방적으로 알고 있을 뿐이라고 대답했다. 그러자 남자는 자기도 그렇다고 대답하고, 아줌마는 기억상실로 자신이 누구인지 모르는 것 같다고 가르쳐줬다. 또 남자는 복지나 행정 얘기를 꺼냈지만 계속 거절당하고 있다, 그래서 최소한 공실이나 빈 점포에서 휴식을 취하게 하고 있다고 설명했다.

루미나는 두 사람과 함께 건물 공실로 들어갔다. 예전에 마작실이 들어와 있던 곳으로, 다음 달 말까지 머물 수 있다고 한다. 남자는 자기한테 그런 연줄이 있다고 자랑스럽게 말했다.

루미나는 일주일에 한두 번 정도 아줌마를 찾아오게 됐다.

아줌마는 늘 상냥하게 웃었고 말을 거의 잊은 것처럼 과묵했다. 처음에는 학교와 친구, 댄스학원에서 있었던 일을 일방적으로 말했지만, 이윽고 아줌마의 집을 도피처로 삼은 1년 전처럼 그저 같은 장소에서 같은 시간을 보내게 됐다. 대화가 없어도 어색하지 않았다.

젊은 남자와는 자주 마주쳤다. 그는 루미나에게 아줌마가 다음에 갈 곳을 가르쳐줬다. 50세 정도의 남자도 가끔 찾아왔다. 루미나가 신원을 밝히지 않은 것처럼 두 사람도 자신이 누구인지, 아줌마와 어떤 관계인지 말하지 않았다. 그들도 자신처럼 남에게는 말 못할 과거로 아줌마와 연결돼 있다는 생각이 들었다.

젊은 남자가 크리스마스이브를 함께 보내자고 했다.

다른 남자는, 나는 됐어, 하고 씁쓸히 웃었지만 아주 싫지는 않아 보였다.

크리스마스이브날 밤, 루미나는 크리스마스 선물을 들고 다카다노바바의 빈 건물로 향했다.

아줌마는 오늘부터 이틀 동안만 그 빈 건물에서 지내고, 이후에는 조금 떨어진 세이부신주쿠역 북쪽 출구 근처의 빈 점포로 간다. 젊은 남자는 춥긴 하지만 전기가 연결돼 있고 업자용 난로와 담요도 들여놨으니 괜찮을 거라고 했다.

빈 건물로 향하는 도중 우연히 젊은 남자와 마주쳤다.

"선물 가져왔어?" 하고 묻기에, "머플러"라고 대답하자, "말도 안 돼. 나돈데" 하는 말이 돌아왔다. 남자는 잠시 뜸을 들인 뒤, "나는 대학생이야"라고 말했다. 루미나가 가만히 있자, "다카하시라고 해" 하며 덧붙였다. 자신의 이름을 궁금해한다는 게 느껴졌지만, "흐음" 하는 소리만 냈다.

남자가 건물 뒷문을 열어 루미나도 뒤를 따랐다.

"저희 왔어요!"

"아줌마, 안녕."

이곳에 있을 아줌마에게 인사를 건넸다.

"메리 크리스마스!"

다카하시라는 남자가 장난스럽게 말했다.

28

헉, 말도 안 돼.

다카하시 다쿠미는 가슴속으로 중얼거렸다.

내내 찾아다닌 사람의 모습이 빈 건물 옥상에 있었다. 얼른 말을 걸려고 숨을 들이마신 순간 멈칫했다.

뭔가 이상해 보인다.

그녀는 난간에 등을 붙이고 있다. 마치 궁지에 몰린 것처럼. 그렇게 생각했을 때 그녀와 마주한 두 사람의 그림자가 눈에 들어왔다.

그 형사들 아닌가.

그렇다, 저 홀쭉한 그림자는 미쓰야라는 형사가 틀림없다.

온몸의 핏기가 싹 가셨다.

감추고 싶은 게 전부 드러났다.

크리스마스이브날 밤, 그녀가 이곳에 있었다는 것. 그녀가 한 일. 그리고 저 형사는 다쿠미가 모르는 것까지 다 파헤쳤을 것이다.

다쿠미는 미쓰야에게 두 가지 거짓말을 했다.

하나는 마쓰나미 이쿠코의 옷이 흐트러져 있었는지 기억나지 않는다고 말한 것.

또 하나는 이자와 유스케가 전화번호를 적은 쪽지를 줬다고 말한 것.

그런 대답으로 어물쩍 넘어갈 수 있을 거라고는 기대하지 않았지만, 미쓰야는 의외로 추궁하지 않았다. 그때 경찰은 생각보다 별것 아니구나 싶었지만, 실은 다 생각이 있어서 그랬을지도 모른다.

거기까지 생각한 다쿠미는 퍼뜩 놀랐다.

설마, 그 두 가지 거짓말 때문에 그녀가 그날 밤 이곳에 있었다는 걸 알아버린 걸까.

* * *

크리스마스이브날 밤, 다카하시 다쿠미는 들떠 있었다.

빈 건물로 향하는 도중 우연히 그녀와 마주쳐 더욱 그랬다.

"메리 크리스마스!"

빈 건물에 다쿠미의 장난스러운 목소리가 메아리쳤다.

그녀와 함께 엘리베이터 앞을 지나 정면 현관 쪽으로 가던 발걸음이 멈췄다.

콘크리트 바닥에 마쓰나미 이쿠코가 위를 보고 누워 있다. 가늘게 뜬 눈은 아무것도 비추지 않고, 아무렇게나 뻗은 팔다리에는 힘이 없다. 죽었다는 건 금방 알 수 있었다. 그녀 옆에는 다쿠미가 '아저씨'라고 부르는 남자가 망연히 주저앉아 있었다.

"이봐, 아저씨. 어떻게 된 일이야!"

다쿠미가 소리치자, 그는 그녀가 건물 뒤편 쓰레기장 속에 쓰러져 있었다고 했다. 정신없이 안으로 옮겨왔지만 이미 숨은 끊어져 있었다고 한다.

마쓰나미 이쿠코가 입은 낡은 패딩 점퍼는 악취 나는 액체에 젖었고 블라우스에도 얼룩이 점점이 묻어 있다. 흰머리가 눈에 띄는 이마 선 부분은 함몰돼 있었다.

"옥상에서 떨어졌을지도 몰라."

남자가 말했다.

"아니, 누구한테 맞은 거 아니야?"

"글쎄. 모르겠어."

"아니, 부자연스럽잖아."

다쿠미 목소리가 떨렸다.

슬픔보다도 격한 분노가 솟구쳤다.

어떻게 이런 일이 있을 수 있나, 하는 분노. 이런 끔찍한 일이 벌어지다니, 하는 충격. 이 세상의 정체를 본 기분이 들었고, 배신당했다는 생각도 들었다.

"어째서!"

그녀가 부르짖었다. 그 소리는 다쿠미의 마음과 포개져 자신이 부르짖은 것처럼 느껴졌다.

그녀는 마쓰나미 이쿠코에게 달려갔다. "너무 끔찍하잖아" 하고 말하며 패딩 점퍼를 벗기려 하더니, 다쿠미에게 "거들어!" 하고 화를 냈다.

패딩 점퍼를 벗기고 나서는, 블라우스를 걷어올렸다. 그녀는 그때 슬랙스 단추가 떨어진 걸 몰랐다.

"뭐 하는 거야?"

그녀는 그렇게 물은 다쿠미를 노려봤다.

"옷 갈아입히는 거잖아! 이런 더러운 옷을, 그냥 둘 순 없잖아."

비명처럼 말하곤 블라우스 단추를 풀려고 했다. 노르딕 무늬의 장갑을 낀 손이 덜덜 떨리는 바람에 속도가 나지 않았다. 다쿠미는 블라우스를 벗기는 데 거부감이 들어 돕지 않았다.

문득 그녀가 손을 멈추고 뭔가 생각났다는 듯 일어나더니 옆에 있는 쇼핑 카트를 열었다. 적당한 옷을 찾으려는 거라고 생각했다.

그녀는 우뚝 선 채로 움직이지 않았다. 그저 두 손에 있는 걸 빤히 보고 있다. 얼굴이 파랗게 질린 걸로 보아 무시무시한 걸 집었지만 놓지 못하고 있는 것 같았다.

그녀 손에서 감색 천이 스르르 떨어져 칼이 드러났다. 칼집에 들어 있지만 캠핑용 칼로 보였다. 그녀가 칼집에서 칼을 빼 들었다.

다쿠미는 숨을 삼켰다. 옆에 있는 남자도 긴장한 기색이 역력했다.

칼에 묻은 녹 자국 같은 얼룩은 피인 것 같았다.

"그거 피 아닌가? 왜 그런 걸 갖고 있지?"

아저씨의 뒤집힌 목소리가 다쿠미의 의문을 대변했다.

"이대로 놔두면 아줌마가 살인자가 돼버려."

그녀가 울면서 중얼거렸다. '살인자'라는 단어가 귀에 박힌 순간 칼에서 피 냄새가 나는 것 같았다.

"이걸 왜 아줌마가 갖고 있어? 내 탓인데. 내 탓이잖아. 미안해. 미안해."

그녀는 감색 천을 주워 다시 칼을 감쌌다. 주름투성이 천은
NGO 로고가 있는 에코백이었다.

그녀가 다시 쇼핑 카트에 손을 집어넣더니 검은 지갑을 꺼냈다.

아저씨가 "이봐" 하고 불렀지만, 그 목소리는 누구에게도 닿
지 않았다.

그녀가 자기 가방에 칼과 지갑을 넣었을 때 정면 현관의 자물
쇠를 여는 소리가 났다.

"큰일 났다."

반사적으로 목소리가 나왔다.

"도망가자."

아저씨가 말했다.

다쿠미는 "야, 빨리" 하고 그녀의 팔을 붙잡았다.

상상의 단편이 머릿속을 뛰어다녔다. 범인으로 오해받을 가
능성. 성가신 일에 말려들 가능성. 형에게 폐를 끼칠 가능성. 그
중심에는 경찰이 그녀의 존재를 알면 안 된다는 게 자리 잡고
있었다.

—이대로 놔두면 아줌마가 살인자가 돼버려.

—왜 아줌마가 갖고 있어?

—내 탓인데.

그녀의 말에서 이끌어낼 수 있는 광경은 하나밖에 없었다.

* * *

경찰이 그녀의 존재를 알면 안 된다―.

그런데 지금 그녀가 두 형사와 대치하고 있다.

뒷문은 살짝 열려 있고 문고리가 부서져 있었다. 다쿠미는 안으로 들어와 발소리를 죽이고 계단을 올라 옥상으로 이어지는 문을 열었다. 조용히 열려고 했는데 끼이, 하고 삐걱대는 소리가 났다.

젊은 형사가 뒤돌아보는 것과 동시에 난간 앞에 있는 그녀가 다쿠미를 알아봤다.

그녀는 한 발 앞으로 나왔다. 난생처음 바다에 들어가는 어린아이처럼 신중한 발걸음이었다.

그녀가 그대로 천천히 발을 옮기자 자신을 향해 오는 것처럼 보였다.

그러나 그녀는 미쓰야 앞에서 멈춰 섰다.

그녀는 울고 있었다. 숨이 끊어질 듯한 가녀린 오열이 다쿠미 귀에 닿았다.

"괜찮습니다."

미쓰야가 그녀에게 말했다.

"이제 괜찮아요."

그녀는 눈물을 닦으며 고개를 끄덕였다.

"아줌마도 그렇게 말해줬어. 괜찮아, 걱정할 것 없어, 라고."

젖은 목소리가 들렸다.

울려놓고 뭐가 괜찮다는 거야—.

그렇게 생각했더니 말이 절로 튀어나왔다.

"어떻게 된 거야?"

다쿠미는 미쓰야의 뒷모습에 대고 말했다.

미쓰야는 대답하기는커녕 뒤돌아보지도 않는다.

그대로 잠시 기다렸다가, "이봐!" 하고 언성을 높였지만 할 말을 찾지 못했다.

미쓰야가 그제야 다쿠미를 쳐다봤다. 그 고요한 눈빛은 찌를 듯 날카롭고, 무서울 정도로 위압감이 있었다.

"여기는 출입 금지입니다."

눈빛과 마찬가지로 조용한 목소리다.

"그런데 왜 여기 그녀가—."

"아무 말도 하지 마십시오."

그 한마디로 가위에 눌린 듯 몸을 움직일 수 없게 됐다.

"그녀는 지금 자진해서 중요한 이야기를 해줬습니다. 그녀의 이야기를 다 듣기 전까지는 조용히 해주십시오."

다쿠미는 유일하게 움직이는 눈을 돌려 그녀를 봤다.

그녀는 흐느껴 울고 있다. 그런데 괴로워 보이지 않았다. 이제야 부모를 만난 미아처럼 안심하면서 우는 얼굴이었다.

29

─범인을 알았습니다.

다도코로 가쿠토는 미쓰야가 그렇게 말했을 때를 떠올렸다.

다카하시 형제의 이야기를 듣고 난 뒤 시신 발견 현장인 빈 건물 옥상에 갔을 때의 일이다.

미쓰야는 이렇게 덧붙였다.

─범인을 알아버렸습니다.

가쿠토는 그때 미쓰야가 두 번에 걸쳐 말한 '범인'이 당연히 같은 사람이라고 생각했지만, 나중에야 서로 다른 사람일 수도 있다는 걸 알았다.

첫 번째는 기무라 나루미, 두 번째는 히가시야마 루미나가 아니었을까.

두 명의 범인이 밝혀진 날로부터 일주일이 지났다.

기무라 나루미는 아직 입원 중이라 체포는 하지 않은 상태다.

히가시야마 루미나는 체포돼 지바현경 본부로 옮겨졌다. 그 후 검찰에 송치됐고 곧 가정법원으로 송치된다고 한다.

미쓰야는 히가시야마 루미나가 아버지를 살해한 걸 어떻게 알았을까─. 가쿠토는 내내 묻지 못하고 있다.

히가시야마 루미나는 자수한 걸로 돼 있다. 만약 경찰이 그녀가 범인이란 걸 체포 전에 파악하고 있었다면 자수는 성립하지 않는다.

가쿠토는 그녀가 범인인 걸 어떻게 알았는지 몇 번이나 묻고 싶었지만, '경위님'의 '경'자를 꺼낸 순간 번번이 다음 말을 삼켰다.

그런데 이제 괜찮지 않을까?

히가시야마 루미나가 자수해 검찰에 송치된 지금이라면 두 사람만의 비밀로 하자면서 물어봐도 되지 않을까.

미쓰야와 함께 기무라 나루미가 입원한 병원에서 나온 참이었다.

6시가 넘어 이미 해가 지고 인공적인 조명이 밤의 거리를 밝히고 있다.

기무라 나루미는 기도 화상을 비롯한 화상 치료를 계속하고 있다. 기관 삽관이 빠졌다는 연락을 받고 찾아가봤지만 이마와 뺨, 손등, 팔 등에 피복재를 붙이고 있는 그녀는 링거를 맞고 깊이 잠들어 있었다.

기무라 나루미의 전남편인 이자와 유스케는 인스타그램을 보고 그녀가 사치를 부린다고 말했지만, 그녀가 올린 카페나 레스토랑 사진은 대부분 가게 홈페이지 등에 실려 있는 것이었다. 그녀는 그 사진들을 자신이 찍은 것처럼 올렸다.

그녀의 아들 미나토도 같은 병원에 입원했지만, 소년육성과 경찰의 말로는 어머니를 문병하기는커녕 아무 말도 하지 않고 있다고 한다.

가쿠토는 그날 그가 창문에서 뛰어내린 건 살기 위해서라기보다 자포자기했기 때문이라고 생각했다. 눈을 감고 두 팔을 축 늘어뜨린 채 머리부터 떨어진 그를 받아낸 건 아버지인 이자와 유스케였다. 그때 가쿠토와 미쓰야는 거실 창문 앞에 있었다. 미쓰야가 있는 곳에서는 미나토가 뛰어내린 게 보이지 않았을 것이다. 가쿠토가 "아이는 방금 뛰어내렸습니다! 무사합니다!" 하고 전하자, 미쓰야는 고개를 작게 끄덕인 뒤 "다도코로 형사가 두 사람을 맡아주세요"라는 말을 남기고 집 안으로 들어갔다.

미나토는 곧 퇴원한다고 한다. 나루미는 입원이 길어지고 있지만, 목숨에 지장 없이 순조롭게 회복 중이다. 그러나 몸의 회복은 결승점이 아니라, 엄마와 아들, 아빠와 아들의 관계를 다시 구축하기 위한 출발점일지도 모른다. 그리고 나루미는 앞으로 죄를 마주하고 속죄해야 한다.

선로변 길은 오가는 사람이 별로 없다. 가로등이 두 사람 그림자를 포장도로에 흐릿하게 떨어뜨린다.

미쓰야를 흘끗 봤지만 평소처럼 감정이 읽히지 않는다.

좋아, 물어보자. 가쿠토는 결심했지만, 오른쪽으로 달려나가는 전철에 의해 처음의 '경' 소리가 지워졌다.

묻고 싶다. 어떻게 해서든지 묻고 싶다.

—경위님은 히가시야마 루미나가 범인인 걸 어떻게 아셨습니까?

머릿속에서 몇 번이나 반복한 질문.

나름대로 대답을 찾으려 했지만 가설조차 떠오르지 않는 의문.

가쿠토는 전철이 지나가길 기다렸다가 다시 입을 열었다.

"경위님은 히가시야마 루미나가 범인인 걸 어떻게 아셨습니까?"

주저하지 않기 위해 숨도 쉬지 않고 물었다. '씨'를 붙이지 않은 걸 지적하겠거니 싶었지만, 미쓰야는 다른 쪽으로 주의를 줬다.

"이름을 말하지 마세요."

주변에 사람이 없는 걸 확인하고 작게 말하긴 했지만, 가쿠토는 "죄송합니다" 하고 사과한 뒤 다시 물었다.

"경위님은 그녀가 범인인 걸 어떻게 아셨습니까?"

"만났기 때문입니다."

즉답이었다.

미쓰야는 그날 밤 빈 건물 옥상에서 그녀를 우연히 만나 그녀가 자수를 했기 때문이라고 말하고 싶은 것이리라.

"저기, 역시 저를 믿지 못하시는 건가요?"

예상치 못한 말이 흘러나오는 바람에 가쿠토는 자신의 진심을 깨달았다. 지금까지 물어보지 못한 건 미쓰야가 자신을 믿지 않는다는 걸 알게 될까 봐 두려웠기 때문이다.

그렇지만 용기를 짜내서 계속했다.

"경위님, 그녀가 범인인 걸 알면서도 그녀와 우연히 만날 때까지는 아무 말도 못한다고 말씀하셨죠. 그래서 저는 경위님을 믿고 더는 묻지 않았던 겁니다. 그런데 이제 그녀는 자수를 했잖아요. 그런데도 가르쳐주시지 않는 건가요? 그건 저를 믿지 못해서입니까?"

미쓰야는 걸음을 멈추고 어리둥절한 얼굴로 가쿠토를 봤다.

그럼 내가 믿는 줄 알았습니까? 그런 대답을 예상한 가쿠토는 몸이 굳어버렸다.

"그녀를 만났기 때문에 알았다고 방금 대답했는데요."

"아니, 그러니까요."

"우리가 그녀를 처음 만난 게 언제입니까?"

"지바 형사 일행이 그녀 어머니에게 임의동행을 요구했을 때죠."

기억을 더듬을 것도 없이 바로 대답할 수 있었다.

아마 그때 미쓰야는 사전에 정보를 입수했을 것이다. 가쿠토와 미쓰야가 히가시야마 리사 집에 도착했을 때, 지바현경의 지바 형사 일행이 그녀를 데려가려던 참이었다.

히가시야마 루미나를 처음 본 건 그때다. 그녀는 현관턱에 서서 이를 악무는 듯한 얼굴로 엄마의 뒷모습을 보고 있었다. 그

378

때 미쓰야는 그녀에게 말을 걸었다. 히가시야마 루미나 씨입니까? 하고. 그녀는 말없이 고개를 끄덕이고, 미쓰야도 고개를 끄덕였다. 그뿐이었다.

"아닙니다. 그건 두 번째입니다."

"네?"

"우리는 전에도 그녀를 만났습니다."

기억을 다시 더듬어봤지만 짚이는 게 없다.

"언제요?"

"햄버거가 먹고 싶습니다."

목소리가 겹쳤다.

조금 늦게, 햄버거가 먹고 싶습니다, 라는 미쓰야의 말을 알아들었다.

"네? 햄버거가 먹고 싶다고요?"

무심코 따라 말했다.

"네."

"경위님이? 햄버거를? 왜요?"

놀란 나머지 따지듯 말하고 말았다. 먹는 데 전혀 관심이 없어 늘 메뉴도 안 보고 가쿠토와 같은 걸 주문하는 미쓰야가 한 말이라는 게 믿기지 않았다. 아마 그건 질문의 대답과 관련돼 있을 것이다.

그 추측이 확신으로 바뀐 건 한 시간 후, 전철을 타고 에비스역에서 내렸을 때다.

에비스역 근처 햄버거 가게 2층은 빈 자리가 거의 없었다.

그들은 구석진 자리에 있었다. 벽이 움푹 들어간 곳에 딱 하나만 설치된 테이블 자리로, 주위를 신경 쓰지 않고 대화할 수 있을 것 같았다. 테이블 옆에 선 미쓰야를 본 두 사람은 동시에 움찔했다.

"우연이군요. 모처럼 만났으니 같이 좀 앉읍시다."

미쓰야는 대답을 기다리지 않고 테이블에 쟁반을 놓더니 이자와 유스케 옆에 앉았다. 가쿠토는 다카하시 다쿠미 옆에 앉았다.

두 사람이 어이없어하며 쳐다보는데, 미쓰야는 치킨버거와 감자튀김을 먹고 커피를 마셨다.

"……여기를 어떻게?"

이자와 유스케가 머뭇머뭇 물었다. 묻고 싶지 않지만 물을 수밖에 없다는 표정이다. 다카하시 다쿠미도 같은 표정이다.

가쿠토도 묻고 싶다. 이 햄버거 가게가 히가시야마 루미나와 무슨 상관이 있을까.

"두 분은 2주 전에도 여기서 만나셨죠. 어지간히 마음에 드는 곳인가 보군요."

미쓰야가 부드럽게 말했다.

2주 전—. 노숙인으로 변장한 다카하시 다쿠미가 경찰의 미행을 따돌리고 사흘간 숨어 있다가 이자와 유스케를 만나기 위해 찾아온 곳이 여기다. 그 후 가쿠토는 다카하시 다쿠미를, 미쓰야는 이자와 유스케를 미행했다.

"2주 전 저녁, 이곳 2층은 만석으로 앉을 곳이 없었습니다. 그래서 두 사람이 만나는 걸 확인한 뒤 저는 하는 수 없이 1층으로 내려갔습니다. 그때 저는 착각을 했습니다. 단둘이 만나고 있다고 생각한 겁니다. 그런데 아니었죠. 한 명이 더 있었습니다. 다른 테이블에서 당신들이 오기를 기다리고 있었을 겁니다."

가쿠토는 순간 깨달았다. 그 사람이 히가시야마 루미나였구나—.

"얼마 안 있어 당신들은 1층으로 내려왔습니다. 당신들 앞에는 여고생 세 명이 있었죠. 그때도 저는 착각을 했습니다. 여고생 세 명이 한 팀인 줄 알았던 겁니다. 그런데 아니었죠. 여고생 한 명은 다른 두 명과 같은 온 게 아니었습니다. 그 한 명이 당신들과 만난 사람입니다."

그렇다, 그때 계단을 내려오는 두 사람 앞에 여고생 세 명이 있었다.

—우리는 전에도 그녀를 만났습니다.

미쓰야가 한 시간 전에 한 말이 떠올랐다.

요컨대 첫 번째는 이 햄버거 가게에서 만났다는 건가.

미쓰야는 그때 본 여고생 얼굴을 기억하고 있었다. 그리고 두 번째로 만났을 때 그 여고생이 히가시야마 루미나고, 이자와 유스케와 다카하시 다쿠미를 만났을 가능성이 있다는 걸 깨달은 것이다.

"두 분은 서로 연락처를 모르시는군요?"

미쓰야가 이자와와 다카하시를 번갈아 봤다. 의문형이긴 하지만 단정하는 말투다.

이자와가 인정하는 걸 확인한 미쓰야는 다카하시를 똑바로 쳐다봤다.

"당신은 이자와 씨에게 전화번호를 적은 쪽지를 받았고 그 쪽지를 버렸다고 했습니다만, 거짓말이군요?"

다카하시는 끄덕이지 않았지만, 흔들리는 눈동자에서는 동요와 망설임이 솔직하게 드러났다.

"당신들이 전화번호를 교환하지 않은 건 만에 하나 경찰에서 조사할 때를 대비해 관계를 들키지 않기 위해서겠죠. 다만 두 사람 다 수사 상황은 알고 싶었던 겁니다. 그래서 증거가 남는 통신수단 대신 직접 만나는 방법을 택한 겁니다."

가쿠토는 미쓰야와 지바 형사가 공원에서 만난 밤을 떠올렸다. 그때 미쓰야는 우편은 오배송 가능성이 있고 메일은 증거가 남는다고 했다. 마찬가지로 휴대폰 발신 이력도 증거가 남는다.

"궁금했습니다. 왜 에비스일까. 두 사람 집에서 가깝지 않은

데다 중간도 아니죠. 다만 거기에 그녀를 끼워넣었더니 이유가 보이더군요. 그녀는 일주일에 한 번 댄스학원에 갑니다. 이 근방에 있고 레슨은 저녁 7시에 끝납니다."

미쓰야는 두 사람을 보면서 고개를 살짝 기울였다. 이제 아시겠죠? 하고 묻는 것처럼 보였다.

"마쓰나미 이쿠코 씨가 살해된 크리스마스이브날 밤, 현장에서 도망칠 때 약속한 것 아닙니까? 매주 화요일 이 시간에 여기서 만나자고. 크리스마스이브는 화요일, 전에 제가 당신들을 여기서 본 날도 화요일, 오늘도 화요일, 그녀의 댄스학원도 매주 화요일입니다. 그녀는 한동안 올 수 없지만."

이자와 유스케와 다카하시 다쿠미는 눈을 깜빡이는 것도 잊은 채 당황한 얼굴로 미쓰야를 보고 있다.

미쓰야가 문득 표정을 누그러뜨렸다.

"방금 말씀드린 내용은 그녀가 자수한 뒤 알아차린 겁니다. 저의 혼잣말이라고 생각해주셔도 좋습니다. 세 사람이 만난 건 죄가 안 되고 누구의 형량에도 영향을 끼치지 않으니까요."

이자와 유스케와 다카하시 다쿠미도 이미 경찰 조사를 받았다. 다만 기무라 나루미가 체포되면, 추가 수사를 위해 다시 조사를 받게 된다.

범인을 알면서 입을 다무는 행위는 죄가 되지 않는다. 물론 적극적으로 숨기거나 도망가게 하면 범인은닉죄나 범인은피죄를 추궁당하지만, 이자와 유스케는 기무라 나루미의 범행을 직접 목격하지도, 증거를 인멸한 것도 아니다. 당연히 시신을 옮긴 건 문제가 됐지만 증거인멸을 위한 작위적인 행위가 아닌 것으로 보아 사체유기죄에는 해당되지 않는다고 판단했다.

"그녀는 어떻게 됩니까?"

다카하시 다쿠미가 물었다.

"대답할 수 없습니다."

미쓰야는 신속히 경계선을 긋듯이 대답했다.

히가시야마 루미나가 아버지를 살해한 건 보도되었다. 이름이 공개되지 않았지만 그게 그녀라는 건 다카하시 다쿠미도, 이자와 유스케도 분명히 알고 있다.

"다카하시 씨."

미쓰야의 부름에 다카하시 다쿠미는 등을 쭉 편 뒤, "네" 하고 긴장된 목소리로 대답했다.

"당신이 노숙인으로 변장한 진짜 이유는 범인을 찾기 위해서가 아닙니다. 그녀를 만나고 싶었기 때문이죠."

다카하시 다쿠미의 얼굴이 빨개졌다. 입술을 달싹이지만 할 말을 찾지 못하고 있다.

"화요일에 만나자는 약속을 했는데도 불구하고 그녀가 2주 연속 나타나지 않았습니다. 당신은 이제 그녀를 만날 수 없는 게 아닌가 싶어, 그녀를 찾으려 한 거 아닙니까?"

사건 일주일 후 화요일은 섣달그믐이었다. 외갓집에서 조부모와 함께 살면서 밤에 외출할 수는 없었을 것이다. 그리고 2주 후 화요일은—.

"그리고 이자와 씨."

미쓰야의 시선을 받은 이자와 유스케의 관자놀이가 움찔 당겨졌다.

"당신은 매일 병원에 가지만, 아직 나루미 씨와도 미나토 군과도 얘기를 나누지 못하신 것 같더군요. 특히 미나토 군은 당신과 만나길 거부하고 있다고 들었습니다."

이자와 유스케가 고개를 작게 끄덕인다.

"당신이 그녀를 감싸려 한 건 그녀가 미나토 군 또래였기 때문입니까?"

이자와 유스케는 눈을 내리뜨고 생각에 잠겼지만, 이윽고 "모르겠습니다" 하고 내뱉더니, 자기 대답에 재촉당한 것처럼 "아니, 그럴지도 모릅니다. 그래서 그녀를 지키고 싶었던 걸지도 모릅니다" 하고 덧붙였다.

"각오는 돼 있었습니까?"

미쓰야의 말은 예상치 못한 것이었다.

"당신은 방금 그녀를 지키고 싶었다고 했습니다만, 자신의 목숨이나 인생을 걸 각오를 한 상태에서였습니까? 그렇지 않으면 그건 그냥 자기만족입니다. 두 사람 모두 그 사실을 잊지 마십시오."

미쓰야는 그렇게 말하고 자리에서 일어났다.

그가 오늘 이곳에 온 건 이자와 유스케와 다카하시 다쿠미에게 이 말을 하기 위해서라는 걸 깨달았다.

JR에비스역 개찰구 앞에 사람들이 몰려들어 분위기가 어수선했다. 안내 방송에 따르면 인사 사고로 야마노테선 운행이 중단됐고 언제 복구될지 몰랐다. 버스와 택시 승강장에는 손님들이 길게 줄을 서 있었다.

"일단 다음 역까지 걸읍시다."

미쓰야의 말대로 야마노테선 선로를 따라 시부야 방면으로 걸었다.

왼쪽에는 선로와 콘크리트 벽, 오른쪽에는 음식점과 건물이 늘어서 있다. 가로등과 술집 네온사인이 구석구석 모든 곳을 밝히지는 못해 오가는 사람이 별로 없는 거리 곳곳에 으슥한 그늘이 져 있었다.

―우리가 그녀를 처음 만난 게 언제입니까?

―아닙니다. 그건 두 번째입니다.

―우리는 전에도 그녀를 만났습니다.

가쿠토는 미쓰야의 말을 몇 번이고 되새겼다.

"경위님은 그녀를 두 번째 만난 순간, 그녀가 범인인 걸 아셨다는 거네요."

미쓰야의 기억력과 통찰력은 가쿠토 입장에서는 결코 가질 수 없는 마법처럼 느껴졌다.

"만난 순간은 아닙니다. 확신한 건 10초 후였습니다."

"10초 후요?"

"열쇠입니다."

"열쇠요?"

미쓰야의 말을 따라 하며 같은 걸 떠올려보려 했지만, 아무것도 보이지 않았다.

"신발장 위에 그녀의 열쇠고리가 있었는데 기억납니까? 다도코로 형사가 서 있던 곳에서는 안 보였을지도 모르겠군요."

히가시야마 리사가 임의동행을 요구받았을 때다. 그녀는 현관에서 어머니가 끌려가는 걸 보고 있었다. 그때 미쓰야는 현관에 들어가 말을 붙였다. 히가시야마 루미나 씨입니까? 하고.

미쓰야 말대로 가쿠토는 현관에 들어가지 않았기 때문에 신발장은 보이지 않았다.

"열쇠고리에는 열쇠가 세 개 있었습니다. 하나는 그녀가 사는 아사가야의 외갓집 열쇠겠죠. 또 하나가 원래 집 열쇠. 그리고 또 하나는 마쓰나미 이쿠코 씨의 집 부엌문 열쇠였습니다."

"앗. 그건 어떻게 아셨어요?"

그렇게 물은 직후 특이한 기억 능력을 지닌 미쓰야라면 열쇠

에 새겨진 번호나 모양이 일치한다는 걸 알아봤을지도 모른다

는 생각에 이르렀다. 마쓰나미 이쿠코가 살던 집에 갔을 때 미

쓰야는 집주인에게 열쇠를 받기도 했다.

가쿠토 예상대로 미쓰야는 "보고 알았습니다"라고 간결하게

대답했다.

"그때 모든 게 연결되더군요. 마쓰나미 씨와 히가시야마 씨

집 주변에서 같은 시기에 회색 후드티를 입은 수상한 사람의 목

격 제보가 있었죠. 남자라고 했지만 그게 그녀였을지도 모른다

고 생각했습니다. 사람 인상은 복장이나 헤어스타일로 크게 달

라지니까요."

가쿠토 뇌리에 다카하시 다쿠미의 금발이 떠올라, 그러고 보

니 정말 그렇다고 생각했다.

"또 하나, 열쇠가 가르쳐준 게 있었습니다. 누가 혼마 히사야

씨 집에 흉기와 지갑을 숨겨놓았는가 하는 겁니다. 혼마 히사야

씨도 아니고, 히가시야마 리사 씨도 아니죠. 제삼자가 복사 열

쇠로 침입했다고 가정하면 그게 가능한 사람은 누구인가. 히가

시야마 리사 씨 열쇠고리에는 혼마 히사야 씨 집 열쇠가 있었습

니다. 디스크 실린더형 열쇠라 복사 열쇠로 또 복사를 할 수도

있고, 5~10분이면 가능합니다. 그녀라면 기회가 있었을 테죠."

히가시야마 루미나는 혼마 히사야 집에 들어가 옷장 속 정리

함에 흉기와 지갑을 숨겼다고 인정했다. 경찰에 고발장을 보낸

것도 그녀였다.

그날 밤 빈 건물 옥상에서 왜 그런 일을 했냐고 물은 미쓰야에게, 그녀는 "그야, 그 두 사람이……" 하고 대답했다.

─그 두 사람이……. 그 두 사람 때문에…….

그 이상 말하는 걸 몸이 거부하는 것처럼 그녀는 심하게 떨면서 두 손으로 입을 막았다.

히가시야마 리사와 혼마 히사야. 두 사람 때문에 그녀 아버지는 망상에 사로잡히고, 궁지에 몰린 그녀는 아버지를 살해했다. 그녀가 설명하지 못한 것이 아픔과 함께 전해져왔다.

─그리고, 형사님은 알았잖아요. 그럼…….

그녀의 말은 다시 중간에 끊겼다.

그럼 엄마도 깨닫기를 바랐다. 그녀는 그렇게 말하고 싶었을지도 모른다.

그녀가 혼마 히사야 집에 숨어든 건 마쓰나미 이쿠코가 살해된 크리스마스이브로부터 정확히 2주 뒤인 화요일이었다. 그래서 그녀는 에비스 햄버거 가게에 가지 않은 것이다.

어머니 리사는 증거인멸죄로 검찰에 송치됐지만 조사를 받지는 못하고 있다. 체포 당시부터 정서가 불안하긴 했지만, 남편을 죽인 사람이 딸이라는 걸 알고, 더욱더 불안해져 검찰 조사에 응할 수 있는 상태가 아니라고 한다.

앞으로 누가 그녀의 버팀목이 되고 그녀를 지켜줄까. 그렇게 생각하니 가슴에 묵직한 걸 얹은 듯 마음이 무거워졌다.

"실은 눈이 마주친 순간일지도 모릅니다."

갑자기 미쓰야가 말했다.

아까 하던 이야기의 연장이라는 걸 알았다.

"그녀가 범인인 걸 아셨을 때 말인가요?"

"네."

"10초 후가 아니라요?"

미쓰야는 살짝 끄덕이고 먼 곳으로 눈길을 쓱 보냈다.

"나를 향한 그녀의 눈은 화를 내고, 고통스러워하고, 도움을 청하고 있었습니다. 그렇게 보였습니다."

미쓰야는 그 이상은 설명하지 않았다.

"그랬군요. 그랬던 거군요."

먹먹해서 고작 그렇게 대답할 수밖에 없었다. 미쓰야가 이 사건을 맡아서 정말 다행이다. 가슴 깊이 그렇게 생각했다.

가쿠토 눈이 앞에서 천천히 걸어가는 사람의 실루엣을 포착했다.

옷을 껴입어서 뚱뚱해진 몸은 어둠에 숨으려는 듯 전체가 까맣고 어깨에는 큰 가방을 멨다. 발을 질질 끌며 새우등을 하고 걷는 모습이 노숙인으로 보였다.

가까워질수록 쉰내가 코를 찔렀다.

가쿠토는 마쓰나미 이쿠코를 생각했다.

그녀는 죽는 순간, 자신의 인생을 행복하다고 생각했을까, 아니면 불행하다고 생각했을까.

그건 그녀만 알 수 있는 것이었다.

다들 그렇게 죽어가는 걸까, 하고 가쿠토는 고요한 마음으로 생각했다.

"경위님."

저도 모르게 부르고 있었다.

"네."

"마쓰나미 이쿠코 씨는 정말 기억상실이었던 걸까요?"

"그건 그녀만 알 수 있는 겁니다."

미쓰야의 대답이 자신의 마음과 똑같다는 것에 가쿠토는 왠지 위로받은 기분이었다.

인생의 끝에 자신만 볼 수 있는 광경을 바라보고, 자신만 알 수 있는 마음을 움켜쥔 채 죽어간다.

미쓰야와 나란히 걷는 이 밤이 가르쳐준 것 같았다.

앞에서 걷는 남자를 추월했다. 흘끗 보다 시선이 마주쳤다.

"여."

남자가 말을 걸어왔다. 수염으로 뒤덮인 입에는 이가 없어 시커먼 구멍처럼 보였다.

가쿠토가 머리를 살짝 숙여 인사했다.

"형씨. 달이 참 아름답네."

남자가 기분 좋게 노래하듯 말했다.

무심코 하늘을 봤지만 달은 없었다.

옆의 미쓰야도 밤하늘을 우러러보고 있다.

"정말이군요."

미쓰야가 대답했다.

30

이제 곧 영혼이 빠져나간다.

눈부신 빛을 받은 것처럼, 마쓰나미 이쿠코는 그때가 왔다는 걸 이해했다.

내가 왜 죽어야 할까. 나는 왜 살해돼야 할까. 나를 죽인 저 여자는 누굴까. 무엇 하나 알지 못했다.

하지만 이제 아무래도 좋다.

인생은 눈 깜짝할 새라는 걸 알았다. 더 빨리 알았더라면 밝은 곳만 걷고 밝은 것만 보고 살았을지도 모른다. 하지만 그것도 이제 아무래도 좋다.

괴로운 일도 고통스러운 일도 슬픈 일도 불합리한 일도 아주 많았을 텐데, 지금 결정처럼 남아 있는 건 압도적인 행복감이었다.

남편의 죽음이 처음으로 고마웠다. 드디어 남편을 만날 수 있다. 드디어 남편 곁으로 갈 수 있다.

이쿠코의 몸은 이미 죽었지만, 청각만은 간신히 이 세상에 머물고 있었다.

─이대로 놔두면 아줌마가 살인자가 돼버려.

소녀의 목소리가 들린다. 울고 있는 걸까.

─이걸 왜 아줌마가 갖고 있어? 내 탓인데. 내 탓이잖아. 미안해. 미안해.

그녀가 그 아이라는 건 재회한 순간부터 알아차렸다.

나를 위해 울어주는 사람이 있다. 그것만으로 행복한 인생이었다고 생각한다.

* * *

이대로 발길을 돌리자. 그 남자를 따라다니는 건 이제 그만하자. 그렇게 생각한 순간 인기척이 났다. 왼쪽 위로 눈을 들자 나무들 사이에 검은 사람 그림자가 보였다.

그 아이다, 하고 바로 알아봤다.

"에이군?"

손에 쥔 칼을 보고, 무슨 일이니? 하는 말을 삼켰다.

소년의 손은 심하게 떨리고 있었다. 손뿐만 아니라 온몸을 떨고 있다. 떨림이 멎지 않으면 죽을 것처럼 보였다.

"에이군. 괜찮아. 걱정할 것 없어."

말을 걸었을 때는 아무것도 몰랐는데, 지금은 모든 걸 이해한 듯한 신기한 기분이 들었다.

이쿠코는 소년에게서 칼과 칼집을 거두었다. 칼 손잡이는 의외로 따뜻하고 축축했다. 두 손에는 이제 아무것도 없는데, 소년의 손가락 열 개는 계속 벌어져 있다. 그 손을 오므리기 위해 이쿠코는 가방에서 편지를 꺼내 쥐여줬다.

가엾게도, 하고 생각했다. 이렇게 떨고 있다니 가여워. 그를 겁에 질리게 한 모든 걸 물리치고 싶었다.

"무조건 괜찮아. 그러니까 무슨 일이 있었는지 아줌마한테 가르쳐줘."

소년은 잠시 망설인 뒤 이윽고 이쿠코를 이끌 듯 걷기 시작했다.

숲속에 환하게 트인 곳이 있었다. 시설을 만들려는지, 나무들이 뽑혀 있고 흙이 일궈져 있다. 이쿠코는 무심결에 땅에 떨어져 있는 걸 차서 넘어질 뻔했다. 그게 검은 서류 가방이라는 걸 안 순간, 관자놀이에서 뭔가가 합쳐진 딱 소리가 났다.

고개를 들자 소년이 이쿠코를 바라보고 있었다.

그의 등 뒤에는 직경 3미터쯤 되는 구덩이가 있었다. 깊이는 2미터쯤 될까. 구덩이 바닥에 사람이 쓰러져 있다. 목과 손이 부자연스럽게 꺾였다. 또 관자놀이에서 딱 소리가 울렸다.

그 남자다―.

단숨에 피가 역류하는 걸 느꼈다.

내가 죽인 게 아닐까. 그런 착각이 엄습했다. 내장을 찌르는 감각이 손에, 단말마의 비명이 귀에, 뜨거운 피의 물보라를 맞은 감촉이 얼굴에 새겨져 있다.

이쿠코는 소년을 바라봤다.

얼마나 오랫동안 말없이 마주 보고 있었을까.

갑자기 이쿠코 귀에서 적막이 사라졌다. 다음 순간, 눈앞의 소년에게서 다양한 소리가 들렸다. 떨림이 뒤섞인 호흡 소리. 온몸을 도는 혈액 소리. 세포가 분열하는 소리. 심장이 약동하는 소리. 그 모든 게 소년이 연주하는 생명의 소리였다.

이쿠코 머릿속에 지구본이 떠오르고, 이윽고 그건 만난 적 없는 아이들의 얼굴로 변했다.

"너는 아무것도 안 했어."

생각보다 먼저 말이 나왔다.

그렇다, 내가 했다―.

하늘에서 내려온 듯한 그 생각이 머릿속에 자리 잡았다.

내가 히가시야마 요시하루의 불행을 바랐기 때문에. 내가 그런 형편없는 인간이 됐기 때문에.

그래서 신의 복잡한 방정식에 의해 이 남자는 죽은 것이다.

소년은 몸을 떨며 우뚝 서 있다. 후드 밑 눈동자는 아기처럼 빛나고 그 앳됨에 이쿠코는 깜짝 놀랐다.

아니야, 여자아이다―.

그걸 알아차린 순간 눈꺼풀 안쪽에 히가시야마 요시하루 집 문패가 보였다.

크게 새겨진 '히가시야마 요시하루'의 이름. 그 밑에 절반 크기로 '리사' '루미나'라고 되어 있었다.

이 아이는 그 남자의 자식일지도 모른다. 그렇다는 건 이 아이가 그 남자에게 학대를 받았다는 것이다.

"너는 아무것도 안 했고 아무것도 몰라. 응? 알겠지? 알겠으면 끄덕이렴."

긴 망설임 끝에 소녀는 고개를 작게 끄덕였다.

"이제 아줌마네 집에 오면 안 돼. 아줌마랑 너는 한 번도 만난 적 없는 거야. 알겠어?"

소녀는 또 고개를 끄덕인다.

"착하기도 하지."

이쿠코는 미소를 지었다. 상황이 이런데도 가슴속에 따뜻한 게 스며들었다.

"그럼 이제 그만 가렴. 건강해야 한다. 자, 어서 가."

어서 가. 살아가. 마지막 말에 두 가지 의미를 담았다는 걸 소녀가 알아주기를 기도했다.

소녀의 뒷모습이 어둠속으로 사라진 뒤, 땅에 떨어진 서류 가방에서 지갑을 꺼냈다.

이대로 경찰서에 갈 작정이었다.

사람을 죽였어요—.

그렇게 자백하는 나를 상상했다.

돈을 빼앗으려다—.

그 이상은 떠오르지 않는다.

틀렸어, 하고 생각했다.

어디를 찔렀는지도, 몇 번 찔렀는지도, 이 칼을 어디에서 손에 넣었는지도, 뭐 하나 아는 게 없다.

경찰서에 가면 오히려 수상히 여겨 의심할지도 모른다.

그리고 내가 방패막이가 된 걸 알면 상냥한 그 아이가 자수할지도 모른다.

붙잡히면 안 된다. 계속 도망가는 것이다. 아무것도 기억하지 못하는 살인자로.

그녀가 마지막에 본 것은

초판 1쇄 발행   2023년 6월 30일

지은이	마사키 도시카	이메일	moro@morobooks.com
옮긴이	이정민	트위터	@morobooks
편집	조은혜	인스타그램	@morobooks
디자인	허귀남		
제작처	영신사	ISBN 979-11-982262-2-8 03830	
펴낸이	조은혜		
펴낸곳	모로		
출판등록	제2020-000128호		
등록일자	2020년 11월 13일		

그녀가 마지막에 본 것은